Le strade
571

I edizione: aprile 2024

Pubblicato in accordo con Piergiorgio Nicolazzini Literary Agency (PNLA)

Via Isonzo 42, Roma

ISBN: 979-12-5967-576-7

www.fazieditore.it

Scilla Bonfiglioli

La sposa del vento

Fazi Editore

A Gaia, che attraversa con me universi,
mondi, città e cittadelle

Prologo
L'uomo falena

Dresda, 1920

Una falena che si avvicina alla fiamma lo fa a suo rischio. Non può fare a meno di cercare la luce, anche se sa di essere destinata a bruciare.

Da quando Oskar aveva cominciato a pensare a se stesso come a una falena, l'incantesimo maligno in cui era caduto si era attenuato.

Qualcosa nella sua mente si era sbloccato con il *clic* metallico di un orologio e lui aveva riaperto gli occhi sul mondo.

Era successo mentre era in giardino con il dottor Posse e si godevano insieme la sera d'estate, come gli ottimi amici che erano. Hans Posse si rilassava appoggiato al tavolo, con la pipa accesa, e osservava il filo di fumo salire nel cielo notturno.

Anche la giovane Reserl era di buonumore. Strizzata nell'uniforme nera e bianca da cameriera, aveva portato loro due calici di vino, senza che glie l'avesse ordinato. Se non ci fosse stato Posse, Oskar le avrebbe chiesto di rimanere a bere con lui. Avrebbero riso insieme, si sarebbero attardati a guardare i disegni frammentati delle stelle sopra Dresda e lui avrebbe dimenticato gli incubi che gli alitavano sulla nuca.

Anche solo per un momento.

Mentre Oskar e il direttore della galleria d'arte bevevano, una farfalla notturna si era avvicinata alla fiaccola al centro del tavolo.

Era l'unica luce accesa nel giardino e la falena sembrava incapace di restare lontana da quel bagliore prezioso. Si ritraeva dal calore, poi tornava a danzare insieme alla fiamma e accarezzava il fulgore con il corpicino nervoso. A ogni nuovo attacco d'amore, dalle sue ali crepitavano sbuffi di fumo che riempivano Oskar di pietà. L'aveva guardata precipitare nel piattino sotto la fiaccola, stecchita, con le ali bruciate e il corpo fumante.

Sono io, aveva pensato. *È quello che succederà a me.*

Il dottor Posse aveva arrotolato il progetto della Gemäldegalerie di cui era venuto a discutere e lo aveva usato per gettare la bestiola oltre il bordo del tavolo.

Davanti a quel gesto noncurante, Oskar si era svegliato. *Clic.*

Aveva capito di essere ancora prigioniero. E se non avesse agito in fretta, lo sarebbe rimasto per sempre.

La fiamma attorno cui volava Oskar lo aspettava in salotto.

Adornata come una regina, Lilith era fulgida. Si reggeva al braccio di Reserl, pronta per uscire insieme a Oskar nel tramonto di Dresda.

Era bella da ferire gli occhi. Ogni volta che la guardava, Oskar si sentiva consumare, come se lei gli avesse versato dell'acido nitrico in gola.

Il magnifico abito blu che Reserl le aveva fatto indossare la faceva sembrare un mostro divino che usciva dalle onde. I gioielli intrecciati nei capelli erano sciami di lucciole di fiume.

Lilith era una dea dell'acqua.

Oskar sentì una vampata di disgusto afferrargli lo stomaco e la paura serpeggiargli tra le scapole. Le andò incontro. Pregò che un sorriso fosse sufficiente a mascherare la sua repulsione.

«Sei abbagliante, mia signora». Parole che erano state un complimento fino a qualche giorno prima adesso erano una confessione. Lilith era la luce che lo abbacinava e che avrebbe bruciato la falena Oskar, se lui non l'avesse spenta per primo.

Si piegò al suo orecchio. «Vogliamo andare?».

Le circondò la vita e la strinse contro il fianco. Lilith era leggera come se fosse sostenuta dal vento.

Salirono in carrozza, in mezzo agli alberi del Großer Garten. Alla fine del viale, la città si spalancò davanti a loro.

Dresda era immersa nella luce d'oro che precedeva il crepuscolo. Le guglie rivolte al cielo proiettavano sulla strada ombre lunghe che lambivano la carrozza e adombravano il profilo di Lilith.

Oskar si sporse dal finestrino, diede ordine al cocchiere di raggiungere l'Elba e costeggiare il fiume, anche se avrebbe significato prolungare il tragitto. Era una delle ultime notti che avrebbero vissuto insieme, non voleva buttarla via.

La mano bianca di Lilith era appoggiata sulla sua.

Se lei avesse sospettato quello che aveva in mente, gli avrebbe conficcato le unghie nella carne fino alle ossa per impedirgli di fuggire.

Lo avrebbe fatto urlare.

Ma Lilith non aveva capito. Appoggiata al finestrino, la sua dama guardava la luce riflettersi sul fiume. Non aveva sentore di niente e, se Oskar fosse stato fortunato, sarebbe rimasta all'oscuro fino alla fine.

L'Elba si snodava tra i palazzi barocchi, scorreva placido e verde. Gli era sempre sembrato un enorme serpente d'acqua dolce, adagiato in mezzo alle case. Sarebbe bastato un guizzo del suo corpo liquido per abbattere i lampioni sulla Terrassenufer, per allagare le strade fino a sommergere la città.

Il giorno in cui Oskar era arrivato a Dresda per la prima volta aveva visto il fiume sollevarsi dal suo letto di terra, alzare il muso acquatico fino al cielo e scuotersi, immenso e spaventoso. Ne era rimasto atterrito.

Naturalmente, non era mai successo per nessun altro se non per lui. Era una visione del suo Occhio, che strappava alla realtà immagini che nessun altro poteva vedere. Un dono, dicevano i suoi ammiratori.

Quando l'aveva raccontato a Reserl, la ragazza aveva perfino riso di lui. Oskar aveva fatto finta di offendersi, ma in segreto aveva trovato conforto nella presa in giro della cameriera che si asciugava gli occhi ed esclamava: «Ne hai di fantasia, Maestro Kokoschka!».

«Vediamo le cose in modo diverso», le aveva risposto. Altrimenti non sarebbe stato il pittore che era, o lo scrittore di drammi per teatro che veniva acclamato dalle platee.

Non l'aveva mai raccontato a Lilith, invece. Sapeva già quello che gli avrebbe detto lei, con il sorriso enigmatico su quelle labbra dipinte.

«Mostri d'acqua», avrebbe detto. «Sono i più pericolosi, amore mio».

La portò a passeggiare nel giardino dello Zwinger, vicino al Teatro dell'Opera. La tenne tra le braccia sotto le finestre illuminate del palazzo delle feste reali.

Gli sembrò di essere tornato indietro nel tempo alle prime volte in cui erano andati lì insieme, quando lui era ancora innamorato – legato, accecato, prigioniero – e felice. Riuscì perfino a ridere con lei, quando la fece volteggiare tra le sculture davanti al padiglione occidentale, e l'abito di Lilith si allargò in un cerchio blu, fresco come un'onda d'estate.

La fece sedere sulle proprie ginocchia sul bordo del Bagno delle Ninfe. Le fanciulle scolpite nella pietra uscivano dal muschio alle loro spalle e li fissavano immobili dalla fontana, mentre lui le affondava il naso nei capelli, aspirava il suo profumo di donna e le baciava il collo. Rabbrividì sotto gli schizzi d'acqua che il vento gli rovesciava addosso.

Strinse Lilith in un abbraccio, un ultimo addio al mostro che lo teneva prigioniero.

Scesa la sera, cenarono insieme dietro lo Zwinger, in un ristorante con lampadari di cristallo e pavimenti di marmo. L'alta società di Dresda cominciò a bisbigliare appena li vide entrare. Uomini e donne si schermavano la bocca con la mano, per nascondere i commenti. Saettavano lo sguardo da lui a lei, ma alzarono comunque i calici quando Oskar incrociò i loro occhi.

«Maestro Kokoschka, benvenuto!».

Una bambina, sospinta dalla madre, si alzò per fare loro la riverenza e il cameriere fu rapido a spostare la sedia per Lilith.

Il dottor Posse venne loro incontro dal tavolo al centro della sala. «Il Maestro Kokoschka si è degnato di raggiungerci! Oskar, bentrovato». Si girò verso Lilith e le prese la mano, portandosela alle labbra. «E insieme alla tua splendida dama».

Oskar si abbandonò contro lo schienale. Solo pochi giorni prima sarebbe impazzito di gelosia nel vedere l'amico accarezzare la pelle di Lilith. In quel momento, ne fu felice. Che quegli ultimi baci fossero pure per tutti.

«Ho un annuncio da fare, Hans», disse.

Il direttore della galleria d'arte di Dresda raddrizzò la schiena. «Un annuncio? Hai in programma qualcosa di serio, finalmente. Hai terminato i quadri che ti avevo chiesto?».

Oskar scosse la testa. «Ancora no, amico mio, ma presto. Devi avere ancora un po' di pazienza con me».

«Come se avessi altra scelta», sospirò Posse. «Allora, di che genere di annuncio si tratta?».

Oskar esitò. «Se tu fossi una falena, Hans...».

«Una falena?».

«E se tutto quello che potessi immaginare fosse gettarti in una fiamma, cosa penseresti di fare per salvarti la vita?».

Il dottor Posse sbatté le palpebre. Oskar sapeva che il direttore era abituato alle stranezze degli artisti e lo osservò arrovellarsi per rispondere alla domanda che non aveva previsto. Dai tavoli vicini qualcuno aveva allungato il collo per ascoltare la conversazione. Tutta la sala tratteneva il fiato.

«Non saprei davvero...», balbettò Posse. «Se fossi una falena, non potrei fare altro che volare verso il fuoco, è inevitabile. Stai lavorando a un dipinto sulle falene? Non credo proprio che...».

«L'unica soluzione è spegnere la fiamma, Kokoschka».

Oskar seguì lo sguardo sbalordito di Hans Posse e si girò verso la finestra. Al tavolo, da sola, era seduta Kate Richter. L'attrice teneva le gambe accavallate e avrebbe di certo suscitato scandalo se lui e Lilith non le avessero rubato la scena con la loro entrata. Kate fumava una sigaretta da un lungo bocchino d'argento e i capelli corti, tagliati in modo irregolare seguendo la linea elegante della testa, non la facevano sembrare meno attraente.

Oskar sentì una corrente elettrica camminargli sulla pelle sotto lo sguardo di Kate. Aveva provato la stessa cosa quando l'aveva conosciuta, appena arrivato a Dresda, ed entrambi si erano fermati sull'orlo di un sentimento che, forse, sarebbe divampato se ce ne fosse stata la possibilità. Quel sentimento si era invece spento in Lilith, che lo aveva soffocato nelle spire del suo incanto malato. Lilith era un serpente.

Oskar distolse lo sguardo da Kate e annuì. «Questa è la soluzione a cui ho pensato anch'io».

«Cosa significa?», indagò Posse.

Oskar batté la forchetta sul bicchiere per chiedere l'attenzione. «Permettete a me e alla mia sposa di cenare, ma non lasciate il ristorante. Dopo mangiato, Lilith e io faremo il nostro annuncio».

La cena fu splendida. Oskar si abbandonò al cibo e al vino, conversò con Lilith e le tenne la mano, accarezzandole le dita sulla tovaglia di raso.

La sala era sprofondata in un silenzio avido e gli occhi di tutti erano puntati su di loro. Oskar vuotò il bicchiere per l'ultima volta e si alzò.

Impostò la voce ed estese ai presenti l'invito per una festa a casa sua, nei prati del Großer Garten. «Domani sera, a luna piena. Venite prima che tramonti il sole e preparatevi per lo spettacolo più impressionante che vi abbia mai offerto. Voglio vedervi tutti quanti».

Ricadde sulla sedia. Gli si era rotto il respiro e sudava freddo.

Davanti a lui, Lilith aveva le dita chiuse sul gambo di cristallo del bicchiere e lo fissava indagatrice, come se cercasse di leggergli dentro. Di strappargli un segreto che non riusciva a vedere. Sembrava così innocente, mentre accoglieva gli applausi e i commenti festosi, che Oskar si sentì male.

Si piegò verso di lei e quasi rovesciò il bicchiere. Poteva ancora ritirare l'invito, oppure offrire a tutti una festa senza sorprese nel finale. Aprì la bocca, ma la richiuse con uno scatto dei denti.

È così che ti incanta. Si piantò la forchetta nel palmo, al riparo dietro al tovagliolo spiegazzato. Il dolore gli accecò gli occhi, ma lo riportò alla lucidità. *È così che ti attira a sé, è così che ha sempre fatto. Ti brucerà fino alla morte. L'unica cosa da fare è spegnere il fuoco.*

Dal tavolo vicino alla finestra, Kate Richter lo guardava da sotto le palpebre pesanti di trucco. Aveva visto la forchetta bucargli la carne, le gocce di sangue macchiare il lembo di stoffa.

I giochi erano fatti.

C'era stato un secondo *clic*, e il complesso meccanismo da orologio si era messo in moto. A lui e Lilith restavano poco più di ventiquattro ore, da quel momento.

Il ricevimento nel giardino si stava dimostrando un successo. Gli ospiti di Oskar cenavano a tavoli ornati di fiori, il dottor Posse faceva aprire più bottiglie di vino di quante ne avrebbero potute bere, la luna piena dipingeva d'argento i prati e il bosco intorno alla villa.

Lo scenario perfetto per una festa di mezza estate.

Kate Richter rideva alle battute degli uomini che la attorniavano, rideva delle stralunate teorie di drammaturgia che il buon Paul Kornfeld cercava di spiegarle, rideva alla luna. Ebbra di cibo e di vino, aveva coinvolto in una danza sensuale il collega Ernst Deutsch, attirando fischi ammirati e applausi come se fossero stati entrambi sul palcoscenico.

La sera aveva portato il bagliore intermittente delle lucciole tra i rami e le fiaccole accese, piantate nel terreno, disegnavano un cerchio da stregoneria attorno alla festa.

Iwar von Lüken colse l'atmosfera e declamò il più audace dei suoi poemi con un piede appoggiato sul tronco abbattuto in mezzo al cortile. Alle sue spalle, le luci accese delle palazzine dei cavalieri attorno alla villa facevano sembrare il poeta circonfuso di un alone magico.

Von Lüken e gli altri invitati non avevano prestato attenzione all'ascia conficcata nel tronco. Il giardiniere l'aveva usata nelle prime ore del mattino per tagliare la legna da seccare e non l'aveva riposta perché Oskar gli aveva detto di non preoccuparsene. Anche la pala era stata abbandonata a terra, poco distante.

Era tutto come doveva essere.

Oskar lasciò che gli applausi per Lüken si spegnessero e accompagnò il poeta ad abbeverarsi da una bottiglia di vino rosso. Poi si girò verso i suoi ospiti e allargò le braccia, per accoglierli a sé.

«Grazie per essere venuti questa notte». Scorse lo sguardo sugli invitati, pieni di aspettativa. Gli occhi di Kate vibravano di un entusiasmo elettrico che lo contagiò. «Vi ho promesso uno spettacolo e non ho intenzione di deludervi. Statemi vicini, amici miei, vi chiedo solo questo».

Tra gli artisti si alzò un brusio che a Oskar ricordò il ronzare di una falena. Gli girava la testa. «Reserl», chiamò.

«Sono qui, Maestro Kokoschka».

«Puoi farla venire fuori, adesso». Guardò la cameriera negli occhi, in cerca di aiuto. Il sudore gli inumidiva i palmi delle mani, la nausea gli aveva afferrato lo stomaco. «Fai presto o non ne avrò più la forza».

Reserl annuì con vigore, si afferrò i lembi del grembiule e corse verso casa. «Signora!», gridò. «Signora, il Maestro la desidera in giardino!».

Lilith apparve sulla soglia accanto a Reserl in un abito rosso che accecò Oskar.

Era la fiamma più vivida in quella notte, nonostante le torce accese e le candele sui tavoli.

Kate fu la prima a vederla e la indicò agli altri. Il dottor Posse applaudì con calore. «Ecco la nostra dama, finalmente!».

Reserl sospinse Lilith all'interno del cerchio di fiaccole.

Oskar si costrinse a sorriderle, ma Lilith teneva lo sguardo fisso davanti a sé.

Non gli era mai sembrata così lontana come in quel momento. Il fruscio del vestito attorno ai polpacci scoperti gli diede un capogiro e Oskar fu costretto ad aggrapparsi al tavolo.

Reserl spinse la dama tra le braccia di Posse e nel farlo strappò l'orlo della gonna.

Gli ospiti gemettero di sorpresa, infine scoppiarono a ridere. «Nuda!», gridò qualcuno.

«Nuda!», rise la piccola Reserl, e lacerò il pizzo sulla schiena di Lilith.

Hans Posse cercò di proteggerla tra le braccia, sconvolto. «Ma cosa fate! Signori, che cosa dite!». Il direttore cercò lo sguardo di Oskar. «Kokoschka, non vedi cosa sta succedendo? Fai qualcosa!».

Oskar aveva il cuore spezzato, ma si costrinse a rimanere saldo sui piedi. Sollevò il calice ai suoi ospiti e si unì alle grida. «Nuda!».

Allora il dottor Posse sembrò capire. Alzò gli occhi al cielo. «Sei proprio terribile, Maestro!», esclamò. Ma non si tirò indietro e gettò Lilith tra gli ospiti.

Kate Richter si avventò su di lei, la afferrò per i capelli e la trascinò a terra con una furia selvaggia. A Oskar sembrò di vedere una tigre gettarsi su un cerbiatto.

Era fatta, non si tornava indietro. Il pubblico era diventato attore e si stringeva attorno alla vittima sudando vino e lanciando grida eccitate.

Al contrario, Lilith non si lasciava sfuggire un lamento. Accettava la condanna con le labbra serrate, lo sguardo spento. Non emise un singhiozzo quando le vennero strappate le perle dalla treccia, non urlò quando gli uomini in giacca elegante le graffiarono la pelle e la lasciarono nuda a terra, con la faccia schiacciata nell'erba e solo i capelli disordinati a coprirla.

Oskar spinse con un piede il tronco abbattuto e staccò l'ascia con un singulto. Si fece strada tra i tavoli fino al centro del cerchio di fuoco, fino a lei, che non poteva scappare.

La guardò un'ultima volta. Bellissima e disgustosa, la fiamma Lilith stava per spegnersi.

Oskar calò l'accetta sul collo fragile. Una volta, due e un'altra ancora, fino a quando la testa non fu spiccata.

Oskar indietreggiò. Urtò un tavolo e le fece cadere addosso fiori, bicchieri e bottiglie di vino che andarono in frantumi.

La pelle di Lilith e l'erba sotto di lei si colorarono di rosso.

Nel panico che lo colse, Oskar si rese conto di urlare.

Da solo, in mezzo agli ospiti ammutoliti ed esausti, mandò un grido feroce alla luna e cadde sulle ginocchia vicino al corpo mutilato della sua sposa.

Svuotato, non provò più niente.

Sono libero?, pensò. E si mise a piangere.

Reserl si avvicinò in silenzio. Diede un calcio alla testa di Lilith, che rotolò fino a guardare il cielo con gli occhi vuoti. «Bisogna seppellirla, Maestro», sussurrò. «Prima che venga giorno».

1
Presagio su tela

Vienna, 1907, tredici anni prima

«Mangia», lo incitò sua madre, come se fosse stato ancora un bambino. «O finirai per farlo aspettare».

Oskar si piegò sul piatto, non voleva che le uova giallastre gli schizzassero la camicia fresca di bucato. Uova, verdure acquose, pane nero erano tutto quello che suo padre era riuscito a mettere sulla tavola quella settimana. La colazione, i pranzi e le cene erano sempre uguali. Il cibo a casa loro sapeva di stagno putrido.

«Composto», lo rimproverò suo padre. «Tua madre e io non abbiamo allevato una scimmia, stai dritto».

«Lascialo in pace, Gustav, non vedi com'è agitato?».

Era emozionata anche la mamma. Oskar non aveva avuto bisogno di dirle che era intirizzito dalla paura, l'aveva capito da sola. Adesso lo guardava e sorrideva, in piedi sotto l'arco fuligginoso della cucina, con le mani che tormentavano il grembiule.

Suo padre si abbassò sul tavolo con un grugnito. Per lui la regola dello stare dritti non valeva, perché non stava mangiando. Aveva messo da parte il piatto per concentrarsi sul lavoro, una moltitudine di ingranaggi sparsi davanti a lui e la lente da orologiaio incastrata in una delle orbite. Oskar non aveva ricordi di suo padre con due occhi. Fin da quando era bambino, per lui Gustav Kokoschka era sempre stato un ciclope chino su minuscoli oggetti luccicanti.

«Hai paura di incontrarlo, tesoro mio?». La mamma gli versò una tazza di tè. Le foglie logore erano già state in infusione la mattina precedente e vorticavano nell'acqua come insetti annegati.

«Non è mica un mostro, è un brav'uomo che sa bene quanto vali. Come lo so io. Diventerai un artista come non ne sono mai esistiti, bambino mio, è scritto nel destino. Non te l'ho sempre detto?».

Oskar ripiegò sul pane nero per tenere a bada lo stomaco. «Il Maestro non invita mai nessuno a casa», spiegò. «Quindi deve essere una cosa importante».

«Importante», lo scimmiottò suo padre. «Sciocchezze, ecco di cosa vorrà parlarti».

«Gustav! Metti via quell'orologio e mangia anche tu, invece di tormentare tuo figlio!».

Suo padre sollevò il lungo monocolo d'ottone e lo puntò in faccia alla moglie. Chissà se la vedeva più vicina o più lontana, dietro quel gioco di lenti.

«Smettila di vezzeggiarlo come un lattante, Oskar è un uomo fatto! E io devo finire con questo orologio prima di mezzogiorno, se voglio portare a casa un soldo da battere sull'altro», esclamò. «Sono queste le cose importanti, Romana, non gli scarabocchi di un perditempo che si crede un dio venuto giù dal cielo!».

Suo padre non apprezzava Gustav Klimt. Lo aveva detestato da quando Oskar era stato ammesso alla Scuola d'Arti Applicate, non aveva importanza se condividevano lo stesso nome di battesimo o se tutta Vienna adorava il Maestro come se fosse un idolo fatto d'oro e d'argento. Per Gustav Kokoschka, Klimt era uno sciocco che scialacquava il suo tempo a disegnare.

Durante i primi anni, Oskar era inorridito ascoltando le parole blasfeme di suo padre sul conto del Maestro di Vienna, e in cambio gliene aveva rivolte di peggiori, nere e crudeli, che li avevano fatti sentire lontani anche in quel buco di casa piena di muffa in cui erano costretti a stringersi.

Si erano scambiati cattiverie che avevano fatto piangere la mamma e in quelle poche stanze c'era stato freddo anche nei momenti migliori, quando avevano avuto abbastanza denaro per tenere la stufa accesa.

Con il tempo, Oskar aveva capito che il veleno di suo padre non era rivolto davvero a Klimt. Gustav Kokoschka era furibondo perché il figlio aveva scelto la pittura al posto degli orologi, la Scuola d'Arti Applicate invece degli studi di Chimica per cui da bambino era così portato. Era una rabbia con cui Oskar aveva potuto convivere, perché vi aveva sentito dentro un affetto ruvido, ma sincero.

Per quello non si stupì quando, sulla soglia di casa, l'orologiaio lo richiamò indietro e gli diede la sua unica giacca, quella che teneva in serbo per le occasioni importanti, con le tasche rammendate più volte e le toppe di cuoio sui gomiti.

«Dove vai in maniche di camicia, Oskar?». Il suo piccolo occhio umano era arrossato e l'altro gigantesco e innaturale, dietro al monocolo. «Non puoi presentarti da quell'imbrattatele così, penserà che non vali niente. Ecco, mettiti questa, così farai bella figura».

Il Maestro aveva lo studio in Josefstädter Straße, a pochi passi dal teatro. L'autunno aveva ingiallito gli alberi, ma era un pomeriggio mite. Sembrava che Vienna non volesse ancora arrendersi al freddo.

Gustav Klimt lo aspettava nel giardino. Sedeva a un tavolo di metallo sbalzato che germogliava tra gli alberi come un fiore, le sedie disposte secondo un disordine studiato. Indossava il lungo abito da lavoro di lino che usava per dipingere e che faceva pensare a un monaco. Un santo d'altri tempi.

«Kokoschka, benvenuto», salutò. «Mi stavo chiedendo quando saresti arrivato. Accomodati, non fare complimenti».

La domestica si fece largo tra i fiori solo per versare loro una tazza di tè fumante. L'odore della miscela e le note dolci del gelsomino riempirono l'aria e si mescolarono ai profumi degli arbusti di calicanto.

Anche se ne aveva già bevuto a colazione, Oskar non riuscì a impedirsi di prendere in mano la porcellana con desiderio. Il liquido ambrato era limpido, senza foglie fradicie. Anche il sapore era pulito.

Gli tremò la mano. Ebbe la certezza che avrebbe insozzato quel giardino incantato e il santo che lo governava se ci fosse rimasto troppo a lungo. Il respiro gli ingrossò la gola e Oskar si piantò le unghie nel polso, cercando la carne viva.

Il dolore gli diede sollievo.

Klimt si sporse verso di lui. «Ti senti bene, ragazzo?».

Oskar si affrettò ad annuire, sarebbe stato un sacrilegio farlo preoccupare. «Sono solo un po' stanco, Maestro. Ho molto lavoro da recuperare, se voglio stare al pari con gli altri studenti. La Scuola d'Arte di Vienna non è una passeggiata».

«Il professor Czeschka ti tiene il guinzaglio corto, ho sentito. Mi ha parlato molto di te e ho voluto conoscerti di persona».

Oskar sentì di nuovo l'angoscia strozzargli la giugulare. Prese un altro sorso di tè. Sopra le loro teste, le foglie gialle fremevano nel vento come tante monete d'oro. Quella bellezza gli diede la forza di non abbassare gli occhi.

«Per me è un grande onore, ma ci sono studenti più meritevoli. Non c'era bisogno…».

Il Maestro lo interruppe. «Non c'è mai stato bisogno come adesso».

Gustav Klimt sprigionava luce. Sembrava lui stesso fatto d'oro, come le opere che dipingeva. Eppure, l'artista di cui tutta Vienna era innamorata era attraversato da una corrente di malinconia. Oskar poteva vederla come se un tratto di pittura verde marcasse la linea dei suoi occhi e gli angoli della bocca.

Il Maestro aveva dato le dimissioni dalla Scuola d'Arti Applicate qualche anno prima e aveva fatto cadere la sua nomina a professore. Aveva perfino preso le distanze dalla secessione viennese, il movimento artistico di cui in passato era stato il grande promotore. Per lui doveva essere stata una decisione dolorosa.

Era ancora uno dei più famosi e ammirati pittori dell'impero, il vate che aveva riempito d'oro la capitale e la teneva nel palmo della mano, ma aveva ormai rotto ogni rapporto con l'arte ufficiale.

Oskar sapeva benissimo perché. Solo otto anni prima, Klimt aveva dato scandalo con i suoi dipinti, aveva nascosto qualcosa di mostruoso sotto la superficie di smalto e oro. Al punto in cui si era spinto, trasformare la città in un tempio di bellezza non gli era più bastato.

Era per quel coraggio che Oskar lo venerava.

«Parlami di te, Kokoschka. Ho sentito dire che sei uno degli studenti più interessanti di quest'anno».

Oskar si tormentò con le unghie la carne ferita. «Mio padre avrebbe voluto che proseguissi gli studi di Chimica e che diventassi farmacista. Ma non c'è nient'altro che io possa fare se non dipingere. Nient'altro al mondo».

«Capisco», disse Klimt.

Oskar ebbe la sensazione di essere stato capito davvero per la prima volta da quando era venuto al mondo.

Mandò giù la vergogna e raccontò al Maestro del tè, che in casa sua aveva il sapore marcescente dei canali di scolo, e della tavola che spesso rimaneva sparecchiata perché non c'era niente con cui riempire i piatti. La povertà stringeva il cappio alla gola dei Kokoschka da sempre e li aveva costretti a lasciare Pöchlarn, dove Oskar era nato, per inseguire la fortuna città dopo città, villaggio dopo villaggio, fino alla capitale dell'impero. Neanche a Vienna Gustav Kokoschka sembrava essere in grado di provvedere alla famiglia.

«Gustav?». Il Maestro si accarezzò la barba. «Tuo padre si chiama come me».

Oskar fece una smorfia. «È l'unica cosa che avete in comune. Mio padre è un orologiaio. Sempre chino sulle cose minuscole, non si è mai preso la briga di guardare quelle immense».

«Non essere così duro, Kokoschka. Le piccole cose hanno il brutto vizio di diventare di importanza enorme, con il tempo. In quanto agli orologi, credo che ci sia una magia autentica in quei meccanismi così complicati. Anche mio padre era un artigiano, sai? Non denigrare il tuo e smetti di rimproverarlo per il passato. È al futuro che devi guardare. Cosa vuoi fare di te stesso?».

Oskar nascose il polso sotto la tavola e ci piantò le unghie con più forza. Sentì il calore della pelle offesa. *Voglio essere come te*, voleva dirgli. Ma non osava. «Voglio arrivare al cuore di tutti, Maestro». Sorrise, suo malgrado. «Voglio che Vienna veda il mondo come lo vedo io e rimanga sconvolta. E che mi chiami "Maestro"».

Klimt fece un sorriso sornione. «E tu come lo vedi, il mondo, Kokoschka?».

Oskar balbettò qualcosa di inconsistente.

Il Maestro lo incoraggiò. «Puoi parlare, siamo solo tu e io».

Oskar chiuse il polso scorticato tra le ginocchia. Vienna era una città imponente e delicata. Oskar l'aveva amata dal primo momento in cui ci aveva messo piede, ma aveva sentito che qualcosa stonava.

Di tanto in tanto gli sembrava una scenografia fatta di cartone e di pittura stesa male.

«Tutti vengono incantati dalla potenza di Vienna, ma a me sembra che l'impero si trascini lento», disse, «come un grosso cadavere che ancora non sa di essere morto. Sotto il profumo dei viali alberati, puzza di marcio».

«Vai avanti».

«Le donne passeggiano leggere, l'unico peso che hanno da sostenere nella vita sono i cappellini sulle loro teste. E gli uomini credono tutti di essere Franz Josef I. Brillano della luce riflessa dell'imperatore, ma non si accorgono di quanto è debole. I conflitti al confine peggiorano, ma fanno tutti finta di non vederlo. Soltanto a me sembra che il vento porti a Vienna il sapore giallo della malattia».

Klimt non aveva detto niente, teneva lo sguardo nella tazza e Oskar si affrettò ad abbassarlo allo stesso modo, per paura di avere parlato troppo.

«Sei il figlio di un povero artigiano, Oskar, ma hai la lingua tagliente».

«Mi dispiace, Maestro. Non volevo offendere l'imperatore».

«Non dire assurdità, non ti dispiace affatto». Gustav Klimt rise. «E neanche a me. Vai avanti. Parlami della gente di Vienna, voglio sapere di loro».

Oskar si strinse nelle spalle. «Quando mi incrocia per la strada, la gente mi guarda dall'alto. Osservano la suola delle mie scarpe. L'altro giorno non mi ero accorto che si fosse scollata finché un tizio con il cilindro non mi ha fissato i piedi così a lungo che ho sentito il freddo sull'alluce e ho abbassato gli occhi per vedere cosa fosse successo. Si sentono sicuri, così. Pensano che le scarpe lucide li proteggano, ma io li vedo. Maestro, i viennesi sono tutti pieni di paura».

«Tu dici?», sussurrò Klimt.

«Non vogliono vedere la realtà per quella che è, sembrano ciechi. E se chiedono agli artisti di mostrargliela, i pittori li ingannano!

Dipingiamo incarnati color pesca, invece del teschio che si nasconde sotto».

Il giardino intorno a loro rabbrividì, scosso da un alito di vento. Le monete d'oro sui rami riflessero il bagliore di un lampo e caddero in una pioggia sopra le loro teste.

Oskar guardò con terrore le foglie morenti.

Ho parlato troppo e ho spezzato l'incanto di Vienna. Rendersi conto di quanto sciocca fosse quell'idea non la fece sembrare meno spaventosa. *La città si vendicherà, adesso.*

Si abbracciò i gomiti, le cuciture della giacca lottarono per non cedere, mentre Klimt sollevava gli occhi a un cielo nero. «Sembra che il freddo voglia recuperare il tempo perduto», commentò. «Vieni in casa con me, Oskar. C'è ancora una cosa di cui voglio parlarti».

Lo studio di Klimt era un santuario in cui gli altari erano i banchi da lavoro e gli incensi erano sostituiti dagli odori della pittura e degli stracci imbevuti di solvente. Su una mensola erano impilate le copie della rivista «Ver Sacrum», di cui il Maestro era stato il fondatore insieme al leggendario incisore Max Kurzweil. Circa un centinaio di quaderni, colmi di litografie e parole rivoluzionarie, testimoniavano la secessione artistica che aveva incrinato Vienna. Sui tavoli davanti alla finestra, montagne di schizzi mangiavano ogni angolo libero, stipati in cartelle da disegno accatastate l'una sull'altra. Oskar accarezzò i fogli con venerazione, mentre la pioggia cominciava a scrosciare sul giardino.

Il Maestro restò ad ammirarla sulla soglia. Quando parlò, sembrò rivolto al temporale. «Vienna sta per dispiegare le ali in volo».

«Come, Maestro?».

«Stiamo per entrare nel sessantesimo anno del regno di Franz Josef I. La capitale sta sbocciando, fioriscono eventi che infesteranno le strade, si preparano feste», Klimt si voltò a guardarlo. «Quale pensi che sia il modo migliore per sconfiggere la paura, se non immaginarsi immortali?».

Oskar era d'accordo. Più le tenebre erano dense, più era necessaria la luce. Non lo meravigliava che la capitale sentisse il bisogno di accenderne più di una.

«E io non sono da meno, Oskar. Insieme ai miei collaboratori, al professor Czeschka e agli altri docenti, sto lavorando a qualcosa di mai visto. La Scuola d'Arti Applicate parteciperà alla prima, grande esposizione di Vienna. Le industrie e le aziende artigianali sovvenzioneranno i nostri artisti. Inaugureremo a giugno del prossimo anno e sarà il gioiello dell'Impero austro-ungarico. Questa città non può ancora neanche immaginare niente del genere. E io voglio che tu ne faccia parte».

Oskar fu preso da una vertigine e si aggrappò al tavolo per rimanere dritto, le dita artigliarono i bordi taglienti dei fogli da disegno. «Io, Maestro?».

Klimt scelse dalla mensola uno dei fascicoli di «Ver Sacrum» e lo aprì davanti a lui. Gli mise sotto gli occhi una litografia in bianco e nero che raffigurava una donna del tutto nuda. Solo i capelli scuri le coprivano i seni in onde serpentine. Non c'era bisogno di leggere la didascalia per capire che quella femmina fiera era la personificazione della Verità. Con espressione seria, la donna si ammirava in uno specchio rotondo, senza sentire il bisogno di abbassare lo sguardo davanti al proprio riflesso.

«La *Nuda Veritas*». La voce di Klimt si confuse nel rumore della pioggia. «Non mi interessa della tua tecnica, questo è il motivo per cui ti voglio: non hai paura di guardare la fragilità di Vienna, nascosta dallo splendore delle sue architetture. Mi hai detto di voler mettere in mostra il teschio che si nasconde sotto un bel viso e questo è ciò che oggi serve a tutti noi. Ho bisogno di te».

«Ma non posso», tremò Oskar. «Questo onore è troppo grande, Maestro».

«Davvero? Pensavo ti interessassero le cose immense».

Gustav Klimt sembrava ancora più luminoso e, vicino a lui, Oskar si sentì una bestia sulfurea.

Non potendo fuggire, aprì una cartella di disegni. «È così, infatti».

Il Maestro tornò sulla porta a guardare la pioggia.

Oskar cercò di calmare il cuore impazzito e prese a scorrere gli schizzi con le dita tremanti. Tra i tratteggi, spiccava una donna coperta di gioielli che teneva una maschera in mano. Il Maestro le aveva donato uno sguardo feroce che bucava il foglio. Tutta la figura esprimeva un desiderio sessuale così forte che lo fece sentire a disagio. Mise il disegno dietro agli altri e fu costretto a sistemarsi il cavallo dei pantaloni, le orecchie gli andavano a fuoco.

Gli schizzi del Maestro erano pieni di sirene che somigliavano a demoni lividi. Erano colmi di ninfe marine, di ragazze-serpente dagli occhi pallidi che fluttuavano in verdi alcove subacquee. Erano immagini che evocavano annegamenti. Oppure sortilegi d'amore. Oskar sentì ancora la testa girare.

In mezzo a tutte quelle creature terrificanti, se ne presentò una che lo fece trasalire. Il viso di una fanciulla incantevole occupava l'intero foglio. Con le labbra arricciate in un sorriso beffardo, era stata colta nell'atto di voltarsi a guardare l'osservatore. Guardava lui.

Oskar ne fu trafitto. «Chi è?».

Klimt fece una risata amara. «Hai trovato Alma».

«Alma?», ripeté Oskar. Non riusciva a staccare gli occhi da lei.

«Una delle pochissime, vere maghe viventi». Il Maestro si avvicinò e gli strappò il foglio dalle dita. «Una strega che ruba il cuore degli uomini e lo restituisce a brandelli».

Oskar non disse niente. Fissò la cartella da disegno in cui Klimt aveva riposto il foglio e fu sicuro che la donna ritratta lo stesse scrutando anche da lì. Sentì freddo, come se il vento che scuoteva gli alberi del giardino gli fosse penetrato nelle ossa, strisciando dentro le mura dell'atelier. Il Maestro aveva ragione, quella creatura lo aveva incantato.

«Le donne sono mostri squisiti», Klimt nascose la cartella sotto le altre. «Non sono come noi, come me e te. Sono legate a tutto quello che c'è di magico e ai segreti della natura, anche quelle che sembrano le più modeste. La donna è un idolo necessario, ma oscuro».

«Lo so», bisbigliò Oskar. All'immagine della fanciulla stregata si era sovrapposto il ricordo di un'altra. Un pensiero oscuro che gli faceva male. Lo scacciò.

«Molti di questi studi e i quadri che ne ho tratto sono stati la causa della mia rottura con le istituzioni», continuò il Maestro. «In tanti sono convinti che sia l'erotismo ad aver turbato la tranquilla arte della capitale. Ma tu sei un allievo intelligente, Kokoschka, sono sicuro che sai cogliere quello che è stato considerato il vero pericolo».

Oskar rifletté. La pelle scorticata del polso bruciava, adesso che aveva ripreso a grattarla con rabbia. «Maestro, ha tolto la maschera dell'innocenza alle creature più dolci delle fiabe e a tutto quello che c'era di luminoso. In questi disegni non c'è niente di salvifico».

Il Maestro annuì. «*Nuda Veritas*. Questa è l'eresia di cui mi sono macchiato. Ma io ho solo intuito quello che tu sei in grado di vedere così bene».

Oskar staccò a fatica gli occhi dal mucchio di cartelle da disegno. La pioggia, l'onore della richiesta del Maestro e il peso che portava con sé lo avevano stremato. «Cosa vuole che faccia?».

«Voglio che scandalizzi l'impero».

Klimt non sembrava più un santo. Gli brillavano gli occhi della stessa malizia che aveva infuso alle sue donne di carta.

«Dipingi le immagini che hai in testa», continuò. «L'arte deve mostrare quello che la società spera di nascondere. Il mio tempo è finito, Oskar Kokoschka, ma il tuo è appena cominciato».

Il sole era malaticcio. Entrava dalla vetrata e si scioglieva sul pavimento dell'aula, sporcava i fogli e gli strumenti d'intaglio con i suoi raggi untuosi.

Oskar cercò di inghiottire la nausea provocata dalla luce. Quel pomeriggio era rimasto solo, una volta finite le lezioni. Nemmeno Kalvach il Croato, con cui divideva il tavolo, si era trattenuto in classe. Per quanto ne sapeva, non c'era nessuno neanche nelle aule vicine.

Spostò di lato il bozzetto e il lavoro in creta, con l'assurda convinzione che il sole avrebbe fatto ammalare la sua opera se l'avesse toccata troppo a lungo.

Si diede dell'idiota e si sforzò di calmarsi. Aveva accettato il patto del Maestro e adesso, a sole tre settimane di distanza dal loro incontro, si pentiva di averlo fatto.

Il programma dell'Accademia era più serrato da quando erano iniziati i preparativi per la *Kunstschau*, la grande mostra d'arte di

Vienna. A Oskar era sembrato di avere davanti a sé tutto il tempo del mondo per dare vita a qualcosa di immenso, invece si accorgeva di quanto era stato stupido a pensarlo.

«Non ho tempo», mormorò. «E le mie idee sono sciocche».

I muri dell'aula avevano cominciato a muoversi.

Oskar se ne accorse subito, cogliendo lo spostamento con la coda dell'occhio. Le pareti gli si stavano piegando addosso. Il soffitto si abbassava per chiuderlo in uno spazio sempre più stretto che lo avrebbe fatto soffocare. Si piegò sul banco in cerca di aria.

Non sta succedendo davvero, si disse. *Rimani concentrato.*

Chiuse gli occhi e raddrizzò la schiena.

Quando tornò a guardare, il soffitto e le pareti erano tornati al loro posto. Fece un respiro profondo e tornò al suo lavoro.

Accarezzò la propria faccia, davanti a lui, che lo scrutava. Il busto in creta a cui stava lavorando in classe era un autoritratto, la maschera che stava modellando aveva gli stessi tratti del suo viso.

Un volto spigoloso dagli zigomi sporgenti lo fissava di rimando dal banco, le orecchie spinte in fuori, il naso puntato con rabbia in avanti.

Si portò una mano alla guancia. Tastò i rilievi di ossa e pelle, la geografia dei muscoli. Era così che lo vedevano gli altri, con le orecchie a sventola e quegli occhi inquisitori che avrebbe dipinto di azzurro vivo.

Il professor Czeschka era rimasto soddisfatto dal bozzetto. «È un guerriero che non è di questo mondo, ma di un altro», aveva esclamato. «Guarda che potenza espressiva!».

Oskar si era sentito pieno d'orgoglio, ma ormai non era più così convinto. Quella copia di se stesso gli sembrava fin troppo banale. *Ho intenzione di scandalizzare Vienna con un autoritratto?* Dubitava che Gustav Klimt avrebbe applaudito al suo ingegno.

Il sole calava, oltre i vetri. L'aula si riempiva di ombre, il buio si accumulava negli angoli, liquido come acqua stagnante, prendeva forme strane sotto i tavoli più lontani. E si avvicinava, man mano che la luce scendeva. Era arrivato l'inverno e Vienna si era arresa.

L'angoscia tornò ad assalirlo.

Oskar si voltò di scatto. Qualcuno lo stava sorvegliando, di colpo ne fu certo. Si guardò intorno senza osare respirare. «Professor Czeschka?».

Nessuna risposta. Si mosse irrequieto e strinse tra le mani il bordo del tavolo da lavoro. Gli ultimi raggi di luce avevano preso un colore livido. Proiettavano le ombre dei pennelli facendoli somigliare a lance pronte a trafiggere.

Anche il busto in creta era pieno di buio. Gli grondava dagli occhi come lacrime scure, riempiva la cavità della bocca aperta.

Oskar rabbrividì. Era meno banale di come gli era sembrato. E molto meno innocuo.

Era il busto a sorvegliarlo? Che sciocchezza.

Non si può avere paura del proprio viso.

Oskar cercò di pensare alle cose belle di quando era bambino. Alla lanterna magica che suo padre aveva costruito per lui e sua sorella, ai colori da fiaba proiettati sul muro dalla fiamma della candela messa all'interno della scatola. Pensò al libro di illustrazioni che gli piaceva guardare fino allo sfinimento, prima ancora di imparare a leggere. Cose piccole e dolci.

Il busto di creta era cambiato ancora. Le ombre si erano allungate gli avevano divorato la faccia e adesso davanti a lui c'era un se stesso scarnificato. Non era né piccolo né dolce. Così sì che sarebbe piaciuto al Maestro.

Afferrò il puntasecca tra gli strumenti da incisione e lo rigirò tra le dita. Ragionò sui movimenti precisi con cui guidare la punta acuminata per rendere il lavoro degno della sua visione, cercando di non dare peso alla minaccia incombente che sentiva sulla schiena.

Le ombre si avvicinavano e già toccavano i piedi del tavolo da lavoro. Gli tremò la mano.

«Smettila di fissarmi!».

Impugnò il puntasecca come un coltello, deciso a conficcarlo nella faccia inanimata del suo doppio.

Invece lo calò verso il tavolo. Affondò la punta nel proprio palmo aperto e il dolore lo accecò con un lampo bianco.

Oskar esalò un respiro profondo tra i denti. Roteò la guglia dello strumento nella carne viva e spinse la sedia indietro. Si piegò sulla ferita per osservarla con attenzione.

Il sangue gli riempiva la mano a coppa, il dolore lo faceva tremare. Si leccò le labbra, affondando lo strumento un po' di più. Insieme al sangue, dalla pelle bucata uscì un rivolo d'angoscia verde brillante che gli macchiò i pantaloni, scivolò sul pavimento e scomparve.

Oskar sorrise, tremante. Sollevò gli occhi al proprio lavoro.

Il sole era calato, ma le ombre si erano ritratte abbastanza da fare tornare il busto un banale doppio con gli occhi fissi. Si erano raggomitolate negli angoli, sotto i tavoli più lontani. Il dolore riusciva sempre a tenerle lontane.

Ma mai per troppo tempo, ricordò a se stesso. *Devo uscire da qui subito.*

Afferrò uno straccio pulito in mezzo a quelli destinati all'acquaragia e se lo avvolse attorno al palmo. Tenendosi la mano ferita contro il petto, si lanciò in una corsa selvaggia tra i tavoli fino in corridoio e uscì a farsi abbracciare da Vienna.

La città lo accolse con tutta la sua bellezza.

La capitale dell'Impero austro-ungarico era sfavillante, nella sera, con il sole morente che imporporava appena i marmi degli edifici. Le luci dei lampioni accesi lungo i viali del Ring erano come gioielli venuti giù dal cielo dopo una pioggia di stelle cadenti. Vienna era un'opera d'arte dedicata a se stessa.

Immensa, elegante e perfetta, era il centro del mondo. E lui, in quello splendore, era una macchia di sporcizia. Inquinava ogni cosa bella e buona, camminandoci attraverso.

Oskar si ficcò in tasca le mani, quella sana e quella dolorante. Si incamminò verso casa a testa bassa.

Anche se l'aveva bendata con lo straccio ed era riuscito a fermare il sangue, la mano perdeva un flusso di inchiostro nero che lo seguiva e si alzava al cielo, fondendosi con la notte incombente.

L'oscurità non era rimasta tra le mura dell'Accademia. Lo aveva seguito fuori. Veniva schiacciata a terra dalla luce dei lampioni, ma non lo abbandonava. Era l'ombra proiettata dal suo stesso corpo. E camminava con i suoi piedi.

«Smettila, ti prego. Per oggi ne ho abbastanza».

Accelerò il passo, ma non sarebbe riuscito a scappare.

Conosceva fin troppo bene il nome dell'ombra incollata ai suoi talloni.

Era un nome dalla dolcezza strana che ricordava la frutta troppo matura che era sul punto di diventare marcia. Un nome bello e terribile quanto le sirene disegnate da Klimt.

«Lilith», mormorò. «Lilith, vattene via».

Strascicò le suole sull'asfalto per tutta Breitenfelder Gasse, ma non ci fu niente da fare.

Lilith lo seguì fino a casa.

Oskar si rigirava nel letto, quando la sentì arrivare.

Dal cuscino saliva un leggero odore di muffa. Sua madre aveva cambiato la biancheria quella mattina stessa, ma la stoffa non perdeva mai l'odore di acqua rafferma della lavanderia in cui lei si spaccava le mani.

Oskar si sentiva scomodo nella sua stessa pelle. Nel dormiveglia pensava di stare annegando.

Fece un ultimo, disperato tentativo di prendere aria con la bocca, ma era vivo dentro un corpo defunto. Non riusciva a muoversi, sdraiato sulla schiena come un pesce arenato.

Da quell'immobilità, capì che lei gli avrebbe fatto visita.

No, per favore. Le labbra impietrite non riuscirono a dare forma alle parole.

Non venire.

Ruotò gli occhi nella penombra. Dalla finestra, la luce della luna entrava in un fascio slavato che proiettava sul pavimento un rettangolo sghembo.

La prima delle creature che annunciavano l'arrivo di Lilith strisciò fuori da dietro l'armadio. Dall'ombra si staccò prima una gamba magra, dalle giunture di ragno, poi delle dita lunghe accarezzarono l'anta socchiusa, si aggrapparono per farsi forza e infine tutto il corpo giallastro emerse dalla pozza di buio. Il verso che emise tra i denti ricordò a Oskar quello di un rospo schiacciato sul bordo di una strada.

Un'altra scivolò dentro la stanza da sotto la porta, era così alta da toccare il soffitto con la testa calva. Un'altra ancora si ripiegò su di lui dalla sponda del letto per bisbigliare il nome di Lilith al suo orecchio. Il terrore di Oskar si era addensato all'altezza del petto. Non lo faceva respirare né urlare, lo teneva schiacciato al materasso. I macilenti portatori di sogni lo avevano circondato. Oskar poteva solo girare i bulbi oculari e osservare la loro carne tirata sulle ossa. Erano del colore inesprimibile che aveva la pioggia o la polvere che si alzava con i temporali. Smettere di guardarli era impossibile. Aveva gli occhi secchi, due globi di vetro incastrati nel cranio condannati a vedere gli incubi diventare solidi.

Le creature si allungarono su di lui, i denti esposti e le orbite scavate nel cranio scheletrico.

Venivano sempre a guardarlo nel letto.

Tesero le mani gelate per toccargli il viso, le unghie lunghe si impigliarono nei suoi capelli.

Lei arrivò in quel momento.

Minuta e sottile, non aveva la pelle malata né le dita scheletriche. Al contrario, quando mise un piede sul riflesso della finestra, la stanza intera prese il colore della luna.

Lilith si fece strada al centro della camera. Era nuda, fatta eccezione per la gonna rossa di fattura contadina che le ondeggiava ai fianchi.

Oskar sentì il respiro diventare più pesante, unto attraverso il petto immobile, quando lei prese un pennello dalla scrivania.

Lilith si girò a guardarlo da sopra la spalla, mentre sollevava la gonna. Intinse le setole nella piega delle cosce umide, poi se lo portò alle labbra. Le dipinse di rosso e rise, facendo risuonare per la stanza il ruggito di una bestia.

I portatori di sogni adesso danzavano in cerchio attorno a lei, sollevavano le braccia e aprivano le dita fino a tramutarle in rami nodosi. Battevano a terra i piedi oblunghi in un ritmo forsennato. Ballavano al suono dei battiti del suo cuore.

In mezzo a quella foresta stregata, Lilith si lanciò verso il letto. Gli rovesciò addosso i capelli e lo baciò.

Le labbra fredde avevano il sapore del sangue e della pittura a olio.

«Oskar», ruggì, «non hai il coraggio di dipingere me?».

Piena di rabbia, gli diede un morso.

Il fiato trattenuto nella gabbia delle costole si fece strada in gola tutto in una volta e Oskar gridò.

«Oskar!».

«Mamma». Era caduto dal letto e aveva battuto la testa. Si trovò stretto al seno di sua madre, le labbra amorevoli di lei sulla fronte. Inginocchiata sulla pietra fredda, lo cullava avanti e indietro come se fosse ancora un bambino.

«Mio povero Oskar», cantilenò. «Mio povero, piccolo Oskar».

Lui le nascose il viso nel collo. Non voleva vedere suo padre in camicia da notte che teneva la candela sulla soglia, né Berta e Bo che erano accorsi perché le sue grida li avevano svegliati.

«Perdonatemi», bisbigliò. «Vi chiedo scusa».

Era così terrorizzato che non osava staccarsi da sua madre. Non si poteva vivere con tanta paura addosso.

«Di che cosa, bambino mio?», la mamma gli ravviò affettuosa i capelli. «Essere speciali porta con sé anche cose spaventose, lo sai. Sono tornati, questa notte? I portatori di sogni?».

Sentì suo padre sbuffare. «Ancora con questa storia! Romana, io torno a letto. Anche voi due, ragazzi, a dormire. Lasciate che ci pensi vostra madre».

Oskar ascoltò lo strusciare delle ciabatte logore, lo scalpiccio leggero dei piedi nudi di sua sorella fino all'altra camera. Sentì suo fratello Bo bisbigliare preoccupato e Berta che lo tranquillizzava.

Grato di quei rumori concreti, si azzardò a parlare. «Tornano sempre più spesso, in queste notti».

Nel corso dell'ultimo anno, gli incubi erano peggiorati in modo terribile. Erano cresciuti e si erano fatti più densi. Oskar aveva la certezza che qualcosa dentro di lui si fosse spezzato senza rimedio, nei mesi precedenti, e adesso, dalla voragine che gli era rimasta aperta nel petto, i mostri sgorgavano fuori con fin troppa facilità.

Ecco, è stata colpa di Lilith e della sua gonna rossa, pensò. Quello però non riuscì a dirlo.

La madre sorrise. Alla luce della luna, aveva occhi luminosi e liquidi. «Tu e io non siamo come gli altri, siamo più sensibili. I portatori di sogni non devono farti paura, vengono a mostrarti quello che nessun altro è in grado di vedere, perché tu possa fare grandi cose».

La notte in cui lo avevano visitato per la prima volta, i mostri ingobbiti gli erano calati addosso senza preavviso. Oskar aveva cinque anni e dormiva vicino a Berta, che non si era accorta di niente.

Gli avevano leccato gli occhi con le lingue fradice e lui aveva pensato agli stracci con cui la mamma puliva i pavimenti. Era certo che lo avrebbero divorato, invece si era svegliato al mattino vivo e intero, senza sapere quando quei corpi gialli se ne fossero andati né perché non gli avessero staccato la faccia con i denti.

Lo smarrimento era stato tale, nel trovare le lenzuola bagnate, che era scoppiato a piangere. Sua madre non si era arrabbiata e lo aveva ascoltato, gli aveva detto che se i portatori di sogni gli avevano baciato le palpebre era per regalargli la vista acuta dei profeti. Aveva ragione.

Oskar si piantò i palmi delle mani sulle orbite, cercò di scacciare le immagini mostruose di quella notte.

E Lilith? Lilith era arrivata molto tempo dopo, per tormentarlo con un ricordo di carne calda e pelle liscia.

Il pensiero di lei gli gonfiò l'inguine e Oskar strinse le cosce. Non avrebbe mai potuto raccontare a sua madre di Lilith.

«Cosa c'è, piccolo mio, non mi credi? La tua mamma sa quello che dice! Anch'io sono un po' una strega, non lo sai? Siamo speciali allo stesso modo, tu e io: siamo nati dal fuoco».

Quando la nonna era incinta della mamma, si era trovata bloccata con gli altri figli in una casetta di legno in mezzo al bosco.

Era un inverno spietato. Era caduta così tanta neve che per liberare l'ingresso lei e i bambini affondavano nel biancore ghiacciato fino all'ombelico e rientravano in casa fradici. Dovevano passare ore vicino al fuoco per non assiderarsi.

Il marito e il figlio più grande si assentavano spesso per fare legna o per andare a caccia e, al calare della sera, la nonna e i bambini sentivano l'ululato dei lupi sempre più vicini, le loro zampe unghiute raspare sotto le finestre.

C'erano anche gli zingari che venivano a bussare, affamati quanto i lupi. Imploravano per farsi aprire e, non riuscendoci, avevano preso a lanciare maledizioni alla famiglia chiusa all'interno. Quando anche le parole magiche non erano state più sufficienti, gli zingari erano passati al fuoco. Una notte avevano dato la casa alle fiamme.

La mamma non era ancora nata, ma i suoi racconti erano così vividi che, da bambino, a Oskar era sembrato di essere nel bosco insieme ai lupi. Camminava a quattro zampe nella neve e vedeva le ombre scure degli zingari davanti all'uscio, chini a soffiare sulle braci con le guance gonfie e gli occhi luccicanti. Guardava le fiamme attecchire e divorare le finestre.

Allora Oskar smetteva di essere lupo e diventava fumo, scivolava sotto la porta e si accumulava sul pavimento, pronto a soffocare i piccoli e la donna con il pancione. Portava con sé le lingue di fuoco e mangiava l'aria nella stanza.

A quel punto, Oskar diventava i bambini senza scampo e si sentiva morire. Quando il terrore raggiungeva l'apice, quando nel racconto di Romana sembrava che non ci fosse più niente da fare, ecco che il nonno e il figlio maggiore tornavano dal bosco, urlavano e picchiavano con i bastoni, si gettavano dentro per salvare la famigliola atterrita.

«Se non fossero arrivati in tempo», concludeva la mamma, puntando il dito verso di lui e Berta abbracciati sotto le coperte, «la nonna sarebbe morta, io non sarei mai nata e voi non sareste qui».

Quella storia aveva impaurito Oskar per tutti gli anni dell'infanzia. Parlarne con Berta non gli era mai stato di nessun conforto. Passata la tensione del racconto, nella luce del mattino dopo il risveglio, sua sorella si stringeva nelle spalle.

«Alla fine siamo venuti al mondo lo stesso, che bisogno c'è di preoccuparsi? E in ogni caso, se non fosse successo non ce ne saremmo mai accorti».

La mamma era nata il giorno dopo la fuga dalle fiamme. Nel ventre della nonna, diceva, aveva assorbito tutto il potere del fuoco.

E si era riempita di magia zingara.

Romana Kokoschka era davvero una mezza strega.

Oskar l'aveva vista spesso costruire piccoli feticci d'erba e fiori che poi regalava ai corsi d'acqua, nelle notti di luna piena, per chiedere protezione per il marito e per i figli. E non aveva mai dubitato del suo potere dal giorno in cui la mamma gli aveva salvato la vita.

Avevano cambiato casa da poco e non avevano il becco di un quattrino. La mamma aveva fatto amicizia con una ragazza che abitava in fondo alla strada ed era andata da lei per farsi leggere le carte, mentre papà doveva lavorare in tutta fretta all'orologio d'oro di un nuovo cliente. Chiuso in camera, piegato su un tavolino con il suo monocolo di metallo, gli aveva detto di non disturbarlo.

Oskar era rimasto in cucina tutto solo. Berta non era ancora nata e suo fratello maggiore era morto da poco. Ne aveva un ricordo molto vago e in casa non se ne parlava mai, tanto da far pensare che solo a nominarlo sarebbe venuto fuori dagli angoli bui: un piccolo spettro malevolo.

L'unica cosa bella dell'abitazione nuova era la finestra della cucina. Con un davanzale largo e i fili per stendere i panni proprio lì davanti, si sporgeva sulla strada al quarto piano. Quando papà lo prendeva in braccio per farlo guardare fuori, Oskar rimaneva inebriato dall'altezza vertiginosa che lo separava dal terreno e si aggrappava alla camicia del padre più forte che poteva.

Quel giorno, appeso all'ultimo dei fili da bucato, c'era un fazzoletto rosso.

Era una mattinata ventosa e il fazzoletto era preda delle folate. Si gonfiava e poi ricadeva, ruotava nell'aria furibonda come un pesce che danzava nell'acqua.

Era irresistibile.

Per raggiungerlo, Oskar aveva usato la sedia appoggiata al muro.

La mamma, seppur lontana, aveva sentito che il suo bambino stava cadendo nella trappola del vento.

In quel momento si stava asciugando le lacrime davanti ai tarocchi appoggiati sulla tovaglia e cercava nei disegni misteriosi degli arcani un modo per dire addio al primogenito defunto. La cartomante aveva girato l'ultima carta e il vento aveva fatto tremare la finestra. Romana aveva sentito un prurito nel petto, un terribile giramento di testa. Aveva capito subito che il suo bambino, quello ancora vivo, era in pericolo. Era corsa da lui.

Oskar aveva un ginocchio sul davanzale, la mano stretta al filo da bucato. Aveva quasi raggiunto il pesce rosso.

Non si era reso conto che stava per precipitare fino a quando non era scivolato oltre il bordo del davanzale.

La mamma era comparsa appena in tempo e l'aveva afferrato per un piede. Sarebbero bastati un soffio di vento, un solo istante di ritardo e Oskar sarebbe diventato un piccolo spettro malevolo come suo fratello, pronto a infestare gli angoli della casa nuova.

«Siamo speciali allo stesso modo, tu e io», ripeté la mamma, sul pavimento. Lo abbracciò ancora una volta. «Non devi avere paura, finché ci sarò io».

Oskar la aiutò a rialzarsi e lei gli asciugò le lacrime. «Tua sorella e il tuo fratellino assomigliano a Gustav», proseguì lei. «Sono creature meravigliose, ma del tutto umane. Io e te invece no, piccolo mio. Se siamo nati dal fuoco, non possiamo farci niente. Vieni in cucina, prepariamo un tè».

L'idea dell'acqua bollente e delle foglie marce gli torse lo stomaco, ma Oskar la seguì. Non voleva rimanere in camera da solo prima che facesse giorno.

Arrivò a scuola esausto e infreddolito. Davanti al busto di creta che lo fissava a bocca aperta, Oskar si massaggiò la mano ferita. Anche lui era nato dal fuoco. Anche lui aveva nel sangue le fiamme e un poco della magia zingara di sua madre. Era condannato per nascita a vedere le cose più in grande e più vere di come le vedevano gli altri.

E non poteva più farsi piccolo per la paura.

«Bisogna mostrare al mondo il teschio sotto l'incarnato color pesca», disse al suo doppio. «E conquistare Vienna».

La faccia di creta lo fissò stolida e non rispose. Sembrava pietrificata nella meraviglia, mentre scrutava nel vuoto uno spettacolo non creato per occhi umani.

Sgomento, Oskar spalancò la bocca allo stesso modo, nella sorpresa, quando capì cosa doveva fare.

Nel pomeriggio parlò con il professor Czeschka e ottenne di poter lavorare nello spazio scolastico durante la notte, in vista della Kunstschau. Nessuno avrebbe dovuto vedere la sua opera prima che fosse finita. E, dal momento che era figlio del fuoco, per tutto l'inverno Oskar disegnò, dipinse e modellò alla sola luce di lampade, lanterne e candele sparse negli angoli dell'atelier. Angoli che non dovevano contenere ombre.

Vienna, 1908

Con la primavera, la capitale esplose di colori e musica.

In occasione dell'anniversario dell'imperatore Franz Josef I, tutta la città aprì la sua coda di pavone e la *Wiener Kunstschau*, la grande mostra d'arte, spalancò le sue porte.

Una schiera di gentiluomini assediava il cortile con i cilindri che scintillavano al sole, e le raffinate dame della capitale avevano spolverato il loro assetto di guerra per la bella stagione, munite di cappelli floreali e ombrellini candidi.

Oskar aveva di nuovo avuto in prestito la giacca di suo padre per non doversi presentare in maniche di camicia. Le tasche erano state ricucite ancora una volta e, con molti sacrifici, sua madre aveva cambiato i bottoni, che adesso raccoglievano la luce e la restituivano a ogni passo in bagliori preziosi.

L'esposizione sorgeva sul terreno della vecchia sala dei concerti, appena fuori Lothringerstraße. Gli architetti dell'avanguardia avevano fatto germogliare un insieme di padiglioni prefabbricati, con tanto di arcate, pannelli e lamine d'oro, un vero e proprio rifugio di piaceri fatto di corti e giardini interni. C'erano perfino un piccolo teatro all'aria aperta e un caffè per offrire ristoro ai visitatori. Si respirava tutto il profumo dell'oro che il Maestro aveva cucito addosso a Vienna come il mantello di una regina.

Delle stanze dell'esibizione, la numero 22 era dedicata a Gustav Klimt, che in quell'occasione presentava sedici nuove opere.

Il resto era diviso tra gli altri centosettantasei artisti convocati, tra cui figuravano i tredici discepoli del Maestro che avevano abbandonato la secessione per seguirlo. E undici studenti scelti della Scuola d'Arti Applicate. Tra questi, solo Oskar aveva ricevuto una sala tutta per sé: la stanza numero 14 era una delle più ampie e importanti. Aveva impiegato giorni per allestirla, dietro la porta chiusa a chiave, senza mai essere soddisfatto.

Non voleva solo mostrare a Vienna i suoi incubi. Voleva che Vienna li vivesse.

Sistemò l'ultimo dettaglio mezz'ora prima dell'apertura: un fazzoletto rosso che sembrava preda del vento.

Bussarono alla porta e Oskar sussultò. Per la sorpresa quasi fece cadere il busto di creta dal piedistallo. Lo abbracciò, la testa stretta contro il proprio cuore impazzito. «Chi è?».

«Sono io, Kokoschka». La voce del Maestro aveva una nota allegra. «Sono venuto a controllare che sia tutto a posto».

Oskar rimase fermo. Immaginò se stesso come una bestia nella tana. «È tutto a posto, Maestro».

«D'accordo, facci entrare così possiamo vedere anche noi».

Oskar si morse le labbra. Gustav Klimt non era da solo. Era venuto insieme alla giuria della Kunstschau. Tendendo l'orecchio, Oskar sentì il ridacchiare sommesso di Hodler. Riconobbe la voce di Carl Moll, uno dei pittori più rispettati dell'impero. Erano di punta davanti alla porta, per azzannare lui.

Aprì e chiuse le mani sudate. «No».

«Come sarebbe a dire?», esclamò Moll. «Apri questa porta, ragazzo!».

«Non aprirò». Oskar si guardò intorno. Negli ultimi giorni la sala numero 14 non era stata solo una stanza, era diventata un'estensione della sua anima. Entrare voleva dire fare l'ingresso in un mondo di fiabe oscure che dovevano rimanere intatte. «Non aprirò la porta finché non mi farà una promessa».

Klimt rise. «Che promessa vuoi che ti faccia?».

«Mostrerà il mio lavoro al pubblico, qualsiasi cosa pensi la giuria. Nessun dettaglio deve essere modificato».

Carl Moll era indignato. «Che pretese assurde!».

«Me lo prometta, Maestro!».

Dopo un lungo silenzio, Klimt bussò di nuovo, picchiettando un motivetto vivace con le nocche. «Il patto è stretto, Kokoschka. Apri la porta». Il Maestro entrò per primo.

Carl Moll e Hodler si lanciarono dietro di lui come due segugi in cilindro e redingote. La stanza li avvolse nelle sue spire e loro ne rimasero pietrificati.

«Questo è inqualificabile», balbettò Hodler. Si guardava intorno, un bambino precipitato in un incubo. «Inammissibile!».

Carl Moll scosse la testa. «Maestro, non possiamo mostrare ai visitatori questa sala. L'intera esposizione ne farà le spese!».

Per tutta risposta, Klimt fece un sorriso spietato.

Aveva lasciato l'abito monacale nel suo atelier di Josefstädter Straße. Il colletto inamidato della camicia metteva in risalto la linea del profilo, la barba curata delineava la punta del mento. Non sembrava più un santo. Era l'immagine del diavolo agghindato a festa.

«Lasciamo che il nostro giovane Kokoschka venga dilaniato dalla stampa, se è questo che vuole. Ci assumeremo il rischio».

Prima di uscire, guardò Oskar con occhi in cui divampava un'eccitazione elettrica e tese le labbra scoprendo i denti. Era il ghigno di un teschio nascosto sotto un incarnato umano.

I viennesi si aggiravano per le sale incantati.

Gli amanti dipinti nell'oro da Gustav Klimt erano il fulcro di tutta quella beatitudine, i visitatori si fermavano a sospirare davanti alle due figure strette in un abbraccio perfetto. Lei aveva gli occhi chiusi nell'espressione d'estasi delle sante esposte alla luce di Dio, lui le sosteneva la testa, protettivo e amoroso, e le premeva la bocca sulla guancia. Quel bacio conquistava la folla prima di consegnarla al vortice di sale colme di oggetti artigianali d'ogni genere e tele piene di luce. La Kunstschau trasfigurava nell'arte qualunque aspetto della vita. Vienna non era preparata alla morte, ma ci marciava incontro ignara varcando la soglia della sala 14.

Quattro enormi pannelli disposti in semicerchio strozzavano l'ambiente e il respiro. Raffiguravano una foresta di alberi scheletrici, un intreccio di rami e fiori spettrali da cui uscivano creature distorte. Giallastre, con le teste oblunghe e le orbite vuote, emergevano dall'intrico e sembravano riversarsi nella stanza, grazie a un sinistro gioco di ombre.

La targhetta espositiva li definiva «I PORTATORI DI SOGNI», ma era chiaro al primo sguardo che quei mostri potevano portare solo incubi.

Al centro della foresta incantata si ergeva la scultura di una bambina seminuda, i fianchi acerbi avvolti in un fazzoletto rosso.

Danzava in mezzo ai mostri e inarcava la schiena offrendo i seni abbozzati in modo fin troppo sensuale per la sua età. A guardarla meglio, non ballava affatto. Bastava cambiare angolazione per scorgere dietro di lei un'altra figura che le si avvinghiava addosso.

La bambina si dimenava mentre veniva divorata da un lupo.

Oppure, forse, mentre diventava lupo lei stessa.

Davanti alla statua della piccola, proteso dall'angolo più vicino all'ingresso, l'*Autoritratto* dello stesso Oskar Kokoschka la fissava a bocca aperta, sconvolto dallo spettacolo.

Sulle pareti intorno erano appesi *I ragazzi sognanti*, litografie che raccontavano la macabra storia della bambina e di un fanciullo licantropo. Stampati in colori troppo vividi, i giovinetti si inoltravano nel folto di un bosco in cui le bocche si aprivano senza differenza, sia per baciare che per divorare.

«È uno scandalo!», sbottò un visitatore. Indossava una giacca leggera, adatta alla primavera appena giunta, eppure il suo viso era lucido di sudore. La luce faceva brillare gli zigomi umidi e la fronte stempiata sottolineava senza pietà l'oltraggio che gli deformava il volto. Anche il viso della donna al suo fianco era tirato in una maschera stizzita. «Cose come questa dovrebbero essere bruciate, non esposte!».

Prima di andarsene, impettiti nella collera dei giusti, lo guardarono in cerca di aiuto, sperando di ricevere da lui una sorta di complicità.

Oskar non fu in grado di offrire loro alcun tipo di sostegno. Una studentessa impertinente fece notare alla coppia che il gentiluomo con cui stavano conversando aveva le stesse orecchie a sventola del busto di creta e questo, con ogni probabilità, lo identificava come l'autore.

«Non è solo un insulto all'arte, ma anche al buongusto e alla morale», sentenziò la donna, avvinghiata al braccio dell'accompagnatore. «Dovrebbero metterla in galera, giovanotto!».

Non furono i soli a lasciare la Kunstschau indispettiti. Un'anziana aristocratica svenne appena mise piede nella sala e Carl Moll in persona dovette correre a cercare i sali.

I critici sputavano fuoco, i giornalisti riempivano taccuini come assatanati.

Oskar li lasciò al loro lavoro e si allontanò lungo il corridoio quando sentì il Maestro che sibilava come un serpente in procinto di attaccare. La mangusta che lo stava fronteggiando era il critico d'arte Ludwig Hevesi. «Questa esibizione dovrebbe mettere in luce Vienna, invece che cosa abbiamo ottenuto? Mutilamenti e stupri? Un busto urlante davanti a mostruosità disumane? Klimt, questo da lei non ce lo aspettavamo di certo!».

Il Maestro si leccò le labbra. «La vera disgrazia di Vienna è che i suoi critici non riescono più a riconoscere il talento, Ludwig».

«Il tuo pupillo ha talento», ammise Hevesi. «Quello che gli manca è il gusto».

Klimt scoppiò a ridere. «Il gusto serve a un esperto di vino o a un cuoco. L'arte non ha niente a che vedere con il gusto. L'*enfant terrible* della quattordicesima stanza sarà il più grande artista della sua generazione».

«Mi permetto di dubitarne, Gustav. Ne dubito molto».

Alla fine della giornata, il busto in creta non aveva subito meno ingiurie della sua copia in carne e ossa. Nella bocca aperta erano stati infilati pezzi di cioccolato, involucri di caramelle e biglietti strappati. Soffocava nei rifiuti.

Oskar rientrò nella stanza facendosi largo tra le cartacce che coprivano il pavimento. Su un foglio di giornale strappato campeggiavano le impronte delle suole dei visitatori e sul retro di un pieghevole qualcuno aveva scritto la parola «MERDA» prima di appoggiarlo sotto *I portatori di sogni*, come fosse una didascalia.

Oskar lo accartocciò nella mano.

«Hanno lanciato palline di carta contro le litografie», mormorò un uomo, quasi a scusarsi del gesto. Era rimasto l'unico visitatore nella sala e gli dava le spalle. Osservava con interesse la storia dei fanciulli nel bosco.

«Non importa», disse Oskar. «Non è la cosa peggiore che è successa oggi».

L'uomo avvicinò il naso alle stampe. «Comincia come una favola per bambini, ma non lo è affatto. Questa storia è licenziosa ai limiti dell'accettabile, condita di sangue e piena di autolesionismo. Non ho mai visto niente del genere».

Oskar ficcò una mano in bocca al se stesso di creta e svuotò la cavità dall'immondizia. «Senta, ne ho abbastanza. Se non le piace, dall'altra parte del corridoio ci sono i manifesti di Kalvach».

«Al contrario!». Il tizio si girò di scatto verso di lui. Portava una cravatta blu elettrico e aveva gli occhi spalancati dall'eccitazione, al di sopra di un grosso paio di baffi color ferro. «Al contrario, mi piace moltissimo. L'intera stanza è un presagio su tela delle nostre paure più nere! Volevo comprare tutte le stampe, ma ho saputo che sono già proprietà della Wiener Werkstätte, purtroppo».

Oskar lo studiò con diffidenza. La Wiener Werkstätte era una comunità di laboratori e officine che collaborava con la Scuola d'Arti Applicate e spesso si serviva degli studenti per le sue produzioni più innovative. Aveva commissionato una favola per l'infanzia e non aveva apprezzato particolarmente *I ragazzi sognanti*. «È probabile che finiranno nella spazzatura», commentò. «Potrà recuperarli da lì».

«Ci proverò senz'altro», rise l'altro. «Nel frattempo, ho già acquistato il busto in creta. Le sono grato per averlo ripulito».

Oskar era incredulo. «Mi sta prendendo in giro?».

«Niente affatto! Lei è l'artista, vero? Il signor Oskar Kokoschka! Mi deve perdonare, non immaginavo che fosse così giovane». Si avvicinò e gli strinse la mano con entusiasmo. «Io mi chiamo Loos. Adolf Loos».

Oskar sentì cedere le ginocchia. Adolf Loos era uno dei più importanti architetti dell'impero, considerato il pioniere del movimento moderno. Aveva scritto articoli sulla rivista «Ver Sacrum» che erano oro colato, aveva condiviso le più grandi visioni di Klimt. E aveva comprato il suo busto.

«Sono rimasto impressionato da quelle orecchie». Loos raggiunse la scultura nell'angolo. «Questa testa di creta è come in ascolto di suoni che non ci sono, è stata la prima cosa che ho pensato. Poi mi sono dato dello sciocco e sono rimasto in silenzio a osservare le cose che guardava lui».

L'architetto si portò alle spalle del busto e indicò i pannelli. A Oskar sembrò il capitano di una nave dietro alla polena, mentre sfidava l'orizzonte. Gli occhi dell'architetto e quelli del golem di creta erano fissi sulla foresta incantata, sulle sagome macilente dei portatori di sogni.

«E allora ho sentito anch'io», sussurrò Loos. «Un suono proveniva dal fondo di quei pannelli: un frusciare tra gli alberi o un lamento lontano. Un pianto».

Suo malgrado, Oskar rabbrividì. «Non sono in grado di dipingere i suoni, Maestro Loos».

«Mio caro ragazzo, tu hai dipinto l'inferno».

Nei giorni seguenti, Oskar conquistò le pagine del «Wiener Zeitung» e del «Die Presse». Lo chiamavano "il Selvaggio" e la sala 14 era diventata per tutti "la stanza degli orrori".

"Il giovane allievo della Scuola d'Arti Applicate scandalizza la capitale", scrivevano di lui. "Parla di morte, ma dice che è amore". Gli irriverenti giornalisti del «Kronen Zeitung» si erano spinti oltre. Titolavano: "Il diavolo è a Vienna e ha le orecchie a sventola".

Oskar stava leggendo gli articoli in cucina, quando suo padre tornò a casa dal ferramenta. Gustav Kokoschka teneva in mano una copia stropicciata del «Kronen Zeitung» e tremava di rabbia. Si fermò sulla soglia, come se la stessa presenza del figlio gli impedisse di entrare.

«Oskar», gemette. «Che cosa hai fatto?».

«Li hai conquistati tutti». Loos camminava al suo fianco sotto il lucore dei lampioni. «Ecco che cosa hai fatto».

Oskar ne dubitava. Erano arrivati all'angolo tra la Herrengasse e la Strauchgasse, nella parte più elegante del centro storico.

Questa volta Oskar non indossava la giacca rattoppata di suo padre. Adolf Loos aveva provveduto a comprargli di tasca propria un completo nuovo con tanto di panciotto, scarpe lucide e fazzoletto nel taschino. Gli sembrava di essere un orrendo pulcino gettato a forza giù dal nido. Loos gli assestò una pacca sulla schiena. «Levati le mani dalle tasche e tira su la testa, Oskar, sembra che ti stia portando al patibolo!».

Sull'insegna nera campeggiava a lettere d'oro il nome «CAFÉ CENTRAL». Oskar inciampò sul gradino dell'ingresso e riuscì a restare in piedi aggrappandosi alla porta a vetri. Un cameriere, abbigliato come un nobile imperiale, lo schivò con la fluidità di un danzatore e continuò il suo percorso tra i tavoli di legno lucido e le lampade accese. Con le navate interne e la musica del pianoforte che inondava l'ambiente, il Café Central era una cattedrale di luce. E al tavolo più vicino alla grande vetrata erano riunite le divinità che la popolavano. Gli artisti dell'avanguardia di Vienna si stagliavano come gli dèi dell'Olimpo.

Oskar riconobbe la fronte spaziosa e gli occhiali rotondi di Karl Kraus, scrittore, saggista e giornalista.

«Signori!», Adolf Loos alzò la voce per annunciarsi al di sopra delle teste dei commensali e dei giocatori di scacchi. «Vi ho portato il Selvaggio di Vienna!».

Con le orecchie in fiamme, Oskar si mise a sedere, tentò di dire qualcosa ma riuscì a offrire solo un gemito gutturale.

«Sei sicuro che sia lui, Adolf?». Una donna con i capelli raccolti in modo da mettere in risalto il collo da cigno si allungò per studiarlo. «Sembra così tranquillo».

Era Lotte Franzos, la regina di un salotto che raccoglieva attorno a sé architetti, pensatori e politici tra quelli più in vista. Accanto a lei era seduta una coppia: Hans ed Erica Tietze, due storici dell'arte, severi e dall'aspetto gelido, ma Oskar vide che si tenevano la mano con tenerezza sotto il bordo del tavolo.

Dall'altro lato, il poeta Peter Altenberg lo guardava con sospetto. Aveva un'aria quasi femminile, nonostante i baffi rigogliosi e il viso in ombra sotto il cappello a tese larghe. Si mosse vezzoso per versare vino bianco a tutti, e fece ondeggiare la mantellina azzurra che gli copriva le spalle.

Oskar non aveva mai visto da vicino creature simili, fatta eccezione per il Maestro. Irradiavano lo stesso potere spaventoso degli angeli. O dei diavoli più neri.

Loos lo presentò. «Sono rimasto sconvolto davanti alle opere di Kokoschka». Prese tempo per accendersi un sigaro. «La sala con i suoi lavori non era una semplice parte dell'esposizione, era la crepa che la spezzava in due».

«Benvenuto a questo tavolo!», Hans Tietze sollevò il calice e gli altri lo imitarono. Guardavano Oskar con un'attenzione che gli faceva piacere, ma che lo inquietava. Il suo primo pensiero fu che si stessero prendendo gioco di lui e che presto lo avrebbero deriso. Forse Peter Altenberg avrebbe appallottolato qualche foglio del suo taccuino per gettarglielo addosso.

Un paio di bicchieri di Traminer più tardi fu in grado di definire cosa lo rendesse così guardingo: gli artisti del Café Central lo fissavano come se avessero voluto mangiarlo.

«Vedi davvero cose che noi non vediamo, Oskar?», Lotte Franzos gli prese la mano e l'accarezzò con l'unghia curata. «Il nostro buon amico Loos ci ha detto così».

Oskar cercò di non pensare a Lilith, terrorizzato all'idea che la donna riuscisse a vederla nei suoi occhi.

«Solo le cose che vedono tutti», si affrettò a rispondere.

Lei rise. «Bugiardo».

«Non essere timido», disse Loos. «Hanno tutti paura di qualcosa e tu riesci a mostrarci che cos'è».

Oskar si leccò le labbra. «E che cos'è?».

«L'inferno, Kokoschka. Lo hai costruito con le litografie della tua fiaba. E ti sei raffigurato mentre lo guardavi».

Oskar stritolò tra le dita il fazzoletto da taschino. Tentò di fare un sorriso noncurante. «È solo fantasia. Che cos'è un pittore se non ha un po' di immaginazione?».

Peter Altenberg si versò ancora del vino. «Da parte mia, vivo in una stanza d'albergo magnifica», disse. «L'ho tappezzata di cartoline, ognuna delle quali raffigura una ragazza ben vestita».

«Parla con loro tutte le sere», bisbigliò Erica Tietze. «E chiama tutte quante per nome».

Altenberg si ricacciò in testa il cappellaccio. «Sono finte per tutti, ma non per me. Quando rimango da solo, io mi rivolgo a loro. Saluto Maria e lei si piega in avanti e si tira su la gonna. Mando un bacio a Nicole e quella si sbottona la scollatura del vestito. Questa è più che immaginazione».

Oskar sentì il sangue ribollirgli nelle orecchie. Immaginò con molta chiarezza le natiche color della luna di Maria e le delizie nascoste dietro i bottoni di Nicole.

Distratto, venne colto di sorpresa quando Loos disse: «Vogliamo vedere quello che vedi tu, Oskar. Dipingerai per noi?». Avrebbe cominciato con qualche ritratto, se voleva. Poteva lavorare lì al Café Central, oppure in qualsiasi altro posto desiderasse.

Oskar rimase a bocca aperta davanti agli artisti al tavolo che gli rivolgevano parole incoraggianti. L'Olimpo viennese si stava dischiudendo per lui. Oskar impose alle mani di smettere di tremare e buttò giù l'ultimo sorso di Traminer.

«Va bene. Certo, lo farò».

Cominciò a lavorare nello studio di Loos. L'architetto lo lasciava dipingere vicino alla finestra e gli metteva a disposizione tele e colori.

Se l'amico aveva dei clienti o era impegnato con degli ospiti, Oskar non diceva una parola e rimaneva chino a pulire i pennelli.

Quando non c'era nessuno, Loos gli raccontava degli anni che aveva trascorso negli Stati Uniti, da cui era tornato con una nuova idea di architettura fatta di spazi e volumi complicati. Negli edifici che progettava, Adolf Loos tentava di far sbocciare una realtà dentro l'altra, immaginava il sogno impossibile di riuscire a fare entrare una nebulosa di stelle in una sala da pranzo. Amava le linee sostanziali, gli spazi pieni di significato. Gli orpelli lo infastidivano, così come gli ornamenti che invece piacevano tanto all'impero.

«Quest'epoca sta finendo sotto i nostri occhi, Oskar. La delicatezza e lo sfarzo di cui Vienna non riesce a fare a meno non sono altro che un trucco di scena ostinato. Viviamo in un mondo che è arrivato al tramonto».

«E noi cosa possiamo farci?».

«Noi? Un bel niente». L'architetto tornava alle sue carte. «Possiamo solo dare voce a quello che sentiamo. L'arte decorativa non è più capace di rappresentare le tenebre che ci stanno per piombare addosso. Tu le senti, vero? Le senti avvicinarsi anche tu».

Oskar le sentiva. Era un buio che lo spiava da dietro i palazzi e che gli camminava sottopelle. Viaggiava sul vento e aveva un odore malato. Sull'impero stava per abbattersi qualcosa che nemmeno gli artisti riuscivano a spiegare, ma che li rendeva inquieti. Era come se il cielo stesse per cadere sulle loro teste.

Mentre Oskar stendeva in silenzio un colore sull'altro, l'architetto lo guardava. «Anch'io ho abbandonato la secessione, come il tuo Maestro Klimt. Era un movimento intenso, ma si è consumato in fretta e ormai è già passato. Tu sei il futuro, invece».

Oskar si incantava ad ascoltarlo.

La giacca marrone aperta sul davanti, i capelli scarmigliati e le mani nodose che lavoravano senza sosta, tutto in Loos aggiungeva vita ai suoi racconti. Il primo ritratto fu per lui.

Oskar lo rappresentò seduto, con le mani in grembo e lo sguardo perso dietro qualche scampolo di universo da ficcare, forse, nel salone di una villa in restauro.

Poi venne il turno di Lotte Franzos. Oskar ne aveva fatto un bozzetto al Café Central, mentre lei rideva alle battute grossolane di un tizio biondo seduto al pianoforte.

«Oh, Walden, smettila!», gli diceva, gioiosa, mentre lui batteva i polpastrelli sui tasti a un ritmo veloce per farla ballare.

Oskar aveva visto qualcosa di viscido, sotto quell'allegria, che lo aveva fatto pensare al sudore freddo dopo un incubo. Quando era venuto il momento di dipingerla, l'aveva avvolta in un'aura viola che le stritolava il corpo e le aveva dato l'espressione contrita di chi non sapeva più dove scappare. Per finire, aveva scarnificato il colore intorno a lei piantandoci le unghie.

Lotte aveva comprato il quadro, dicendo però che non lo avrebbe mai esposto. Aveva confidato a Loos, con gli occhi di un coniglio braccato: «Se gli altri cominciassero a vedermi come lui mi ha ritratto, non saprei più come difendermi. Sarei in pericolo».

Alla fine dell'estate cominciò a spargersi la voce che il Selvaggio di Vienna era un chiaroveggente. I ritratti dai colori striduli che uscivano dalle sue mani rivelavano segreti.

Oskar era febbricitante di un potere nuovo. «È come se avessi un apriscatole», spiegava quando scendeva la sera e lo studio rimaneva deserto. «Non devo fare altro che dipingere quello che c'è sul fondo della testa della gente. Voglio farne un altro, Loos. Voglio fare un ritratto nervoso e disordinato».

«Signor Kokoschka», commentò Hans Tietze, senza fiato. «Tu possiedi l'Occhio di Dio».

Vienna, 1909

Il vecchio orologio sulla parete segnava le tre del mattino.

Non nevicava più, ma faceva un gran freddo, e Oskar era grato a Loos dei vestiti pesanti che aveva addosso. Ormai guadagnava abbastanza con i ritratti da poter riempire l'armadio di abiti. Aveva comprato delle gonne di lana per sua madre e una giacca nuova per suo padre.

Berta si era sposata all'inizio dell'inverno e lui aveva speso tutto quello che aveva accumulato per coprire le spese del matrimonio. Per la cerimonia le aveva procurato anche degli splendidi fiori di serra, perché desiderava che fosse felice. Anche suo fratello Bohuslav era al sicuro dagli spifferi sotto le coperte nuove. Poteva dormire sonni tranquilli.

Oskar invece si avvicinava al letto il meno possibile. Quella notte sedeva sul davanzale, nella sua camera. Aveva spalancato la finestra, nella speranza che il gelo di gennaio lo aiutasse a sconfiggere il sonno.

Ammirava il tappeto di neve che copriva Breitenfelder Gasse, luccicante sotto i lampioni e spezzato dal sentiero di orme lasciato dai negozianti a fine giornata. Si era messo a contarle, seguendo il percorso appena accennato di due larghe suole che svoltavano al primo incrocio.

L'idea si rivelò stupida. Aveva sentito la mano gelida di Lilith sul collo e si era svegliato di soprassalto. Il peso del corpo esausto lo stava spingendo verso il vuoto oltre la finestra.

Conficcò le unghie nel legno degli stipiti, il fiato si condensò davanti a lui in nuvole spesse. «Sono un idiota».

Quando suo fratello non riusciva a dormire, da bambino, Oskar si sedeva vicino a lui per fargli contare le stelle che aveva disegnato sul soffitto. Bo si addormentava in pochi minuti. E lui era stato così imbecille da mettersi a contare le orme sulla neve, appollaiato sopra un davanzale.

Accostò le imposte e indietreggiò, senza perdere d'occhio il rettangolo della finestra. Non si chiudeva bene, uno degli scuri continuava a sbattere a ogni soffio di vento. Avrebbe dovuto farla riparare, ma aveva speso le ultime corone per il matrimonio di Berta.

«Dipingerò ancora», si disse. «Guadagnerò di più».

Ma l'idea lo atterriva. Ogni volta che "l'Occhio di Dio" si spalancava sulla realtà che solo lui poteva vedere, Lilith diventava più forte e veniva a riscuotere un tributo.

All'inizio era eccitante, ma lei era diventata via via più spaventosa. Una notte, Oskar aveva aperto gli occhi e l'aveva vista aggrappata al soffitto in una posa irreale, come un grosso insetto. A braccia e gambe aperte, era inchiodata lì come lui lo era nel letto.

La gonna rossa pendeva verso di lui e gli sfiorava le gambe, i capelli erano scesi a lambirgli la faccia, si erano fatti strada dentro la sua bocca.

Mentre lui soffocava, Lilith ululava con la voce del vento: «Devi farne un altro! E un altro! Un ritratto nervoso e disordinato! E un altro!».

Loos aveva riempito l'agenda di richieste da lì a primavera e la Scuola d'Arti Applicate, in aggiunta alla mole di studio e alle lezioni, aveva commissionato a Oskar qualche altra opera per la Kunstschau che sarebbe stata replicata a maggio.

Lilith veniva ogni volta che lui si addormentava. Lo costringeva ad aprire gli occhi e vi versava dentro visioni. Gli teneva le palpebre spalancate perché potesse guardare, dipingere e guardare ancora. Prima o poi sarebbe diventata abbastanza forte da rapirlo e portarlo via con sé.

Oskar affondò le dita tra i capelli e si massaggiò la testa. «Non vedo con l'Occhio di Dio, ma con quello del diavolo».

Colse il proprio riflesso nello specchio. Le ciocche lunghe gli piovevano davanti alla faccia senza riuscire a nascondere gli zigomi troppo sporgenti, né le orecchie a sventola. Le occhiaie erano così profonde da sembrare scarnificazioni sotto le biglie azzurre degli occhi. Il ticchettio dell'orologio riempiva la stanza. Oskar studiò le lancette e fece un paio di conti a fior di labbra. Cinquantadue ore che non dormiva.

Non durerai ancora a lungo, constatò la faccia nello specchio.

Oskar distolse lo sguardo. *Sì, invece.*

La stanza gli vorticò attorno e lui si schiacciò contro la parete. Lilith era già lì, la sentiva nel freddo della neve sulla strada, nei fischi del vento che facevano sbattere gli scuri.

Era vero. Non poteva andare avanti senza dormire ancora per molto. Forse poteva appisolarsi per qualche minuto, per allentare la presa... «No, no», gemette. Si sollevò la manica sull'avambraccio, la camicia gli sembrava pesante come un cappotto bagnato.

Si piantò le unghie nel polso. Le teneva lunghe, per affondarle nella vernice e imprimere forza nei dipinti. La impresse invece nella carne. C'erano già altri solchi profondi che risalivano fino al gomito, attorno alle croste si ramificavano crudeli linee rosse di infezione che gli mordevano la pelle. Meglio quello, di Lilith.

Soffocò un ringhio di dolore. La pelle veniva via come pittura appena stesa. Il bruciore gli fece scoprire i denti. Sollevò la faccia e il riflesso nello specchio lo fissò di rimando con il sorriso di un teschio.

«Sono sveglio, vedi?».

Restò immobile fino a quando il dolore smise di essere un lampo bianco nel cervello. Fatta eccezione per lui, la stanza era vuota.

Si sentì meglio, ma gli si era seccata la gola e voleva un bicchiere d'acqua. Voleva lavare la ferita. Si staccò dal muro e aprì la porta, cauto.

Dalla camera dei genitori si sentivano il russare placido di suo padre e il respiro della mamma. Oskar camminò in punta di piedi, sostenendosi con una mano al muro del corridoio. Non voleva svegliarli, loro che potevano dormire.

La finestrella della cucina aveva gli scuri aperti sulla strada. Da dietro il vetro, i lampioni diffondevano un chiarore delicato, nella stanza, che distorceva le linee del tavolo, trasformava le sedie in mostri sghembi dalle gambe lunghe.

Oskar sentì che il mento gli cadeva sullo sterno, un piede inciampò nell'altro.

Fece un grugnito sorpreso e franò per terra. L'impatto gli procurò un dolore ovattato, molto lontano, e il chiarore della cucina si spense.

Si addormentò con la guancia schiacciata al pavimento.

«Oskar».

«Mamma?». Era stato sollevato dal pavimento e si trovava stretto al seno di sua madre. Ingoiò un sospiro di sollievo.

Premeva la guancia contro la stoffa di un abito morbido.

«Mio povero Oskar», gracchiò la mamma. «Mio povero, piccolo Oskar». Era una voce senza labbra che raschiava il respiro. Alzò gli occhi e non incontrò il viso di sua madre. Dietro la massa di capelli scuri, il volto di Lilith era livido come se fosse scolpito nel ghiaccio. Gli mostrava i denti dietro la bocca dipinta con il sangue, lo guardava con occhi infossati.

«Essere speciali porta con sé anche cose spaventose», disse lei.

Oskar non riuscì a urlare. Ma sentì la propria urina bollente colargli tra le cosce.

«Non posso più dipingere. Non me ne importa niente dei soldi e di Vienna, troverò qualcos'altro da fare. Lavorerò agli orologi con mio padre».

Quella dichiarazione terrorizzò Loos più dei racconti convulsi su Lilith. L'architetto convinse i suoi genitori a lasciarlo partire insieme a lui per un viaggio in Ungheria. Oskar avrebbe potuto rilassarsi, vedere posti nuovi e cambiare aria, tutte cose importanti per un artista.

Sua madre non si oppose. «Vai dove vuoi, Oskar, ma torna che stai bene!». Trovarlo sotto il tavolo della cucina madido di sudore e di piscio era stato troppo, per lei. «Signor Loos, la prego, vegli su mio figlio!».

Loos si dimostrò il più premuroso degli amici. Lo tenne impegnato con conversazioni brillanti e lo portò lontano, senza badare a spese.

Pudmeritz, 1909

Per la prima volta dopo molto tempo, Oskar riuscì a dormire senza che niente strisciasse fuori da sotto il letto o dagli armadi. Gli alberghi dell'Est avevano molte ombre, ma erano tutte anonime.

Immerso nelle campagne di Pudmeritz dipinse qualche paesaggio, su cui Lilith sembrava non avere potere. Durante i pomeriggi più soleggiati, invece, mentre Loos fumava appoggiato alla finestra, Oskar riempiva i fogli di parole.

«È troppo lunga per essere una lettera a tua madre», constatò l'architetto. «Che cosa scrivi?».

«Non è una lettera. Si tratta di una drammaturgia».

Loos si fece passare qualche pagina. «Ah, davvero? Per la prossima esposizione d'arte di Vienna?».

Oskar annuì. «C'è un teatro-giardino, in mezzo ai padiglioni. Ho chiesto di poter mettere in scena qualcosa».

«Non vuoi proprio dipingere niente, allora?».

Oskar tergiversò davanti alla palese delusione dell'amico. «Forse lo farò. Ma adesso preferisco scrivere».

L'Occhio di Dio – o del diavolo – rimaneva chiuso davanti alla carta da lettere. Nascosto in quell'angolo cieco che aveva scoperto, Oskar sfogò l'angoscia dei suoi incontri notturni con Lilith in una storia violenta di re e regine. Scrisse di una cortigiana vestita di rosso e di un cavaliere azzurro che non riuscivano ad amarsi senza essere una minaccia l'una per l'altro. L'unico modo che il cavaliere aveva di sopravvivere era consegnare lei alla morte.

«Non voglio che tu la legga tutta adesso, Loos. Ti rovinerai la sorpresa».

L'architetto sfogliò la parte iniziale e sgranò gli occhi. Si tolse gli occhiali e avvicinò gli appunti al naso, come per essere sicuro di aver letto bene. «Non credo che tu possa smettere di sorprendermi neanche volendo. Farai arrossire di vergogna tutti quelli che fingono di avere una vita di coppia come la morale comanda, lo sai? Come s'intitola?».

Si chiamava *Assassino, speranza delle donne*.

«È un titolo che di speranza ne lascia ben poca», rise Loos.

Oskar lo sapeva. Non era possibile che ci fosse conciliazione tra gli uomini, semplici esseri umani, e quei mostri squisiti chiamati donne. Mettere il suo tormento nero su bianco lo fece sentire più leggero. Di ritorno verso Vienna, Oskar respirava meglio, rispetto a quando era partito, e sorrideva di più. Nello specchio da viaggio di Loos, il suo viso era meno spigoloso e aveva preso un colorito più sano. In pochi mesi, Lilith era stata riassorbita dai sogni e non l'aveva più vista. Forse era morta, insieme alla dama rossa del dramma. I graffi che Oskar si era inferto si erano ridotti a cicatrici sottili che il sole faceva sembrare una ragnatela leggera sulla pelle delle braccia. Erano guariti.

Vienna, 1909

A primavera i fiori riempirono i rami sui viali del Ring e Oskar si sentì abbastanza forte per tornare a dipingere. Serviva un manifesto per pubblicizzare il suo dramma e non avrebbe permesso a nessun altro di realizzarlo al suo posto, neanche al Maestro Klimt in persona.

Si accostò alla tela come un sacerdote all'altare.

Dipinse una luna rovesciata nell'angolo in alto a destra e un sole senza raggi in quello a sinistra. Nessuno dei due astri riusciva a rischiarare la campitura del cielo composto di strati neri e blu. Oskar aveva un'idea vaga di quello che voleva rappresentare, ma la sua mano si muoveva con sicurezza.

Qualcun altro sta lavorando a questo dipinto, si rese conto. *Qualcuno che non sono io.*

Lilith si manifestò nelle pennellate successive. Il colore delineò una donna smagrita, bianca in modo intollerabile. Sembrava scolpita nel ghiaccio e la bocca rosso sangue dischiusa scopriva i denti. Accasciata a terra, riversava i capelli al di sopra di un volto umano.

Oskar scoprì che non poteva smettere di dipingere. E non

solo: non *voleva*. Era invasato dal potere della febbre che lo aveva già colto quando aveva cominciato a ritrarre gli artisti del Café Central.

Affondò il pennello nella pittura rossa e tracciò spesse linee. Diede un corpo al volto sostenuto da Lilith. Era rovesciato tra le braccia di lei, scomposto nella morte. L'uomo era solo muscoli e nervi. Calvo e senza la protezione della pelle, aveva il colore delle lacerazioni che Oskar si era inflitto con le unghie e con il puntasecca. E aveva il suo viso.

La scena che aveva dipinto era quella di una *Pietà* macabra in cui Lilith lo sosteneva come la Madonna aveva sostenuto il Cristo senza vita. Era l'abbraccio che Oskar aveva ricevuto nella cucina rischiarata dai lampioni. Fece un passo indietro per ammirare l'opera nella sua interezza. E seppe di essere condannato.

Non aveva visto Lilith in quegli ultimi mesi perché all'occhio umano non è possibile distinguere qualcosa quando ci si trova troppo vicino.

Per tutto quel tempo, lei lo aveva tenuto tra le sue braccia.

Gli cadde il pennello dalla mano.

Non avrebbe mai potuto sfuggirle, non avrebbe mai più potuto dipingere nient'altro che lei. «Che Vienna mi perdoni».

Vienna non lo perdonò e la *Pietà* venne considerata blasfema.

«La Vergine è un mostro», sbraitavano i critici. «E il Cristo senza capelli sembra un galeotto! Esporre una cosa del genere non è accettabile!».

La messa in scena di *Assassino, speranza delle donne* provocò nel pubblico reazioni così violente che nel teatro giardino della Kunstschau si scatenò il putiferio.

Le più inferocite erano le signore. Qualcuna piangeva, altre gridavano offese a lui e agli attori sul palco. Erano tutte visitatrici a cui Oskar si era inchinato in segno di saluto solo qualche ora prima e che gli avevano risposto con sorrisi leziosi, piegando le teste sotto gli ombrellini. Ne vide una togliersi i guanti e infilarsi pollice e indice in bocca. Fischiò come un monello di strada, con le guance paonazze e gli occhi lucidi.

Adesso sciamavano in strada, alzando i prendisole per proteggersi dall'orrore sulla scena.

I gentiluomini della prima fila lanciarono le sedie sul palco e mandarono in frantumi le lampadine dell'illuminotecnica. «Sei un pazzo, Kokoschka! Dovrebbero romperti le ossa!», urlavano.

Un ricco mercante d'arte li prese in parola. Andò a cercarlo dietro le quinte e lo mandò lungo disteso con un pugno alla mascella.

«Ti faccio passare io la voglia di mostrare queste porcherie alla gente perbene! Secondo te tutti gli uomini sono assassini? Sarei un assassino io?». Nello sbraitare, gli sputò in faccia lapilli di saliva. «Il criminale qui sei tu, pronto per la gattabuia! Adesso ti sistemo come meriti».

Ci vollero tre uomini per levarglielo di dosso.

Toccò a Loos mettere mano al portafoglio per pagare i danni.

Nei giorni seguenti gli rimase accanto e gli impedì di leggere i giornali. «Forse è meglio se lasci la capitale per un po', Oskar. Sono tutti imbestialiti, hai dato a questi borghesi ingessati uno scossone un po' troppo forte».

Per far fronte alla furia di Vienna, la Scuola d'Arti Applicate fu costretta a espellerlo. Per la vergogna, suo padre si rifiutò di mangiare seduto al tavolo con lui. Oskar si chiuse nel silenzio. L'avvenire che aveva sperato di schiudere come lo scrigno di un tesoro era diventato un cappio che gli si stringeva al collo.

«Signor Loos, salvi mio figlio», implorò la mamma. «Oskar è nato dal fuoco, lo sa? A volte scalda, altre brucia. Non è colpa sua».

Adolf Loos apprezzò il paragone. «Suo figlio è fuori dal comune, su questo non ci sono dubbi». Si rivolse a Oskar. «Per questo ho pensato che potresti andare in Germania e lasciar calmare le acque. Ho un amico tedesco, Herwarth Walden, che viene spesso a Vienna. Forse lo hai visto, qualche volta, adora suonare il piano. Dirige una rivista d'arte e ha voluto sapere di te. Dice che ha visto il ritratto di Lotte Franzos ed è rimasto impressionato. Gli serve qualcuno che disegni le copertine delle sue pubblicazioni».

La sera prima di partire, sua madre lo convinse a radersi. Dallo specchio lo scrutava un selvaggio dai capelli lunghi e la barba incolta.

«Sei un criminale», gli disse Oskar. «Dovrebbero romperti le ossa».

Si zittì per paura che quello balzasse fuori dallo specchio per vendicarsi degli insulti. Lo vide deformare la bocca in una smorfia di disprezzo.

«Sei condannato», bisbigliò. Un condannato non avrebbe avuto i capelli tanto lunghi, in carcere si veniva rasati.

«Adesso ti sistemo come meriti».

Sogghignò. Anche il selvaggio dall'altra parte dello specchio arricciò il labbro.

La lama del rasoio scintillò quando l'aprì con uno scatto.

«Bisognerebbe ammazzarti». L'idea lo accarezzò voluttuosa e lui la respinse in preda al panico.

Gli tremavano le mani. Si fece la barba, poi portò la lama alla fronte e prese a grattare.

Emise un gemito da cane ferito, quando la lama scorticò la pelle e la carne cominciò a bruciare. Il sangue gli colò sulle guance, impiastricciò le dita, rese scivolosa la presa sul manico.

Tagliò i capelli ciocca dopo ciocca, li lasciò piovere sul pavimento. Riuscì a radere via quello che rimaneva e immerse la testa nel catino colmo d'acqua fino a quando le abrasioni non smisero di sanguinare.

Alla fine si accarezzò il cranio glabro. Tornò a guardare nello specchio. Lo fissava uno sconosciuto rabbioso. Rasato, con le lacerazioni fresche sulla testa e un livido che gli ingialliva la mascella: quello era il galeotto che aveva sconvolto Vienna. Non c'era posto per lui, nella capitale dell'impero.

«Sei pronto per la gattabuia», si salutò Oskar alle prime luci dell'alba.

2
La tempesta

Berlino, 1910

L'impatto con la capitale tedesca lo lasciò senza fiato. Berlino era rumorosa, piena di ruggine e avvolta dalla polvere nera sputata dai comignoli. Quattro volte più grande di Vienna, la città continuava a crescere. A ogni passo, Oskar si imbatteva in un cantiere aperto, dove l'odore della terra rivoltata e del catrame bruciava i polmoni, mentre la fuliggine permeava l'aria. Poi girava l'angolo e trovava il viavai elegante di una strada ricolma di vetrine di lusso.

Berlino era sempre stata un'accozzaglia di quartieri e sobborghi ammassati gli uni sugli altri, ma negli ultimi anni era diventata un centro culturale vitale. Era il riflesso mostruoso e brulicante di Vienna.

I palazzi erano tappezzati da inserzioni che pubblicizzavano decine di eventi d'arte. I manifesti dei concerti erano strappati per fare spazio agli altri, oppure coperti senza riguardo da quelli più nuovi. Oskar sentì il cuore battergli più veloce.

Con l'aiuto della mappa raggiunse il quartiere di Halensee. Gli uffici di Herwarth Walden si trovavano al numero 5 di Katharinenstraße. La rivista «Der Sturm» condivideva il piano con la sede berlinese di «Die Fackel» di Karl Kraus, una pubblicazione satirica dal taglio violento.

Oskar bussò al portone e salì fino a un ingresso oscuro che non veniva arieggiato da molto tempo. Oskar tossì, la gola bruciata dal tabacco che impestava l'ambiente.

«Avanti», gridò qualcuno dal fondo dell'ufficio. In mezzo alla nebbia artificiale del fumo, Oskar distinse la figura di un uomo seduto a una scrivania.

«Il signor Herwarth Walden?», chiamò.

«In persona. Accomodati, accomodati! Devi essere Oskar Kokoschka, il pupillo del buon Loos. Non fa che parlare di te. Hai stregato anche Kraus, con i tuoi ritratti: voglio proprio vedere di che pasta sei fatto. Vieni avanti, fatti guardare!».

Walden era un uomo allampanato, con ciocche di capelli biondi che gli ricadevano ai lati della fronte alta e gli occhi nascosti da lenti spesse.

Adesso che lo vedeva meglio, Oskar si rese conto che si erano già incrociati al Café Central di Vienna, ma non avevano mai parlato. Nel complesso, Herwarth Walden gli ricordava un uccello esotico rimasto nascosto troppo a lungo nella cenere.

Rimase a bocca aperta quando il proprietario di «Der Sturm» si piegò in avanti per studiarlo. «Ti sei tagliato i capelli? Ma guardati, sembri una gallina spennata! Non hai freddo?».

Senza sapere cosa dire, Oskar si accarezzò la testa nuda. Era arrivato a Berlino dopo un lungo viaggio in Svizzera in compagnia di Loos e prima di raggiungere la capitale tedesca si era fermato per qualche tempo a Monaco, da solo. Durante quei mesi le escoriazioni alla testa si erano rimarginate, ma Oskar aveva mantenuto la rasatura da galeotto. Voleva che la gente sapesse subito che avrebbe avuto a che fare con un poco di buono. Nessuno avrebbe avuto da ridire, poi.

Walden fece un gesto sbrigativo. «Siediti pure, non fare complimenti».

Oskar si guardò intorno. Spostò un mucchio di spessi faldoni di carte dallo sgabello nell'angolo e lo trascinò davanti alla scrivania. Walden si era acceso una sigaretta e gli alitò il fumo in faccia. Sotto l'odore del tabacco c'era una nota rafferma di cipolle e alcol.

«Che hai da guardare? Ne vuoi una?».

«Non fumo, grazie».

«Il principino con le orecchie a sventola non fuma! Che razza di gente mi manda Loos?».

Oskar si strinse nelle spalle. «Sono venuto per disegnare. Le servono illustrazioni per la sua rivista oppure no?».

«Puoi giurarci che mi servono, Koko».

Gli mostrò le bozze di stampa dei primi numeri. Oskar apprese che la rivista di Walden era la più audace di tutta la Germania imperiale, che raccoglieva articoli d'arte e squisiti pezzi di critica, arricchita dalle opere letterarie degli artisti più scandalosi e discussi della secessione berlinese. *Der Sturm*. 'La tempesta'. Il nome della rivista era un programma già di per sé.

Mentre Oskar sfogliava le pagine, Walden fece in tempo ad accendersi altre tre sigarette e a raccontargli buona parte della sua vita. Era un ebreo che non si considerava ebreo, ma non pensava a se stesso neanche come tedesco. Gli piaceva definirsi un "declassato cosmopolita". Walden amava Berlino, era fatto della stessa sostanza del caotico tessuto urbano della metropoli. Non aveva nessun interesse per i paesaggi rurali, la campagna lo annoiava e, più in generale, la natura selvaggia lo infastidiva.

«Non c'è niente di bello nell'infangarsi fino alle ginocchia andando per campi! Cosa ne guadagni? Mosche e merda di vacca, ecco cosa. Se vuoi conoscere la vita selvaggia, devi guardare negli occhi la gente qui in città».

Vestiva abiti logori dal taglio fuori moda e, sotto la scrivania, batteva nervoso il tacco delle scarpe malridotte. Ispirava un ribrezzo che faceva simpatia.

Vennero interrotti da un galoppo di passi sulle scale.

Walden s'illuminò all'istante. «Sta salendo mia moglie, senti? Dai un'occhiata ai formati delle copertine, Koko, mentre io vado ad aprirle».

Si diresse verso la porta con andatura goffa. In mezzo al fumo, fece il suo ingresso nell'ufficio una figura alta e dal portamento regale, verso la quale il giornalista si prostrò in un inchino. «Bentornata, finalmente!».

Oskar conosceva la moglie di Walden: Else Lasker-Schüler. Con un sorriso malcelato, Loos gli aveva raccontato che era una donna fuori dal comune e che non si poteva fare a meno di adorarla.

Ma quella non poteva essere lei. La figura che avanzò nella nebbia argentea apparteneva a un giovane uomo. Indossava scarpe a punta e larghi pantaloni di foggia orientale stretti alle caviglie. La casacca maschile avvolgeva un busto piatto su cui scendevano i capelli scuri. Aveva in testa un grosso turbante da sceicco.

Oskar non poté fare a meno di prendere la mano che gli veniva offerta.

«Sono Yussuf, il principe di Baghdad», si presentò la creatura. «E sono molto felice di fare la tua conoscenza, Kokoschka».

La voce era senza dubbio femminile. Digerita la sorpresa, Oskar intuì i lineamenti di una donna nel viso del principe, nelle dita delicate che stringevano le sue, e scorse un accenno di seno sotto l'allacciatura della casacca.

«Il piacere è mio», sussurrò Oskar. E si affrettò ad aggiungere: «Vostra Altezza».

Il principe chiuse gli occhi in un'espressione estatica e lo invitò a tornare a sedersi. Volteggiò nel fumo e, quando anche Walden prese posto alla scrivania, si accomodò sulle gambe del marito.

«Ero molto ansioso di fare la tua conoscenza», disse la donna. «Il caro Herwarth ti ha già mostrato la rivista, vedo».

Oskar annuì. «Sì, ho avuto modo di apprezzarne il taglio artistico».

«Non mi aspetto da te niente di meno di quello che hai fatto per scandalizzare i viennesi». Il viso di lei si aprì in un sorriso placido. Aveva gli occhi annebbiati e uno sguardo che trapassava, come se in realtà stesse guardando qualcosa di molto lontano. «Voglio che tu ti metta a lavorare da domani».

Se Herwarth Walden era strano, Else Lasker-Schüler – o principe Yussuf, come preferiva con ogni evidenza – lo superava di diverse lunghezze.

«Però non abbiamo discusso del mio compenso», azzardò Oskar.

Walden si difese con un borbottio e il principe rise. «Lo immaginavo, penserò io a tutto. A Herwarth non interessa il denaro e non sa farsi carico dei problemi pratici in nessun modo».

Walden sembrò sollevato. «Ma prima, lascia che ti mostri l'alloggio che ti abbiamo fatto preparare», gli strizzò l'occhio. «Ne sarai estasiato, Koko, è un'autentica reggia!».

La reggia consisteva in una stanza all'ultimo piano del palazzo, un attico primitivo e gelido proprio sopra gli uffici del magazzino di «Der Sturm».

Non c'era acqua corrente e nemmeno un lavabo in cui farla scorrere, quindi Oskar avrebbe dovuto accontentarsi di un catino da toeletta.

«Cosa te ne pare?». Sulla soglia, Walden si sfregò le mani. Gli aveva ceduto il passo all'interno ed era rimasto in corridoio. In segno di rispetto, aveva detto. In realtà non sarebbe potuto entrare neanche se avesse voluto, la camera era troppo piccola. Oskar era alto e magro come un lampione, ma la sua sola presenza era già sufficiente a riempire lo spazio tra il letto, la parete opposta e la piccola scrivania nel mezzo.

Oskar la indicò. «Non c'è la sedia».

«Perché non ci sta», ribatté Walden. «Ma puoi lavorare stando comodamente seduto sul letto. Allora, Koko, non è una favola?».

Le favole a cui era abituato Oskar gli resero facile rispondere di sì.

«C'è una latrina comune, di sotto», continuò Walden. «E la porta-finestra davanti a te dà su un terrazzino in condivisione con la stanza di fianco. Ci abita Rudolf Blümner, un tizio strano che fa l'attore, farete amicizia».

Oskar notò nell'angolo vicino alla porta le ultime vestigia di una carta da parati sconfitta dal tempo. Non era così che aveva immaginato il suo soggiorno a Berlino, ma non avrebbe potuto pretendere niente di meglio, senza Loos a fargli da balia. Gli venne da ridere. «Mi sembra una sistemazione adatta al Selvaggio di Vienna».

«Vero?», convenne Walden. «Perfetta, direi».

Gli mise in mano una busta preparata dal principe Yussuf con uno scarno anticipo sul lavoro del mese e girò i tacchi. Oskar lo salutò dalla porta e lo guardò trascinare le scarpe vecchie nel corridoio. Avrebbe voluto maledirlo, invece si sorprese a sorridere fino a quando Herwarth Walden non scomparve nella tromba delle scale.

Andò a sedersi sul letto. Era proprio della misura perfetta per arrivare alla scrivania.

Nelle settimane successive lavorò a testa bassa. Il principe Yussuf e suo marito avevano idee precise sul taglio che dovevano avere le illustrazioni delle copertine e Oskar li lasciò talmente soddisfatti che lo pregarono di estendere l'operato anche all'interno della rivista. Ma il suo compenso rimase invariato. «Der Sturm» annegava nei debiti finanziari e riusciva a non naufragare del tutto grazie alle donazioni degli abbonati più fedeli e al sostegno di Karl Kraus e di «Die Fackel».

«Ti ricompenserò, Koko, è una promessa», assicurava Walden. «Il tuo lavoro ci porterà tanti nuovi abbonati in più e io ti coprirò d'oro!».

Nell'attesa di diventare ricco, Oskar sopravviveva ingozzandosi di tè e biscotti scadenti per tutta la settimana. Li inzuppava seduto sul letto, poi si stendeva abbandonando la tazza vicino al cuscino.

Di domenica andava a bighellonare allo zoo. A pochi passi dal giardino zoologico c'era l'Aschinger, il ristorante più economico di tutta Berlino. Se si ordinavano le polpette di domenica, il pane era gratuito e se ne poteva mangiare a volontà. Oskar si proclamò il più grande divoratore di polpette della capitale tedesca.

Quando ricominciava la settimana tornava al tè e il più delle volte doveva interrompere il lavoro per i crampi della fame. Da *seduto sul letto* passava a *sdraiato sul letto* e sognava le polpette dell'Aschinger in attesa della domenica successiva. Più che mangiare, pensava al cibo.

I soldi che riusciva a tenere in tasca se ne andavano in fretta per trasformarsi in sigarette. Aveva cominciato a fumare ed era tutta colpa di Rudolf Blümner.

Si trovavano nel tardo pomeriggio sul terrazzo che condividevano. Era così stretto che in due ci stavano a malapena e sembravano due grossi ragni quando si sedevano a gambe incrociate, schiacciati tra il muro e la ringhiera di ferro. Accendevano le sigarette, aspiravano il fumo e guardavano le braci che pulsavano al loro respiro diventare sempre più rosse, man mano che il cielo imbruniva.

Blümner aveva qualche anno più di lui e lavorava al Deutsches Theater sulla Schumannstraße. Prima di entrare nell'ambiente teatrale aveva insegnato Lingue e sapeva produrre con la gola suoni che potevano fare a gara con il gorgheggio dei passeri.

«Quindi scrivi per il teatro», gli disse, una sera. Berlino fiammeggiava contro il crepuscolo e sembrava un rogo. «Potremmo trovarci a lavorare insieme, chi lo sa?».

Oskar assaporò il fumo in bocca. «Potrebbe succedere».

Blümner aveva i capelli rossicci e gli occhi vicini. Emanava un'energia nervosa che Oskar vedeva irradiarsi attorno a lui in vampate. Gli fece venir voglia di dipingerlo.

«Koko, hai qualche impegno, questa notte?».

«Non conosco ancora molta gente a parte te, Walden e sua moglie». Oskar ebbe paura di avere detto qualcosa di sbagliato e si corresse. «Volevo dire, il principe di Baghdad».

Blümner buttò il mozzicone di sotto, descrivendo un arco ardente con la brace accesa. «Else ha molti nomi e li porta tutti bene. A volte si fa chiamare Yussuf o Tino da Baghdad. Principe è un nome buono come gli altri».

Anche Oskar gettò via la sigaretta fumata a metà, a disagio. «Ma è un uomo o una donna?».

Rudolf Blümner si strinse nelle spalle. «Chi se ne importa? In ogni caso, scrive versi straordinari».

Else era di dieci anni più vecchia del direttore di «Der Sturm» e componeva poesie che riuscivano a soggiogare chiunque le ascoltasse. Volteggiava tra gli artisti di Berlino intossicata d'alcol, morfina e avventure sessuali. Sembrava volesse lasciarsi andare, ferirsi a morte, gettarsi via. Solo Herwarth Walden era abbastanza forte da mettere un freno al suo istinto distruttivo. La amava follemente.

«In tanti la chiamano "il Cigno di Israele"», concluse Blümner. «Puoi farlo anche tu, se non te la senti di rivolgerti né all'uomo né alla donna. Il cigno può essere entrambe le cose».

Oskar si strinse nelle spalle. «Farò così, magari».

«Se non hai niente da fare questa sera, vieni con me dai Megalomani. Il Cigno d'Israele è sempre lì, dopo il tramonto, e ci troverai anche Walden. Mi sorprende che non ti ci abbiano ancora trascinato».

«I Megalomani?».

Blümner districò le gambe dalla ringhiera e gli diede un calcio, nel tentativo di alzarsi. «Mai sentiti? Si può sapere cosa fai a Berlino tutto il giorno? Tirati su e seguimi, avanti».

Gli lasciò il tempo di afferrare la giacca, poi si tuffarono insieme nella notte.

Il Café des Westens gettava le sue luci artificiali all'angolo di Joachimsthaler Straße e attirava a sé i berlinesi che vivevano nel buio. Ci ronzavano attorno come farfalle notturne.

Con il calare della sera, la metropoli cambiava faccia. Già aggirandosi dietro lo zoo, l'atmosfera diventava spettrale. I palazzi lungo Kurfürstendamm sembravano sghembi, si appoggiavano gli uni agli altri e scrutavano la via attraverso i riquadri spenti delle finestre.

Vennero accolti sulla soglia da un uomo che portava sulle spalle un mantello di velluto e pelliccia d'ermellino. Fece loro il presentatàrm con un portagiornali di legno, come fosse una baionetta. «Saluti da Riccardo il Rosso. C'è un omaggio per voi al bancone del bar, non lasciatevelo scappare!».

Rudolf gli rispose con un inchino teatrale e avanzò all'interno.

«Rudolf, era ora!», lo salutò un tizio arrampicato su un calco in gesso dell'imperatore Wilhelm II. «E ci hai portato il Selvaggio di Vienna!».

Oskar cercò di nascondersi dietro l'attore. Lo seguì fino al banco, dove ottennero entrambi un bicchiere di vino speziato.

Oltre la folla accalcata ai tavolini, c'era un palco sopraelevato a cui si poteva accedere da due scalette di legno laterali. Era illuminato a proscenio da grappoli di candele accese, mentre dall'alto le gelatine montate sui riflettori spargevano luci dai colori malati.

Sulla scena si alternavano uomini vestiti in abiti opulenti che si muovevano in cerchio sulle note di un flauto e il Cigno di Israele danzava in mezzo a loro. Raccoglievano applausi e risa sguaiate.

«È sempre così, qui dentro?», bisbigliò Oskar.

«Così come?».

«Mostruoso e grottesco», mormorò. «Splendido».

Blümner vuotò il bicchiere. «Qui tutto è eccessivo e senza limiti. Lo chiamiamo "il caffè dei Megalomani" per un motivo! Bevi, così possiamo chiedere un altro giro, tanto va tutto sul conto di Liebermann», e fece un cenno di saluto all'uomo che stava ancora abbracciato al busto dell'imperatore.

Il locale era il nido dei secessionisti di Berlino, un crogiolo di scrittori, pittori e poeti decisi a rispettare un unico comandamento: «Siate eccentrici e liberi fino alla morte!», ululò Liebermann. E baciò sulle labbra di gesso l'imperatore. Blümner trascinò Oskar a sedersi nella seconda fila. «Gli spettacoli di travestimento sono all'ordine del giorno, qui, perché non c'è modo migliore di essere se stessi se non nei panni di qualcun altro. Questo vuol dire essere espressionisti».

Oskar si rigirò la parola in bocca senza staccare gli occhi dalla scena. «*Espressionisti*», ripeté.

«Il nome è stata un'idea di Herwarth».

Walden l'aveva coniato sulle pagine di «Der Sturm» e in quel modo aveva dato una definizione alla corrente degli artisti che si raccoglievano attorno alla sua rivista. Se i pittori impressionisti del secolo che era appena finito sostenevano che la realtà oggettiva si imprimeva nella coscienza dell'artista, gli espressionisti urlavano l'esatto contrario e facevano della soggettività sfrenata la loro bandiera. L'occhio interno si sostituiva agli occhi esterni e confondeva la realtà del mondo con la realtà dell'anima.

Oskar si girò verso di lui. «L'occhio interno, hai detto?».

Blümner si strinse nelle spalle. «Il buon vecchio Herwarth Walden dice che il tuo è molto potente. Forse il più potente tra tutti quelli dei pittori qui dentro».

I Megalomani si chiusero su di lui e lo assorbirono. Notte dopo notte, il locale annebbiato dalle luci a gas diventò per lui un luogo da chiamare casa. Il Café des Westens era il riflesso oscuro del Café Central di Vienna: gli artisti che lo popolavano non erano divinità, ma ombre sulfuree quanto lui. A Oskar sembrò di essere passato dall'altra parte di uno specchio. Aveva trovato la tana perfetta per il mostro che i viennesi avevano scacciato.

Quando la notte invecchiava troppo, lui e Blümner se ne andavano via ubriachi. Bussavano al bordello alla fine di Kurfürstendamm, in cerca di un po' d'amore in cambio di pochi soldi. Se il vino lo permetteva, trovavano soddisfazione nei corpi di donne sfrontate, dalla pelle calda e i capelli profumati, in stanze minuscole che puzzavano di chiuso. Più spesso, crollavano addormentati tra le braccia delle ragazze.

Dorina era dolce, con una bocca sempre imbronciata che la faceva sembrare altezzosa, soprattutto quando era nuda. A Lolo piaceva sentirli parlare di pittura e Christabel si divertiva a giocare alla mamma con lui e Blümner. Le amanti a pagamento del Ku'damm li vezzeggiavano, li baciavano sulla fronte e li lasciavano riposare. All'alba li salutavano sulla soglia del bordello, con le occhiaie profonde e le tette scoperte, e regalavano loro qualche sigaretta.

In cambio, Oskar le ritraeva sui fogli strappati da un taccuino e si firmava *Koko*.

Cominciò a scrivere, oltre che a disegnare. Walden gli faceva firmare articoli, poesie e qualche racconto breve. A ogni uscita settimanale di «Der Sturm» contribuiva con un'illustrazione a inchiostro, ma presto diventò il critico artistico e letterario della rivista, l'assistente editoriale, il reporter e l'uomo delle consegne. I pochi soldi che gli entravano nelle tasche erano a malapena sufficienti per farlo viaggiare dallo zoo verso qualunque angolo della città in cui Walden avesse degli uffici, ma Oskar non chiedeva di meglio.

Vienna era colta, vecchia e splendida, si rifugiava negli artifici per combattere il passare del tempo. Berlino era giovane, orrenda e vitale quanto le dolcissime puttane del Ku'damm. I tram e le automobili sferragliavano come se fossero vivi, gli artisti di strada che giravano l'Europa con scimmie e orsi danzanti sembravano trovare casa nella capitale tedesca.

In quella terra di meraviglie non c'era spazio per Lilith. Forse si era persa, in mezzo agli altri mostri della città, e non lo avrebbe più cercato.

«Deve essere così», si disse in una mattina di primavera, mentre era impegnato a disegnare con il sedere sul letto e i gomiti appoggiati alla scrivania. Eppure, sentì freddo. Si massaggiò le cosce e tornò al lavoro.

Quella notte, Lilith venne a sedersi sul bordo del letto. Lo guardò dal buio, con un sorriso come una falce di luna che le andava da un orecchio all'altro. Oskar tentò di chiamare aiuto, provò a sbattere la testa contro il muro per richiamare l'attenzione di Blümner nell'altra stanza, ma era pietrificato. Lilith si allungò su di lui, il corpo morbido e gelido. Ringhiò al suo orecchio: «Dipingimi, Koko».

Il Café des Westens tratteneva il fiato.

Nella nebbia delle luci a gas, i Megalomani si erano radunati attorno a lui, così vicini da togliergli il respiro. Oskar risucchiò l'aria tra i denti. Sentiva il petto pesante e sapeva che non c'era modo di liberarsi se non quello di finire il quadro.

Walden non aveva tele, nel locale. Spaventato dall'urgenza della sua richiesta, gli aveva fatto portare un comunissimo lenzuolo. L'avevano steso e fissato tra due sedie e Oskar aveva preso a disegnarvi con una matita così piccola che a stento riusciva a tenerla tra le dita.

«Cosa sta facendo?», bisbigliò Liebermann. Allungava il collo dalla massa di spettatori, senza osare avvicinarsi di più. Oskar gliene fu grato. Aprì la bocca per prendere aria.

Oskar non aveva pennelli. Si insozzò i polpastrelli di rosso e tracciò sul lenzuolo segni che sembravano impronte di sangue. Abrasioni lasciate sopra un sudario.

«Macabro», commentò il principe di Baghdad, alle sue spalle.

Oskar coprì con la pittura i segni leggeri della matita, la lasciò colare in rivoli densi dalle mani.

I Megalomani sussultarono, quando una figura femminile apparve sulla tela. Il colore le dava la consistenza della materia. Lilith premeva contro il lenzuolo e si affacciava sul mondo reale. Nel momento in cui le dipinse la bocca, anche Oskar riuscì a respirare meglio. Aggredì la stoffa con le unghie. Graffiò la tela, portò via la pittura ancora fresca e imbrattò gli spazi bianchi. Qualcuno urtò con la testa una lampada, oppure la mosse di proposito. La luce scaraventò le ombre da un angolo all'altro del locale e le riversò sul dipinto. Lilith sembrò piegare la testa e guardare negli occhi i Megalomani riuniti intorno a lei.

«Per la brutta faccia di Giove!», imprecò Blümner.

Qualcuno rise, qualcun altro invece sibilò nervoso. «Sembra viva, Koko!».

Oskar si lasciò andare contro lo schienale di una sedia, esausto. Adesso che aveva finito, il petto pompava aria dentro e fuori. Si guardò le mani e si rese conto che gli era saltata l'unghia dell'indice, per la forza con cui si era scagliato contro Lilith. Il sangue si mischiava alla pittura e un dolore sordo gli pulsava in un angolo del cervello, ma era troppo debole a confronto del piacere di avere di nuovo aria nel petto.

Walden era entusiasta. Si piegò davanti a Lilith e la ammirò nei dettagli. «E adesso cosa ne vuoi fare di questa?».

«Tienitela», disse Oskar. «Distruggila, bruciala, arrotola la tela e nascondila, fanne quello che vuoi. Non mi interessa».

Respirava. Voleva solo continuare a farlo.

La tela venne appesa negli uffici di «Der Sturm» ed ebbe un grande successo.

Liebermann ne parlò a Paul Cassirer, un collezionista cattolico, ricco come un sultano e con le mani in pasta ovunque, tra accademie e gallerie d'arte. Il risultato fu che Oskar ottenne una mostra organizzata per lui nei primi giorni di giugno.

Avrebbe dovuto essere felice. Scrisse anche a Loos per dargli la bella notizia, ma il ritorno di Lilith inquinava anche quella gioia.

«Dimmi un po', Koko, tu ce l'hai una donna che ti aspetta a casa?», Blümner aspirò una boccata di fumo. «A Vienna o da qualche altra parte, intendo».

La domanda non era arrivata a bruciapelo; la brace della sigaretta vibrò nella sera, la cenere si sparse sulla punta delle scarpe.

«Non mi aspetta nessuno».

«Neanch'io ho una ragazza». Blümner gli diede una pacca sulla spalla, comprensivo. «O meglio, ne ho tante, ma nessuna che si chieda cosa io stia facendo questa sera, per esempio».

Oskar sogghignò. «Tante, eh?».

«Una valanga, amico mio. C'è Christabel, per dirne una. E Dorina. Anche Lolo è molto affezionata a me», enumerò le prostitute del Ku'damm. «E poi, sai, c'è Virginia».

«Se conti Virginia, allora la conto anch'io».

«Guarda, è proprio qui sotto!», Blümner si sporse dalla ringhiera e salutò con la mano.

Una ragazza dai capelli rossi trascinava a fatica un grosso secchio. L'abitino pulito era liso e lei portava scarpe bucate, ma aveva un viso che era insieme dolce e provocante. Anche Oskar si raddrizzò per chiamarla. Lei ricambiò il saluto e scomparve dietro l'angolo del palazzo per vuotare il secchio nella fognatura.

Non si chiamava davvero Virginia, quello era un nome che le avevano dato loro. La ragazza abitava nel palazzo dietro agli uffici di «Der Sturm» e ogni tanto si faceva vedere nel cortile. Poteva avere la loro età, al massimo un paio d'anni in meno. Non si erano mai parlati, ma Oskar e Rudolf Blümner nutrivano la fantasia di sapere tutto di lei. La osservavano dal balcone e amavano inventare storie sul suo conto.

Nella maggior parte di quelle fantasie, Virginia era cresciuta insieme a loro, in un paese della campagna fuori Berlino. Talvolta, era la sorella minore di Rudolf, una bambina con le trecce che con il passare degli anni diventava una donna bellissima e si innamorava alla follia di Oskar. Altre volte era la sorellina di Oskar e perdeva la testa per Rudolf. Le piacevano i confetti, i nastri colorati e i piccoli flaconi di profumo alla violetta. Amava i gatti e, quando ballava, pestava loro i piedi. La guardarono rientrare nel palazzo mentre dondolava il secchio vuoto.

«Un giorno dovresti fermarla e farle un ritratto, Koko», suggerì Blümner. «È talmente bella».

Oskar sorrise, ma non disse niente. Non era pronto a buttare al vento le illusioni sulla loro Virginia per scoprire che magari detestava i confetti e i gatti non le piacevano affatto.

Blümner tornò a sedersi e si accese un'altra sigaretta. «Credo di esserne innamorato. Tu sei mai stato innamorato, Koko?».

Oskar si morse le labbra. Scosse la testa.

«Sei diventato rosso, bestia che non sei altro. Tu sei innamorato!».

«Non sono innamorato di nessuno». Oskar ringhiò quelle parole tra i denti. Doveva avere un'espressione spaventosa, perché l'amico fece un salto indietro. «Lo sono stato. Non lo sono più».

Rabbrividì. D'istinto, scoccò uno sguardo alla porta-finestra della stanza, un rettangolo buio in cui sarebbe dovuto entrare da lì a poco.

«Si chiamava Lilith», confessò. «Lilith Lang. Studiava Arte a Vienna».

Lilith Lang era poco più di una bambina, aveva appena diciassette anni quando lui ne aveva ventuno. Era la figlia di Marie Lang, una filosofa e attivista per i diritti delle donne. Suo padre era un avvocato che Oskar non aveva mai conosciuto. Come nelle storie che inventava con Blümner, quella ragazza dalla pelle diafana e le labbra scarlatte era la sorella più piccola di Erwin, il migliore amico di Oskar.

Oskar ed Erwin Lang avevano stretto amicizia all'inizio del corso di studi, sui banchi della Scuola d'Arti Applicate. Si erano conosciuti in classe e avevano approfondito il loro legame nei locali lungo il canale del Danubio, trascorrendo lunghi pomeriggi a parlare d'arte, di fortuna e di gloria. Tutti i sogni del mondo erano a portata di mano, mentre bevevano caffè in compagnia di un poeta con un braccio di legno che non aveva mai pubblicato neanche mezza parola, di uno studente di teatro e di una cantante finlandese.

Oskar ricordava quel periodo come uno dei più felici della sua vita: la povertà dei Kokoschka non era ancora diventata un peso. Nonostante Erwin fosse ricco da fare schifo, la differenza sociale non era mai stata motivo di attrito tra di loro. Era l'età dell'oro in cui Oskar era ancora convinto che Vienna gli si sarebbe dischiusa davanti come un fiore.

La sorellina di Erwin iniziò a studiare Arte due anni più tardi e prese a seguire il fratello maggiore ovunque andasse. Oskar ne rimase folgorato. Lilith si muoveva nel mondo con una grazia strana che faceva pensare che venisse da un regno di fiabe, un luogo dove le foreste custodivano segreti e i fiumi nascondevano tesori.

La prima volta che la vide indossava una gonna rossa che le ondeggiava attorno alle gambe al ritmo dei suoi passi. Lilith correva e la gonna le guizzava dietro, lei saltava dal muricciolo delle scale e la sottana si gonfiava per sostenerla. Sembrava un pesce che danzava nell'acqua. O un fazzoletto rosso appeso all'ultimo dei fili del bucato a una grande altezza dal suolo, in preda del vento.

Irresistibile.

Vestiva sempre con il colore del sangue. Se non era una gonna era un abito intero, oppure un fiocco nei capelli o un dettaglio nelle calze che richiamava il colore naturale delle sue labbra. Lilith e il rosso erano una cosa sola. Sarebbe bastato quello a fargli perdere la testa. Ma c'era dell'altro.

Con il trascorrere delle giornate, Oskar e Lilith diventarono sempre più uniti. Passeggiavano fianco a fianco al Prater, mangiando pane dolce allo zenzero, oppure esploravano il parco che circondava il castello di Schönbrunn. Lei gli indicava le finestre e giurava di avere visto affacciarsi un fantasma. Come un cavaliere, lui le apriva il passo in mezzo all'intrico degli alberi e lei diceva che le sarebbe piaciuto vedere un cerbiatto o magari una tigre. Sedevano sul bordo degli stagni e ci immergevano i piedi nudi. Cercavano con lo sguardo qualche gnomo d'acqua sul fondale, immaginavano capelli verdi e manine pallide. Erano gli eroi delle loro storie ed erano storie immense.

A Oskar non bastava. A Lilith neanche.

Lei accettò di diventare la sua modella e lui la disegnò impegnata nella danza. La immortalò nuda, mentre si rivestiva. La ritrasse sdraiata e coperta solo da un velo, come la principessa di una fiaba antica.

Lilith aveva un corpo esile da bambina. I seni appena accennati, la curva della schiena che le spingeva in avanti il ventre elastico, le spalle sottili nascoste dalla criniera dei capelli selvaggi. Aveva le gambe lunghe e le braccia magre. E gli occhi profondi raccoglievano tutto il mondo senza perderne neanche una briciola.

Una volta, gli confessò quello che lui cercava di comunicarle da mesi, senza riuscirci. Disse: «Oskar, noi due siamo una persona sola. Guardo le mie mani e sono le tue, ma più piccole. Gli spigoli delle mie anche assomigliano ai tuoi, toccali. Ti guardo e vedo il mio riflesso, solo che tu sei un uomo e io sono una donna».

Era la dichiarazione più potente che Oskar avesse mai sentito. Neanche a teatro o nei libri che raccontavano l'amore erano mai state dette parole come quelle. Oskar e Lilith erano il doppio l'uno dell'altra. Pensavano gli stessi sogni, vedevano gli stessi mondi e sentivano ogni cosa allo stesso modo. Lilith Lang era un pozzo di acque profonde e pietre levigate che scendeva nelle viscere della terra. Oskar vi aveva guardato dentro e vi era precipitato.

«Tu sei il pozzo dove sono caduta io», aveva risposto Lilith. «Non riuscirò a uscire mai più».

Blümner aveva ascoltato la storia di Lilith Lang senza dire una parola. La notte era calata del tutto e non c'erano neanche più le braci delle sigarette a rischiararla. L'attore era una sagoma nera, davanti a lui, che tratteneva il respiro.

«E poi?», volle sapere quando riuscì a parlare. «Cosa è successo? Per Giove, non mi dirai che vi siete lasciati!».

Oskar si tormentò le mani. «È partita. Anche suo fratello Erwin. Hanno lasciato Vienna insieme ai loro genitori. Hanno continuato gli studi fuori dall'Austria, credo. Forse a Londra. Non lo so».

«Vuoi dire che non l'hai più vista né sentita?».

Oskar scosse la testa. Il suo sguardo tornò a incontrare l'abisso nero della porta-finestra.

«Koko, te la sei fatta scappare? Ma eravate fatti l'uno per l'altra! Come hai potuto lasciarla andare via così?».

Oskar non ne aveva idea. Tutto quello che sapeva era che quando Lilith era partita, appena una manciata di mesi prima che annunciassero la Kunstschau di Vienna, lui si era sentito squarciare a metà. Era diventato una creatura rotta che cercava il proprio riflesso negli specchi e che creava il proprio doppio nella creta, pur di avere l'illusione di sentirsi completo.

Adesso Lilith Lang era da qualche parte in Europa, forse a Londra. Vestiva di rosso, studiava Arte, passeggiava al fianco di qualcuno che non era lui. Ma una parte di lei, quella che era scivolata nel pozzo di Oskar, era rimasta lì dentro ed era sopravvissuta allo strappo. Era risalita aggrappandosi alle pietre levigate per tornare da lui.

E di notte gli toglieva il respiro.

Il pennino gli scivolò di mano e rimbalzò sul foglio. Oskar si prese la testa tra le mani e osservò la macchia che si allargava sul lavoro che era venuto a consegnare. Dalla punta di metallo, l'inchiostro cadeva lento, in grosse gocce.

«Siamo tutti perseguitati da qualcosa, Kokoschka», il principe di Baghdad sedette vicino a lui, nell'ufficio saturo di fumo. «Non sei certo l'unico».

Sul foglio rovinato dalla macchia si fronteggiavano una dama rossa e un cavaliere azzurro. Walden voleva ripubblicare *Assassino, speranza delle donne* corredato da illustrazioni nuove fiammanti. Quando glielo aveva proposto, Oskar ne era stato felice; adesso sentiva montare la nausea. «E anche gli altri sono così tormentati da non riuscire a dormire?».

«I Megalomani sono più svegli di notte che di giorno. Sono tutti assillati da qualcosa che li tiene con gli occhi aperti».

Oskar grugnì, cercò di grattare via l'inchiostro dal foglio con l'unghia.

«Rimorsi, oppure rimpianti», continuò il principe. «Potrebbe esserci un ricordo lontano che li tortura. Forse tra di loro c'è chi ha ucciso qualcuno. Di sicuro, c'è chi vorrebbe ammazzare almeno se stesso, ma non sa come fare».

L'ufficio di «Der Sturm» era pieno di fumo come al solito. Nella nebbia artificiale, il principe di Baghdad era una figura sfuggente che aveva le sembianze di un oracolo.

Oskar si rassegnò all'idea di rifare l'illustrazione da capo. Tanto meglio, la mancanza di sonno lo aveva fatto lavorare male. «Anche tu sei perseguitata?».

«Da molte cose», mormorò il principe.

Oskar alzò gli occhi su di lei. Chissà da cosa scappava quel principe femmina che era allo stesso tempo uomo e donna. Aveva letto i suoi versi e ci aveva visto dentro il desiderio di libertà dei prigionieri. Else era inchiodata a Berlino, ma Yussuf apparteneva a un Oriente lontano.

Si era appena rimpinzata di tabacco e mescalina, lo si capiva dall'odore rimasto sopra le sue mani, dalle pupille dilatate. Teneva lo sguardo fisso sulla porta dell'ufficio e chissà quali orrori e meraviglie vedeva oltre la soglia.

«Come fai a non romperti a metà?».

«Siamo tutti spezzati, Koko. Non provi mai tenerezza per quest'umanità così ferita?».

«Più disgusto, forse».

«Anche per me?».

«Nessuno potrebbe provare disgusto per te. Tu sei splendida in tutto».

Il principe sorrise. Abbassò la mano, accarezzò il disegno sporco d'inchiostro. «E per te stesso?».

Oskar non disse niente.

«Guardati, Koko, come sei rotto in due». Il principe toccò prima la dama rossa, poi il cavaliere azzurro. «Non c'è da stupirsi, se sei così afflitto».

«Devo rifarlo, quello. Non perderci tempo».

Il principe di Baghdad lo ignorò. «Tu sei il cavaliere che ucciderà la dama per riuscire a sopravvivere, vero? Mio povero Koko, che decisione terribile. Io ho imparato che bisogna unire dentro di sé gli opposti per essere completi».

Oskar le strappò il foglio e lo accartocciò. «Devo rifare il lavoro». Gli era spuntato sulla fronte un sudore freddo. «Perdonami, sono venuto qui per niente. Ti porterò la nuova illustrazione domani, sarò ancora in tempo per la stampa».

Fece per alzarsi, ma il principe lo trattenne. «Cosa ti ha fatto quella donna?».

Oskar avrebbe voluto battere i pugni sul tavolo per farla smettere. Invece si accasciò e si massaggiò le tempie. Era stanco, gli sarebbero bastate anche solo poche ore di tregua. «Hai parlato con Blümner? Che cosa ti ha detto?».

«Non ho parlato con nessuno. Ma questa è la stessa donna che hai dipinto con le dita e le unghie. Stava venendo fuori dalla tela, Koko, potrei giurare che l'ho vista. Ti vuole come tu vuoi lei».

«Io non la voglio proprio per niente».

«Mentire agli altri va bene, se c'è un buon tornaconto», il principe si strinse nelle spalle. «Ma mentire a se stessi è una pessima idea. Quale delle due cose stai facendo?».

Oskar sentì in bocca il sapore acido di un rigurgito. «Non è una donna reale. È più come l'immagine di un incubo».

«Significa che la sogni?».

«Mi tormenta ogni giorno, ma soprattutto di notte. La vedo al margine del campo visivo, quando sono a letto mi sale addosso e mi succhia il fiato dalla bocca. Non è una persona in carne e ossa, eppure c'è. Non posso liberarmene. È lei che mi permette di vedere. Senza di lei, non saprei dipingere, non potrei scrivere. Senza Lilith, io vedrei il mondo come lo vede chiunque altro».

«Lilith?», il principe si irrigidì sulla sedia.

«Si chiama così. Lilith è la donna che ho dipinto davanti ai Megalomani».

Lei sembrava essere diventata di pietra. Il terrore che le deformava il viso diede a Oskar la sensazione che non ci fosse più niente da fare. Che per lui fosse finita.

Il principe gli afferrò una mano. «Questo non è un incubo. Kokoschka, tu sei perseguitato da un demonio».

Seguì il principe nei sobborghi di Mitte. Si inoltrarono insieme nel dedalo di vicoli del quartiere dei granai, alla ricerca di qualcuno che conoscesse Lilith, la signora dell'aria. Dietro al mercato di Alexanderplatz si estendeva una zona malfamata, gremita di botteghe povere, rischiarate appena dalle illuminazioni a candela. La cupola della sinagoga dominava i tetti.

Il principe lo tirò per il braccio. «Da questa parte».

Sprofondarono tra le case degli immigrati dell'Europa orientale. Se Herwarth Walden si era scrollato di dosso le origini ebraiche, non era così per sua moglie che sapeva bene dove andare a bussare.

Vennero accolti da un uomo vestito con una lunga giacca nera. Il volto severo era adombrato dalla barba, ma fece loro un sorriso gentile. «Else, vieni dentro».

Non poteva essere più diverso, ma c'era qualcosa in lui che ricordò a Oskar la santità del Maestro Klimt.

«Rabbi Plaut, abbiamo bisogno di aiuto».

Asher Plaut era uno studioso, si capiva al primo sguardo. Li fece accomodare in un soggiorno invaso da documenti e da volumi impilati gli uni sugli altri, come isole di carta in mezzo alla stanza. Ascoltò il racconto del principe e aggrottò le sopracciglia. «Siete venuti a cercare qualcosa da cui fareste meglio a restare lontani».

Oskar aveva la gola secca. «Che cos'è?».

«Un demone femmina, la signora dell'aria e la sposa del vento che soffia disgrazia», bisbigliò Plaut. «Nei testi sacri è nominata come "la notturna" o "la vergine fantasma". Lilith è tutto quello che c'è di mostruoso nella donna: è lussuria, tradimento, stregoneria. Rapisce i bambini dalle braccia dei loro genitori, siede sul petto degli uomini fino a soffocarli».

Oskar si portò una mano alla gola, perché la descrizione rispondeva alla realtà che conosceva fin troppo bene. «L'ho vista», disse. «È venuta da me».

Asher Plaut lo fissò a lungo, come per accertarsi che dicesse la verità. «In quale forma?».

«Di una ragazza che ho amato».

«Lei opera anche in questo modo. Crea inganni per proteggere se stessa e incantare le vittime. A volte prende le sembianze di una civetta o di un altro rapace notturno. Nei tempi lontani, aspettava la notte per lanciare grida di sventura».

Il principe si sporse verso l'ebreo. «Che altro sai, rabbi?».

«So che conferisce doni immensi a chi la adora, ma a che prezzo! Si deve essere disposti a rinunciare alla propria anima. Nei *Pro-*

verbi è scritto: "La sua casa sprofonda nella morte e i suoi sentieri portano alle ombre. Quanti vanno da lei non fanno ritorno"».

Il principe strinse la mano di Oskar così forte che le nocche persero colore. «Perché si è attaccata a lui?».

Il rabbino sospirò, abbassò gli occhi pensoso. «Hai fatto qualcosa per attirarla a te?».

Oskar si sentì perduto. Era nato dal fuoco, non aveva colpa di nulla, se non di essere venuto al mondo. Ma non poteva dirlo ad Asher Plaut, così scosse la testa. «Non lo so».

«Lilith si attacca agli uomini e si nutre dei loro ricordi più intensi. Si ciba del desiderio del sesso, è ghiotta di sangue e di seme maschile. Quando trova una preda si avvinghia con tutte le sue forze fino a che i due non diventano una cosa sola». Il rabbino tornò a guardarlo, aveva una ruga profonda che gli solcava la fronte, in mezzo alle sopracciglia. «Si annida nel dolore e mangia, mangia, mangia finché non resta più niente da divorare».

Il principe di Baghdad soffocò un gemito. «Cosa deve fare per levarsela di torno?». Asher Plaut si aggirò per il soggiorno, frugò tra le carte. Ogni volta che sfilava un volume da una torre di libri, una nuvola di polvere luccicava nel sole che entrava dalla finestra.

Oskar e il principe lo osservavano senza emettere un suono.

«Devi conoscerla, per rifiutarla». Plaut tornò da loro con le braccia piene di volumi. «E poi rimetterti alla volontà di Dio».

Oskar portò via la pila di testi occulti insieme a un elenco di indirizzi ai quali avrebbe potuto richiederne altri. Scoprì che Berlino era piena di salotti in cui si studiavano diavoli e antiche magie. E venne a sapere che Lilith era conosciuta fin troppo bene.

Quella sera non seguì il principe al Café des Westens; si chiuse in camera, e quando Blümner bussò alla porta finestra per chiedergli di fumare con lui, fece finta di non esserci. Alla luce fioca della lampada, cominciò a leggere come in preda alla febbre.

Il nome Lilith – lo stesso della ragazza di cui era stato innamorato – derivava dalla parola accadica "*Lili-tu*" e significava 'signora dell'aria'. Il demone compariva nelle leggende di popoli arcaici: assiri, babilonesi, mesopotamici, israeliti.

Per i sumeri, Lilith era una dea uccello che incarnava la tempesta e l'aggressione del vento, della sabbia del deserto sollevata in folate, che graffiava la pelle e seccava la gola.

Secondo alcune tradizioni ebraiche era solo una donna. Nata dalla polvere alla pari di Adamo, fu la sua prima moglie, ben prima di Eva.

Rifiutava di obbedire al marito e pretendeva gli stessi privilegi. Furibonda, aveva lasciato il giardino di Dio e si era rifugiata sulle rive del Mar Rosso dove aveva sposato il diavolo e aveva partorito demoni rinnegati quanto lei. Amava i deserti e le terre selvagge, dove gli esseri umani non potevano vivere. Era venerata e temuta da civiltà ormai ridotte in polvere dal passare dei secoli. Ma lei, capace di diventare un turbine di vento, poteva spostarsi dove voleva.

Qualunque fosse la storia delle sue origini, le fonti erano d'accordo su una cosa: dovunque Lilith posava il piede, portava con sé disgrazia, malattia e rovina.

A un certo punto della lettura, Oskar si accorse che respirava a fatica. La stanza gli sembrò ancora più piccola. Immaginò Lilith appoggiata alla sua schiena con il petto acerbo, intenta a leggere di se stessa al di sopra della sua spalla.

Scacciò il pensiero.

Sfogliò un taccuino scritto a mano, la grafia fitta si alternava a schizzi veloci vergati da un pennino. Erano gli appunti di uno storico della fine del secolo scorso che aveva cercato di riprodurre le incisioni sulla pietra di qualche tempio lontano.

Per la prima volta, Lilith lo fissava dai disegni di qualcun altro. Con i capelli raccolti in un'acconciatura elaborata, era nuda. Osservando la linea dei fianchi e l'incavo dell'ombelico provò una fitta di piacere, anche se lo schizzo era stato realizzato da una mano poco esperta. Dalle spalle di lei si aprivano due grandi ali d'uccello che ne incorniciavano la figura, le gambe si riempivano di piume già dalla coscia, per terminare in grossi artigli da rapace, con cui il demone si teneva aggrappato a una roccia stilizzata.

Il disegno la ritraeva circondata da una corte di uccelli notturni. Civette, forse assioli, grossi gufi: le si stringevano attorno e lo scrutavano dalla pagina con tondi occhi malevoli.

«La sposa del vento», lesse Oskar, sul bordo del disegno. Si morse le labbra. Le parole che gli erano sfuggite avevano avuto il sapore di un'evocazione. Sul fronte della pagina c'era una minuscola nota attribuita a un certo rabbino Hannina: «NON SI PUÒ DORMIRE IN UNA CASA SOLITARIA. CHIUNQUE DORMA IN UNA CASA DA SOLO, È PRESO DA LILITH».

Oskar si guardò intorno, inorridito.

La stanza era rimpicciolita ancora, mentre lui era piegato sul taccuino. Gli sembrò di sentire Lilith ridere dentro il suo orecchio e fu preso dal panico.

«Blümner!».

Si precipitò in corridoio, bussò alla stanza dell'attore solo per scoprire che l'amico non c'era; doveva essere al Café des Westens o al bordello del Ku'damm in cerca di compagnia.

Prese a pugni la porta comunque, implorò Blümner di aprirgli e fumare con lui. Continuò a chiamarlo in mezzo al corridoio che si era fatto più stretto del solito, nella palazzina addormentata. Si accasciò contro il muro. Gli crebbe nello stomaco una solitudine senza fine.

Nei giorni seguenti riportò i libri ad Asher Plaut e ne chiese in prestito altri. Contattò un occultista di Monaco a cui aveva fatto un ritratto prima di arrivare a Berlino. Gustav Meyrink, anche lui di origine ebraica, si dimostrò un valido aiuto. Gli indicò i testi del monaco viennese Josef Lanz, i passi da cercare nel Talmud e gli tradusse qualche sezione della Cabala.

Oskar studiò come si tracciavano sigilli e pentacoli di protezione, imparò a pronunciare formule di invocazione, pur giurando a se stesso che non ne avrebbe mai fatto uso. I particolari che riguardavano Lilith si nascondevano in mezzo a salmi religiosi e a ciarpame superstizioso che lo rallentavano nelle ricerche. Era costretto a leggere decine di volumi, prima di imbattersi in qualcosa che lo facesse saltare sulla sedia. Briciola dopo briciola, ricostruì un ritratto preciso del demone che aveva alle calcagna.

Lilith era il vento maligno che quando era bambino lo aveva attirato verso la morte con un fazzoletto rosso. Era la brezza che aveva sollevato la gonna della piccola Lang e lo aveva fatto innamorare. Lilith era la tempesta, la desolazione, l'appassimento.

«Ma a chi la segue, a chi le offre tributi», concluse Oskar, «Lilith concede doni immensi».

«Koko, che ti succede? Non parli più, non ti fai più vedere. Sapessi che faccia hai, sembri più morto che vivo».

Oskar richiuse la porta davanti alla faccia di Blümner, in corridoio. Lasciò aperto solo uno spiraglio e l'amico cercò di spingerci dentro il piede, ma lui lo scacciò con la punta della scarpa. «Ho da fare, sto lavorando».

«Sono sicuro che stai facendo un ottimo lavoro, per Giove», ringhiò Blümner. Stava premendo contro la porta con tutto il peso del corpo. «Sono settimane che esci a malapena. Avanti, vieni con me. Una fumatina sul balcone e poi ce ne andiamo sul Ku'damm. Christabel non fa che chiedere di te. Dopo lavorerai ancora meglio».

«Dammi tregua, Blümner! Ti ho detto che ho da fare».

Oskar si piantò con la schiena contro la porta e riuscì a far scattare la serratura. Rimase lì finché non sentì l'amico dall'altra parte imprecare tra i denti e andarsene lungo il corridoio.

Allora tornò a sdraiarsi sul letto e lasciò correre lo sguardo sulle pareti.

Aveva appeso fogli strappati dal suo taccuino in ogni spazio libero, fin quasi al soffitto, e su tutti aveva ritratto Lilith. In alcuni, lei aveva il viso della piccola Lang, la ragazza in carne e ossa con cui aveva passeggiato al Prater. In altri era una donna uccello dagli occhi rapaci.

Lo fissava da ogni angolo della stanza, senza dargli scampo, di giorno e di notte.

Ognuno di quei disegni era un tributo che rendeva il demone soddisfatto.

Da quando lui aveva cominciato a cercare lei, Lilith non si era più presentata nella sua camera. Né sotto il letto né arrampicata sopra. Lo lasciava vivere.

Oskar non si era più trovato immobilizzato tra le lenzuola, non aveva più avuto problemi a respirare. Ma non aveva guadagnato niente in sonno.

Nelle ultime settimane, aveva passato le notti a disegnare per il diavolo.

La neve cominciò a cadere sopra Berlino con i primi freddi.

Oskar ricevette lettere dalla famiglia, da Loos e da Lotte Franzos. La gallerista lo informava entusiasta del fatto che Koko, il Selvaggio che Vienna aveva scacciato, stava facendo parlare di sé anche da lontano e che il suo nome affascinava i salotti culturali austriaci. Sarebbero stati tutti felici di riaverlo in patria.

Oskar aveva nostalgia di Vienna. Adesso che sapeva quali offerte tenevano a bada il demone, l'idea di tornare a casa era una tentazione feroce. Aveva voglia di vedere sua madre, di sapere come stavano Berta e Bo. Gli mancava perfino suo padre.

Inoltre, Berlino era diventata tetra. Era colpa dell'inverno, forse, e della neve che scendeva senza attaccare sulle strade. Si trasformava in fango e melma nera. Anche il Café des Westens aveva perso il suo incanto e da qualche tempo i Megalomani gli sembravano solo grotteschi. Nemmeno l'ammirazione che il suo lavoro aveva suscitato dalle pagine di «Der Sturm» riusciva a ripagarlo della fatica degli ultimi mesi.

Lilith gli permetteva di disegnare meraviglie, ma Oskar era sempre più stremato. Non frequentava più il bordello né i locali d'arte. Rifuggiva gli incontri con il principe di Baghdad ed evitava la compagnia di Blümner.

Girava per la strada da solo, dopo il calare del sole, masticando l'osso di una bistecca recuperato per pochi spiccioli da una macelleria dopo l'orario di chiusura. Gli piaceva pensare di essere diventato lui stesso un'opera d'arte spaventosa. Fantasticava di essere esposto tra le statue di cera dei più tremendi criminali del Berliner Panoptikum. Avrebbe terrorizzato le ragazze. I bambini gli avrebbero tirato addosso i biglietti d'ingresso per esorcizzare la paura.

Si erano sparse voci sul suo conto in tutta Berlino che riguardavano i ritratti e le tavole a inchiostro. Dicevano che l'uomo che aveva fatto quei disegni era in grado di vedere nel passato e nel futuro. Che riusciva a portare alla luce cose che dovevano rimanere nascoste. Che era un artista fantastico. E che era maledetto.

Esausto, Oskar si rifugiava nel santuario che era diventata la sua stanza. Disegnava Lilith sul taccuino, per avere pace, e l'appendeva sulla parete insieme agli altri tributi.

Sdraiato sul letto, pregava di riuscire a dormire. Qualche volta ci riusciva.

«Voglio tornare a casa», si decise, alla fine. «Subito».

3
L'amore

Vienna, 1912

«Nessun artista è libero dai demoni. L'unica cosa che possiamo fare per sopravvivere è cercare di stabilire con essi il miglior rapporto possibile».

Oskar osservò i suoi allievi. Lo ascoltavano con un'attenzione famelica che lo terrorizzava. Prese un lungo respiro e continuò.

«Tutto è un patto, quando si parla di arte. Più si è generosi con il demone, più si ottiene in cambio».

«È quello che ha fatto lei, professor Kokoschka?». Uno studente nei primi banchi appuntava le parole sul margine di un quaderno macchiato di acquaragia. «Per scandalizzare Vienna, durante le grandi esposizioni degli anni scorsi, ha stretto un patto con il diavolo?».

Oskar vide le proprie mani tremare. Le chiuse con più forza sul bordo di legno.

«Tenetevi vicini i vostri demoni, ragazzi», concluse. «Tenetevi addosso quello che vi fa soffrire e quello che vi riempie di gioia. Forse li avete conosciuti nell'infanzia, forse li avete persi di vista correndo dietro a scadenze, orari scolastici, impegni di famiglia e non avete idea di dove siano finiti, ma ci sono. Andate a prenderli e teneteveli accanto. Qualcuno vi dirà che è una follia, vi accuseranno di essere pazzi, ma non importa. Abbiate fiducia nei vostri demoni».

La lezione era finita. Oskar sapeva di dover dare ai giovani artisti il tempo per digerirla. Li osservò radunare il materiale sui tavoli da lavoro, come lui ed Erwin Lang avevano fatto anni prima, in quelle stesse file di banchi. Una fitta di nostalgia si mescolò al senso di soddisfazione per essere tornato alla Scuola d'Arti Applicate, questa volta dietro la cattedra.

«Oskar, entra, ho appena messo in tavola!».

La mamma lo trascinò davanti alla zuppa fumante. Durante la sua permanenza a Berlino, la casa non era cambiata. Era sempre piccola, umida e intrisa dell'odore verdastro di muffa, ma almeno la minestra profumava di buono.

Suo padre lo salutò con un grugnito, senza sollevare la testa dall'orologio che teneva sul bordo del tavolo. Armeggiava con un cacciavite che poteva essere della misura giusta per uno gnomo e teneva le spalle chine.

«Gustav, lascia stare quell'affare e mangia, prima che si raffreddi!».

«Stai buona, Romana, la zuppa non scapperà prima che io abbia finito».

Oskar batté una mano sulla spalla di Bo, che aveva già affondato il cucchiaio nel pane messo a mollo, slacciò il bottone della giacca e sedette tra lui e sua madre.

Il posto di Berta era vuoto. La sorella aveva una casa propria, ormai. Veniva in visita nei fine settimana e a Oskar faceva piacere vederla. Le raccontava della Germania, del principe Yussuf e del Café des Westens.

Era piacevole, quando erano tutti insieme.

Oskar non aveva portato a casa nemmeno una moneta da Berlino – era in debito con Walden di una somma che non sarebbe mai arrivata nelle sue tasche, sicuro come il giorno –, ma l'impiego alla Scuola d'Arti Applicate aveva dato un po' di tregua alla famiglia.

Un lavoro in ambito artistico, il prestigio di insegnare in uno degli istituti più importanti della capitale, un'entrata di denaro sicura: il Selvaggio di Vienna era stato scacciato con disonore, ma Oskar Kokoschka era stato riaccolto dalla città come il figliol prodigo del Vangelo. Anche i suoi capelli erano più lunghi e più rispettabili.

«Com'è andata al lavoro, bambino mio?».

«Ho degli allievi promettenti. Mangia anche tu, mamma».

«Sembra impossibile che insegni proprio nella scuola dove hai studiato!», mormorò lei. «Non riesco ancora a crederci. Hai già incontrato il Maestro Klimt?».

Oskar scosse la testa. Mentre lui era lontano, lo studio del Maestro in Josefstädter Straße era stato demolito e Gustav Klimt si era creato un nuovo rifugio a Feldmühlgasse, dove un giardino di rose impenetrabili circondava l'atelier in cui lavorava senza sosta.

Si raccontava che il Maestro si circondasse solo di gatti, che fosse sprofondato in una crisi artistica e che, più dipingeva, meno amava quello che metteva sulla tela. Si diceva che tutto il suo genio fosse passato da lui a Kokoschka e non gli fosse rimasto più niente. Metteva fuori il naso di rado. A scuola, lo chiamavano "l'Eremita".

«Ma ho fatto colazione con Loos, questa mattina».

«Quel brav'uomo!», Romana alzò gli occhi con l'ardore di una santa. «Se non ci fosse stato lui, mentre eri via, chissà a quest'ora dove saremmo. Ci è stato molto vicino».

«Fin troppo», borbottò suo padre, ma con un accenno di sorriso nella voce. «Quel ficcanaso».

«Sei proprio un orso, Gustav! E ti ho già detto di mettere via tutto e di mangiare».

«Gli ho offerto il caffè», confidò Oskar con un certo orgoglio. Era la prima volta che era in grado di offrire qualcosa a qualcuno. «Non siamo rimasti insieme a lungo, era in ritardo allo studio. Ma mi ha detto che ci sono novità. Siamo stati invitati nel salotto di Carl Moll, la settimana prossima. Darà un ricevimento».

«Chi è Carl Moll?», volle sapere Bo. Aveva finito la zuppa e stava leccando la scodella.

«Un pittore molto famoso».

«E ricco?».

Gustav Kokoschka batté il pugno. «Che razza di domande sono queste, Bohuslav? Il valore di un uomo non dipende da quante corone ha in tasca!».

Bo appoggiò la scodella e raddrizzò la schiena davanti alla collera paterna.

Oskar rise. «È piuttosto ricco, in effetti, ma soprattutto è un grande artista. Vienna lo tiene in grande considerazione».

L'arte di Moll era un po' troppo tradizionale per i gusti di Oskar, ma non si poteva dire che fosse un personaggio di poco conto. Pittore e incisore, era stato uno dei fondatori della secessione viennese insieme al Maestro Klimt.

Suo padre gli piantò il monocolo da orologiaio in faccia. «Comportati in modo dignitoso, quando sarai nella sua casa».

Quell'ultimo anno gli aveva disegnato rughe nuove sulla fronte e la protesi d'ottone sembrava incastrata ancora più in profondità nell'orbita. Con l'occhio libero, lo guardava con una tenerezza che Oskar non aveva mai visto nel genitore. «Su, figliolo, mangiamo, che diventa freddo davvero».

Dopo pranzo, Oskar aiutò la mamma a riordinare, poi lui e Bo si stesero sul tappeto a guardare il soffitto. Bo era un ragazzo bello cresciuto, ormai, e non lo implorava più di raccontargli fiabe come quando era bambino. Rimasero fianco a fianco a parlare delle ragazze che lavoravano nella pasticceria di corte Demel, al numero 14 di Kohlmarkt. Gli studenti facevano la fila più per loro che per i dolci al bancone.

Salutò a metà pomeriggio, quando arrivò l'ora delle lezioni private. «Allora io vado. Oggi ho due studenti».

Romana gli accarezzò la guancia. «Torni a trovarci domani?».

«Certo, sarò qui alla solita ora».

Proprio grazie a sua madre, Oskar aveva affittato uno studio alla fine della strada, dove poteva lavorare e dormire. Non era certo l'atelier di Klimt, ma rispetto alla stanza in cui aveva alloggiato a Berlino c'era da rimanere senza fiato. Gustav si avvicinò alla moglie e spinse Oskar fuori di casa. Prima di chiudere la porta, gli mise in mano un sacchetto di stoffa logora.

«Questo cos'è, papà?».

«Aprilo, no?».

Oskar tirò i cordoncini ed estrasse un orologio da tasca in argento. Il ticchettio regolare scandiva il tempo con la precisione dell'uomo che ci aveva lavorato. La cassa e il coperchio a cupola mandavano bagliori lunari e il quadrante era stato ripulito con cura. La lente convergente che lo ricopriva era insolita per un orologio: suo padre doveva averla inserita di sua volontà. Faceva ingrandire e rimpicciolire i numeri a seconda del punto da cui li si guardava, trasformando l'orologio in un manufatto che sembrava uscito da un sogno.

Oskar lo riconobbe. «È quello a cui stavi lavorando a tavola».

Suo padre annuì, l'unico occhio azzurro era umido d'orgoglio. «Lo dicevo che dovevo finire».

«Papà, non posso accettarlo. Chissà quanto è costato!».

«Cosa devo sentire! Accetti i regali da quel ficcanaso di architetto e non da tuo padre?». Gli afferrò il gomito e fece un sorriso, sotto la barba voluminosa. «Sei tornato diverso, figlio mio. Sei andato a Berlino che sembravi un randagio rabbioso, ma adesso sei un uomo che sa farsi valere. Sono fiero di te. Prendi quest'orologio e vedi di arrivare in orario dai tuoi studenti».

Non c'era niente al mondo che Oskar disprezzasse più degli orologi, ma il gesto di suo padre gli scaldò il petto. Fece scivolare il dono nel taschino. «Spaccherò il minuto».

Il giorno del ricevimento da Moll, Loos venne a prenderlo alle cinque del pomeriggio.

Oskar lo fece salire con orgoglio nel suo studio nuovo e aprì la finestra perché l'amico potesse godere della vista degli alberi dal balcone.

Loos fischiò. «Ti sei sistemato bene».

«L'ha trovato mia madre». Oskar allargò le braccia per mostrargli la stanza. All'ultimo piano di una palazzina immersa nel verde, lo studio consisteva in uno spazio ampio che Oskar aveva dipinto di nero da cima a fondo, perché i colori risaltassero meglio sulle tele. Lo aveva diviso in una zona da lavoro, con il tavolo e le mensole che gli servivano per tenere in ordine gli strumenti, e in un angolo per dormire. C'erano un piccolo bagno, una minuscola cucina e un largo letto morbido sistemato accanto alla finestra, perché a Oskar piaceva guardare le stelle quando era notte fonda. «Lei è contenta, perché sa di avermi vicino. E l'affitto non è alto, riesco a starci dentro con i soldi che mi danno a scuola».

Loos si aggirò intorno con le mani dietro la schiena. Si piegò a guardare le tele appoggiate alla gamba del tavolo, il mucchio dei bozzetti e la sedia di legno lucido su cui alla fine sedette a gambe accavallate.

Oskar gli offrì del vino dolce.

«Solo un bicchiere», precisò Loos. «Moll ci aspetta e siamo già in ritardo».

«Prendiamoci qualche minuto». Oskar si passò le mani tra i capelli un paio di volte. «Sei sicuro che Moll mi voglia al suo ricevimento?».

«Buon Dio, vuoi scherzare? Si può dire che l'abbia organizzato apposta per te».

Oskar aveva dei dubbi. «Carl Moll è uno di quelli che alla prima esposizione si è sciacquato lo stomaco sulle mie opere. Diceva che stavo gettando fango su tutta la mostra».

«Oskar, non mi dire che sei nervoso!».

Lo era. Si morse le labbra e appoggiò il bicchiere ancora pieno. Non sarebbe riuscito a finirlo.

Loos scoppiò a ridere. «In tanti hanno detto di te cose orribili, ma con il tempo si sono rimangiati tutto. La tua permanenza a Berlino è servita a rifarti una reputazione. Quello che ha detto Moll è acqua passata, soprattutto per lui, devi credermi».

«D'accordo», sospirò Oskar. «Acqua passata».

In molti si rivolgevano a lui con rispetto da quando era tornato, soprattutto adesso che insegnava alla Scuola d'Arti Applicate. Ma c'era ancora qualcuno che lo chiamava "diavolo", quando girava le spalle. Li sentiva parlare nei corridoi.

Loos si batté la mano sulla coscia. «Smettila di tormentarti. Devi sapere che Moll ha una figlia adottiva, una giovane che fa molto parlare di sé, qui a Vienna. Bene, questa ragazza è impazzita per te e vuole sopra ogni cosa che tu le faccia un ritratto. Moll la ama come se fosse frutto dei suoi lombi e, quando ha saputo del suo desiderio, mi ha implorato di portarti da lui».

«Un ritratto a una donna...», annuì Oskar. «Sì, questo posso farlo».

«Certo che puoi, è il tuo lavoro. Adesso mettiti la giacca, si sta facendo tardi sul serio».

Oskar obbedì e si allontanò per vestirsi. Le parole di Loos lo avevano rincuorato, ma ci mise comunque più tempo del dovuto per allacciarsi i bottoni. Gli tremavano le dita.

«Sono pronto». Si voltò verso l'amico e sentì che le parole gli morivano in gola.

Per ingannare l'attesa, Loos si era alzato e aveva raggiunto la parete dello studio che Oskar aveva ricoperto con un largo telo nero che dal soffitto scendeva fino a terra. Una parete che doveva rimanere nascosta. «E qua sotto che cosa tieni?».

«Non ti azzardare a toccare niente!», tuonò Oskar. La voce gli uscì in un grido rauco e Loos si immobilizzò con il braccio teso.

«Non toccare», ripeté Oskar, più adagio. «Allontanati. Non c'è niente, lì sotto».

Loos fece un paio di passi indietro. «D'accordo ragazzo. Non tocco niente».

Oskar si asciugò dalla fronte un sudore gelato. Gli fece male vedere Loos teso dal timore, l'urlo gli aveva fatto sgranare gli occhi.

«Usciamo», propose. Fece perfino un sorriso, per essere convincente, ma lo sentì scomodo sulla faccia. «Siamo in ritardo. Vieni». Loos lo precedette fuori e Oskar lo seguì, chiudendosi la porta alle spalle.

C'era mancato poco. Per un soffio, Loos non aveva trovato Lilith.

Casa Moll era una dimora patrizia sulla Hohe Warte. Per tutto il tragitto, Oskar non osò cercare lo sguardo dell'amico. Poteva sopportare il disagio dei viennesi, ma non che Loos avesse paura di lui. Non sapeva come farsi perdonare, ma l'architetto non toccò più l'argomento.

Davanti al cancello, Oskar affondò i pugni nelle tasche. Gli era montata addosso un'angoscia cupa.

Bastò uno sguardo alla facciata della villa per avere la certezza di stare entrando nella tana di un mostro. Vide le mura tramutarsi in scogli dalle sporgenze aspre, il vialetto diventare una lingua d'acqua salmastra che sprofondava nell'antro nero del portone.

«Io non vengo».

«Oskar, non c'è niente di cui avere paura». Loos lo trascinò per il braccio. «Avanti».

Vennero accolti da un ambiente sontuoso fatto di musica e lussi orientali. Camminarono tra i vasi provenienti dal Giappone, i tappeti persiani appesi alle pareti e gli enormi mazzi di piume di pavone. Oskar si trovò a desiderare l'aria fresca di aprile che lo aveva accompagnato lungo la strada.

«Loos», bisbigliò all'orecchio dell'amico. «Hai una sigaretta? Vorrei uscire un momento per...». Non poté finire la frase.

«Benvenuti!».

La donna che veniva loro incontro sulla soglia dell'atrio condensò l'angoscia di Oskar in puro terrore. Aveva un volto talmente bello da sembrare modellato nella porcellana, un viso che lui aveva già visto, una volta soltanto in tutta la vita, ma che gli era rimasto incastrato nelle viscere. Era la fanciulla tratteggiata da Gustav Klimt, la ninfa con le labbra arricciate in un sorriso beffardo. Trovarsela davanti a casa di Moll gli tolse il respiro dai polmoni come se lei gli avesse affondato un pugno nella pancia.

Invece la creatura sorrideva, fulgida, avvolta in un abito blu da divinità degli abissi. «Sono così felice che abbiate risposto all'invito! Signor Kokoschka, che piacere infinito! Ho implorato Carl perché desse questo ricevimento per lei, vorrei tanto che mi facesse un ritratto!».

Oskar non fu in grado di sputare una sola parola.

Quella donna non poteva appartenere al mondo reale. Era una sirena, una ninfa serpente, uno splendido mostro marino. Ed era rimasta in agguato fino a quel momento sulla Hohe Warte solo per balzargli addosso.

In preda al panico, Oskar si voltò verso Loos per assicurarsi che la vedesse anche lui.

Loos la vedeva, perché si tolse il cappello e le fece un inchino. «Il piacere è nostro, carissima Alma».

Oskar tremò. «Hai trovato Alma», sussurrò la voce di Klimt, da qualche parte nella sua testa. «Una delle pochissime, vere maghe viventi».

Alma prese sottobraccio Loos da una parte e lui dall'altra. «Stavamo aspettando solo voi. Da questa parte».

Alma era la donna più bella di Vienna, su questo Oskar non aveva dubbi.

La guardava sorridere, seduta a tavola di fronte a lui, e gli sembrava di annegare in mare aperto. Nei libri di occulto, a Berlino, aveva letto che era così che funzionavano le malie: la strega sbatteva le palpebre ed ecco che le ciglia spingevano il fluido magico fino alle pupille della vittima. Gli sguardi si incatenavano l'uno all'altro e non c'era più speranza di liberarsi dall'incantesimo.

Anche Alma lo guardava di continuo e questo rafforzava la sua ipotesi. Sollevava gli occhi blu e sorrideva, misteriosa e piena di segreti. Oppure gli indirizzava uno sguardo obliquo, mentre bisbigliava all'orecchio di Lilly Lieser, la bionda che le si stringeva al fianco.

«Siamo molto lieti che lei abbia deciso di tornare a Vienna, Kokoschka».

Oskar fu strappato alla magia dalla voce di Carl Moll.

Il padrone di casa tagliava il pesce nel piatto, armato di posate d'argento, e annaffiava la conversazione con vino abbondante. «Lo scandalo delle sue prime opere ha fatto il corso che gli scandali fanno sempre: si è placato per lasciare posto alla fama», continuò. «Ricordo che fu così anche per Gustav Klimt, sapete?».

«Se lo scandalo è fine a se stesso, allora è inutile», disse Loos. «Ma se smuove le coscienze significa che si può sperare di cambiare qualcosa nel mondo».

Carl Moll non poté fare altro che confermare e la conversazione si spostò sulla necessità dell'arte di stare al passo con i tempi. Oskar cercò di partecipare, ma Carl Moll era uno a cui non piaceva condividere la scena. «Anch'io ero con Klimt tra i secessionisti e ricordo bene l'indignazione che...».

Oskar fu attratto dal movimento di Alma. Aveva spostato il piatto e adesso si sporgeva verso di lui. «Spero che non ci farà mancare qualche scandalo anche in futuro, signor Kokoschka».

Oskar trasalì, perché la pericolosissima sirena lasciò cadere la mano sopra la sua.

Boccheggiò come un pesce tirato fuori dall'acqua. «Me lo auguro».

Alma gli strinse le dita, al riparo del tovagliolo.

«La conversazione si è fatta noiosa», arricciò il nasino. «E a me è venuta voglia di suonare il piano. Mi accompagnerebbe di là?».

Scivolarono insieme nel salotto accanto. Dalla sala da pranzo arrivavano le chiacchiere dei commensali e il tintinnio delle posate. Stavano servendo il dessert, ma Oskar non riusciva a pensare a niente di più dolce della donna che sedeva al pianoforte davanti a lui.

«Lei sa suonare?», balbettò. E quando Alma rise, deliziosa, Oskar si rese conto della stupidità della domanda.

«Sono un'ottima pianista», disse lei con orgoglio. «E una compositrice».

Oskar si tormentò le mani, nervoso. «Nel senso che compone musica?».

«In quale altro senso, signor Kokoschka? Ho dovuto lasciar perdere la musica quando mi sono sposata. Anche mio marito era un compositore, molto famoso e molto richiesto. Per permettere a lui di comporre mi sono dedicata solo alla casa e alle nostre bambine, per anni».

Oskar sentì una bolla di delusione gonfiargli il petto. «Lei è sposata, allora».

«Sono vedova. Adesso che mio marito è morto, la musica è tutto quello che mi rimane. Si sieda vicino a me, mi lasci suonare per lei».

Con movimenti meccanici, Oskar trascinò uno sgabello accanto al pianoforte.

Il contrasto tra le sue vecchie scarpe e l'orlo dell'abito turchese di lei lo innervosì. Gli sembrava di essere un vagabondo sulla riva del mare che aspetta la carezza di un'onda. O che l'onda lo porti via.

«Ha detto che desiderava un ritratto», disse. «Aspetti, voglio farle uno schizzo proprio adesso. Ho sempre dei fogli con me».

Infilò la mano sotto la giacca. Gli tremavano le dita e la tasca sembrava avere cambiato posto dall'ultima volta in cui l'aveva cercata. Il che, si disse, era una cosa impossibile. Si agitò sullo sgabello, i lembi della giacca aperta gli svolazzarono attorno come goffe ali.

Alma rise ancora. «Ma cosa fa? Sembra un grosso pipistrello!».

Oskar sentì il sangue ribollirgli nelle orecchie. «Me li porto sempre dietro, non capisco dove…». Le dita si chiusero sulla carta ruvida. La teneva con sé per essere in grado di onorare Lilith in qualsiasi situazione. «Eccoli».

«Va bene», acconsentì Alma. «Non riuscirei a rimanere ferma mentre lei mi fissa, in ogni caso. Tanto vale che io suoni».

Fece scorrere le dita sulla tastiera. Le note del pianoforte riempirono il salotto con il loro sapore pulito.

Oskar rabbrividì. La musica gli passò attraverso come acqua di mare, raggiunse gli anfratti delle viscere e lavò la sua pelle con il sale, gli pulì le ossa e portò via tutto quello che lo appesantiva. Fece un sospiro che lo lasciò leggero. Era diventato un legno che andava alla deriva sulle onde.

Delineò il profilo di Alma sulla carta ruvida. «Che armonia splendida. Che cos'è?».

Alma aveva gli occhi socchiusi, anche lei sembrava rapita dalle note. «Un'aria da *Tristano e Isotta* di Wagner. Il cavaliere Tristano è stato ferito in battaglia e viene curato dalla bella Isotta, sua nemica».

La mano di Oskar si irrigidì, rovinò lo schizzo.

«Che succede?». Lei lo guardava, adesso, senza smettere di suonare. «Non le piacciono le storie romantiche?».

Oskar non seppe dire quando si era proteso in avanti. Si trovò piegato verso di lei, attratto da quelle mani che sapevano produrre una magia tanto potente. «Se è sua nemica, perché lo sta curando?».

«Isotta non sa ancora che lui è l'assassino della sua gente. Finché lei non lo verrà a sapere, Tristano sarà al sicuro».

Oskar appoggiò fogli e carboncino sull'angolo dello sgabello, si sostenne con la mano e si portò ancora più vicino. «E Isotta, quando lo scoprirà?».

La musica si era placata. Nel salottino era calato un silenzio vibrante. Alma teneva le dita premute sui tasti che avevano esaurito il suono. Anche lei si era protesa verso di lui.

«Solo alla fine del primo atto», mormorò la strega.

Non li separava niente, se non il calore del loro respiro. Oskar ne fu attratto come se stesse annegando e non ci fosse altra aria da respirare all'infuori di quella. Attirò Alma a sé e la baciò con ferocia. E quando si staccò dalle sue labbra per scusarsi, lei lo afferrò per il bavero e lo baciò ancora.

Rientrò allo studio che era notte fonda.

«Alma!», esclamò. Anche il nome di lei aveva il suono dell'acqua. Oskar si leccò le labbra per cercare il sapore dei loro baci. Gli sembrava che la notte fosse troppo calda. Si tolse la giacca e spalancò la finestra. Uscì sul balcone in maniche di camicia.

«Alma», ripeté. Al di sopra degli alberi, le stelle brillavano di una luce che rivaleggiava con gli ori di Vienna. «Una delle pochissime, vere maghe viventi».

Il vento primaverile gli accarezzò i capelli e lui li ravviò come aveva fatto Alma dopo averlo baciato. Sentì le mani della strega sul collo, le labbra calde sulla sua bocca. Rievocò gli occhi di lei, pieni di magia. La notte era troppo viva per andare a letto.

Si mise al tavolo da lavoro. Non aveva bisogno di schizzi che lo aiutassero a ricordare, il volto di Alma gli bruciava le palpebre e non gli permetteva di vedere nient'altro.

La raffigurò mentre usciva dalle onde, il corpo di una ninfa e i capelli di una sirena. Non era solo la donna più bella di Vienna. Era la donna più bella del mondo. Sollevò il bozzetto davanti a sé e fu come averla di nuovo davanti.

«Alma».

Quel nome era come una preghiera.

Dal balcone giunse una folata di vento che riempì lo studio. Sollevò un lembo del lenzuolo nero inchiodato alla parete. Per un attimo, prima che il velo ricadesse, Oskar scorse i fogli di taccuino strappati, le carte da china, gli stralci di albi che giorno dopo giorno aveva ammassato gli uni sugli altri, riempiendo il muro. Lilith lo chiamava perché disegnasse lei.

«Solo un momento. Un attimo soltanto».

Invece, all'alba stava ancora disegnando sirene, mostri marini e fanciulle divine dalla coda di pesce. E tutte avevano il viso di Alma.

Appena possibile corse fuori dallo studio, con la cartella sgualcita sotto il braccio e la borsa dei colori.

Alle dieci e mezzo si fece annunciare al cancello di Moll. Aveva le scarpe coperte di fango, la giacca aperta sulla camicia e i bordi della carta da disegno che spuntava dalla cartella si erano arricciati.

«Sono qui per Alma!», esclamò. Davanti all'espressione arcigna di Carl Moll, si ritrasse nelle spalle. «Per farle il ritratto, intendo».

Alma lo aspettava nel salottino del pianoforte. Oskar la sentì ridere ancora prima di entrare e, quando mise un piede oltre la soglia, rimase impietrito a guardarla.

Alma era ancora più incantevole di come la ricordava dalla sera prima. Se non era magia quella, Oskar non avrebbe saputo dire cosa lo fosse. Sorrideva alla bambina più deliziosa che lui avesse mai visto. La piccola poteva avere sette o otto anni, scuoteva i boccoli biondi nel tentativo di compiere un passo di danza.

«Signor Kokoschka!», Alma prese per mano la bimba e si alzò per andargli incontro. «Gucki e io la stavamo aspettando, non è vero?».

La bambina annuì e imitò per lui la riverenza di una gran dama, allargando la gonna.

Alma rise. «Lei è mia figlia Anna Justine. In famiglia la chiamiamo Gucki». Le accarezzò i capelli con tenerezza. «Gucki, questo è il pittore di cui ti ho parlato».

Oskar ricambiò il saluto con il più buffo inchino dei Megalomani al Café des Westens, piegandosi fin quasi a terra e roteando le braccia in aria.

Gucki scoppiò a ridere. «Posso guardare mentre fai il ritratto alla mamma?».

«Certo che puoi», Oskar si raddrizzò. «E dopo posso farne uno anche a te».

Gucki arricciò il naso. «Non mi piace, mi annoio».

La bambina gli tenne puntati addosso gli enormi occhi indagatori per tutto il tempo che servì a preparare fogli e materiale da disegno. Il nome Gucki ricordava la parola tedesca *gucken*, 'sbirciare': un soprannome appropriato.

«Devo farle una confessione, signor Kokoschka», Alma aveva scelto di sistemarsi sul divano. «Come mia figlia, anch'io mi annoio terribilmente a posare».

«Vuole suonare ancora? Sarei felice di ascoltarla».

Gucki sbuffò. «Basta, mamma! Abbiamo già suonato per un'ora intera!».

«Mi racconti di lei, allora», disse Oskar di slancio. Sentì le orecchie andare a fuoco per l'audacia, ma non si tirò indietro. Non c'era mistero che riguardava quella donna su cui non volesse fare luce. «La prego, qualsiasi cosa, io la ascolterò».

La sirena sollevò un angolo della bocca. «Non è una richiesta che sono soliti fare in molti. Lei è un uomo coraggioso».

Alma aveva sette anni più di lui e aveva vissuto molte cose, non tutte belle. Forte di tante esperienze, non c'era da sorprendersi che avesse in sé un tale potere.

Dieci anni prima aveva sposato il compositore Gustav Mahler, uomo di grande fama che all'epoca era già direttore del Wiener Staatsoper, il più celebre teatro della capitale. Il matrimonio non era stato felice. Di vent'anni più anziano della sua sposa, Mahler era un despota, ma un despota che Alma aveva amato moltissimo. Avevano avuto due bambine, la piccola Putzi, morta di difterite a cinque anni, e Gucki, che adesso, a sentire parlare della sorellina defunta, tirava su con il naso.

Anche Alma piangeva. Le lacrime le scendevano silenziose sugli zigomi, senza singhiozzi, fino a quando non furono troppe per ignorarle e lei si nascose il viso tra le mani. «Mi dispiace», disse. «Non riesco ancora a parlare di Putzi senza sentirmi impazzire. Mi sembra che lei sia ancora qui, ma non c'è».

Il dolore della donna lo schiaffeggiò. Al viso di Alma si sovrappose quello di sua madre, che aveva gli stessi occhi vuoti quando parlava del primogenito fantasma. Oskar si ripiegò sul lavoro. L'angoscia fluì nel tratto di carboncino attorno al volto di Alma e la trasfigurò sul foglio nelle sembianze di un angelo sconfitto.

Strappò il bozzetto e lo appallottolò. «Non devi parlarne, se non vuoi. E non devi scusarti, Alma, mi sembra del tutto normale».

Nel trasporto, l'aveva chiamata per nome e le si era rivolto in modo più intimo. Si morse le labbra, nel timore di averla offesa.

«So di non essere uno spettacolo piacevole, in queste condizioni», disse lei. E strinse Gucki, che cercò rifugio tra le sue braccia. «Sei una persona gentile, Oskar».

Lui si grattò la nuca.

Gustav Mahler era morto a maggio dell'anno precedente ed era stato sepolto in una giornata di pioggia. Alma e la piccola Gucki erano rimaste sole. Senza alternative, erano tornate a casa della madre e del patrigno.

«Ti sto raccontando solo cose orribili».

Alma si asciugò gli occhi e accarezzò i capelli di Gucki. Le era rimasta addosso una gravità ultraterrena che non riusciva a nascondere, si irradiava tutt'attorno come un bagliore di luce acida. «Ma ho anche molti ricordi meravigliosi, puoi credermi. Tu riesci a mettere l'anima dentro ai ritratti, Carl mi ha detto così, è il motivo per cui ti ho cercato. Voglio che tu mi faccia un ritratto in cui ci sia solo bellezza, Oskar. Non voglio più avere buio nella mia vita».

«Allora adesso raccontami i tuoi ricordi più belli. Ti farò un ritratto pieno solo di splendore».

Le memorie più dolci di Alma appartenevano alla sua infanzia e si raccoglievano attorno alla figura di suo padre, il pittore Emil Jakob Schindler. A Vienna si diceva che fosse un mago. Era stato un pittore di paesaggi che sopra ogni altra cosa aveva amato la poesia e la musica.

«Diceva che tutto quello che esiste di sacro si nasconde nella natura», mormorò Alma. «Per lungo tempo abbiamo vissuto nel piccolo castello barocco di Plankenberg, circondato da un magnifico giardino. Facevamo lunghe passeggiate insieme, mi prendeva per mano e ogni mattina andavamo a salutare il dio dei platani e quello dei tigli, le fate che facevano il nido nell'erba alta».

«Vai avanti», la implorò Oskar. «Racconta ancora».

«Digli dei fantasmi, mamma!».

«In quel giardino misterioso, le statue erano circondate da fiaccole accese. Mio padre era sicuro che di notte venissero visitate dagli spiriti, così andavamo insieme a portare dei dolcetti sull'altare di pietra dedicato alla Madonna, pieno di rampicanti. O delle ciotole di latte, nelle sere di nebbia. Al mattino, erano rimaste solo le briciole dei biscotti e il latte era rovesciato. Erano stati gli uccelli che abitavano tra gli alberi, gli scoiattoli del giardino oppure solo il vento, certo, ma quando ero bambina non avevo dubbi sul fatto che i fantasmi fossero venuti a prendere le nostre offerte».

Gucki annuì. «Fantasmi di sicuro».

«O solo il vento», ripeté Oskar. Se lo sentì scorrere addosso, anche se la finestra era chiusa. «A volte è la stessa cosa».

«Come dici?».

«Niente di importante. Ho finito, vuoi vedere? Questo è solo lo schizzo preparatorio, ma puoi dirmi se qualcosa non ti piace».

Alma e Gucki corsero a guardare. Oskar si sentì avvolto da un tepore piacevole, in mezzo a loro, il freddo che la folata innaturale di vento gli aveva lasciato addosso lo abbandonò. Si lasciò stringere e ne fu contento.

«Allora è così che mi vedi?», Alma si contemplò. «È così che sono?».

La piccola Gucki sfiorò con le dita i capelli di carta della madre. L'Alma al centro del bozzetto le fissava con un sorriso enigmatico, da sotto la massa di ciocche liquide. Capelli da sirena.

Disegnati con il carboncino, gli occhi affondavano come le voragini aperte in cui Oskar era precipitato senza scampo. Sullo sfondo si agitavano immagini tratteggiate: un castello di fiabe, volute di fumo dai tratti umani, l'alone di una luce che la faceva somigliare a una fiamma.

«Sei abbagliante», disse Oskar.

Per dare vita al bozzetto, si spostarono nell'appartamento che Carl Moll aveva preso per Alma e la bambina, a poca distanza dalla sua casa.

Oskar portò la tela e i colori a olio, gli schizzi preparatori che aveva fatto e tutti i pennelli del suo studio.

Gucki ne pretese uno per sé e imitò Oskar, intingendolo in un bicchiere d'acqua che aveva chiesto apposta. Si accoccolò sul tappeto vicino ai suoi piedi.

«Dopo la morte di mio padre, mia madre ha sposato Carl Moll», raccontò Alma, mentre Oskar disponeva i colori. «Nella nostra nuova casa si respirava il fermento degli artisti ribelli guidati da Gustav Klimt».

Oskar sollevò lo sguardo. «Il Maestro?».

Appena adolescente, Alma era stata testimone della secessione. Fino a quel momento, l'arte era stata il regno degli ultraconservatori dell'Accademia, vecchie cariatidi schierate d'istinto contro le nuove generazioni. La rivolta dei pittori si consumava in interminabili discussioni nei caffè e proseguiva nel salotto di Carl Moll.

«*Basta con la stagnazione!*», esclamò Alma. «Questa era la frase che sentivo dire più spesso, in quel periodo. Klimt aveva appena fondato la rivista "Ver Sacrum" e la usò per dare appoggio ai suoi artisti. La parola d'ordine era: "A ogni epoca la sua arte, all'arte la sua libertà". Amavano scandalizzare i conservatori, erano cavalieri che brandivano pennelli e scalpelli da scultura al posto di spade e lance. Erano così coraggiosi! Quando alle cene sentivo parlare male dei secessionisti andavo su tutte le furie e mi lanciavo in loro difesa. Volevo essere come loro».

I colori che Oskar stendeva sulla tela gli sembravano più vividi, pieni della magia di Alma, che aveva assistito con i suoi occhi alle lotte del Maestro.

«Un giorno venne votata la sfiducia contro gli insubordinati. Klimt e altri otto dei suoi seguaci si alzarono in silenzio e lasciarono l'Accademia. Accompagnarono la protesta con le loro dimissioni. Il mio patrigno era tra loro».

Era stato nel salotto di Carl Moll che Alma aveva conosciuto il Maestro. Dopo la prima mostra della secessione, gli artisti erano andati tutti a casa sua per una festicciola. Gustav Klimt aveva un appetito insaziabile e quando qualcuno gli aveva chiesto se fosse suo compito mangiare per la secessione intera, Alma era scoppiata a ridere. Per vendicarsi, lui l'aveva sfidata a una partita di tarocchi e da quel momento il Maestro era diventato il più caro degli amici.

Oskar, che stava pulendo un pennello, si fermò con lo straccio in mano. Ripensò al ritratto di Alma nascosto nell'atelier di Josefstädter Straße. Immaginò la fanciulla del disegno gettarsi i capelli dietro le spalle con acerba malizia, arricciare le labbra per poi mettersi a ridere. Ricordava bene la fretta con cui Klimt gli aveva strappato il foglio dalle mani. Alma lo aveva incantato, doveva essere stata la sua musa. Lei, una delle pochissime, vere maghe viventi.

Placò una fitta di gelosia piantandosi le unghie nel polso. Con sorpresa, sentì il sangue fresco schizzargli addosso e trasalì.

«Gucki! Cosa stai facendo, guarda che disastro!».

Oskar si riscosse e vide il sangue che gli bagnava le mani. In preda al panico, cercò di pulirle nello straccio, ma anche quello era già intriso di rosso, così come le sue scarpe e il visetto della bambina accucciata vicino a lui.

Nel panico, fu certo di averla ferita con le unghie.

«Gucki, stai ferma o sporcherai tutto!». Alma la raggiunse e le tolse dalle mani il pennello. «Non toccare niente. Oh, Oskar, mi dispiace tanto, guarda la tua giacca!».

Oskar la guardò. Era macchiata anche quella. Gli vorticò la stanza intorno. «Mio Dio…».

Alma balzò verso la porta. «Non è niente, adesso ci penso io. Vado a cercare qualcosa per pulirvi, non vi muovete!».

«Ti prego, perdonami!».

Rannicchiata a terra, Gucki lo guardava con occhi enormi. Oskar si rese conto che non c'era sangue da nessuna parte. Le macchie erano solo colore a olio che Gucki aveva diluito in una poltiglia rossa nel bicchiere, che adesso giaceva sottosopra sul tappeto. La bambina doveva averlo mescolato con tanta energia da rovesciarlo, e aveva schizzato il colore ovunque. Oskar ricominciò a respirare. «Stai bene, Gucki?».

Aveva ancora sottopelle la mostruosa sensazione di essere lui la causa di tutto quel rosso. Abbassò gli occhi al proprio polso. La pelle scorticata gli bruciava, ma non c'era traccia di sangue. Solo schizzi di colore.

«Non l'ho fatto apposta», sussurrò Gucki. Le tremava il labbro inferiore. «Per favore, non ti arrabbiare se ho toccato gli oli senza permesso! Volevo provare a dipingere…».

Tirò su con il naso e non ce la fece più. Scoppiò in un pianto nervoso che lasciò Oskar mortificato, perché erano le lacrime di una donna adulta.

«Non ti preoccupare, è tutto a posto». Oskar si inginocchiò accanto a lei. «Sono cose che succedono a tutti i più grandi artisti, non lo sai?».

«Davvero?», Gucki fece un sorriso timido, in mezzo alle lacrime. «Non sei arrabbiato con me?».

«Per un po' di colore! Dovrei raccontarti cosa combinava il mio vecchio compagno di banco, Kalvach il Croato. Su, adesso puoi smettere di piangere». Le strizzò l'occhio. «E così, sei una bambina che ama dipingere, vedo».

Quando Alma tornò con delle pezze pulite e il solvente, stavano tutti e due premendo le mani grondanti di pittura sopra un foglio pulito, spargendo il colore con i palmi e i polpastrelli. Le piccole impronte rosse di Gucki sembravano delle stelle e lei sorrideva di soddisfazione.

Alma rise, guardandoli insieme, e li lasciò finire la loro opera d'arte. Poi li ripulì entrambi, fece loro togliere le scarpe e li costrinse a seguirla in bagno.

Gucki decise di studiare le riviste d'arte di Carl Moll e scappò via lungo il corridoio.

«Oskar?», Alma lo trattenne sulla soglia e intrecciò le dita alle sue. Profumava di sapone e di solvente, quando si alzò in punta di piedi per baciargli le labbra. «Credo di essermi innamorata di te».

Oskar schiacciò Alma contro la porta del suo studio e le morse le labbra. Erano calde.

Lei gli afferrò i capelli con una mano, con l'altra gli artigliò la giacca sulla schiena. «Toglila».

Oskar obbedì, con il fiato corto. Si slacciò la camicia e rimase a petto nudo davanti a lei. Alma era una divinità, nella semioscurità della stanza, eretta in mezzo alle lame di luce che filtravano dagli scuri.

«Non aprire la finestra», ordinò lei. «Mi piace questo buio. Mi fa pensare alla grotta di un lupo».

Oskar sentì girare la testa e le si avventò addosso.

Alma gli strattonò i pantaloni. «Via questi. E aspettami».

Si scambiarono un altro bacio, poi lei lo lasciò solo nella penombra. Oskar la intravide scivolare verso il bagno tirandosi dietro la borsa che aveva portato con sé da Hohe Warte. Slacciò la cintura. Gli tremavano le dita. Era incapace di fare qualsiasi cosa.

«Portami dove possiamo fare l'amore», gli aveva chiesto Alma. Lui aveva esitato, per paura di mostrarle lo studio. Poi l'aveva portata lì, perché era il solo posto sicuro che conosceva.

Riuscì a togliersi i pantaloni e cadde a sedere sul letto. Cercò le stelle, ma le imposte erano chiuse e fuori era appena pomeriggio.

«Non siamo nel mondo reale», sussurrò. «Questa è la tana di un lupo».

Sulla parete accanto, il drappo nero si confondeva con l'ombra della stanza. Non si muoveva, riposava immobile. Da quanto tempo non disegnava per Lilith? L'unica cosa che ricordava era l'ultimo ritratto che aveva fatto ad Alma.

«Oskar».

Alma veniva verso di lui, senza rumore. Camminava a piedi nudi, si era tolta il vestito elegante con cui era scappata dalla casa del patrigno. Sembrava muoversi avvolta in un'aura di vapore. Oskar si sollevò sui gomiti, ma lei era già al bordo del letto. Il materasso si abbassò appena, quando ci appoggiò il ginocchio.

Per piegarsi su di lui, Alma attraversò un raggio di luce.

Oskar vide le labbra dischiuse, gli occhi azzurri appannati di desiderio. Vide che lei era avvolta in una fiamma rossa. L'immagine si allungò nel tempo infinito di un istante, poi Alma tornò a confondersi nell'ombra. Si chinò su di lui. Oskar le chiuse le braccia attorno, convinto che avrebbe preso fuoco. Sfiorò il tessuto impalpabile di una casacca di seta, dei pantaloni dal taglio orientale che si allargavano sulle cosce di lei solo per richiudersi attorno ai fianchi. Non era una fiamma e non era vapore, era un pigiama scarlatto, sottile come una ragnatela.

Al di sotto, la schiena di Alma aveva la curva di una tigre.

La casacca era aperta e lei gli offrì i seni morbidi. Lui ci affondò la faccia.

«Oskar Kokoschka», lo battezzò la strega, quando lui la rovesciò di lato per soverchiarla. «Il mio genio oscuro».

Le chiuse la bocca con un bacio e lei gli graffiò la schiena nuda. Oskar diventò un lupo, piegato sul corpo di una preda. Poi la divorò.

Si svegliò sereno. Rifiutò di aprire gli occhi e rimase dov'era, godendosi il tepore in cui si era rifugiato. Non si sentiva così bene da anni.

Qualcosa di leggero gli camminò sulla schiena. Polpastrelli e unghie curate. «Oskar? Guarda che lo so che non stai dormendo».

Alma gli appoggiò le labbra sulla fronte. Rannicchiata sotto di lui, in un intreccio di gambe, gli faceva da guanciale con il seno. I capelli piovevano sul cuscino e lui ci affondò le dita.

«Quanto abbiamo dormito?».

«Non lo so», disse lei. Erano due bambini che si svegliavano nel bosco.

Aprirono la finestra. Fuori il cielo era una distesa di inchiostro nero bucato dalle stelle. Oltre la coltre degli alberi, le luci di Vienna spandevano bagliori d'oro. Tornarono a sdraiarsi, si abbracciarono e restarono in silenzio a guardare la notte.

«Perché non volevi portarmi qui?», sussurrò Alma. «Ho pensato che nascondessi chissà cosa, qui dentro, invece è un posto magico. Può essere il nostro posto».

Oskar lanciò uno sguardo alla parete coperta dal drappo nero. Lo distolse in fretta.

«La mia famiglia abita lungo la strada». Indicò con il mento in direzione di Breitenfelder Gasse. «Mia madre passa spesso qui davanti per andare alle botteghe. Non volevo che ci vedesse».

Alma gli pizzicò il fianco. «E così ti vergogni di me!».

«Come puoi pensare una cosa del genere?».

«E allora?», continuò a prenderlo in giro. «Non avrai paura della mamma!».

Oskar si ritrasse, offeso a morte. Provò ancora l'impulso di girarsi a controllare il drappo, ma riuscì a trattenersi. «Ma figuriamoci!».

Alma gli si arrampicò addosso. «Allora forse hai paura di me.

La terribile vedova Mahler potrebbe mangiarti. Sono molto più grande di te», lo provocò. «Sono una donna e tu sei poco più che un ragazzo».

Oskar la rovesciò sulle lenzuola e le immobilizzò i polsi ai lati della testa. «Credi?».

Alma inarcò la schiena e tese i seni per lui. «Credo che tu sia un uomo meraviglioso, Oskar. L'ho pensato da quando quattro anni fa Carl è entrato in casa sbraitando dei tuoi scandali alla scuola. E ne sono stata sicura quando ti ho visto per la prima volta l'altra sera, con le scarpe infangate, le orecchie a sventola e quell'aria spaventata. L'ho capito vedendo come ti sei comportato con Gucki ieri, quando ti ha versato la pittura addosso. Sei un uomo meraviglioso. Adesso dammi un bacio».

Oskar obbedì. Gli sembrò di vedere il drappo muoversi, con la coda dell'occhio, ma non aveva importanza. Alma lo avvinghiò tra le gambe e fecero l'amore fino all'alba.

Nei giorni successivi, Alma prese l'abitudine di aspettarlo davanti a scuola.

Dopo l'orario delle lezioni, Oskar la trovava seduta in automobile, al bordo della strada. Lei si sporgeva da dietro l'autista, gli sorrideva e salutava con la mano.

Se ne andavano al Prater, a passeggiare nel folto degli alberi oppure a pranzare in uno dei ristoranti all'interno del parco.

La prima volta che salirono insieme sulla ruota panoramica, Oskar ebbe la sensazione di avere Vienna ai propri piedi. La città sotto di loro li adorava in silenzio.

«Stiamo dando scandalo, Alma», le disse in un tramonto d'inizio estate, mentre camminavano lungo la riva del Danubio.

Era inevitabile. Lui era il degenerato corruttore che aveva sconvolto Vienna, lei la ricca ereditiera di Mahler.

Alma lo prese sottobraccio. «Non credevo che queste cose ti dessero fastidio».

«Non mi dà fastidio, lo dicevo per te».

«Per me?».

Oskar guardò il fiume. Si concentrò sul movimento dell'acqua e scelse con cura le parole. «Potresti avere tutto, ti basterebbe schioccare le dita. Perché vuoi me?».

Lei rise. Oskar non seppe se offendersi o ridere a sua volta. Rimase zitto.

«Oskar, la vera domanda è: perché non dovrei volere te?».

Gli aveva regalato il suo pigiama scarlatto. Quando lei non veniva allo studio, Oskar lo indossava per sentirla addosso. Lavorava avvolto nella seta e nel profumo di Alma, gli sembrava che lei fosse appoggiata alla sua schiena e lo accarezzasse con le dita leggere.

Lo faceva sentire al sicuro.

Se non doveva dare lezioni private nel pomeriggio, correva sulla Hohe Warte per stare con Alma e Gucki fino all'inizio dei ricevimenti serali.

La bambina lo aspettava trepidante. «Raccontami una storia, Oskar! Una storia di mostri o di fantasmi!».

«Accompagnami in giardino dalla mamma e te la racconto. Ne conosco una che il mio fratellino adorava, quando aveva la tua età».

La fiaba preferita di Bo era la leggenda della dama del Danubio.

«Era l'ultima di tre sorelle, una fanciulla che dall'ombelico in giù era un serpente d'acqua. Poteva nuotare sui fondali come una biscia verde, ma se voleva sapeva anche tuffarsi dagli scogli con un corpo umano. Infatti suo padre era il re d'Albania, ma sua madre era la regina delle fate».

Gucki ascoltava in silenzio, con gli occhi spalancati per la meraviglia.

«Un giorno, un pescatore arrivò con la barca nel punto in cui il fiume era più profondo e le acque si muovevano in grandi vortici. La sua barca si rovesciò proprio quando lui gettò la rete e il pescatore finì in acqua. Credeva che sarebbe annegato, ma una bellissima ragazza spuntata dal nulla lo trascinò sulla riva. I due si innamorarono subito».

«E si sposarono?».

«La settimana dopo. Ma a una condizione».

«Che condizione?».

«La fanciulla disse al pescatore che non sarebbe dovuto mai e poi mai entrare nella stanza dove lei faceva il bagno. Infatti, quando lei si immergeva nella tinozza, le sue gambe tornavano a essere una coda di serpente. Se il pescatore avesse rotto il patto e scoperto che la giovane sposa era in realtà una creatura del fiume, lei sarebbe sparita per sempre».

Gucki non stava nella pelle. «E allora?».

«Per qualche mese, il pescatore rispettò la richiesta della moglie, ma con il passare del tempo diventò sempre più curioso. Una sera aprì la porta appena appena, il tanto che bastava per sbirciare all'interno. Sperava di non essere scoperto, ma quando vide la coda iridescente della sua sposa, luccicante di squame fino all'ombelico, lanciò un urlo di terrore. La fanciulla sentì il cuore spezzarsi, perché il marito aveva rotto la promessa. Le sue lacrime caddero a terra e diventarono perle di fiume, lei si trasformò in un vortice d'aria e fuggì dalla finestra. Il povero pescatore pianse cento sere, urlò il suo nome sulla riva del fiume, ma lei non tornò mai più. Ma forse, se si cammina sulla riva del Danubio e si sta in silenzio, in alcune notti è ancora possibile vederla, mentre fa il bagno nelle acque verdi».

Gucki era rapita dalla storia. Se la faceva raccontare a ogni incontro e tutte le volte costringeva Oskar a disegnare per lei la dama e la sua coda, lo pregava di ornarla di squame e perle di fiume. Poi, verso sera, si addormentava con la testa appoggiata alla sua spalla.

Oskar aiutava la governante a portarla in camera e Alma lo seguiva preoccupata. «Ti fa disperare, vero?».

«Ma che dici?», Oskar la seguì in salotto. «Gucki è una bambina meravigliosa, perché dovrei essere disperato?».

«Va bene, allora».

Oskar scrutò il profilo della donna. Sembrava afflitta da qualcosa, con le mani in grembo e gli occhi dilatati per l'inquietudine.

Andò a sedersi vicino a lei. «Cosa ti succede?».

Alma fece un sorriso teso. «Niente».

«Hai paura di qualcosa?».

Lei trasalì e lui le prese la mano. «Avevi la stessa espressione quando Gucki mi ha sporcato di rosso, la volta che ho dipinto il tuo ritratto. Anche lei era spaventata. Perché?».

Il volto di Alma sembrò creparsi sulla fronte e sul mento. A Oskar parve che fino a quel momento lei avesse indossato una maschera che adesso stava andando in pezzi. Si sbriciolava sopra il vestito, sulle mani intrecciate.

«Oh, Oskar…», disse. E un'altra ragnatela di crepe le incrinò il viso ai lati della bocca e sotto la rima delle ciglia.

«Alma, cosa c'è? Me lo puoi dire».

«Mi devi perdonare, sono una sciocca. A volte mi sembra di essere ancora a casa con mio marito».

«Che cosa faceva?».

Le sfuggì un sospiro rotto. «Si svegliava alle sette, ogni mattina, e dopo avere lavorato alla sua musica per un paio d'ore se ne andava all'Opera. Tornava a casa in tempo per pranzare. Le bambine lo adoravano e non sai quanto l'ho amato anch'io, ma quando lui non c'era erano le uniche ore di vera libertà che avevamo».

Gli occhi di Alma guizzarono di lato. Oskar seguì il suo sguardo e sussultò. Fino a quel momento non aveva prestato attenzione al busto severo nell'angolo del salotto. Scolpita nell'ardesia, la faccia di Gustav Mahler li scrutava con un cipiglio austero.

«Mio marito sedeva a tavola e, da quel momento in avanti, richiedeva un silenzio assoluto».

Alma e le figlie non dovevano parlare, per non disturbare il lavoro del compositore: nessuna parola, nessuna risata, nessun baccano. Alma, Putzi, Gucki e la governante avevano imparato a parlare sottovoce o a esprimersi a gesti. Più di una volta, nella casa in campagna, ad Alma era perfino stato dato l'incarico di correre a fare tacere i cani del vicinato. Le bambine non potevano toccare gli spartiti né qualunque altro oggetto di lavoro di Mahler ed erano cresciute con il timore costante di disturbarlo. «Dopo la morte di Putzi è stato anche peggio, perché Gucki era sola. Per questo quando ti costringe a disegnare, io ho paura che…».

«No». Oskar coprì il sussulto di Alma con la propria voce. E ripeté più forte: «No, nel modo più assoluto, no».

Si rifiutava di immaginare un mondo in cui Gucki non potesse ridere. Fissò con rabbia il busto d'ardesia, deciso a sfidare Mahler, se il defunto si fosse messo in mente di contraddirlo dall'ombra.

«Una cosa del genere non succederà più, te lo assicuro. Non permetterò a niente e a nessuno di farvi soffrire. Tutto quello che avrete sarà rumore, musica e risate».

Asciugò le lacrime di Alma, le accarezzò la pelle sugli zigomi fino a quando non tornò liscia e senza crepe. «Te lo prometto».

«E ti chiedi ancora perché voglio te, Oskar?».

Adesso c'era lui a proteggere quelle creature. Sarebbe stato il cavaliere delle fiabe che madre e figlia desideravano. Un cavaliere azzurro.

L'estate si avviava verso la fine, i primi freddi serpeggiavano in mezzo alle case fino alla Ringstraße. Oskar arrivò sulla Hohe Warte dopo l'ultima lezione privata del tardo pomeriggio.

Alma stava dando un ricevimento a casa di Carl Moll. Per l'occasione, anche il Maestro Klimt era stato stanato dal suo atelier e adesso sedeva tra gli ospiti, nel salotto illuminato che si intravedeva dalle ampie finestre sul cortile. Oskar non aveva voglia di infilarsi nella serata mondana, ma desiderava vedere Alma. Si strinse nella giacca e si aggirò attorno alla casa nel buio.

Gli sembrò di vederla passare dietro a uno dei vetri al piano di sopra, così prese a tirare delle pietruzze del vialetto. Alma si affacciò, avvolta in un abito delizioso che le lasciava scoperte le spalle. «Allora, chi è che si diverte?». Si massaggiò le braccia nude nel fresco della sera. Poi lo vide e si mise a ridere. «Che stupido! Vieni dentro?».

«Sono stanco, vado a letto. Volevo solo darti la buonanotte».

Lei appoggiò le labbra sul palmo, poi tese la mano verso di lui e soffiò il bacio nella sua direzione. Oskar finse di prenderlo al volo. Si sentì molto sciocco e molto felice. con il bacio di Alma stretto nel pugno, tornò allo studio e si mise a letto.

Si svegliò in piena notte. La finestra del balcone sbatteva contro l'imposta, doveva averla chiusa male quando era uscito. Da fuori soffiava un vento cattivo che lo aveva raggiunto fin sotto le coperte. Doveva chiudere i vetri subito.

Con gli occhi impastati dal sonno, fece per alzarsi. Non ci riuscì, il corpo paralizzato dalla testa ai piedi. Incapace di abbassare le palpebre, colse il movimento dei fogli sulla parete. Il drappo nero si era staccato da un lato e pendeva a terra, i tributi a Lilith frullavano, mossi da una mano invisibile.

Una folata fredda soffiò addosso a Oskar una manciata di fogli di taccuino. Prima che scivolassero oltre il letto, il suo cervello registrò dei dettagli: ali aperte in volo, artigli rapaci, occhi da civetta. *Non venire.*

Lei era già lì. Lilith era una sagoma sottile accanto al cuscino. Il vento le sollevava la gonna rossa, mettendo in mostra le gambe e la curva dell'inguine, le tirava i capelli verso l'alto.

Oskar cercò un appiglio per scappare, ma il corpo non rispose. Sentiva solo il fruscio dei fogli, il ticchettio dell'orologio sul tavolo da lavoro, il respiro roco del demone.

Lilith si piegò su di lui. Nell'intrico delle sue ciocche nere, Oskar si trovò a guardarla negli occhi da rapace notturno.

Mi ammazzerà perché non ho più pensato a lei. L'idea gli attraversò la mente in un lampo. *Domattina Loos verrà a cercarmi e mi troverà stecchito, con la bocca aperta e gli occhi girati all'indietro.*

Con orrore, si accorse che la faccia del demone si stava rompendo. Le crepe si ramificarono agli angoli degli occhi, incrinarono il naso, sbriciolarono le guance in cenere. I frammenti gli precipitarono addosso mentre Lilith rivelava le ossa scarnificate sotto la pelle.

«Mamma!». Oskar colpì il legno della porta con le nocche, sempre più forte. «Mamma, aprimi! Mamma!».

Stretta in un vecchio scialle, sua madre lo accolse sulla soglia. «O mio Signore!», gemette. «Oskar!».

Lo trascinò a sedere in cucina. Gustav e Bo dormivano nelle loro camere. Era ancora buio. «Sei tutto gelato, amore mio, cosa ti è successo? Perché non hai neanche la giacca? Guarda che occhi hai!».

Oskar si portò le mani alle guance. «Sono sporco?». Lilith gli si era sbriciolata addosso, doveva essere pieno di cenere. «Mamma, sono sporco di qualcosa?».

«Tesoro mio, sei solo pallido che sembri di cera. Cosa ti hanno fatto?».

Tremava. Non riuscì a opporsi quando lei si tolse lo scialle e glielo mise sulle spalle.

«Cosa ti è successo, figlio mio? Lo vuoi dire alla mamma?».

Per non raccontare del demone del vento, Oskar le disse che i portatori di sogni erano tornati e avevano cercato di strangolarlo.

«Mio povero bambino», la mamma gli prese una mano tra le sue. «Quanta paura devi sopportare. E tutto questo per colpa di quella donnaccia!».

Oskar la guardò sgomento. Non aveva mai parlato a sua madre di Lilith e di sicuro non lo aveva fatto quella notte. «Che donnaccia?».

«Quell'Alma Mahler! So benissimo che ti frequenta, anche se non me l'hai mai detto. Tutta la strada vi ha visti insieme. Anche se è ricca e ben vestita, una puttana rimane sempre una puttana!».

Oskar strappò via la mano. «Che accidenti stai dicendo?».

«Dico la verità!».

«Cosa c'entra Alma?».

Sua madre batté in ritirata, seduta con la schiena dritta e la bocca piegata nell'oltraggio. «È molto più vecchia di te, sai quanti amanti ha avuto? Tutta Vienna dice che è una poco di buono e che passa da un letto all'altro. Ti farà soffrire, Oskar, ha già cominciato! Ecco perché hai gli incubi».

«Sciocchezze!».

«Guarda come ti ha ridotto! Quella donna non ha pace, è furibonda come il vento! E tu, che sei nato dal fuoco, ti spegnerai come una candela in mezzo alla tempesta se non ti allontani subito! Dammi ascolto».

Oskar lottò contro una vertigine. «Cosa ne sai, tu, del vento? Perché mi stai dicendo queste cose?».

«Mi sono informata sul conto di questa Alma Mahler. Gira per la città in automobile, con la scusa dei ricevimenti si porta in casa chiunque! Dicono che oltre a tutti quegli uomini e al povero marito morto, senz'altro di crepacuore, vada anche a letto con una donna! Quella lì è una strega!».

«E non lo sei anche tu?». Oskar si alzò, mandò la sedia a gambe all'aria e indietreggiò. Non voleva sentire più niente. «Adesso me ne vado».

Sua madre gli fu addosso. «Tesoro mio, io lo dico per te!».

«Lasciami. Per favore, lasciami andare».

«Ascoltami, Oskar! Le storie che si raccontano davanti al focolare sono piene di donne come Alma Mahler. Te le ricordi? Ti piacevano tanto. In queste storie, un uomo si innamora di una fata e la cattura. Lei all'inizio si dimostra una brava moglie, ma prima delle nozze si è fatta fare delle promesse. Se il marito non le rispetterà, lei sarà sciolta dal matrimonio e scapperà via all'istante!».

Oskar si divincolò dall'abbraccio. «Sono favole, mamma».

«Sai cosa succede agli uomini che vengono abbandonati dalle fate, in queste storie?», Romana gli affondò le unghie nel braccio, pur di trattenerlo. «Rimangono a vagare sulla terra in cerca della morte, finché non riescono a raggiungerla. Perché scendere a patti con quelle donne è come fare un patto con il diavolo!».

Oskar si strappò via da lei. «Basta», disse, rauco. Trovò la porta e fuggì nell'aria fredda dell'alba.

Tornò allo studio che il sole era già alto e, attraverso la finestra, illuminava il pavimento e rischiarava il nero delle pareti.

Il drappo era caduto quasi del tutto, si reggeva ancora in un angolo in alto vicino al soffitto mentre il resto si afflosciava a terra come una ragnatela rotta.

Tenendo d'occhio la parete, Oskar si avvicinò al letto. Esaminò le lenzuola, rivoltò le coperte. Non c'era traccia di cenere né di altro. Ma sentiva che lei era ancora lì. Si era allargata sul soffitto e aveva riempito gli spigoli come solo le ombre sapevano fare. Ce l'aveva addosso.

Dal muro, centinaia di fogli attaccati gli uni sugli altri lo fissavano con occhi torvi. Ce n'era qualcuno anche a terra. Il diavolo, disegnato in cento modi diversi, non smetteva di guardarlo.

Oskar si scagliò contro la parete. Strappò i disegni a manciate, staccò i fogli più in basso uno per uno, per arrivare in alto si arrampicò sulla sedia e usò il manico dello scalpello.

Fece a pezzi la carta, finché di Lilith non rimasero che brandelli. «Te ne devi andare», ringhiò. A poco a poco il ruggito diventò il pianto di un bambino che fece pena alle sue stesse orecchie. «Ho Alma, adesso. Devi andartene via».

Riempì un grosso braciere con quello che rimaneva dei tributi e lo trascinò sul balcone. Gli tremarono le mani quando spruzzò sulla carta il solvente per i colori.

Bruciò tutto.

«Buon Dio, Oskar, la tua faccia!».

«Cosa?». Seduto tra le luci del Café Central, sollevò lo sguardo dalla tazza che aveva davanti. «Cos'ha la mia faccia?».

Loos lo guardava accigliato. «Erano anni che non ti vedevo in queste condizioni. Sembri ancora il ragazzo che ho portato in viaggio, quando gli incubi ti infettavano la testa».

Oskar tuffò il cucchiaio nella panna. Mescolò e non rispose.

«Che sogni tremendi, facevi», disse Loos. Girò una pagina del giornale e scorse i primi titoli, ma Oskar sentiva la sua attenzione addosso. «L'immagine di quella donna fantasma... Ogni tanto ci ripenso e mi vengono i brividi».

«Allora non pensarci. Dimenticala. Come ho fatto io».

Loos chiuse il giornale. «Non la sogni più?».

«Certo che no».

«Non sono gli incubi, allora, che ti hanno ridotto in questo stato?».

Oskar trangugiò il caffè. Per non rispondere, scavò con il cucchiaino finché la tazza non fu del tutto pulita.

L'architetto non mollò la presa. «Io lo so perché sei in queste condizioni».

Oskar tornò a guardarlo, esasperato. «Sto bene».

«Certo, le tue occhiaie parlano per te». L'amico si indicò sotto gli occhi. «Non dormi. Sa solo Dio se mangi. È a causa di quella donna, vero?».

«Dannazione, Loos! Ti ho detto che non la sogno più».

«Non quella donna, Oskar! L'*altra* donna! Alma Mahler».

«Alma?».

«È per lei che ti trascini in questo stato, ci scommetto».

Oskar batté un pugno sul tavolo facendolo tremare. «Adesso basta! Si può sapere perché ce l'avete con lei, tutti quanti?».

«Calmati». Loos controllò la sala. «Hai fatto voltare tutto il locale».

«Sai cosa me ne importa?». La tazza si era rovesciata sul piattino elegante e dondolava sul tavolo. Gli ospiti più vicini si erano girati nella loro direzione e bisbigliavano tra di loro. Un cameriere lo guardava da dietro la colonna, come un gatto terrorizzato.

Oskar mandò tutti al diavolo con un gesto plateale. «Sono stanco di sentire commenti vigliacchi sul conto della donna che amo, Loos. Anzi, non la amo soltanto: sono pazzo di lei».

«Ma certo che ne sei innamorato, è proprio questo il problema!».

«E da quando in qua innamorarsi di una donna bella, ricca e intelligente è un problema, Loos?».

«Non sei solo innamorato, sei ossessionato. Da quando la frequenti non vivi più se non per vederla. Carl Moll sbraita che stai attaccato alle gonne della sua figliastra per tutto il tempo. "Come un cane", ha detto l'altra sera».

«Carl Moll è un vecchio imbecille che dovrebbe tenere la lingua in bocca», ringhiò Oskar.

«Sono mesi che non frequenti i tuoi colleghi e non cerchi i tuoi amici. Ho sudato per tirarti fuori dal tuo studio e guardati! Sembri l'ombra di te stesso. Da quanto tempo non venivi qui? Lotte Franzos chiedeva di te, l'altro giorno, e nessuno sapeva dov'eri da settimane. Alla Scuola d'Arti Applicate cominciano a parlare di un tuo licenziamento perché salti le lezioni e quando ci vai suggerisci agli studenti di evocare i demoni».

«Che assurdità, Loos!».

«Ciondoli in giro e disegni poco».

«Disegno moltissimo, invece».

«Disegni solo Alma Mahler. E nessuno ti paga per disegnare Alma Mahler. Non ti paga nemmeno Alma Mahler, te ne sei accorto?».

«Ma se tengo lezioni private ogni pomeriggio! Alma mi ha pagato il ritratto, in ogni caso, il resto sono cose che faccio per me».

«Infatti! Oskar, ti stai perdendo dietro a quella donna e neanche te ne accorgi. E lei è ben contenta».

«Basta così». Oskar si alzò. «Ne ho abbastanza, Loos».

Marciò verso la porta. Era appena uscito, quando l'architetto lo raggiunse tra i palazzi bianchi di Herrengasse. «Oskar, sono preoccupato per te».

Continuò a camminare.

«Ascoltami», proseguì l'amico. «Alma è una donna splendida. Non voglio che pensi che io ce l'abbia con lei».

«Pensa se fosse il contrario, allora».

«Alma è una donna fin troppo splendida, se capisci quello che intendo. È sicura di sé e spregiudicata. Le piace sentirsi ammirata e tu l'ammiri così tanto che lei si sta nutrendo di te».

Oskar scoppiò a ridere. Allungò il passo. «Se sapessi quanto ha sofferto terresti la bocca chiusa».

Loos gli si piantò davanti. «È una donna affamata, Oskar. Ha fame di vita e di attenzioni, proprio perché ha sofferto molto. Ti divorerà, se glielo permetti. Forse piangerà, dopo averlo fatto, ma ormai ti avrà portato alla rovina».

Oskar digrignò i denti. Vide se stesso diventare un lupo e balzare addosso all'amico. «Ti ascolti quando parli, Loos?».

«Non voglio che tu soffra, ragazzo. Prima di sposarsi, la tua innamorata ha abbandonato musicisti, biologi e insegnanti non appena questi sono caduti ai suoi piedi. E durante il matrimonio con Mahler ha avuto un'intensa storia d'amore con un mio collega, Walter Gropius. Te ne ho mai parlato?».

«Che vuoi che importi?», gridò. «E allora? Da quando sei diventato così stupido, Loos? Quando ti ho conosciuto stavi studiando un modo per ficcare la volta stellata dentro una stanza, perché adesso perdi tempo con dei pettegolezzi idioti?».

«Cerco di farti vedere come stanno le cose. Alma ha un'influenza maligna. Ti succhierà la vita goccia a goccia, ti allontanerà da tutto e da tutti, fino a quando non si sarà stancata della tua adorazione per lei. Allora ti getterà via. Non voglio vederti come un giocattolo rotto».

Oskar afferrò Loos per le spalle e lo inchiodò contro il portone di un palazzo nobiliare. «Ascoltami bene, perché non lo ripeterò», gli sibilò in faccia. «Alma mi ha salvato la vita. Da quando la conosco, non c'è più spazio per i demoni e per la morte. E se ti sento ancora parlare male di lei, puoi dire addio alla nostra amicizia. Mi hai capito bene?».

Loos serrò le labbra in una linea livida, gli occhi impauriti quasi scomparvero dietro le lenti. Taceva.

«Mi hai sentito?», ripeté Oskar.

«Ti ho sentito».

«Bene». Lo lasciò andare. Si allontanò di un passo, per dargli modo di riprendere fiato, pronto a ribattere a un nuovo attacco, ma l'architetto rimase fermo dov'era, in silenzio.

Davanti a quello sguardo spaventato, Oskar si sentì meschino. Affondò le mani nelle tasche e se ne andò lungo Herrengasse, solo.

Quella sera era più sereno, perché Alma aveva accettato di dormire da lui.

Era arrivato sulla Hohe Warte quasi in lacrime e lei lo aveva accolto sul cancello, aveva ascoltato quello che era successo con Loos e lo aveva consolato. Poco più tardi, mentre lui raccontava una fiaba a Gucki per farla addormentare, Alma aveva riempito una borsa in fretta e furia con quello che le sarebbe servito per trascorrere la notte allo studio. Adesso gli si stringeva addosso, abbandonata al sonno. Nel dormiveglia, Oskar sentiva la carne calda contro la sua, i seni morbidi che gli premevano contro il petto e lo tenevano al sicuro.

Il desiderio lo svegliò. Le accarezzò la schiena con la punta delle dita fino a riempirsi il palmo con la curva della natica. Oltre la finestra, le stelle brillavano sopra Vienna e gli davano conforto. La notte era dolce.

Avrebbe voluto rimanere così per sempre. Sorrise al pensiero e alzò gli occhi al soffitto.

Lilith era appesa lì, nel cono d'ombra sopra la finestra, a testa in giù. Si aggrappava all'intonaco con le unghie da rapace, dondolando le gambe piumate.

Attaccata a un lungo collo innaturale, la faccia del diavolo si allungava a spiare Alma che dormiva, gli occhi luccicanti e pieni di fame.

Oskar gridò.

Alma si drizzò a sedere.

Si rannicchiò sulle ginocchia, seguì il suo sguardo rivolto al soffitto senza riuscire a vedere niente. «Oskar?».

Lui gridò più forte, i tendini del collo gli si ingrossarono come due cime da ormeggio.

Riuscì a muoversi in uno spasmo e si piantò le unghie in faccia. Cercò la carne sotto la pelle, il dolore gli arrivò al cervello in una stilettata.

«Oskar, no!», gemette Alma. Gli si gettò addosso e gli afferrò i polsi. Oskar scalciò nel letto e lei gli si arrampicò addosso. Cercò di bloccargli le mani.

Il corpo di Oskar cedette. Non sentiva più la propria voce. Aveva smesso di urlare.

«Oskar, guardami!», singhiozzò lei. La vide attraverso il velo dei capelli. Aveva il volto sfigurato dalla paura e piangeva. «Oskar!».

Non riuscì a risponderle, dalla gola gli uscì un suono gutturale.

Lei lo abbracciò. Tenendosi alla testiera con una mano riuscì a farlo sollevare a sedere e se lo strinse addosso. «Hai avuto un incubo. Era solo un incubo, Oskar. Stai bene, adesso».

Oskar annuì. Sprofondò nel calore di Alma, la chiuse tra le braccia.

La sentiva tremare. Tremava anche lui. «Perdonami».

Sul soffitto, Lilith non c'era più.

«Non è successo niente», ansimò lei. Il cuore le batteva troppo veloce.

Era terrorizzata, chiunque lo sarebbe stato. Adesso lo avrebbe lasciato e sarebbe fuggita per non tornare più. E avrebbe avuto tutte le ragioni.

«Alma, ti prego, non…».

«Era un incubo, Oskar. Solo un brutto sogno». Alma non scappava. Si sistemò tra i cuscini e lo tenne stretto, lo cullò e gli baciò la nuca. «Me lo vuoi raccontare?».

Oskar scosse la testa, senza osare guardarla.

«Va bene lo stesso. Ma non avere paura, è passato. Ci sono io qui con te».

Non lo lasciò fino all'alba. Con voce appena udibile, cantò per lui una nenia per bambini.

«È colpa di Vienna e di quelli che ci abitano», le disse, quando sorse il sole. «Non ne posso più di stare qui. Sono scappato dall'Austria, una volta, quando gli incubi erano diventati troppi. Facciamo un viaggio. Vuoi venire con me?».

Nord Italia, 1912

Ad Alma l'idea piacque.

Partirono insieme, loro due soli, per attraversare le Alpi e scendere in Italia.

Il treno scivolava tra i monti innevati e Oskar si perse a contemplare dal finestrino della loro cabina il cielo terso sopra le cime.

Alla stazione di Trieste cercarono una carrozza per proseguire.

«Facciamo un gioco, Oskar?».

«Che gioco vuoi fare?».

I cavalli avanzavano lenti. Avrebbero viaggiato per giorni, stretti nell'abitacolo con le valigie, ma Alma era felice come una bambina. Cercò rifugio sotto il suo braccio. «Ci conosciamo da un po' di tempo, ormai, vero?».

Oskar giocò con i suoi capelli. Annuì.

«Eppure, sei ancora un mistero per me».

«Io sono un mistero?».

Alma nascose un sorriso nel bavero del cappotto. «E anch'io custodisco ancora qualche segreto. Non vorresti conoscerli?».

Oskar si mosse a disagio sui sedili. Non era sicuro di voler fare quel tipo di gioco. Gli zoccoli dei cavalli tenevano un ritmo regolare quasi ipnotico. Ma lui era sicuro di sentire anche il passo artigliato di Lilith. «Se sono segreti, ci sarà un motivo», disse. E cercò di sfuggirle, rannicchiandosi contro lo sportello.

Ma Alma era agguerrita. Schiacciò il corpo contro il suo, invitante. «Rimarranno segreti per tutti, ma non per noi due. Noi sapremo l'uno dell'altra cose che il resto del mondo non conoscerà mai. Non è questo, l'amore?».

Oskar si morse l'interno della guancia. «Non posso».

«Perché?». Si conficcò le unghie nel ginocchio, cercò la carne sotto la stoffa per dare sollievo all'angoscia che gli premeva sotto la pelle. Non riuscì a raggiungerla. «Dopo non vorrai più saperne di me».

Alma gli prese la mano, lasciando insoddisfatte le sue unghie. «Vorrò sempre saperne di te. E tu di me saprai tutto, se farai le domande giuste. Non vuoi?».

Gli occhi della strega lo inchiodavano senza scampo e Oskar rabbrividì. Dal momento in cui l'aveva vista ritratta dal Maestro, aveva disperatamente voluto conoscere ogni cosa di lei, entrarle dentro fino al cuore pulsante. Il problema era che Alma non gli avrebbe mai dato niente per niente.

«Va bene», sospirò, alla fine. «Ma non qui».

Ormai era sicuro che un paio di gambe ricoperte di piume camminassero dietro alla carrozza e che Lilith li seguisse da vicino. «Non adesso».

Si confessarono il primo segreto sulle Dolomiti.

Il tramonto sporcava i monti di rosa e dalle vallate arrivavano i profumi dei fiori di campo e del latte munto nelle malghe.

«Come funziona, questo gioco?». Seduto su un muricciolo in pietra nuda, Oskar schizzava la linea del paesaggio sul taccuino che aveva portato con sé. «Quali sono le regole?».

Alma si arrampicò vicino a lui. «Non sono complicate: un segreto in cambio di un segreto. Per un segreto profondo, deve essere dato in cambio un altro segreto profondo. Facciamo uno scambio».

«Va bene».

C'era ancora luce. Il sole sarebbe calato dietro le montagne a poco a poco e, una volta scomparso alla vista, avrebbe ancora illuminato i pendii davanti a loro. Erano al sicuro.

«Comincio io», si offrì Alma. «Pensa a qualcosa che vuoi sapere di me. Qualunque cosa e io te la dirò».

Oskar chiuse il taccuino. «Sei sicura?».

«Mettimi alla prova».

Oskar cercò l'ispirazione nel paesaggio. Intorno a loro, le case con i tetti a punta sembravano appartenere a un villaggio di gnomi, con i balconi in legno e le tende ricamate. Nella baita in cui alloggiavano stavano già preparando polenta e formaggio.

«So che hai avuto molti uomini», cominciò. Senza sapere perché, gli erano salite in bocca le parole di sua madre e di Loos. «Molti amanti, mi hanno detto, oltre a tuo marito. È vero?».

«È vero». Alma aveva raddrizzato la schiena. Si era messa sulla difensiva. «Chi te l'ha detto?».

Oskar era ferito. Non era certo uno stupido, ma una parte di lui aveva sperato che lei ridesse della sua domanda e negasse le accuse. «Non importa chi».

«È stato Loos?».

«Lo sa tutta Vienna». Nella delusione, Oskar sentì una punta di gioia maligna. C'era da scommettere che il gioco dei segreti stava cominciando a piacere poco anche a lei. «Mi hanno anche detto che questi amanti non erano solo uomini, ma che hai avuto anche una donna. Anche questo è vero?».

Alma spalancò la bocca per l'indignazione. «Lilly e io non abbiamo mai...».

«Lilly?». Il taccuino gli cadde dalle mani e il carboncino rotolò ai piedi del muricciolo. «Chi diavolo è Lilly?».

Alma balzò a terra.

«Dove vai?», scese anche Oskar. Si fermò a raccattare fogli e carboncino, poi le corse dietro. «Alma, mi hai sentito?».

Lei si allontanava a passo deciso, Oskar la prese per una spalla e la fece voltare. «Ti ho chiesto chi è!».

«Henriette Amalie Lieser», sibilò Alma tra i denti. Aveva i capelli spettinati e le guance arrossate. Oskar dubitava che fosse solo per la fuga verso la baita. «Lilly, la mia amica. L'hai conosciuta anche tu, era seduta vicino a me la sera in cui ci siamo visti per la prima volta».

«Lilly Lieser», ripeté Oskar. E di colpo la vide, la donna bionda che per tutta la cena a casa di Moll aveva bisbigliato all'orecchio di Alma. «Ma certo, Lilly».

«*Ma certo, Lilly*», lo canzonò lei, in una cantilena aspra. «Proprio Lilly, che mi ha convinto a trascinare nel salotto del pianoforte il pittore troppo timido per prendere un'iniziativa qualsiasi!».

Oskar la lasciò andare. «Una tua amica».

Alma batté un piede a terra. «E anche se fosse stata più di un'amica? Per essere il genio oscuro che ha sconvolto Vienna, ti scandalizzi per poco».

Oskar si sentì arrossire, alzò le mani in segno di resa.

Alma stava per infierire, ma il cuoco alpino prese a suonare la campana davanti all'uscio della baita, richiamando gli ospiti. La cena era pronta.

Il profumo della polenta condita li raggiunse dalla porta aperta e strappò allo stomaco di Oskar un brontolio. Alma rise. «Ti è venuta fame, vero? Anche a me».

Il sole era scomparso e i riflessi rosa sulle montagne cominciavano a ingrigire. Stava scendendo la notte. Oskar si affrettò a entrare insieme ad Alma per mangiare, bere e ridere con gli altri avventori attorno al tavolaccio di legno che occupava la stanza al pianterreno.

Ore più tardi si ritirarono nella mansarda che era stata preparata per loro. Fecero l'amore e Oskar diede il meglio di sé per non farle ricordare di essere in debito di un segreto.

Alma tornò all'attacco durante il loro viaggio di ritorno a Trieste, da dove sarebbero partiti alla volta di Venezia.

«Non mi sono dimenticata», gli disse, seduta in carrozza di fronte a lui. «Adesso tocca a te».

Oskar scrutò fuori dal finestrino per sfuggire al suo sguardo. Era certo che se lei lo avesse guardato troppo a lungo, avrebbe visto Lilith sul fondo dei suoi occhi e avrebbe fatto la domanda peggiore. «Cosa vuoi sapere?».

«Dici sempre che sei nato dal fuoco. Che cosa significa?».

L'angoscia che gli pesava sul petto si sciolse in un sospiro di puro sollievo. Oskar si voltò verso di lei e le sorrise. Questo poteva raccontarlo. «Guarda che è una storia lunga».

«Anche il nostro viaggio. Sono tutta orecchie».
«Bene». Oskar le prese la mano e cominciò a raccontare.

La notte in cui nacque Oskar, il fuoco si sprigionò da una scintilla caduta per errore da qualche parte, nella cittadina di Pöchlarn. Si propagò lungo la strada e si mangiò mezzo quartiere.

Romana affondava in un materasso logoro, quando sentì le prime grida. Sul momento pensò di essere stata lei a urlare, tanto forte era il dolore delle doglie. Le sembrava che un cane randagio le avesse affondato i denti nella schiena e nella pancia, e non volesse saperne di allentare la presa. Poi si rese conto che le urla arrivavano da fuori. Oltre la finestra, la notte era rischiarata da un bagliore d'oro e in strada c'era chi urlava lamenti e preghiere a Dio.

«Mamma», chiamò.

Sua madre aveva appoggiato una tinozza d'acqua bollente ai piedi del letto e le aveva gettato gli asciugamani puliti sulle gambe. Adesso guardava fuori, sporgendosi dal davanzale. «O Signore mio! Tutta la via va a fuoco!».

«Mamma, il bambino nasce...».

Fuori dalla camera, suo marito Gustav si stava infilando la giacca. Aveva la faccia scavata dalla paura e un occhio cerchiato dal segno del monocolo da lavoro. L'orologio che stava riparando gli pendeva ancora dal taschino, con il gancio a molla fissato alla bretella, e dondolava. «Vado giù a vedere. Vado a spegnerlo. Vado...».

Romana tese una mano verso di lui, ma già Gustav stava correndo via, sbattendo l'uscio d'ingresso.

Nell'altra stanza, il suo primogenito piangeva. Le sembrava così lontano.

Sua madre si inginocchiò sul letto, in mezzo alle gambe aperte. «Non piangere, tesoro della nonna», urlava al bambino nell'altra stanza. «Adesso papà torna. Non piangere che devo far nascere il tuo fratellino».

Intanto le puliva le cosce con un panno imbevuto d'acqua calda. Romana pensò che le fiamme fossero entrate dalla finestra per leccarle la carne dolente. L'incendio illuminava la stanza a giorno. Le stelle scolorivano. Sembrava un'alba artificiale.

«Spingi, Romana», la incitò sua madre. «Non guardare fuori, guarda me. Si è aperto l'inferno, giù in strada, e stanotte usciranno tutti i diavoli intrappolati sottoterra dal buon Dio! Se guardi, anche loro guarderanno te. Vedranno il tuo bambino che nasce!».

Ma Romana era incantata dal fuoco. Le fiamme luccicavano come gioielli, risalivano sul palazzo di fronte.

«Spingi! Spingi che vedo la testa!».

Urlò, quando Oskar la aprì per venire alla luce. Si aggrappò con le unghie al lenzuolo, attorcigliò la stoffa tra le dita. Cercò di dire una preghiera, ma il vento le rispose dalla finestra portandole solo voci spaventate, fumo e cenere di brace. Il vento era pieno di diavoli e veniva per il suo piccolo.

Gridò così forte da rompersi la gola. Spinse e il bambino venne fuori.

«Eccolo», urlò sua madre. «Eccolo qui, Romana!».

Lei non la sentiva. Guardava le fiamme oltre il davanzale. Dondolavano come l'orologio appeso alla catena di suo marito. La addormentavano.

Quando si svegliò, era distesa su un carretto pieno di paglia. Vicino a lei c'erano il suo primogenito, che le si stringeva al fianco intirizzito di paura, e sua madre che li accarezzava tutti e due. «È finita, figlia mia, è tutto finito».

C'era il vento freddo di marzo che le soffiava addosso l'odore dell'inferno. La casa dove avevano abitato era nera dalle fondamenta alle tegole del tetto e la gente della via era scesa in strada per testimoniare di essere ancora viva.

«Mamma, il bambino?».

Avvolto in un lenzuolo per tenerlo al caldo, Oskar era in braccio a suo padre. Non piangeva, guardava Gustav con gli occhi azzurri e tondi.

«Chissà cosa pensa», disse lui. «Hai visto nostro figlio, Romana? Sembra che mi veda dentro».

La nonna lo avvertì. «È figlio del fuoco, come tua moglie. Vedrà sempre qualcosa che tu non vedrai mai».

Romana tese le braccia. «Datelo a me, adesso».

Oskar scese dalla carrozza e incurvò le spalle per proteggersi dalla bora. Fischiava tra i palazzi che circondavano la piazza di Trieste, sulle balconate rivestite di mosaici in vetro. Alma gli prese la mano per scendere, restò aggrappata a lui per non essere spinta via. «È una storia incredibile».

«Mia madre me l'ha sempre raccontata così, da quando ero bambino», gridò Oskar, per farsi sentire sopra gli ululati del vento. «Anche lei è nata durante un incendio. È convinta che nella nostra famiglia la magia si tramandi attraverso le fiamme».

«Lo pensi anche tu?».

Oskar la abbracciò in modo da poterle parlare all'orecchio. «Forse è davvero così. Ecco perché vedo cose che altri non vedono e dipingo cose che nessuno riesce a immaginare. Il fuoco mi ha dato un Occhio in più».

Alma sorrise con le labbra contro il suo collo. «Mi sembra di riuscire ancora a sentire il profumo delle braci su di te. Oskar, il mio genio oscuro».

Lui rabbrividì. Cercò rifugio in lei, in quel luogo di frontiera sul mare. Gli era sembrato che il vento, soffiando dall'altipiano fino al golfo, chiamasse il suo nome.

Venezia, 1912

Venezia era una città in bilico sull'acqua. La vita quotidiana brulicava nei campielli invasi dalle edere, nelle calli strette a ridosso delle case, sui ponti a cavallo dei canali.

Dentro alle botteghe, i soffiatori di vetro gonfiavano la pasta incandescente attraverso lunghe canne, prima che solidificasse. Modellavano fragili gioielli colorati, così leggeri che avrebbero potuto andare alla deriva sulle onde per sempre, con un respiro umano chiuso al loro interno.

Oskar capì subito di essere arrivato in un luogo tra i mondi. A Venezia, la terra sopravviveva a fatica, in lotta contro il mare. L'acqua affondava dentro la città in un intrico di canali che erano come vasi sanguigni. La alimentavano, ma l'avevano quasi conquistata del tutto.

Le gondole scivolavano indolenti, al ritmo del canto di un uomo e del suo lungo remo. Ogni volta che guardava la laguna, Oskar immaginava mostri in agguato sotto il pelo dell'acqua, pronti a trascinare sul fondale quelle barche eleganti.

Alma, che era già stata in Italia e aveva visitato Venezia insieme a sua madre e a Carl Moll, lo aveva guidato sui pontili dipinti degli imbarcaderi e nei negozi di maschere di cuoio per tutto il pomeriggio. Avevano preso una stanza d'albergo vicino al ponte di Rialto e dopo cena erano usciti di nuovo per godersi la notte. Stretti l'uno all'altra, seguirono il corso dei canali in direzione della laguna. C'era un violinista che suonava vicino a un vecchio pozzo. Lasciarono per lui qualche moneta italiana sul bordo di pietra.

«A cosa pensi, genio oscuro?».

«Dovrei prima dirti cosa vedo».

«Dimmelo, allora». Alma gli si strinse al braccio.

Oskar le sorrise. «Un segreto per un segreto?».

«D'accordo. Ma questa volta avrai il mio solo dopo che mi avrai raccontato il tuo».

Oskar si appoggiò alla balaustra dell'imbarcadero. «Vedi le isole, laggiù?».

La luna illuminava la laguna e le sagome di terra erano macchie più dense sopra la linea del mare. «Sono le schiene di pesci enormi».

Alma rise. «Ma cosa dici?».

«Sono mostri marini pietrificati dai millenni, con gli occhi spalancati e il respiro fermo. Si sono lasciati costruire addosso botteghe, chiese e cimiteri. In cambio chiedono solo una gondola, di tanto in tanto, quando scende la sera».

Alma tratteneva il fiato. Guardava il mare. «Vorrei vederli anch'io. Vorrei essere nata dal fuoco come te».

Il suono del violino era diventato un lamento triste. Oskar si staccò dalla balaustra, nervoso. «Non vuoi vedere quello che vedo io, puoi starne certa».

«Perché no?», Alma gli andò dietro. «Deve essere straordinario».

«È spaventoso». Oskar si morse le labbra, si era scoperto troppo. Cercò di portare la conversazione da un'altra parte e le prese la mano. «Sai che ti ho sempre vista come una sirena?».

«Una sirena?». Si sorprese lei. «Io?».

«La più bella tra tutte».

Alma fece un giro su se stessa. L'ampia gonna del vestito blu disegnò un'onda marina intorno a lei. «Se fossi una sirena, adesso andrei a cercare un tesoro sommerso sul fondo della laguna. O un pescatore a cui raccontare i segreti del mare».

Alla luce dei lampioni a gas che rischiaravano il pontile, Alma aveva le labbra di corallo. Oskar le prese il viso tra le mani e la baciò.

«A proposito di segreti, sei in debito con me. Dimmi questo: di tutti gli amori che hai avuto, qual è stato il primo?».

Il sorriso di Alma si oscurò. Scivolò via dall'abbraccio proprio come avrebbe fatto un pesce. «Perché vuoi saperlo?».

«Dimmelo e basta. Ogni gioco ha le sue regole».

Lei gli diede le spalle. «Perché chiedi sempre le cose sbagliate? A chi importa chi è stato il primo?».

Oskar sentì la gelosia tornare a morderlo. «Importa a me. Tu hai saputo cosa ho visto, io voglio sapere chi hai amato».

«D'accordo». La voce di Alma suonò fredda. Ancora, non lo guardava. «Il primo uomo che ho amato è stato un pittore».

Oskar si sentì gelare. «Un pittore?». La musica distante del violino si era spenta. «Uno come me?».

Alma rise, cattiva. «Uno molto più importante. Io avevo diciannove anni e lui trentasei. Di nascosto da mia madre, lo provocavo in tutti i modi per avere la sua attenzione. E la ottenevo».

«Chi era?».

«Lo sapevano tutti che eravamo innamorati. Lilly mi avvertì, disse che cominciava a essere irritante starmi vicino a cena, perché il pittore era talmente occupato a divorarmi con gli occhi che non c'era posto per nessun altro. E lui era sempre così conteso da tutti...».

Oskar allungò una mano per toccarle una spalla, ma non la raggiunse. Lei era appena al di fuori dalla sua portata e lui non riusciva nemmeno a muovere un passo.

«Quando sono venuta in Italia con la mamma e Carl, il pittore ci ha seguiti. Venezia, Roma, Firenze… mia madre diceva che di città in città spuntava fuori come un folletto».

«Chi era, Alma?».

«Una sera, a Genova, il pittore ha trovato il nostro albergo e ha bussato alla porta della mia camera. Mi ha chiesto se ero sola e io ho detto di sì». Alma si girò verso di lui. «Prima di rendermene conto, Gustav Klimt mi ha presa tra le braccia e mi ha baciata».

«Cosa hai detto?».

«È stato il mio primo bacio, Oskar». Alma si toccò le labbra. «È stato indescrivibile».

Oskar scosse la testa. Si allontanò, le assi dell'imbarcadero scricchiolarono sotto i suoi piedi. Il Maestro e Alma erano stati innamorati. Il bozzetto nascosto nel suo studio si riempiva di altri significati, adesso. Non era il disegno di una creatura incantata che aveva ispirato un artista, era il ritratto di un'amante.

Fu come se il Maestro gliel'avesse strappata via. «Gustav Klimt?».

«L'hai voluto sapere tu, non fare quella faccia ferita». Alma aveva la voce dura, si avvicinò a passi cadenzati. «Cosa c'è, genio oscuro? Sei geloso di un uomo che mi ha baciato più di dieci anni fa?».

Oskar boccheggiò, tradito da lui e da lei. «Com'è finita?».

«Il Maestro era un uomo acclamato da tutti e io ero una ragazzina ingenua», Alma si strinse nelle spalle. «È finita come finisce sempre. Quando lui ci ha raggiunto di nuovo, proprio qui a Venezia, Carl e mia madre lo hanno affrontato. Lui si è difeso, ha detto che era stato solo un gioco, che aveva bevuto troppo e si era lasciato andare. Si è scusato con Carl Moll e ha messo fine alla nostra storia. Si è scusato con il mio patrigno, capisci? Non con me».

Napoli, 1912

Continuarono il viaggio, ma Oskar non aveva pace.

Di notte, Klimt gli si presentava nei sogni e gli serviva un tè dal sapore amaro al centro di un giardino mostruoso, sorrideva sornione come un gatto sazio. Di giorno, Alma era sfuggente e parlava poco.

Nei momenti in cui non riuscivano a fare a meno l'uno dell'altra,

Oskar le si avventava addosso e la copriva di baci rabbiosi. Cercava di cancellare l'odore di Klimt, ma non c'era niente da fare; le mordeva il collo, le succhiava i seni, affondava tra le sue cosce e sentiva sempre un profumo beffardo di tè al gelsomino e arbusti di calicanto.

In visita all'acquario di Napoli, Oskar rimase per ore davanti a un vetro. Dietro, nell'ambiente marino artificiale, un crostaceo dai colori vivaci aveva punto a morte un pesce. Crudele, la creatura attese che il veleno uccidesse la preda e poi la divorò.

«Guarda, Alma. È una sirena che prima incanta la preda e poi la distrugge».

Alma non disse niente, ma gli lanciò un'occhiata furibonda. Una volta fuori, lo lasciò indietro e si mischiò al chiasso del mercato.

La folla davanti ai banchi delle merci era caotica. Per riuscire a starle dietro, Oskar si gettò in mezzo a un gruppo di donne strette negli scialli che si erano ammassate davanti alla frutta fresca. «Aspetta!», le gridò.

«Per quanto tempo devo aspettare ancora?», Alma guadagnò i gradini di una chiesa e si asciugò il sudore dalla fronte. Il sole di Napoli non si arrendeva, il calore saliva dalla pietra e schiacciava dal cielo troppo limpido. «Sono giorni che ti aspetto, Oskar! Aspetto che tu faccia pace con te stesso e con me per un bacio che ho dato a diciannove anni. È da Venezia che mi tieni il broncio come un bambino!».

Se lei gli avesse dato uno schiaffo, sarebbe stato meno doloroso. «Lo so. È solo che...».

«Cosa?».

Era solo che la gelosia non lo faceva ragionare. Aveva creduto che lui e Alma fossero puliti, invece le parole di sua madre e di Loos avevano sparso su di loro una patina di fango che era cresciuta a dismisura, nutrita dalle confessioni di Alma. E ristagnava.

Oskar si massaggiò la faccia madida. «Senti, facciamo come se non fosse successo niente. Voglio che tutto torni come prima», cercò di sorriderle. «Giochiamo? Un segreto per un segreto».

Lei era livida di rabbia. «Vuoi un segreto, Oskar? Apri bene le orecchie, te ne dico uno: io non sono una sirena, un pesce colorato o una ninfa di fiume. A guardare bene, non sono neanche una donna».

«Che vuol dire?».

«Da quando sono nata ho sempre voluto essere un uomo. Volevo studiare, viaggiare da sola, comporre musica e portarla in tutti i teatri d'Europa. Ma queste sono tutte cose che una donna non può fare».

Alma aveva cominciato ad alzare la voce. Già qualcuno, nel viavai del mercato, girava la testa a guardare gli stranieri che litigavano all'ingresso di un luogo sacro.

«Mi è stato detto che dovevano piacermi abiti e cappelli e mi sono piaciuti», continuò lei. «E che la cosa più importante per una ragazza era l'amore. E io mi sono innamorata, ma nemmeno questo andava bene».

«Alma, non è vero».

«Non è vero? Se un uomo scrive musica come so scriverla io, lo chiamano Maestro. A me sorridono con condiscendenza: ma che brava, Alma! Se un uomo sposato si innamora di una ragazzina e la segue per tutta l'Italia ha solo giocato, ma se io lo bacio sulla porta dell'albergo non sono nient'altro che una puttana. O una sirena che incanta gli uomini e se li mangia, non è vero?».

Le orecchie di Oskar ribollirono di vergogna. «Era un complimento».

«Certo, Oskar. Sai quanti ne ho sentiti, di complimenti così? Da quando ci siamo messi in viaggio ho fatto di tutto per conoscerti meglio, perché volevo amare le tue luci e le tue ombre. E tu?».

«Anch'io, Alma!».

Lei gli mostrò i denti. Le lacrime minacciavano di colare sugli zigomi tirati. «Tu mi hai chiesto solo dei miei amanti. Quanti uomini ho avuto, quali ho amato di più e perfino se sono stata con una donna!».

«Alma, non urlare, ti prego».

Per un attimo sembrò che lei volesse saltargli alla gola, invece gli diede le spalle e corse giù per i gradini. Oskar si trovò a inseguirla in un vicolo ombroso, schivò un vaso di petunie davanti a un uscio e piegò la testa per passare sotto un filo da bucato. «Alma!».

«Hai sempre fatto le domande sbagliate», gridò lei. La sentiva singhiozzare. «E ancora non sai niente di me!».

Oskar riuscì a prenderla per il vestito e l'attirò tra le braccia. Con il fiato corto, la spinse contro il muro.

Alma si irrigidì, le spalle scosse dal pianto. «Sono solo questo, per te, Oskar? Solo la somma degli uomini che ho avuto, io sono tutta qui?».

«Ti giuro di no».

«Ho un altro segreto per te. Un segreto che ti farà scappare a gambe levate. Ero solo una bambina quando ho cominciato a chiedermi perché nessuna donna avesse mai composto una grande opera in musica. Mi sono convinta in fretta che le femmine fossero incapaci. Tutte, ma non io. Io sarei stata grande come un uomo, come Wagner. Lo sapevi che il mio sogno era essere come Wagner?». Sollevò la testa. «Poi ho capito che era così per tutte. Se hai la sfortuna di nascere donna, impari a essere meno capace al pianoforte di tuo marito, a sorridere di continuo e a dire sempre di sì. Lo fanno in tante, ma qualcuna esce di strada. E se lo fai, nessuno ti perdona, né uomo né donna. Smetti di essere umana per tutti, diventi un mostro. Io sono un mostro, Oskar».

L'incarnato del suo viso si era sbriciolato e Oskar la vedeva per la prima volta davvero. Sotto la pelle, Alma era un mostro immenso, spaventoso e potente come Lilith.

Ne ebbe paura. Sciolse l'abbraccio e fece un passo indietro, andò a sbattere contro un davanzale e si trovò inchiodato con la schiena al vicolo.

Alma fece un sorriso amaro. «Adesso vattene. Torna a Vienna da solo». Si asciugò le lacrime. «Vai a dire a tutti che quando avevo diciannove anni ho amato Klimt e poi ne ho amati molti altri, che sono un mostro e che mi va bene così. E racconta pure che sono andata a letto con Lilly Lieser. Vedrai come saranno contenti!».

Lo piantò nella via e se ne andò senza voltarsi. Questa volta, Oskar non ebbe il coraggio di seguirla.

Tornò in albergo che la sera era già scesa.

Alma era seduta alla finestra, con il vestito bianco che scendeva sugli stivaletti da viaggio, i capelli legati in un'acconciatura morbida e la guancia appoggiata alla mano. Guardava verso il golfo sovrastato dal Vesuvio, che sembrava infiammare la notte dalla cima.

«Alma».

Lei non si mosse. Aveva preparato i bagagli. Le valigie ricoperte di timbri erano addossate alla parete, sormontate dalla cappelliera. Aveva pianto ancora, le luci del vicolo le facevano luccicare la pelle dalle ciglia fino alla curva del mento.

«Alma, io ti ho vista».

«Non mi interessa cosa hai visto. Voglio andarmene lontano».

«Andremo dove vuoi».

«Lontano da te».

Era già lontana. La stanza, illuminata dalla lampada da camera vicino al letto, gli sembrò gelida e buia. Anche se Alma era davanti a lui, Oskar aveva l'impressione di essere solo.

Si lanciò in avanti e le afferrò le mani. «Ti ho vista per quella che sei fin dalla sera in cui ti ho incontrata a casa Moll. Ho sempre saputo che sei sconfinata, ho visto sotto la maschera che porti, capisci? Sai che posso farlo. Per questo non potevo credere che tra tanti uomini tu volessi davvero me».

Alma rimase immobile.

Oskar cadde in ginocchio davanti a lei. «Ero terrorizzato dal gioco che abbiamo fatto perché c'è un segreto che non ho mai raccontato a nessuno. Ogni volta che facevi una domanda, tu arrivavi sempre più vicina, eri a un passo dal chiedere quello che io volevo solo nascondere».

Alma spostò su di lui solo gli occhi. Lui si leccò le labbra secche. «È un segreto terrificante, ma voglio dirtelo».

«Adesso ti fa meno paura?».

«Mi fa più paura che mai». Curvò le spalle. «Ma tu ti sei messa a nudo e io sono in debito. L'unico modo che ho per non perderti è darti qualcosa che potrebbe farti scappare via da me, non è buffo?». Fece una risata nervosa che lo fece tremare. «Se dopo vorrai andartene, lo capirò».

Finalmente Alma abbandonò il mare e si girò verso di lui. «Ti ascolto».

«Sono posseduto da un demone».

«Oskar, per favore».

«Mi devi credere. La notte in cui sono nato, l'inferno deve essersi aperto davvero in quella strada di Pöchlarn e un diavolo mi si è attaccato addosso. Lilith mi paralizza di notte, mi segue dentro e fuori dagli incubi, mi apre nella testa l'Occhio con cui vedo una realtà diversa. Non me ne posso liberare, anche se Dio sa quanto ci abbia provato».

«Ti rendi conto di quello che dici?».

«Ascoltami! Anche se mi ferisce e mi fa urlare, ho capito che la voglio con me. Non sono Oskar Kokoschka, senza di lei».

Alma lo fissava impaurita, con lo stesso sguardo di Loos quando aveva cercato di alzare il velo nel suo studio.

Oskar abbassò la testa, incapace di reggerlo. «Non lo sai, ma l'hai già incontrata. Era con noi la notte in cui mi sono svegliato urlando e tu mi hai tenuto tra le braccia, ti ricordi? Quanto ti ho amato, quella volta, per non avermi lasciato solo. Ha seguito la nostra carrozza fino alle Dolomiti. Era nel vento di Trieste, nel buio della laguna a Venezia».

«È qui anche adesso?».

Oskar si asciugò le lacrime con la manica della camicia e guardò la stanza.

Lilith era accovacciata dietro le valigie, appena oltre il fascio di luce proiettato dalla lampada. Strisciava gli artigli sul pavimento.

Oskar tirò su con il naso e annuì.

Alma si girò sulla sedia, le sfuggì un singulto. «Non la vedo», disse, lo sguardo che correva da un angolo all'altro. «Ma io non posso vederla, dico bene?».

Oskar scosse la testa, desolato. Non poteva vederla, ma di certo anche lei sentiva il gelo nella stanza.

«Non sono pazzo, Alma».

Lei rimase zitta.

Oskar attese con lei finché gli fu possibile, poi il peso del silenzio diventò insopportabile e lo schiacciò a terra. Si piegò su se stesso fino a toccare con la fronte gli stivaletti di Alma. «Cosa sto facendo, amore mio, dove ti sto trascinando? Non dovresti chiedermi niente, dovresti scappare lontano, finché puoi. Vattene subito! Sono io il mostro».

Alma balzò in piedi e quasi rovesciò la sedia.

Oskar si piantò i palmi sulle orbite per non guardarla andare via. Scavò con le unghie sopra le sopracciglia e pregò che il dolore fosse abbastanza forte da non fargli sentire i passi di Alma, la voce di lei che chiamava il concierge per portare via i suoi bagagli.

Invece, Alma si piegò su di lui e gli sollevò il viso. Le tremavano le mani, ma la paura negli occhi era mescolata a una determinazione dura. «Vuol dire che siamo due mostri, allora».

La loro ultima notte a Napoli fu dolce.

Alma lo spinse tra le lenzuola con baci umidi e caldi. Qualcuno suonava una serenata, fuori, da qualche parte tra le vecchie strade. Oskar vide la musica scivolare sulla pelle di lei, le aprì le cosce e inseguì le note con le dita e con le labbra. Crollarono l'una sull'altro che era quasi mattina. L'aria fuori dalla finestra era fredda, rischiarata appena dalla luce crepuscolare.

Oskar si distese sulla schiena e prese Alma contro il fianco. La specchiera accanto alle valigie restituiva l'immagine dei loro corpi avvinghiati.

«Guardaci, Alma, non si capisce dove finisco io e dove inizi tu».

Alma si stava addormentando, gli occhi chiusi e la guancia appoggiata al suo petto. «Siamo una cosa sola», mormorò. «Un unico, splendido mostro».

Il suo calore stava trascinando nel sonno anche lui.

«Voglio che tu sia felice, da adesso in poi», le disse.

«Basta che mi lasci essere quella che sono. Se io accetto il tuo demone, tu puoi amarmi per quella che sono?».

Oskar rimase in silenzio, perché dall'ombra dietro le valigie, Lilith aveva tirato su la testa, come se Alma l'avesse invocata. Si arrampicò sul materasso e poi sopra di loro.

Oskar lottò contro le palpebre pesanti per guardarla. Si irrigidì nel terrore che il demone potesse fare del male ad Alma, ma Lilith scavalcò i loro corpi e andò a stendersi quieta contro la schiena nuda della donna. Lui si tranquillizzò, il corpo si tese in uno spasmo che preannunciava il sonno.

Lilith afferrò le spalle di Alma con gli artigli e si schiacciò contro la sua spina dorsale. A ogni respiro di Alma, Lilith penetrava nella sua carne fino a quando non scomparve del tutto dentro di lei. Oskar sbatté le palpebre per essere sicuro di quello che aveva visto: il demone del vento aveva riconosciuto in Alma un suo simile e si erano unite per lui in un'unica creatura da adorare.

E lui l'avrebbe adorata. «Lo farò», si promise.

Alma-Lilith gli accarezzò il petto. «Grazie, Oskar. Dormi, adesso». Il sonno li inghiottì insieme, come una cosa sola.

Vienna, 1912

Durante le feste natalizie, Vienna era ancora più splendente. I palazzi erano invasi dalle decorazioni, i caffè scintillavano e per le strade si potevano acquistare tazze di Glühwein, speziato e bollente.

Gucki impazziva per le bancarelle di giocattoli di legno, così lui e Alma passarono un intero pomeriggio a ghiacciarsi i piedi su e giù per il mercato del primo distretto, seguendola in mezzo alle candele e ai dolciumi.

Oskar comprò per sé e per la bambina due mele ricoperte di cristalli di zucchero e fecero a gara per vedere chi arrivava prima alla polpa dolce. Intanto, le mostrava i miracoli delle forme e dei colori. «Guarda com'è rossa la tua mela. E guarda che contrasto, con il blu del cielo».

Gucki la spostava in modo da fare brillare i cristalli sotto la luce dei lampioni o sfiorava con il dito il punto dove l'aveva morsa, seguendo il consiglio di Oskar, per sentire la consistenza diversa del frutto.

«Si può fare una scultura con una mela?».

«Si può fare con tutto quello che desideri».

Era un'allieva come non ne aveva mai avute.

Nei giorni seguenti, Alma li portò sulle rive del Danubio per ammirare i cigni, poi al Prater, dove costrinse Oskar a salire sui caroselli insieme a lei e a Gucki.

Da quando erano tornati dall'Italia, erano felici.

Oskar trascorse il giorno di festa con la sua famiglia, mangiò insieme al padre i dolci che Alma aveva voluto offrire loro e ne regalò a Berta e Bo. Riabbracciò la madre e la baciò sulle guance davanti al fuoco. Alma non riuscì a conquistarla né con il pane allo zenzero, né con il cioccolato, ma Oskar era certo che prima o poi ci sarebbe riuscita.

Il giorno dopo Natale, invitò Loos al Café Central.

Nessuno dei due parlò del loro ultimo incontro, bevvero caffè con la panna e parlarono delle bellezze dell'Italia. Brindarono ai nuovi lavori dell'architetto e alle nuove opere di Koko che Carl Moll voleva esporre a Vienna e a Dresda.

Oskar sentì crescere un bel tepore nel petto, davanti agli occhi buoni di Loos e al suo sorriso pacato. Era contento che fossero ancora amici. Lasciò il caffè con la certezza che tutto fosse perfetto.

La minaccia che la volta celeste potesse cadergli sulla testa era ancora in agguato sopra Vienna, ma adesso gli sembrava quasi innocua. Le luci erano sufficienti a tenere il cielo al suo posto. E anche se fosse crollato, non era più affare suo. Oskar era un mostro e i mostri non avevano paure umane.

L'ultima notte dell'anno mangiò ostriche insieme ad Alma, e bevvero champagne finché non sentirono la testa pesante. Brindarono alla bellezza dell'arte e della musica, alle cose fantasmagoriche che avrebbero fatto insieme e a una nuova vita felice.

4
Patto infranto

Vienna, 1913

Quella notte, Lilith non venne a fargli visita. Invece, venne Gustav Klimt.

Oskar si era occupato per tutto il giorno delle litografie, aveva cenato con Alma e Gucki e poi era tornato allo studio, dove era rimasto curvo sul tavolo da lavoro fino a notte inoltrata. Quando finalmente si era buttato sul letto, il sonno gli aveva afferrato il corpo, ma la mente era rimasta vigile.

I portatori di sogni scivolarono nella stanza attraverso la finestra e circondarono il letto, un'orda di teste calve e bocche aperte. La loro apparizione fu sufficiente a serrargli il petto.

Una delle creature oblunghe si allontanò dal gruppo e venne a mettersi sulla sedia appoggiata al muro, proprio accanto a lui. In preda all'orrore, Oskar la guardò accavallare le gambe. Vedere quelle orrende zampe di ragno assumere una posa tanto mondana gli fece salire un conato di vomito. Riconobbe il sapore inacidito dello spezzatino che aveva mangiato a cena. Il petto scattò in uno spasmo e il reflusso gli riempì la bocca.

Morirò nel mio stesso vomito. Terrorizzato, si tese tra le lenzuola.

Intanto, il mostro seduto aveva cambiato faccia. La barba rossiccia incorniciava un viso elegante, deturpato da un sorriso cattivo, i capelli spettinati al vento lo facevano sembrare attraente in modo sbagliato.

Gustav Klimt appoggiò i gomiti sulle gambe accavallate e si sporse in avanti per guardarlo meglio.

«Rilassati, Kokoschka. Non morirai per così poco».

Oskar rantolò. Il guizzo acido di nausea si era ritirato lasciandogli un sapore orrendo sulla lingua.

Il Maestro ridacchiò. «Ecco, vedi? Stai già molto meglio. Non sei contento di vedermi?».

Adesso indossava il lungo abito di lino che usava per dipingere. Lo faceva sembrare un monaco. Ma non un santo. Assomigliava a un cenobita lascivo che doveva confessare spesso i suoi peccati.

«Non sei contento che io sia venuto a trovarti?». Klimt allungò una mano verso la sua, immobile sul lenzuolo. Gli strinse le dita in una morsa gelata. «Avevi paura che non mi ricordassi più di te, chiuso come sono nel mio studio insieme ai gatti? Che avessi trovato qualcuno con più talento su cui contare?».

Oskar cercò di chiudere gli occhi. Non ci riuscì.

Per qualche ragione, il Maestro indossava una cravatta, sopra l'abito monacale. Una cravatta rossa che fluttuava nel vento.

«Sono venuto appena ho saputo: Oskar e Alma, Alma e Oskar! Che bellissima coppia di mostri!».

Il sorriso gli si era allungato sulla faccia in modo innaturale. Gli increspava la pelle come se avesse avuto le guance di creta, gli angoli della bocca quasi gli toccavano le orecchie. «Ti ha detto lei che siete due mostri alla pari? Rispondi, Kokoschka! Te lo ha detto lei? Le streghe promettono, ma mentono sempre!».

La cravatta svolazzò verso l'alto.

Oskar sentì un rivolo di saliva colargli dalle labbra fino al collo. I nervi delle gambe si sarebbero spezzati, se si fossero induriti di più.

«Non vuoi sapere di come l'ho baciata a Genova? Di com'era dolce la sua lingua, di come le ho spinto la mia fino in gola?».

Oskar sentì una nuova ondata di nausea risalire l'esofago.

«Le donne sono sempre mostri». Il Maestro sospirò. «Mostri bellissimi oppure così orrendi da non poterli guardare. Alma è un mostro, una strega, l'ultima vera maga vivente. Tu no, Kokoschka! Tu sei solo un omiciattolo aggrappato a un mostro più grande. Tu non sei niente!».

Oskar inspirò dal naso per non morire. Roteò gli occhi per non guardare Gustav Klimt che spingeva fuori dalla bocca la lingua gonfia, ma incontrò i volti tumefatti degli altri portatori di sogni, chini su di lui.

«Le donne come Alma sono inafferrabili, sono ingannatrici. Anch'io pensavo che fossimo una cosa sola, quando l'ho disegnata nel mio atelier. E invece!».

Il Maestro balzò su dalla sedia e si catapultò sul letto. Gli si accovacciò sul torace per schiacciargli i polmoni. La cravatta rossa si agitava impazzita a fianco della sua faccia deforme.

«Stai in guardia, Kokoschka! A una strega basta sciogliere i capelli per scatenare la tempesta! E tu non sei che un ometto attaccato alla sottana della sposa del vento! Un omuncolo innocuo, sei! Sei un niente che verrà spazzato via!».

«Oskar, che cos'hai?». Alma lo raggiunse sul divano. «È tutto il giorno che hai quella faccia, si può sapere che cosa è successo?».

Lui aprì la bocca, ma non riuscì a risponderle. Si voltò verso la finestra e finse di perdersi nei giardini sulla Hohe Warte. Era piovuto e il cielo incombeva pesante sopra le case e la città ai piedi della collina. Sembrava più che mai sul punto di franare loro addosso.

«Oskar?».

«Dimmi».

«Cosa ti succede?». Alma gli prese il viso tra le mani e lo fece girare verso di lei. Dio, com'era bella. Aveva fissato i capelli sulla nuca e poche ciocche le piovevano sul vestito che le lasciava scoperte le spalle. Gli immensi occhi azzurri erano pieni di preoccupazione e la sua voce gli arrivava ovattata, sotto le parole di Klimt. *Ti ha detto lei che siete due mostri alla pari?*

Gli accarezzò la guancia. «Hai fatto un altro incubo, stanotte?».

«Alma, vuoi sposarmi?».

«Che cosa?».

«Sposami. Devi diventare presto mia moglie, altrimenti il mio talento morirà». La stava implorando. «Devi darmi vita di notte, come un filtro magico».

«Ma di cosa stai parlando?». Alma rise, nervosa. «Oskar, che razza di proposta è?».

Adesso che Alma era Lilith e Lilith era Alma, Oskar non poteva più stare lontano da lei. Il demone non si era più mostrato per fargli visita, invece Klimt veniva a tormentarlo. Lilith poteva parlargli solo per bocca della donna che amava. E lei non poteva proteggerlo, restando lì sulla Hohe Warte.

Oskar si mise in ginocchio davanti a lei. «Mi vuoi sposare?».

Alma lo prese per le braccia e cercò di sollevarlo. «Non voglio sposare proprio nessuno!».

«Perché no?».

«Perché sono già stata sposata e mio marito è morto. Non voglio...».

«Perché non mi ami! Non sono abbastanza, per te?».

«Ma che cosa dici?», Alma lo spinse. Non riuscì a spostarlo e allora si alzò lei, stizzita. «Tu sai che cosa ho dovuto passare, tra la morte di mio marito e quella di Putzi! Non voglio sposarmi mai più. Io ti amo, Oskar, ma non puoi chiedermi questo!».

Scivolò di lato, l'abito disegnò un'onda blu davanti alla mano di Oskar quando lui cercò di trattenerla. Si aggrappò al divano. «Ti renderei felice».

Nell'angolo del salotto, il busto in ardesia di Gustav Mahler lo fissava con gli occhi scolpiti. Rideva di lui.

«Ma io *sono* felice con te, Oskar!», Alma tornò da lui. Gli porse la mano e questa volta lui accettò di alzarsi. «Te l'ho già detto: se mi accetti per ciò che sono, io rimarrò con te per l'eternità».

Le streghe promettono, ma mentono sempre, sussurrò Klimt.

Oskar scosse la testa per mandarlo via. «Allora andiamo a vivere insieme. Senza sposarci, se non vuoi, ma vieni a vivere con me! Questo lo puoi fare?».

Alma gli sorrise, si appoggiò contro di lui e lo abbracciò. Sì, poteva farlo.

Prima di morire, Gustav Mahler aveva comprato un terreno a Breitenstein, nel Semmering. Era un appezzamento di prati e boschi circondato dalle montagne della Bassa Austria, a circa un'ora a sud di Vienna e accessibile con la ferrovia.

«È il posto perfetto per costruirci un nido», disse Alma.

I lavori durarono pochi mesi e presto tra gli alberi germogliò una casetta in mattoni dal tetto a punta, con le finestre dalle imposte bianche e una veranda davanti alla porta d'ingresso sostenuta da otto colonne.

Dal balcone si potevano ammirare i monti innevati e un cielo sempre limpido. C'erano un giardino e una staccionata di legno a delimitarlo, oltre cui crescevano abeti e piante da frutto.

Alma fece costruire l'abitazione intaccando l'eredità del marito defunto e volle chiamarla "Villa Mahler" in suo ricordo.

Oskar era incantato da tanta bellezza. La casa non era grande, appena otto camere, e si sviluppava attorno a un enorme camino.

«Voglio che questa stanza sia il cuore della casa», diceva Alma, davanti al focolare. «Un cuore caldo fatto di fuoco, che dia vita e amore a tutto il resto».

Oskar non poteva essere più d'accordo con lei.

Dentro di lui la voce di Klimt rideva, a volte. Quando non c'era nessuno intorno, il Maestro gli versava nell'orecchio parole cattive. «Non puoi pagare niente di questa villa, omuncolo. Questa non è casa tua, è la casa della strega. È il nido di Lilith, non il tuo».

Per ripagare Alma e prendere possesso del luogo, Oskar si buttò nel lavoro. Mise radici nella stanza centrale e sparse sul pavimento i bozzetti che aveva preparato all'ombra degli alberi. Impiegò giornate e notti intere per affrescarla. Partendo dal camino, il dipinto si allungava verso il soffitto in un tripudio di colori.

«Oskar, vieni a letto. Andrai avanti domani».

«Voglio finire il prima possibile. Amore mio, voglio che tu rimanga a bocca aperta, quando lo vedrai».

L'affresco copriva dieci metri di parete e sembrava la continuazione del gioco delle fiamme nel focolare. Raffigurava Alma che fluttuava libera verso l'alto, il vestito aperto nel vento. Sopra di lei, il soffitto si apriva in un cielo stellato. Dal basso, l'autoritratto inginocchiato di Oskar la guardava librarsi, mentre bruciava in un inferno di fiamme.

Il fuoco del camino gettava luci tremolanti sui colori e dava l'impressione che la parete fosse viva e mobile. Che non ci fosse confine tra le fiamme vere e quelle disegnate da Oskar, che non esistesse un muro tra Alma e il cielo sopra di lei. Nel vederlo, Alma ebbe una vertigine e lui l'accolse tra le braccia.

«Ti piace?».

«Oskar, è magnifico!».

«Ti sembra un dono adatto al nostro amore?».

«Mi sembra crudele», mormorò lei. «Io volo, ma tu stai bruciando».

«Io sono nato dal fuoco, amore mio, non posso bruciare. E tu sei la signora dell'aria».

Invitarono i primi ospiti per mostrare loro la casa terminata. Carl Moll e la madre di Alma avevano seguito i lavori, ma non avevano ancora visto l'affresco del camino. Restarono senza parole.

Di tanto in tanto, Moll girava lo sguardo dalla poltrona per scrutare i due amanti dipinti sulla parete. «Giurerei di averli visti muoversi».

«Si muovono, si muovono!», Gucki teneva sempre il naso alzato alle stelle del soffitto. «Oskar e la mamma sono gli dèi del fuoco e del vento».

«Finché si limitano a esserlo in un dipinto, non ho niente in contrario, mia cara», rispose Moll. «Ma è bene che tutti e due restino con i piedi per terra. È meglio non mischiare fuoco e vento nella vita di tutti i giorni».

«Tu dici, nonno?».

«Il fuoco brucia tutto quello che gli capita a tiro. E il vento alimenta le fiamme. Una pessima combinazione, eccome se lo dico».

Adolf Loos venne a trovarli in estate e Alma pretese che si fermasse per qualche giorno. Fecero preparare la camera degli ospiti e lo costrinsero a respirare l'aria pura della foresta.

«Un uomo di città come te ne ha bisogno, Maestro Loos», lo prese in giro Alma, mentre lei e Gucki si allacciavano le scarpe da camminata. Andavano a fare passeggiate tutte le mattine su consiglio del medico, dal momento che nella casa nuova Gucki faceva fatica a dormire. Forse era per l'emozione o per essersi staccata dai nonni troppo in fretta, ma i boschi intorno le incutevano paura e Alma cercava di aiutarla a prendere confidenza. Stavano via ore, per ammirare i cervi o scovare gli scoiattoli sui rami.

Loos faceva del suo meglio per stare dietro alla donna e alla bambina; nel frattempo Oskar aveva tutto il tempo per dipingere e per creare un nuovo dono per Alma.

Intendeva regalarle sette ventagli, dipinti apposta per lei, uno per ogni sera della settimana. Li decorò con colori accesi che lei avrebbe potuto abbinare agli abiti e tracciò sul pavese di tela, in corrispondenza di ogni stecca, una piuma stilizzata.

Li consegnò la sera prima della partenza di Loos. Dispiegò i ventagli sotto gli occhi dell'architetto e li porse ad Alma uno alla volta, come un mercante di gioielli davanti a una regina.

«Sono splendidi». Alma aveva gli occhi lucidi. «In questo modo sembrerà che io abbia le ali!».

Oskar sentì un calore dolce nel petto.

Proprio come Lilith, pensò.

Si abbracciarono davanti alle fiamme.

Al di sopra della spalla di lei, Oskar vide che Loos mordicchiava il bocchino della pipa senza neanche averla accesa. Li guardava sprofondato nella poltrona, con le sopracciglia corrucciate.

Quando tornava dalle passeggiate nei boschi con la mamma, Gucki saliva le scale fino al suo studio, in solaio. Sedeva accanto a lui e lo guardava dipingere, imparava a mescolare gli oli. Poteva rimanere per ore a fissare i disegni che prendevano vita sulle tele.

«Vorrei imparare anch'io. Dev'essere bello creare qualcosa così bene da buttarla fuori dalla tua testa».

«Devi buttare delle cose fuori dalla testa, Gucki?».

Lei si limitava a stringersi nelle spalle. Oskar era sicuro che anche la bambina avesse un Occhio aperto.

Montò per lei un cavalletto accanto al suo, dove avrebbe potuto sperimentare forme e colori. La istruiva su come prendere le misure da riportare sulla tela, sui pennelli da usare per ottenere le linee che voleva. Con gli enormi occhi azzurri spalancati, Gucki guardava tutto, parlava poco e imparava a una velocità sorprendente.

Un giorno la aspettò con una grossa scatola di legno che aveva recuperato dall'ultimo viaggio a Vienna, in cui era già intagliato un foro rotondo.

«Vieni a vedere». Sedette per terra e Gucki si avvicinò incuriosita. «Sai che cos'è?».

«Mi sembra solo una scatola».

«Secondo te io potrei mai avere una semplice scatola?», disse Oskar, nella sua migliore imitazione di imbonitore di piazza. «Venga, signorina, ad ammirare i prodigi del grande Kokoschka!».

Gucki ridacchiò. «È una scatola incantata?».

«Puoi dirlo forte, signorina. Una lanterna magica, per la precisione. Sai come funziona?».

Gucki scosse la testa.

«Questa scatola può proiettare sul muro i tuoi sogni più belli, così non avrai più paura di addormentarti. Vuoi provare?».

La bambina lo guardò sospettosa. «E come?».

«Tanto per cominciare, dobbiamo scegliere dei disegni da fare su queste piccole lastre di vetro». Se ne era procurate un po' quando aveva fatto gli ultimi acquisti alle botteghe d'arte della capitale. «Te la senti?».

Naturalmente, Gucki voleva illustrare la storia della dama del Danubio. Trascorsero i pomeriggi a dipingere insieme, vetro dopo vetro, la storia della fanciulla dalla coda di serpente che sposava un marinaio senza soldi. Gucki insistette per donare alla dama squame dorate e lunghi capelli pieni di fiori. Oskar si complimentò per il suo tratto e si occupò di disegnare i volti con molta cura.

Il lavoro con Gucki lo riempiva di una gioia luminosa, la bimba sembrava capace di togliergli di dosso insicurezze e paure. Di tanto in tanto, Alma andava a guardarli sulla soglia e a metà pomeriggio faceva portare per tutti e tre una cioccolata dolcissima. Gucki riuscì a convincerla a colorare gli abiti della dama e la prese in giro quando la madre faticò a rimanere dentro i bordi sulla superficie troppo liscia.

Vedere Alma piegata sul tavolo, con la punta della lingua spinta fuori dalle labbra per la concentrazione, fece traboccare il cuore di Oskar d'amore. Le sporcò il naso con la pittura azzurra e lei gli disegnò sulle guance dei baffi arricciati. Oskar non ricordava di avere riso così dagli anni della scuola.

«Perché disegni solo la mamma?».

«La mamma?», Oskar si girò verso Gucki, stava esaminando le lastre di vetro. «Quella è la tua dama del Danubio».

Gucki alzò su di lui i potentissimi occhi blu. «Questa non è la dama del Danubio. Questa è mia madre».

«Fammi vedere». Oskar guardò meglio. Non poteva negare che i tratti della ninfa d'acqua somigliassero a quelli di Alma. Senza accorgersene, aveva disegnato la dama come la sua Lilith di carne.

«Non solo qui, in tutti i quadri che fai c'è la mamma».

Oskar lo sapeva, ma non se ne era mai accorto davvero. Sollevò gli occhi alle tele appoggiate al tavolo, alle litografie che aveva messo da parte contro il muro e ai bozzetti appesi. Il volto di Alma lo fissava da ogni parte e in un momento di vertigine Oskar non seppe più dire quale fosse la vera Alma e quali fossero di pittura e inchiostro.

Erano tutti tributi di cui Lilith si nutriva. Si sentì piccolo, in quella folla di demoni.

Alma strinse la figlia tra le braccia. «Vuoi che Oskar faccia un ritratto anche a te?».

Gucki rifiutò. «Non mi piace essere dipinta. Non voglio essere piatta su un foglio».

«Intanto vediamo di far funzionare questa magia, cosa ne pensate?», Oskar scacciò la sensazione opprimente e si sforzò di sorridere. «Chiudiamo le finestre, deve essere buio».

Alma e Gucki serrarono gli scuri e Oskar accese una candela.

Serviva una lente per proiettare le immagini sul muro. Non sapendo dove trovarne una, Oskar smontò la cupola dell'orologio che gli aveva dato suo padre e incastrò la lente speciale nel foro della scatola. «Prendi i nostri vetri, Gucki. Lì c'è il solvente, attenta a non inciampare!».

Alma posizionò la candela all'interno della scatola e Oskar fece scorrere le piccole lastre a testa in giù, tra la fiamma e la lente.

Mandarono tutti e tre un grido di gioia, quando la dama del Danubio apparve sul muro.

«È un sogno», mormorò Alma. Gli si strinse al fianco e appoggiò la testa alla sua spalla. Oskar le passò un braccio attorno alla vita.

Spostò il vetro della ninfa e sul muro apparve una barca in mezzo al mare, la sagoma di un giovane pescatore che gettava le reti tra le onde.

Sottovoce, Alma raccontò la leggenda del matrimonio tra una creatura degli abissi e un uomo, di come decisero di rimanere l'una accanto all'altro anche se appartenevano a mondi diversi. «Prometti! Se infrangerai il patto, io me ne andrò per sempre».

Oskar sentì un brivido attraversarlo dai piedi alla testa e i capelli drizzarsi. «Te lo prometto», rispose, come se fosse lui il giovane marinaio.

Quando fu il momento di andare a letto, Gucki chiese a Oskar di rimanere con lei fino a quando non si fosse addormentata. Non era una richiesta insolita per la bambina, soprattutto in una notte come quella, in cui il vento piegava gli alberi e fischiava tra le tegole del tetto. Ma era insolito che volesse lui invece della madre.

«Ecco, signorina», Oskar le rimboccò le coperte. «Adesso sei al sicuro».

Sedette vicino al letto, come le aveva promesso.

«Grazie per la lanterna magica. Oggi è stato bellissimo. Sei un mago, Oskar».

Lui sorrise. «Conosco solo qualche trucchetto. È stato mio padre a costruire quella scatola per me e per mia sorella, quando eravamo bambini. Sono contento di averla data a te».

Il pensiero di suo padre gli ricordò che aveva smontato l'orologio. Cacciò le mani nelle tasche e trovò l'orologio in una, la lente staccata nell'altra. Appoggiò i gomiti sulle ginocchia per rimettere le cose a posto.

Gucki si era girata nel letto e gli dava le spalle. Ma non dormiva ancora. «Anche tu fai dei brutti sogni, Oskar? A volte ti sento piangere».

Oskar sollevò lo sguardo. «Hai degli incubi, Gucki?».

«A volte». Sembrò ripensarci. «Spesso».

«Per questo fai fatica a dormire?», Oskar sentì il terrore salirgli in gola all'idea che la bambina fosse come lui. «Non ci devi pensare. Pensa solo alle cose belle, alla dama del Danubio e alla mamma».

«Ma sogno Putzi, come me la racconta la mamma». La voce di Gucki era già piena di sonno e di una pena che gli provocò una fitta nel petto. «Sogno la mia sorellina che urla perché non trova la strada di casa. E sogno papà che scende dal camino e gira per le camere. Mi mancano, ma mi fanno paura».

«Qui in casa?».

«Come faccio a non sognarli più? Ho provato a dipingerli, ma non se ne vanno. Tu come fai, Oskar?».

Nel momento in cui inserì la lente al suo posto, il meccanismo interno dell'orologio scattò nella sua mano, come se gli ingranaggi fossero dotati di vita propria. *Clic.*

Oskar saltò sulla sedia. Si guardò alle spalle, aspettandosi di vedere lo spettro del compositore defunto sulla porta della cameretta, con la stessa faccia seria del busto di ardesia e la pelle mangiata dalla morte. Ma non c'era.

«Sono solo sogni», sussurrò. La menzogna lo fece sentire sporco. «Ma se li vedi, tu urla, Gucki. Chiamami più forte che puoi e io vengo di corsa. Hai capito? Gucki?». La bambina si era addormentata, i boccoli biondi sparsi sul cuscino e il corpicino rannicchiato sotto le coperte. Nel silenzio della stanza, il ticchettio dell'orologio era un rumore infernale.

Oskar si alzò. Si massaggiò le braccia, sentiva freddo. Era cambiato qualcosa. Gustav Mahler era scivolato giù dal camino e il santuario era stato violato.

«Perché hai voluto chiamare questa casa "Villa Mahler"?».

Alma si stava preparando per andare a Vienna, passando i capelli attorno a un ferro perché le rimanessero arricciati sulle tempie. «Mi sembrava giusto così. Il terreno l'ha comprato Gustav».

«D'accordo, ma è la nostra casa. Non di Gustav Mahler».

«L'abbiamo costruita con i soldi della sua eredità, Oskar. E Gustav meritava che lo ricordassi almeno così».

Oskar mandò giù una boccata di rabbia. «Mahler è morto».

Alma si girò verso di lui. «Oskar, cosa ti salta in mente? Ti ascolti, quando parli?».

«Dico solo che questo è il santuario del nostro amore e si chiama come il tuo marito defunto». La collera gli passò nei nervi come una corrente elettrica, si alzò di scatto. «Non vuoi sposarmi a causa di un morto! E tieni ancora il suo nome dopo il tuo, quando potresti essere Alma Kokoschka! Te ne accorgi oppure no?».

«Buon Dio, parli come un bambino».

Alma finì con il ferro e controllò il risultato allo specchio. Era pronta per un ricevimento a casa di Carl Moll e sarebbe tornata solo il giorno seguente. Era bellissima, nel vestito che le metteva in risalto il collo scoperto.

Oskar sentì il sangue diventare denso e bollente. Era troppo bella per una serata senza di lui. E non ascoltava quello che diceva. Adesso canticchiava a voce bassa, mentre si metteva il cappotto che le avrebbe coperto l'ampia scollatura durante il viaggio in automobile.

«Oskar, potresti chiedere alla governante se Gucki è pronta? Dobbiamo partire, o arriveremo tardi».

«Vai a Vienna così?».

«Così come?».

«Con quel vestito. Si vede il seno».

Alma sollevò un sopracciglio. «Mi è molto difficile nasconderlo, Oskar. Ce l'ho».

«Ma non è detto che debbano vederlo tutti. Copriti di più, in nome del cielo! Chi c'è al ricevimento?».

Alma rise. Una risata che non riuscì a nascondere una rabbia che Oskar riconobbe molto simile alla sua. «C'è mia madre. C'è Carl Moll. Tutta gente che sa benissimo che le donne non sono piatte come il tuo tavolo da lavoro. Non ti preoccupare, nessuno si sorprenderà e la cosa non finirà su nessuna rivista scientifica tra le scoperte di questo secolo».

«C'è anche quel Walter Gropius. Ho visto il suo nome sugli inviti».

«E allora?».

«Non voglio che Walter Gropius ti guardi. Tu sei mia».

Alma si rigirò furibonda come un serpente. «Aggiungi un'altra parola, Kokoschka, una soltanto, e io me ne andrò a Vienna nuda dalla testa ai piedi. Mi hai capito bene?». In quello sguardo duro, Oskar riconobbe Lilith e chinò la testa. La rabbia gli si annidò nella pancia, molto in basso. Abbassò gli occhi e riuscì a vederla, attraverso la camicia. La collera era un gomitolo nero di spine.

Alma gli si avvicinò e gli accarezzò il viso. Oskar non si sottrasse.

«Vieni con me», disse lei, più dolce. «Perché non mi accompagni? Prendo il tuo ventaglio verde e tutti vedranno che meraviglia hai fatto. Andiamo insieme».

«Non posso, devo lavorare».

«Solo per stasera! Lavorerai domani. Sarà contenta anche Gucki».

Oskar scosse la testa. «Devo lavorare stasera».

«Oskar...».

Sentì le mani pizzicare al centro del palmo. Vide se stesso liberarsi dal prurito abbattendole una alla volta sulle guance di Alma. Il pensiero lo terrorizzò abbastanza da prosciugare ogni goccia di rabbia.

«Tu vai, Alma». Si allontanò da lei, sgomento. La voce gli uscì strozzata. Si afferrò le mani l'una con l'altra. «Porta con te la bambina e passate una giornata piacevole».

«Torneremo presto, domani! Faccio un salto nel mio appartamento, voglio prendere alcune cose che ho lasciato lì. Quando torno, mi aiuti a sistemarle? Lo faremo insieme, voglio che tu decida insieme a me».

«Certo. A domani».

Oskar si rifugiò nello studio in solaio. Impiegò lunghi minuti per convincersi che quel pensiero violento non gli apparteneva prima di prendere in mano il pennello. Ricominciò a lavorare. Sentì Alma e Gucki ridere in giardino quando uscirono di casa insieme, poi il rumore dell'automobile che risaliva la strada lungo la staccionata.

Il prurito era aumentato a dismisura, era quasi una fitta che gli passava i palmi da parte a parte. Afferrò il tagliacarte nel cassetto e incise la pelle lungo la piega della mano. Si ritrasse dal tavolo, per non gocciolare sul disegno.

Villa Mahler era silenziosa di notte. La governante gli aveva preparato la cena ed era tornata a casa molto presto, dal momento che era rimasto solo lui. Il sonno era un bisogno lontano che Oskar sentiva appena dietro gli occhi; poteva lavorare ancora per qualche ora. La benda sulla mano lo rallentava.

Aveva offeso Lilith con quel pensiero violento. Doveva chiederle perdono in qualche modo. Si chiese se si sarebbe vendicata. Aveva appena steso un altro foglio per continuare un bozzetto terminato a metà, quando si accorse di aver disegnato di nuovo il viso di Alma sul collo di una figura femminile appena tratteggiata.

«Sei mia», ringhiò, piegato sul tavolo. «Non puoi mostrarti agli altri uomini. Non puoi darti a loro, non puoi ispirarli. Sei la mia musa, non la loro!».

«Non è mai stata tua, Koko. Posso chiamarti Koko, vero?».

Ci mancò un niente che Oskar rovesciasse la lampada a olio sul tavolo per il terrore. Gustav Mahler era seduto davanti a lui, dall'altra parte del disegno. Il compositore aveva rughe profonde a scavargli gli angoli della bocca, e gli occhiali piccoli rendevano il suo sguardo acuminato. Indossava una giacca rossa che alla luce della lampada sembrava una fiamma.

«Ma certo che posso chiamarti Koko!», disse il compositore. «Siamo molto intimi, noi due. Andiamo a pesca nello stesso laghetto, non è vero?».

«Vattene subito!», urlò Oskar.

«Perché? Questa è Villa Mahler, porta il mio nome. Ci abitano Alma Mahler, mia moglie, e Anna Justine Mahler, la mia bambina. E poi ci sei tu, Koko. Tra noi due, non sono certo io che devo andarmene da qualche parte».

Sorrise. Le labbra si mossero piano a scoprire i denti appuntiti.

Picchiettò le dita sul tavolo al ritmo di una sonata e Oskar vide che erano lunghi artigli di uccello. «E sapessi che opere musicali mi ha ispirato, con quelle tette e quel sorriso! Che musica ho scritto! Se non ci avessi lasciato le penne, volerei ancora molto in alto, aggrappato alle sue ali. Dove vai, Koko?».

Oskar scappò via. Sbatté contro il muro la porta dello studio e si lanciò giù per le scale. Pieno d'orrore, cercò rifugio nella stanza del camino, dove lui e Alma erano una cosa sola, lacerata tra terra e cielo.

«Oskar, tesoro!».

Era Alma che apriva la porta. Sentì il suono dei suoi tacchi e i piccoli passi di Gucki dietro di lei.

«Siamo tornate! E voi fate piano, per favore, mettete tutto lì».

Oskar tirò su la testa. Si era addormentato sul tappeto davanti al camino. Il fuoco si era spento, rimaneva solo un tenue pulsare di brace sotto la cenere.

«Sono qui», gracchiò. Si trascinò all'ingresso in tempo per accogliere Gucki tra le braccia. «Bentornate».

«Oskar, profumi di fuoco!».

«Perché il fuoco è mio padre, te l'ho raccontato oppure no?».

Gucki rise, lui le sollevò il cappellino da viaggio e le scompigliò i capelli. La bambina protestò e corse allo specchio per pettinarsi di nuovo.

Alma gli sorrise dalla soglia. «Amore mio, che hai fatto? Hai dormito vestito da capo a piedi?».

Stava aiutando la governante e l'autista a portare dentro gli oggetti che aveva recuperato dalla casa sulla Hohe Warte. Aveva riempito tre valigie, in più teneva tra le braccia un cestino di legno intrecciato che straripava di ninnoli. Dietro di lei, l'autista trascinava qualcosa di pesante alla sommità di un sostegno di legno lucido.

«Adagio, con quello!», Alma spinse il cestino tra le braccia di Oskar e corse in aiuto dell'uomo. «L'ha scolpito Rodin, non deve rovinarsi».

Era il busto in ardesia di Gustav Mahler. Il cestino gli scivolò dalla mano bendata e il contenuto si sparse sul pavimento.

«Oskar! Cosa ti è successo alla mano? Ti sei fatto male?».

«Non portarlo dentro!», tuonò lui. «Non lo voglio vedere!».

Alma gli andò incontro per calmarlo, ma lui indietreggiò. Mise un piede su un minuscolo soprammobile e scivolò a terra, gli occhi fissi sulla faccia scolpita di Mahler che lo puntava come un rapace in agguato dal trespolo. «Portalo via subito! Non lo voglio in casa, portalo via!».

L'incendio prese vita dal niente, quella sera.

Oskar sentì l'odore del fumo mentre erano a cena nella sala da pranzo, un attimo prima che la governante entrasse di corsa dal cortile dove era andata a raccogliere il bucato. «Il solaio va a fuoco!».

Le fiamme fecero in tempo a mangiarsi il tavolo da lavoro di Oskar e delle tele appoggiate lì accanto, prima che riuscissero a spegnerle. Una scintilla trovò un flacone di acquaragia e mandò una vampata orribile verso il soffitto spiovente, che fece urlare Alma.

Oskar la trascinò via e buttò la giacca sulle lingue di fuoco. Le soffocò prima che arrivassero alle litografie ammucchiate alla parete.

Lo studio era nero di fumo, le travi del soffitto erano state intaccate, ma il grosso dei danni riguardava le opere di Oskar. Le fiamme avevano divorato interi bozzetti e gli studi su cui aveva lavorato fino al tardo pomeriggio.

«Ho avuto così paura». Alma tremava, le lacrime le disegnavano due righe pulite dagli occhi al mento, dove le avevano lavato il viso dalla cenere. «Credevo che sarebbe bruciata tutta la casa, Oskar!».

Lui l'abbracciò. Si rese conto di tremare insieme a lei. Dal piano di sotto arrivava la cantilena della vecchia governante che cercava di calmare il pianto di Gucki.

«È stato Mahler».

Alma lo spinse via. «Cosa dici?».

«Dico la verità. L'incendio è stata opera di tuo marito. Ha bruciato le mie opere. Il tavolo su cui disegno. È stato lui».

«Sei ammattito?».

Non era pazzo. Mahler era tra le ombre della casa, da qualche parte. Forse in quel momento li guardava dal buio oltre il vetro della finestra e rideva di lui. Oskar non aveva voluto in casa il suo prezioso busto e il compositore si era vendicato così. «L'ho visto. Mi ha detto che non sarai mai mia. Che appartieni a lui».

«Sei impazzito, Oskar! Sei impazzito davvero!». Alma lo spinse così forte da farlo franare a terra e lo guardò dall'alto. Piena di cenere, con i capelli sciolti attorno alle spalle in un'aureola di fuliggine, era una dea delle fiamme. «Tu non hai visto proprio niente, perché Gustav è morto da anni! E non avrebbe mai detto niente del genere».

«Ti dico che era qui. L'ho visto con il mio Occhio, come vedo te e come ho sempre visto Lilith!».

«Vuoi sapere che cosa ci devi fare con il tuo Occhio?». Alma ringhiò un consiglio osceno che sbalordì Oskar per i termini coloriti. Non si sarebbe mai aspettato di sentirli uscire dalla bocca di una donna come lei. «Mi hai quasi mandato a fuoco la casa e hai il coraggio di prendertela con un morto?».

«Io?», gemette Oskar. «Io ho mandato a fuoco il mio studio?».

«Davvero non capisci o fai finta di non capire?».

«Ero a cena con te! Stavamo mangiando insieme!».

Alma si mise le mani tra i capelli. «In nome di Dio, Oskar! Hai lasciato la lampada a olio accesa prima di scendere! Cosa pensavi che sarebbe successo?».

Gli tremarono le labbra. «Io l'ho spenta».

«Certo», fece un sorriso crudele. «L'ha sicuramente riaccesa Lilith per guardare le tue opere mentre eri di sotto. La lampada le sarà sfuggita di mano. Povero piccolo diavolo, sono cose che succedono!».

Oskar le balzò addosso e la spinse contro il muro. Sollevarono una nuvola di cenere. «Non ti azzardare a parlare così di lei!».

Alma gli piantò le unghie nelle mani. «E tu pronuncia ancora il nome di mio marito come stai facendo e giuro che te ne faccio pentire».

Oskar sibilò di dolore. Gli artigli della sua musa avevano trovato la ferita sotto la benda. Si ritrasse con un ringhio.

Alma avanzò verso di lui. «Ringrazia il cielo che non ci sono danni gravi al tetto», sibilò. «Mi dispiace per i quadri che hai perso, ma non ti permetterò di oltrepassare i limiti. Ti aspetto giù».

Uscì sbattendo la porta. Oskar la sentì piangere, mentre scendeva le scale.

«Come hai fatto a farti questa brutta ferita alla mano?».

Gucki era già a letto, stretta alla governante, e la puzza di bruciato si sentiva molto meno. Oskar aveva coperto le opere che si erano salvate e aveva lasciato le finestre aperte per fare uscire il fumo. Alma si era lavata e cambiata con gli abiti per la notte e aveva preparato una tinozza per lui.

«Non lo so come ho fatto». Oskar si spogliò ed entrò nell'acqua calda.

«Smettila di prendermi in giro». Alma gli passò la spugna sul collo e sfregò con forza le ultime tracce della cenere. «Hai un taglio che va da una parte all'altra del palmo, devi sapere per forza come è successo».

Oskar sospirò. «Mi sono tagliato».

«Come?».

«Con il tagliacarte nello studio. Sentivo male dentro di me. A volte, quando mi taglio, il dolore che ho dentro scivola fuori».

Alma gli afferrò la mano ed esaminò la ferita. Due labbra di carne bianca aperte sopra un sorriso rosso vivo. «Te lo sei fatto tu? Non è stato un incidente?». La voce era stridula di paura. «Sei impazzito o cosa?».

Oskar aprì la bocca per spiegarle che era un dolore nero e spinoso. Che dal palmo aperto, insieme al sangue era uscita la voglia di colpire lei. Non ci riuscì. Non poteva dirglielo. Abbassò gli occhi.

«Non è la prima volta che lo fai. Ti ho visto piantarti le unghie nel collo. Ti ho visto coperto di cicatrici. Oskar, non puoi continuare a farti del male».

Lui tenne gli occhi sull'acqua che lo nascondeva fino al petto. Cominciava a diventare fredda.

«L'hai disinfettata?».

«Ci ho messo una benda».

«Quello straccio sporco di colore a olio che avevi stamattina?». Alma si sfregò gli occhi arrossati dal fumo. «Esci da lì, avanti, adesso faccio io».

Oskar si rivestì, mentre Alma cercava una benda pulita. Si lasciò curare in silenzio.

«Non devi più farti del male, qualunque cosa succeda». Alma gli baciò il palmo fasciato. «Devi parlarne con me quando hai la tentazione di farlo, e troveremo una soluzione. Anche gli incubi che fai di continuo, questa Lilith che dici di vedere…».

«Alma, io non sono pazzo».

«Certo che non lo sei! Tu sei un genio, sei il mio genio oscuro. Ma non puoi continuare a farti del male».

Si lasciò condurre in camera a capo chino. Alma lo tenne per mano, come avrebbe potuto fare con un bambino. Gli sistemò le coperte perché non prendesse freddo, prima di scivolarvi sotto con lui.

Oskar spinse la faccia nel cuscino, immaginò come sarebbe stato lasciarsi soffocare. Alma non gli credeva. Diceva di no, ma pensava che fosse diventato pazzo. O peggio, che fosse un idiota da assecondare. Cosa pensava davvero di Lilith, che fosse il sogno di una mente stanca? Chissà se sapeva che adesso abitava dentro di lei.

Quando il bisogno di respirare diventò impellente, girò la testa e risucchiò l'aria. «Alma».

Lei spinse la fronte contro la sua. «Dimmi».

«Io ti amo…».

«Anch'io ti amo, Oskar».

«Sei ancora la mia musa?», singhiozzò. «Sei la mia dea?».

Alma lo baciò, si avvicinò con il suo corpo caldo. Sotto l'odore delicato del sapone, tutti e due profumavano ancora di fuoco. Lei si staccò il tanto che bastava per guardarlo negli occhi. «Dipingi un capolavoro per me. Quello che è bruciato è bruciato, lascialo nella cenere. Rimettiti a dipingere, crea la tua opera più grande, qualcosa che spinga il mondo a chiamarti "Maestro". Maestro Kokoschka, suona bene».

Oskar fu di nuovo sul punto di soffocare, questa volta per l'emozione incontrollabile che gli invase tutto il corpo. Premette un'erezione improvvisa contro la coscia di lei. «Per te?».

«Se sono la tua musa, allora dipingi per me. Se sono una dea, disegna per me qualcosa di divino».

Era Lilith che parlava dalla bocca di Alma. Oskar la strinse, la baciò ancora.

«Sarà il nostro capolavoro», decise. «Mio e tuo. Ci metterò dentro tutto l'amore, fino all'ultima goccia».

Cominciò due giorni dopo, il tempo di sistemare il solaio e di ripulirlo dal passaggio del fuoco.

Si procurò una tela che superasse i due metri di lunghezza e che fosse alta almeno quanto lui.

«Il nostro amore in un quadro», si disse. Quello che gli venne in mente fu il vento feroce che soffiava sul mare. Chiuse gli occhi per rivivere le litigate furibonde e l'amore con cui si consolavano dopo avere finito. «Dipingerò una tempesta. Una tempesta per la signora dell'aria».

Alma non doveva vederlo almeno fino a quando non fosse stato finito, quindi le impedì di entrare in solaio. Neanche Gucki venne più ammessa, a meno che lui non coprisse la tela per dedicarsi ad altri lavori.

«Sei sicuro di non volere venire a Vienna con me?». Quel pomeriggio, Alma indossava le sue piume dipinte per un altro ricevimento. «Forse a questa serata verrà anche Georg Trakl, il poeta, te lo ricordi? Dicono che stia facendo avanti e indietro da Berlino per stare vicino a sua sorella, potrebbe raccontarti qualche novità sulla rivista di Walden e sua moglie».

«Trakl è venuto qui in visita l'altro giorno, quando pioveva. Tu e Gucki eravate da tua madre e non l'hai incrociato».

«Ma ci sarà anche Loos. Perché non vieni?».

Oskar scosse la testa. «Rimango qui a dipingere il nostro quadro. Non sei contenta?».

«Certo che lo sono». Alma gonfiò le guance come faceva Gucki quando era nervosa. «Ma qualche volta mi piacerebbe che tu venissi insieme a me. Non ti mancano le nostre passeggiate lungo il Danubio?».

«Ne faremo ancora! Te lo prometto, quando avrò finito ne faremo moltissime. Tu, Gucki e io. Andremo sulla ruota panoramica, daremo il pane ai cigni. Ma adesso devo finire. Lo faccio per noi due».

Le prese la mano e le baciò il dorso. Intanto si assicurò che la manica dell'abito arrivasse a coprirla fino al polso. Il vestito nuovo aveva una gonna della fattura più pregiata e la scollatura era meno ampia.

Alma aveva ascoltato le sue preghiere di non mostrare troppo al pubblico di Vienna un corpo e un'anima che ormai appartenevano soltanto a lui. Gliene fu grato.

«D'accordo». Lei sospirò e si inanellò al dito una ciocca di capelli. «Cercherò di divertirmi anche senza di te».

Fece per andare, ma lui la trattenne per il polso. «Tornerai questa notte?».

«Tardi».

«Non importa, ti aspetterò». Poi le bisbigliò all'orecchio. «Ti voglio già adesso. Non guardare nessun altro uomo e torna da me».

Alma alzò gli occhi al soffitto. «Non stancarti troppo, mio genio oscuro».

Lo spinse via, scherzosa, ma lo lasciò solo.

Oskar ordinò alla governante di non disturbarlo per la cena e si chiuse in solaio. Prese il pennello e si lasciò assorbire dai colori. Il braccio lavorava da solo, spandendo il blu e il grigio in pennellate aggressive.

Nel pomeriggio in cui era venuto a fargli visita, Georg Trakl gli aveva donato qualcosa di prezioso che Oskar voleva trasferire sulla tela a ogni costo. Il poeta era arrivato nel bel mezzo dell'acquazzone, fradicio, con i capelli incollati alla testa e le scarpe sfondate che a ogni passo gracidavano come rane di fiume. A Oskar era sembrato un messaggero del temporale e solo per quel motivo lo aveva portato nel solaio a vedere *La tempesta*.

Trakl ne era rimasto catturato. Si era tormentato le mani bagnate e aveva avvicinato il viso al profilo di Alma accennato dalle pennellate. L'aveva decantata con dei versi, rima dopo rima, e l'aveva chiamata *La sposa del vento*.

Proprio come se il temporale l'avesse mandato da lui con un messaggio, il poeta aveva ribattezzato il quadro, vedendoci dentro Lilith senza saperlo.

«*La sposa del vento*», ripeté Oskar. E stese un'altra pennellata di colore denso a rappresentare un vortice, mentre rivedeva Alma sulla soglia di casa, con i ventagli che le aveva regalato tra le mani.

Sentì la sua mancanza come una ferita nel petto. Attorno a lui, il solaio diventò più cupo. «Le ha detto di non guardare gli altri uomini», sospirò Mahler, seduto davanti alla finestra nella sua giacca color sangue. «E pretende davvero che lei non lo faccia».

Klimt rise. «Le streghe promettono, ma mentono sempre».

«Non sei un ragazzo sveglio, Koko. Non sai delle lettere che riceve da Walter Gropius? Si affretta a farle sparire appena arrivano davanti alla porta di casa, ma sono sicuro che ne hai vista qualcuna, spuntare da una tasca o dalla borsetta».

«È sempre stata brava a mantenere i suoi segreti», confermò il Maestro. La cravatta scarlatta che aveva al collo veniva trascinata verso l'alto da un vento invisibile e sembrava il cappio di un impiccato.

«Lo dici a me?», Mahler ticchettava gli artigli sul davanzale. «Andava a letto con Gropius e io non mi sono mai accorto di niente!».

Oskar si avvicinò alla tela per non doverli guardare. Si piegò sui colori e parlò a se stesso. «Non starli a sentire, se ne andranno. Questa casa è posseduta, ma la signora dell'aria ti protegge. La sposa del vento veglia su di te. Non ascoltarli, dipingi».

Per combattere il rosso cattivo della giacca e della cravatta, stese sulla tela tutti i toni del blu e del viola.

«Se pensi che sia tua, dovresti chiuderla in casa».

«Basta!». Oskar scagliò i colori contro la finestra, ma Klimt e Mahler si erano già dissolti nell'aria.

Quando Alma tornò, era notte fonda. Imbrattato di colore blu fino ai gomiti, Oskar l'aspettava in poltrona. Lei era ubriaca, rideva e profumava di vino fruttato. Oskar la trascinò a letto. «Non devi lasciarmi mai più. Mai più, Alma, o morirò».

Faceva molto freddo. Scesa dal treno, Alma si assicurò che il colletto di pelliccia di Gucki la proteggesse dal vento che soffiava lungo la ferrovia. Tra gli alberi neri del Semmering, quel vento gemeva con la voce di una donna e le metteva i brividi. Lì a Vienna le folate gelide le sembravano meno sinistre.

Alma salì in carrozza insieme alla figlia. «Alla Hohe Warte, per favore. Villa Moll, Wollergasse 10».

Erano trascorse settimane dall'ultima volta che era andata a Vienna. E dall'ultimo ricevimento erano passati due mesi, le mancava la vita mondana della capitale. Con l'inverno sarebbero cominciati gli incontri nei salotti più importanti e lei non voleva più rinunciare a niente.

«Siamo arrivate», annunciò davanti al cancello.

Carl Moll le accolse nel salotto, e baciò Alma sulle guance. Sua madre fece servire del tè caldo e della cioccolata per Gucki.

«Che piacere, cara Alma. È tanto tempo che tu e la bambina non venite a trovarci».

«Abbiamo avuto dei mesi pieni, a Villa Mahler. Oskar ha lavorato come un pazzo e mi ha chiesto di rimanere al suo fianco il più possibile. Ho voluto accontentarlo».

Ma non lo avrebbe più fatto. Era decisa a frequentare tutti i salotti di Vienna, con buona pace del suo genio oscuro.

«Pensavamo che ti avesse incatenata in casa», commentò sua madre. «Carl e io stavamo per venire a fare irruzione».

Alma rise. «Non ce n'è bisogno, mamma».

«Vedessi che faccia hai! Sei pallida. Non è vero, Carl? Guarda com'è pallida mia figlia!».

Carl Moll annuì. «Sei preoccupata per quello che succede al confine, vero? La Serbia ci sta dando troppi problemi, dicono che scoppierà una guerra. Ma non ti devi preoccupare. Anche se nascesse un conflitto con le regioni balcaniche, non arriverà di certo fino a qui. Vienna non se ne accorgerà neppure».

«Non è questo». Da prigioniera nei boschi del Semmering, le notizie di politica estera le erano sembrate ancora più lontane. «Sono solo stanca».

«E il signor Kokoschka adesso dov'è?», infierì la madre. «Possibile che non abbia tempo per una visita di mezza giornata?».

Alma appoggiò la tazza, l'odore del tè era nauseante. «In questo momento è a Monaco. È partito la settimana scorsa, l'hanno chiamato per allestire un'esposizione».

«Speriamo che gli frutti qualche corona. Lo stai mantenendo tu».

«Non è un problema, mamma». Quello che la preoccupava era un'altra cosa. «Ho pensato di raggiungerlo, domani, posso lasciare Gucki da voi? C'è una cosa che voglio dirgli subito».

Venne interrotta da uno scampanellio all'ingresso. Sentì i passi del domestico e l'uscio che si apriva.

«Aspettavate visite? Non ho voglia di vedere nessuno, oggi, posso andare...».

Carl la trattenne con un gesto. «Rimani qui, cara. È un vecchio amico che non viene da tempo, ti farà piacere incontrarlo». Fece un cenno di saluto in direzione dell'ingresso. «Eccolo qui!».

Alma si voltò. Sulla soglia c'era Gustav Klimt. Aveva meno capelli rispetto ai giorni in cui l'aveva corteggiata in quello stesso salotto, ed era dimagrito. Ma era sempre il grande Maestro di Vienna.

Gli corse incontro. «Gustav!».

Passeggiarono insieme in giardino. Alma lo accompagnò a vedere i rami di calicanto che Klimt aveva regalato a sua madre tre anni prima.

«Non mi sembra vero di vederti, Gustav. È come essere tornata indietro nel tempo».

«Anche per me è una bella sorpresa trovarti qui. Carl non mi aveva detto che saresti passata».

«Ho deciso all'ultimo momento. Sono venuta a lasciare la bambina, domani parto per Monaco. Raggiungo Oskar».

«Ah, Kokoschka!», esclamò Gustav. «Sta facendo molto parlare di sé. Ha grande fortuna qui e all'estero».

«Lavora molto», annuì Alma. Distolse gli occhi dal Maestro e tornò a guardare il calicanto. Poteva giurare che, sui rami più alti, ci fossero già escrescenze che preannunciavano le future gemme. «È un genio, vero? Vede cose che noi non possiamo neanche immaginare. O le sogna, il che è la stessa cosa». Sentì la testa girare.

Gustav la sostenne. «Cosa ti succede? Alma, siediti». La condusse alla panchina sotto il pergolato nudo. «Ecco, fai piano. Così va meglio?».

«Sono solo molto stanca». Lui la osservò in silenzio, con gli occhi stretti in due fessure e le ciocche rossicce scarmigliate attorno alle orecchie. La fece ridere. «Sembri un grosso gatto. Come quelli che abitano con te».

«Vedo con piacere che non hai perso l'abitudine di prendermi in giro». Il Maestro non rideva, però. La studiava con insistenza. «Kokoschka ti ha fatto del male?».

Alma si riempì il petto d'aria fredda. «Io lo amo, Gustav. Credo di non avere mai amato nessuno come amo Oskar Kokoschka».

Gustav le prese il viso in una mano e le asciugò la guancia con il pollice ruvido di solvente. «Allora perché piangi, Alma?».

Non si era accorta di stare piangendo. «Perché è troppo. Io non avevo immaginato che sarebbe stato così».

Gustav la prese per le spalle. «Che cosa fa?».

«È tormentato da incubi orribili, sente voci che gli parlano, vede demoni che escono dal buio. Fa credere anche a me che siano veri. Perfino Gucki ha cominciato a sognare cose orribili».

«Demoni?».

«Non capisce quanto male faccia a me e alla bambina? Appena è partito, sono venuta qui a Vienna da sola. Già che ero in città, ho preso appuntamento con il medico di mio marito, te lo ricordi?».

«Il dottor Sigmund Freud?».

Alma annuì. «È un medico che conosce i segreti della mente umana. Mi ha ricevuto subito, si ricordava di me».

Gustav si piegò su di lei, per ascoltarla meglio. Il suo respiro si condensava nel freddo in minuscole nuvole bianche. «Che cosa ti ha detto?».

«Che i demoni non esistono!». Alma rise. «Da non credere,

vero? Dice che Oskar soffre di disturbi del sonno e che è vittima di rappresentazioni ossessive. Le ha chiamate "autoaccuse mascherate"».

«Mascherate da cosa?».

«Da qualcosa di spaventoso che lo tortura. Dice che deve avere una frattura, dentro di sé, che peggiorerà. Comincerà a vedere i suoi incubi anche da sveglio. Forse gli succede già, forse li vede fin dalla nascita. Forse è solo questo, il suo Occhio».

Il Maestro si passò la mano sulla testa, confuso. I capelli rossicci si sollevarono come un'aureola nel freddo dell'inverno. «Tutto questo è troppo, Alma. Come si può combattere un nemico dentro agli incubi di qualcun altro?». Incontrò i suoi occhi, era spaventato. «Kokoschka è caduto in un pozzo e ti trascinerà giù con lui. Non puoi vivere questo calvario sulla tua pelle, è troppo per chiunque».

«Io me lo sentivo, sai? Per questo non ho voluto sposarlo, anche se lo amo così tanto. Ho pensato di scappare via molte volte, ma ormai non posso più. Siamo legati in modo troppo stretto, adesso».

Lui le prese una mano. «Tu sei la donna più forte che io abbia conosciuto. Puoi fare quello che vuoi».

«Non posso, Gustav», mormorò.

«Perché?».

«Perché sono incinta. Aspetto suo figlio».

Monaco, 1913

«Tu aspetti nostro figlio?», Oskar ripeté le parole di Alma perché non era sicuro di avere sentito bene. «Noi due avremo un bambino?».

Era andato a prenderla in stazione, lei era scesa dal treno con la faccia livida e con un seguito di valigie che avrebbe fatto impallidire una regina. Gli aveva detto di essersi sentita male in viaggio.

Adesso, Oskar capiva perché. Con le mani che gli tremavano, le chiuse meglio il bavero sotto il mento.

Alma si allontanò. «Smettila, Oskar. Chi vuoi che mi guardi sotto il cappotto?».

«Non era per quello. Volevo proteggerti dal freddo».

«Non ho freddo. Ho bisogno d'aria».

Il vento soffiava gelido lungo Leopoldstraße. Si incuneava sotto gli archi del Siegestor e fischiava, accompagnandoli nella passeggiata. Era la voce di Lilith che salutava l'arrivo di Alma. «C'è tutta l'aria che vuoi, qui».

«Dammi il braccio».

Oskar l'accontentò subito e la strinse a sé. «Avremo un bambino, Alma! Non riesco a crederci. Non saresti dovuta venire fin qua, sarai stanca. Il viaggio non avrà fatto male a nostro figlio? Da quanto tempo sai di essere incinta?».

«Da poco più di una settimana, ma è da qualche tempo che avevo già dei sospetti. Volevo dirtelo di persona».

«A Gucki lo hai detto? Lo sa che avrà un fratellino o una sorellina?».

«Ancora no».

«Alma! Questo figlio è il nostro legame che diventa carne! Immagina che cose meravigliose sarà in grado di fare il bambino di Lilith!».

Alma si fermò in mezzo alla strada. «Di Lilith?».

«Sei tu Lilith, la mia dea del vento». Oskar spostò il peso da un piede all'altro, cauto. «Siete unite, ai miei occhi».

«È mio figlio, non di Lilith».

«È il dono più grande che potessi farmi. Adesso ci sposeremo? Dobbiamo sposarci subito».

Lei gli lasciò il braccio. Si era rattristata, era più pallida di quando era scesa dal treno.

«Non ti senti bene? Non puoi stare al freddo, ti porto a cena da qualche parte».

«Niente cena, ti prego». Alma alzò gli occhi su di lui. L'azzurro dell'iride aveva lasciato posto a un blu più denso. «Senti, Oskar, riguardo a Lilith…».

«Cosa?».

«Ho parlato con un medico. Dice che potresti soffrire di illusioni ipnagogiche».

«Che cosa stai dicendo?».

«A Vienna ho preso appuntamento con il dottore di mio marito. È un luminare. Secondo lui i tuoi incubi sono il risultato di una malattia del sonno...».

«Io non sono malato, Alma!».

«...che ti fa vedere cose che non ci sono, delle illusioni o dei miraggi».

«Quello che vedo è reale!».

«Apri gli occhi nel letto, ma non sei davvero sveglio, stai sognando. La tua mente è vigile, ma il tuo corpo dorme! Sono sogni, ma a te sembrano veri».

Oskar sentì la testa girare. «Alma, non puoi...».

«Rimani impietrito nel letto e non riesci a muoverti per quanto ti sforzi, vero? Fai fatica a respirare, come se qualcuno ti si sedesse sul petto. Non puoi chiudere gli occhi, le palpebre non rispondono. Sono tutti sintomi che ha elencato il dottor Freud...».

«Al diavolo Freud! Chi ti ha mandato da lui?».

«Ci sono andata io, non capisci? Voglio solo che tu stia bene!».

«Era il medico di Mahler! Ti ci ha mandato lui!».

«Oskar, mio marito è morto. Non può mandarmi da nessuna parte».

«Io sono tuo marito! E lui ti ha detto queste cose per allontanarti da me!».

Alma accelerò il passo, lasciandolo indietro. Oskar rimase a guardarla allontanarsi sotto il Siegestor. L'esposizione andava bene, i suoi quadri erano ammirati e il suo nome era sulla bocca di tutti. Lilith manteneva la sua promessa. Allora perché Alma gli dava le spalle? Sopra le loro teste, il cielo di Monaco era cupo e basso. A un soffio dal cadergli addosso.

«Aspettami!», gridò. «Alma, ti prego, non mi abbandonare!».

Mürren, 1913

Partirono insieme per Mürren, sulle montagne della Svizzera, in modo da avere un po' di tempo solo per loro.

Raccolto in un terrazzo naturale, il borgo si stagliava con le sue architetture antiche sopra uno strapiombo ed era circondato da valli innevate, da picchi incupiti dalle foreste e da fragorose cascate.

Le cime aspre li avvolgevano in un silenzio pieno di saggezza.

«Viaggiare ci fa bene», Oskar teneva Alma per mano. «Tiene lontani i miei incubi e tu non devi preoccuparti di niente, se non di essere felice e di fare crescere bene il nostro bambino».

Si dedicavano a lunghe passeggiate. Alma gli si stringeva al fianco, calda in mezzo al gelo, ma parlava poco. Ascoltavano insieme i rumori ovattati della montagna e strizzavano gli occhi nel bagliore accecante del sole sulla neve.

«L'unica cosa che conta è restare insieme».

Alma non rispondeva.

A volte si avvicinava al limitare di un bosco, da sola. Si protendeva verso gli enormi abeti e rimaneva in ascolto.

«Che cerchi? Torniamo in albergo, Alma, fa troppo freddo».

«Hai sentito qualcosa anche tu, laggiù, sotto le fronde?».

«Non sento niente. Che cos'era?».

«Ecco, anche adesso. Ascolta!».

Le sembrava di sentire il respiro del diavolo. Glielo confidò un pomeriggio prima di rientrare in albergo. «Se tu non sei malato, Lilith esiste davvero. Mi sembra di sentirla respirare. Si è nascosta in queste foreste sulle montagne, ci spia dal buio fitto degli alberi. Oppure cresce dentro di me».

Oskar non seppe cosa rispondere.

Ascoltare quei discorsi dalla bocca di qualcun altro li rendeva più spaventosi. E se davvero aveva ragione quel dottor Freud? Se lui era solo pazzo, invece di essere benedetto da Lilith? Alma si era chiusa sempre di più in se stessa, guardava gli alberi e ascoltava. Se lui era pazzo, allora aveva fatto impazzire anche lei.

La strinse a sé. «È solo la neve che cade dai rami. Nient'altro. Devi soltanto preoccuparti di stare bene».

Alma non disse niente.

Solo l'ultima sera prima di lasciare la Svizzera, ruppe il silenzio. «Oskar, io il bambino del diavolo non lo voglio».

Vienna, 1913

«Non vuole il bambino. Vuole abortire».

Romana era inorridita. «Quella strega!».

«Non dire così, mamma. Io…».

«Tu glielo devi impedire». Sua madre si alzò dal tavolo della cucina e andò alla finestra. Le tremavano le mani, la faccia le era diventata grigia. «Convincila! Se ama te, amerà anche il piccolo!».

Oskar si tormentò le mani, sfregò il pollice su una chiazza di sangue secco. Si era spellato le dita dalle unghie fino alle nocche, nel tentativo di rischiarare la mente. Punzecchiò la carne viva. «Non so più se mi ama».

Non aveva mai sentito Alma così lontana. Le aveva affidato il fuoco e il vento. Se avesse smesso di amarlo, lui si sarebbe spento.

Sua madre lo scosse. «Vuole fare la bella vita, quella sciagurata! Non ha tempo per restare incinta!».

«Ma no, mamma, non è questo».

«E allora perché non vuole mio nipote?».

Oskar si passò le mani tra i capelli. Sudava, nonostante la stufa non scaldasse l'ambiente a sufficienza. «La nostra casa è posseduta dallo spettro del suo defunto marito. Lei non riesce a vederlo».

«Non è nata dal fuoco, cosa vuoi che veda?».

«Ma forse lui le soffia nelle orecchie, quando lei dorme. E la convince a fare cose che altrimenti non farebbe mai. Vuole farla soffrire e fare del male al nostro bambino».

Romana passeggiò attorno al tavolo, nervosa. «Se c'è uno spirito vendicativo in casa, non c'è da stupirsi», disse. «E dimmi, lei è spaventata?».

Oskar annuì. «Molto».

«Figlio mio, non ci sono molte strade da prendere. Quando c'è uno spirito malevolo, bisogna scacciarlo con un esorcismo. Non sai come si fa? Ascoltami, sono o non sono una strega anch'io?».

Quella notte, tornato a Villa Mahler, Oskar radunò le fotografie del compositore che Alma custodiva in un cassetto. Avrebbe voluto che ci fosse anche il busto in ardesia, ma dopo la scenata che aveva fatto in estate, il ritratto scolpito da Rodin era stato ricollocato nella casa sulla Hohe Warte.

Portò tutto nella sala del camino e si inginocchiò davanti al fuoco, come sua madre gli aveva detto di fare. Gustav Mahler lo fissava torvo dai riquadri di carta.

«Oskar, sei tornato?», Alma lo raggiunse sulla soglia. In camicia da notte e con gli occhi assonnati sembrava un fantasma anche lei. Nel vederlo accanto alle fiamme si spaventò. «Cosa vuoi fare? Non ti azzardare a bruciare le sue fotografie!».

Gli si lanciò addosso, Oskar la prese tra le braccia. Lei cercò di afferrare le immagini e lui fu costretto a trattenerla per i polsi.

«Lasciami andare!».

«Non voglio bruciare niente!». La scrollò, perché lo guardasse. «Calmati!».

Alma non ne voleva sapere. «Dammi quelle fotografie!».

«Quando avrò finito, le riavrai».

La spinse sul tappeto e afferrò le fotografie prima che potesse prenderle lei.

Davanti al fuoco, le sollevò verso il soffitto. Le fiamme gli riscaldavano il viso e il petto, la luce rendeva le immagini di Mahler meno vivide, in trasparenza.

Immaginò di offrirle all'affresco di Alma che volava verso le stelle dipinte.

«Gustav Mahler, lascia questa casa e non tornare!». Baciò la prima fotografia e la lasciò cadere a terra.

Alma la afferrò con un gemito.

«Gustav Mahler, lascia questa casa!». Offrì alla dea dell'aria anche la seconda immagine e baciò il compositore nel ritratto. Ripeté il gesto per ogni fotografia, prima di lasciarla nelle mani di Alma. «E non tornare!».

Sul soffitto, l'Alma dipinta sorrideva alle stelle, aveva accolto la sua offerta e l'avrebbe esaudita. Sul tappeto, l'Alma di carne e sangue piangeva sulle fotografie del marito.

«È molto spaventata». Gustav Mahler, nella giacca rossa da maestro di musica, era seduto in poltrona e dondolava le gambe accavallate. «Ma non da me, Koko. Alma ha paura di te».

«Vattene da questa casa e non tornare!», tuonò Oskar.

Nei giorni successivi, Alma gli parlò poco e ogni volta che era costretta a farlo guardava altrove. Non lo aspettava più nemmeno a letto, aveva preso l'abitudine di dormire nella stanza della figlia.

Oskar lavorava un paio d'ore dopo cena e poi scendeva dal solaio in punta di piedi, attento a non fare rumore. Si fermava appoggiato allo stipite della porta di Gucki e guardava madre e figlia abbracciate nel lettino. Gli sembravano due angeli del paradiso.

La sua ombra, al contrario, era nera. La lampada del corridoio alle sue spalle la proiettava sul pavimento della cameretta fino al letto, la sua testa oblunga si delineava sui corpi addormentati.

Quando se ne accorse, Oskar si ritrasse spaventato all'idea di sporcarle. Si ritirò nella tana del solaio come una bestia ferita e dipinse fino a quando ebbe le forze per sostenere il pennello.

Terminò *La sposa del vento* in una giornata di pioggia. Oltre le finestre il cielo era cupo e rovesciava acqua contro i vetri. La luce aveva il sapore del ferro. I colori della giornata si adattavano ai toni della tela con tanta forza che Oskar sbatté le palpebre più volte nel tentativo di decifrare dove terminasse la realtà concreta dello studio e dove invece avesse inizio quella del quadro.

«Alma!», gridò. «Alma, devi venire a vedere!».

Scese per le scale fino al pian terreno, trovò Gucki che faceva colazione con la governante. Si abbassò a baciare la bambina tra i capelli e lei fece un sorriso mesto quando lui le lasciò tracce di grigio e di blu sulla tazza del latte.

«Dov'è Alma?».

La governante lo guardò stringendosi nelle spalle, come se lui fosse in procinto di saltarle alla gola. «La signora è nella sua stanza».

Oskar colse il proprio riflesso nel vetro della finestra. Aveva il viso smagrito e gli occhi tondi per l'eccitazione. Si era macchiato la faccia di azzurro quando aveva usato lo straccio per detergere il sudore.

Cercò di pulirsi mentre tornava sulle scale. «Alma!».

Era seduta sul bordo del letto, guardava la pioggia che batteva incessante contro il vetro. Non si voltò quando lui piombò in camera, come se l'acqua le stesse parlando oltre la finestra.

«Alma, devi venire subito!». Sedette accanto a lei, le passò un braccio attorno alle spalle, le baciò la guancia. «Ho finito, vieni a vederlo!».

Lei si abbandonò contro il suo fianco, sembrava una bambola gigantesca appoggiata contro di lui, senza volontà. Le mani intrecciate mollemente sulle ginocchia non avevano forza.

Gli fece paura. «Alma?».

Lei si riscosse dall'ipnosi della pioggia. Finalmente, lo guardò in viso.

«Ho finito il nostro capolavoro», mormorò lui. «Vieni a vederlo». Le prese la mano, la costrinse ad alzarsi con la certezza che tutto sarebbe tornato a posto quando lei sarebbe stata davanti alla tela. «Vieni, ti prego».

Lei lo seguì.

L'impasto dei colori era freddo e scuro. Alma era ritratta in primo piano, nella scena. Nuda dalla cintola in su, dormiva immersa in un sonno incurante, il viso appoggiato alla spalla di Oskar. Pallida come il ventre di un pesce, sprofondata in mezzo a tutti i toni del blu, gli accarezzava il petto. Oskar era sdraiato sulla schiena, con gli occhi aperti fissi nel buio.

Intorno a loro c'era solo il cielo, uno spazio senza contorni che li assorbiva in vortici d'aria e di acqua. Alma e Oskar erano il centro immutabile della tela, rannicchiati dentro a un letto che era una barca alla deriva, stretti in mezzo ai turbini incontrollati della tempesta. Un viaggio abissale.

«Allora, cosa te ne pare?».

Alma fissava il quadro senza dire una parola. Il silenzio era pesante, interrotto solo dai tuoni che facevano vibrare i vetri del solaio.

«Siamo proprio noi», disse lei alla fine. Le si erano riempiti gli occhi di lacrime. Oskar le si avvicinò, cercò di prenderla ancora tra le braccia, ma lei si ritrasse.

«È il capolavoro che mi avevi chiesto. Non ti piace?».

Alma si asciugò le guance con il dorso della mano. «Non hai

mai dipinto niente di così bello. Ma adesso noi siamo nella tela o siamo qui che la guardiamo?». Era spaventata.

«Alma, siamo noi, dentro la tela e fuori. Di che cosa hai paura?».

Quella notte Lilith gli si presentò con un vestito blu chiuso fin sotto il mento, le maniche lunghe che le coprivano le braccia fino ai polsi, le ciocche sciolte sulle spalle a incorniciare un viso bello e pieno. Il viso di Alma.

Sul momento la scambiò per lei, tanto la somiglianza era sottile, ma era un inganno.

La vera Alma russava appena, addormentata al suo fianco dopo tanto tempo. Gli dava la schiena, i suoi capelli sparsi sul cuscino gli solleticavano lo zigomo. Si era tirata le ginocchia al seno, poteva vedere la linea di un piede sbucare dalle coperte.

Lilith invece era seduta sul bordo del letto, lo sguardo rivolto alla finestra, e si pettinava le ciocche con le dita. Le unghie lunghe da rapace notturno graffiavano i capelli e ne facevano cadere filamenti sottili sulle lenzuola. Oskar poteva ammirare il profilo perfetto di lei, la carne bianca delle guance che sembrava rischiarare la stanza dall'interno.

Provò a chiamarla, ma le sue labbra non rispondevano. Rimasero dure, immobili e socchiuse appena. Vedere due donne dove avrebbe dovuto essercene solo una gli fece provare una paura sconfinata.

Lilith avrebbe dovuto essere un tutt'uno con Alma, invece si era staccata e la lacerazione tra l'una e l'altra lo feriva. C'era qualcosa di storto nella stanza, un odore sinistro di acquaragia, colore a olio e corpi in decomposizione.

La sposa del vento si girò verso di lui con occhi pieni di tenebre.

Il corpo di Oskar scattò in un singulto, il respiro tornò a gonfiargli il petto e le palpebre si abbassarono, pesanti come quelle di una statua di pietra.

Sprofondò nel sonno.

Si svegliò tardi. Oltre il riquadro della finestra la luce era grigia, il cielo gravava sulla terra, una lastra di ferro in procinto di schiacciare Villa Mahler.

Si sollevò a sedere reclamando aria. La stanza era vuota.

Oltre alle coperte sfatte, di Alma erano rimasti solo la conca della testa sul cuscino e qualche capello perso durante la notte. Allungò la mano, il lenzuolo era freddo. Rimase in ascolto per cogliere i rumori mattutini della casa: il tintinnio delle posate, la voce di Gucki in giardino, la porta che si apriva. Ma la casa non gli rispondeva. L'unico rumore che scandiva il silenzio era il ticchettio dell'orologio da tasca che aveva riposto sul comodino. Allungò la mano per prenderlo. Erano quasi le dieci del mattino.

«Alma?». Scese le scale. Nessuno in cucina né nella stanza da pranzo. «Gucki?».

La grande sala del camino era fredda, il fuoco era stato acceso nelle prime ore del giorno, ma nessuno lo aveva curato e ormai era quasi spento. Oskar smosse le ceneri, ravvivò le braci e aggiunse un ciocco. Anche la governante sembrava sparita nel nulla.

«Alma?».

Il cortile era deserto. Aveva smesso di piovere, ma il giardino era ancora gravido d'acqua. Oltre la staccionata il bosco sembrava dipinto di nero.

Aprì e chiuse tutte le porte una a una fino al solaio. Solo *La sposa del vento* era dove l'aveva lasciato. Il quadro riempiva lo spazio come una creatura viva, sembrava pulsare. I vortici blu e le volute di vento si muovevano per ingoiare le figure distese. Ebbe la certezza che Alma e Gucki fossero state risucchiate dalla tela.

A parte lui, in casa non c'era nessuno.

L'autista di Alma parcheggiò l'automobile davanti al cortile mezz'ora più tardi.

Oskar gli corse incontro senza neanche essersi messo le scarpe, i piedi nudi affondarono nel fango davanti alla veranda. «Dov'è Alma?».

«La signora ha chiesto di essere portata alla stazione per rientrare a Vienna». Il giovane lo aiutò a raggiungere il divanetto sotto alle colonne. «Stamattina ha preso con sé la bambina e la governante. Sono partite tutte e tre. Mi ha dato una lettera da consegnarle. Pensavo lo sapesse».

Oskar afferrò la busta senza osare aprirla. Aveva il profumo di Alma. Se la portò al viso e la annusò. Gli tremavano le mani. «Non lo sapevo», gemette. «Stavano bene?».

L'autista era visibilmente in imbarazzo.

«Stanno bene?», ripeté Oskar in un ringhio.

«A dire il vero la signora aveva una faccia spaventosa, signor Kokoschka», balbettò. «Era scura in viso come se dovesse andare a un funerale, non ha detto una parola per tutto il viaggio! Mi ha quasi fatto paura...».

Oskar voltò la busta. Era immacolata, se non per la parola «OSKAR» scritta nell'inequivocabile grafia di Alma. Strappò il bordo. Gli tremavano le dita, gli servì del tempo per riuscire a estrarre i fogli dalla busta. Il giovane cercò di aiutarlo, ma lui lo scacciò con rabbia. Dentro trovò un documento ufficiale, con dei timbri apposti sull'intestazione, e un foglio della carta da lettere di Alma riempito solo per metà. Lesse quelle poche righe tre volte, incapace di trattenerne il senso.

Questo bambino è un legame con te che io non voglio, c'era scritto. *Vado in clinica.*

Gli aveva lasciato il consenso da firmare e da riconsegnare all'autista, insieme alla minaccia che non avrebbe più rivisto lei né Gucki se non l'avesse fatto. Oskar sentì qualcosa che si spezzava, nella sua mente, poi l'orrenda mano del panico che gli risaliva dallo stomaco per tornare a stringergli il collo. Si alzò in piedi e cercò di raggiungere il cortile, ma il mondo gli ondeggiò davanti agli occhi.

«Signor Kokoschka, si sente bene?».

Scacciò ancora le mani del giovane, indietreggiò fino ad appoggiare la schiena alla parete e si lasciò scivolare a terra. Gli salì dalla gola un gorgoglio orrendo che non riuscì a diventare un grido.

L'odore della pioggia saliva dalla terra e dal prato umido, portando con sé quello raffermo della muffa, dell'acqua stagnante della lavanderia di sua madre, delle foglie di tè marcite in una tazza.

«Signor Kokoschka!».

«Fa' silenzio», singhiozzò Oskar, la faccia affondata nella lettera. «Dammi da scrivere».

Lilith era il demone dei venti e incarnava la tempesta. Chiedeva sacrifici in cambio dei doni che portava, sedeva sul petto degli uomini fino a soffocarli, rapiva i bambini dalle braccia dei loro genitori. Era venuta a chiedere suo figlio in cambio del capolavoro nel solaio, come prezzo per il loro stesso legame.

Oskar afferrò la stilografica che gli veniva offerta e firmò il consenso appena riuscì a vedere oltre le lacrime. «Ho fatto quello che mi ha chiesto». Spinse il foglio nelle mani dell'autista. «Hai visto anche tu, ho firmato come voleva lei. Portaglielo, a quella strega, ma dille di tornare. Mi hai capito? Dille di tornare da me!».

Il giovane indietreggiò fino all'automobile e si rifugiò all'interno. Mise in moto e in breve Oskar rimase di nuovo solo. Si abbracciò le ginocchia, spingendo la schiena contro il muro in cerca di rifugio. Ovunque posava il piede, Lilith portava disgrazia, malattia e rovina. Pregò che rispondesse alle sue preghiere, che arrivasse per sederglisi accanto, adesso che aveva fatto come voleva. Ma lei non venne.

Alma tornò a Villa Mahler due settimane dopo, da sola, senza Gucki.

Non gli rivolse la parola e continuò a non parlargli per giorni, anche se mangiavano alla stessa tavola e condividevano le stesse stanze. Al momento di andare a dormire, lei sceglieva la camera che era stata di Gucki e si faceva vedere solo al mattino successivo. Oskar non osava toccarla. Gli era perfino cresciuta sotto la pelle la paura inconfessabile di incrociare il suo sguardo. Alma, la strega che annichiliva, avrebbe potuto incenerirlo.

«Ma è tornata, va bene così», si ripeteva. «Basta che rimanga con me. Purché non se ne vada».

A volte cercava di parlarle, avrebbe voluto chiederle come era stato sacrificare il loro bambino alle potenze del vento e della tempesta. Voleva sapere se aveva sofferto, se adesso era davvero libera come aveva sperato. E se lo amava ancora.

Non ci riusciva. Le parole gli rimanevano bloccate in gola come pezzi di vetro. Trascorsero i mesi in un silenzio cimiteriale. Fuori dalla finestra il cielo era sempre più basso e di notte Oskar credeva di sentirlo tremare. Si alzava e andava alla finestra per assicurarsi che rimanesse lassù.

Semmering, 1914

Da mesi, Oskar era sprofondato in se stesso e aveva l'impressione di vivere in un buco in cui non c'era spazio per respirare né per muoversi. Era scomodo nella sua stessa pelle. Tutto quello che riusciva a fare era dipingere.

La presenza stessa di Lilith in casa, che camminava con i piedi di Alma e guardava attraverso i suoi occhi, lo costringeva a mischiare i colori e a spargerli sulla tela giorno dopo giorno.

Aveva raccontato il dolore di una storia d'amore straziante in una serie di litografie, poi aveva cercato di trasferire su tela un sogno ricorrente che lo tormentava dai primi mesi dell'inverno.

Nel sogno cavalcava sotto la luna, in un groviglio di alberi che somigliava alla foresta incantata dei portatori di sogni. Il panico gli faceva stringere le dita sulle briglie dell'animale lanciato al galoppo e il cielo livido gli pesava sulla testa come un sudario di morte. Disarcionato e senza armi per difendersi, finiva per morire riverso a terra.

Aveva cominciato a dipingere se stesso così, sdraiato sulla schiena in un'armatura azzurra. Era solo, abbandonato, senza appigli.

In fondo allo studio aveva riposto *La sposa del vento* e, per non essere costretto a guardarla tutto il giorno, l'aveva avvolta in un lenzuolo pulito. Il quadro aveva risucchiato tutto l'amore suo e di Alma, fino all'ultima goccia, lasciandoli vuoti. Emanava la disperazione di un amuleto maligno.

Più lui sprofondava nella depressione, più Alma sembrava rifiorire.

Lilith si era staccata da lei solo per un momento, la notte prima della sua fuga alla clinica, per avvertirlo. Poi era tornata ad avvinghiarsi alla carne della donna, l'aveva posseduta fin nei vasi sanguigni e l'aveva riempita. Alma era diventata un idolo lunare che Oskar poteva solo adorare da lontano.

Viveva a Villa Mahler, eppure ci rimaneva pochissimo. Frequentava ricevimenti ogni sera. Si era messa in testa di partecipare ai salotti in cui si discuteva la politica estera che negli ultimi mesi riempiva le bocche dei nobili dell'impero e dei borghesi, sempre più interessati ai conflitti e ai confini. Quando non c'era un ricevimento a cui andare, ne organizzava uno lei sulla Hohe Warte e non gli chiedeva più di partecipare.

Si era fatta cucire un abito di lamine d'oro che sembrava uscito da un quadro del Maestro Klimt. Quando lo indossava, spargeva luce e bagliori sontuosi. Lasciava scoperte le braccia e si raccoglieva i capelli da sirena sulla nuca per mettere in mostra la linea perfetta del collo. Si aggirava per Vienna come una divinità.

E in quel modo lo puniva per qualcosa che Oskar non era in grado di tradurre in parole. Cosa le aveva fatto per farsi odiare così? Le aveva dato tutto se stesso, quadro dopo quadro e pennellata dopo pennellata.

Ma qualcosa deve esserci, si tormentava. *Perché è come se per Alma avessi smesso di esistere.* La mancanza della bambina era un'altra ferita mostruosa che Oskar non sapeva curare.

Una notte si trovò a smontare ancora una volta la lente convessa dall'orologio di suo padre. Accese una candela e prese sulle ginocchia la lanterna magica che aveva costruito per Gucki, con la speranza sciocca di evocare, insieme alle immagini, la dolcezza dei giorni ormai lontani.

La dama del Danubio apparve sul muro in un tripudio di colori. Oskar fece scivolare i disegni nella fessura uno dopo l'altro, ricostruendo la storia della ninfa e del pescatore.

«La fanciulla sentì il cuore spezzarsi, perché il marito aveva rotto la promessa», mormorò Oskar. «Si trasformò in un vortice d'aria e fuggì dalla finestra. Il povero pescatore pianse cento sere. Urlò il suo nome sulla riva del fiume. Ma lei non tornò».

Arrivò l'estate e il cielo collassò. Smise di resistere e precipitò, con un fragore che scosse l'Europa intera.

Cominciò a circolare la notizia che, sul finire di giugno, un patriota serbo aveva assassinato l'arciduca Franz Ferdinand, nipote dell'imperatore, mentre era in visita a Sarajevo.

L'Impero austriaco non era rimasto con le mani in mano e dopo neanche quattro settimane aveva dichiarato aperte le ostilità al Regno di Serbia, affiancato dall'Impero tedesco che aveva rivolto le armi alla Russia, colpevole di avere già schierato l'esercito al confine balcanico.

Nei primi giorni di agosto, Francia e Inghilterra entrarono nel conflitto contro la Germania e l'Austria-Ungheria. Anche il lontanissimo Giappone dichiarò guerra alla Germania dall'Oriente. Fu solo l'inizio. Il mondo intero si schierò a poco a poco su due fronti contrapposti.

Oskar seguì a malapena il susseguirsi degli eventi: qualunque cosa stesse succedendo, niente riusciva a toccarlo più della relazione con Alma, ormai agli sgoccioli.

Il mondo bruciava già, il mattino in cui lei si fece trovare nella stanza del camino, davanti alle fiamme dipinte. Era passato poco più di un anno da quando l'aveva realizzato, ma a Oskar quell'immenso affresco sembrava uscito da una vita precedente.

«Siediti», disse Alma. «Devo dirti una cosa importante».

Oskar rimase in piedi, perché Alma era bellissima e gelida come non era mai stata. Era un idolo intagliato nel marmo, era Lilith che lo condannava con la piega dura delle labbra.

Alma aspettò qualche istante, poi sembrò rassegnarsi al fatto che lui non si sarebbe mosso. «Oskar, ti ho amato troppo e per questo ho cercato di rimanerti vicino in questi mesi, anche se non vedevo via di uscita. Abbiamo creduto di poterci salvare, ma non ci siamo riusciti».

«Non dirlo».

«Non abbiamo più niente da darci. È finita».

Oskar si graffiò le cosce sopra i pantaloni. Avanzò, cadde sulle ginocchia e protese le braccia fino a stringerle i fianchi. «Non dirlo. Non puoi, io ho fatto quello che volevi. Io ti chiedo scusa se ho rotto il patto. Io...».

«Tu puoi lasciare Villa Mahler con calma, il tempo di prendere le tue cose e tornare a Vienna. Io me ne andrò oggi stesso, torno sulla Hohe Warte».

«No, Alma. No...».

«Non voglio vederti mai più».

«No!», gridò. Le afferrò la gonna quando lei si alzò in piedi. Le strappò le balze del vestito, ma Alma rimase impassibile. Si limitò a spostarsi e a lasciare che lui cadesse a terra sui suoi gomiti.

Era già in corridoio, quando lui riuscì ad alzarsi. Le corse dietro, incespicando nel tappeto. «E io cosa dovrei fare senza di te?».

Alma guadagnò la porta. Oltre la staccionata del cortile, l'automobile la aspettava con il motore acceso. Prima di uscire, lei si voltò a guardarlo da sopra la spalla. La splendida bocca aveva una piega sprezzante. «C'è la guerra, Oskar. Puoi sempre arruolarti».

5
La morte

Vienna, 1914

Oskar si lasciò cadere su una sedia e si prese la testa tra le mani.

Il rientro dal Semmering aveva avuto i contorni di un incubo; non ce l'avrebbe fatta, senza l'aiuto di Loos. Dopo giorni di solitudine spietata, l'architetto era venuto a prenderlo in mezzo ai boschi e a medicare le ferite che si era inflitto alle braccia.

Oskar non ricordava come se le fosse procurate, ma aveva ancora nel naso l'odore ferroso del sangue mischiato a quello dei colori a olio. Sugli avambracci i tagli sembravano i segni lasciati da un animale mostruoso, le linee rosse affondavano nella pelle troppo bianca.

«Oskar?».

Loos gli appoggiò una mano sulla spalla.

Riaprì gli occhi e incontrò la faccia preoccupata dell'amico. «Sto bene».

«Si vede», commentò l'architetto con una smorfia. «Tua madre ti sta preparando del tè. Bevilo e non fare storie».

Lo stomaco vuoto da troppo tempo si contrasse e minacciò un rigurgito. Davanti alla stufa del suo vecchio studio in Breitenfelder Gasse, sua madre armeggiava con il bollitore che aveva portato da casa, la schiena sottile e le spalle curve come piegate da un peso immenso. Non voleva pesare su di lei. Non voleva neanche fare preoccupare Loos più di quanto lo fosse già. «Certo. Lo bevo tutto».

Avevano aperto la finestra e l'atelier dalle pareti nere era rischiarato da una pallida luce. Il letto non aveva lenzuola, sul muro non c'erano più nessun telo né le pagine strappate dal taccuino, le mensole erano vuote. Lo studio era spoglio e innocuo.

Neanche Lilith c'era più.

Adesso, tutte le sue cose erano stipate in valigie e ammassate contro le pareti, insieme alle tele che Loos aveva fatto imballare.

La sposa del vento era la più grande. Oskar era felice che fosse avvolta nella carta marrone, perché il solo pensiero di guardare il quadro lo faceva tremare.

«È maledetto», disse. «Si è bevuto tutto il nostro amore e adesso è gonfio come una sanguisuga sazia».

«Come dici?».

Oskar scosse la testa. «Niente, pensavo ad alta voce».

Sua madre tornò con una tazza sbeccata. Era colma fino all'orlo. «Attento che scotta».

La tazza gli bruciò i polpastrelli gelati e lui la avvolse con tutte e due le mani, stringendo i denti. Più tardi avrebbe trovato delle vesciche sulla pelle, forse. Pensarlo gli fece provare un piacere cattivo.

Sulla superficie galleggiava qualche foglia sfuggita al filtro. Piccoli cadaveri vegetali, gonfi e marci anche quelli.

Davanti alla *Sposa del vento*, ben sigillata per il trasporto, c'era un'altra tela. Un angolo della carta marrone si era strappato durante il viaggio e rivelava uno spigolo del quadro. Oskar appoggiò la tazza e ci affondò le mani, slabbrando la ferita. La carta si aprì in uno squarcio e sotto i suoi occhi comparvero prima la punta di uno stivale, poi tutta la gamba di un guerriero disarcionato in armatura azzurra. *Il cavaliere errante* guardava verso un cielo soffocato di nubi e aspettava la morte.

Si leccò le labbra. Prese un altro sorso di tè. «Voglio andare a combattere. Tutti si arruolano, perfino mio fratello. Non è giusto che io me ne stia rintanato qui come un vigliacco. Non potrei sopportare la vergogna».

Solo Loos capì cosa voleva dire davvero.

«Tu vuoi andare a morire. Io non te lo permetterò».

Poi, però, acconsentì ad aiutarlo.

Per andare in battaglia servivano soldi. Oskar e Loos trascinarono *La sposa del vento* per le strade fino a una bottega appena fuori dalla Ringstraße. Avevano appuntamento con Otto Winter, un farmacista di Amburgo che era venuto apposta per acquistare l'opera.

Con le quattromila corone che ne ricavò, Oskar pagò un sarto per l'uniforme e andò a cercare un cavallo. Trovò una bestia anziana, ma ancora in forze. Aveva il manto di un biancore latteo che ricordava la luce lunare e un naso rosa, liscio e caldo, che quasi lo fece piangere di commozione quando la cavalla glielo spinse contro la guancia. La chiamò Minden Lo. Sarebbe stata l'unica compagna che avrebbe avuto con sé, nel suo ultimo viaggio.

Wiener Neustadt, 1915

Arrivò alla stazione ancora furibondo con Loos.

L'Hotel Zentral si trovava sulla piazza principale della cittadina e lui lo raggiunse in sella a Minden Lo. Wiener Neustadt era una città della Bassa Austria a sud di Vienna, nei pressi del fiume Leita. L'odore dell'acqua arrivava alle narici di Minden Lo, che le allargava a ogni passo. Doveva essere assetata.

«Siamo quasi arrivati». Oskar la rassicurò con una pacca leggera sul collo, ma era irritato quanto lei.

Loos aveva agito alle sue spalle. Aveva scritto a Walden, a Berlino, e insieme avevano mosso mari e monti, tra i loro contatti più importanti. Il risultato del loro sforzo combinato aveva destinato Oskar al XV Reggimento Imperiale dei Dragoni. Invece che nei ranghi ordinari, era stato inserito nella famosa divisione di Cavalleria che raccoglieva i figli delle classi sociali più alte, uno dei più celebri reggimenti dell'armata austro-ungarica. Il suo santo architetto protettore aveva compiuto un vero e proprio miracolo e aveva mantenuto la sua promessa: «Non te lo lascerò fare. Non ti permetterò di andare a morte».

Oskar sapeva bene che in guerra era la gente comune ad avere più possibilità di lasciarci la pelle. I nobili e i ricchi erano preservati il più possibile non solo dal pericolo, ma anche dall'opportunità di vederlo da lontano.

«Qui non troveremo la morte, Minden Lo», disse. «A meno che non si tratti della morte per noia».

La cavalla agitò un orecchio sotto l'attacco di una mosca e Oskar smontò di sella. L'Hotel Zentral sarebbe stato la sua casa per tutto il periodo dell'addestramento. Tanto valeva presentarsi subito. Dietro di lui, la piazza era deserta e spazzata dal vento, uno spazio enorme che restituiva tutto il vuoto che aveva nel petto.

Gli venne assegnata una stanza con vista sul piazzale. Oltre al suo, la camera conteneva altri due letti, degli effetti per la toeletta e un armadio a muro.

Ogni cosa dava l'idea di essere perfetta. Il cuscino era sottile, ma profumava di sapone e acqua sorgiva. Non c'era nessun retrogusto di muffa, niente che ricordasse i canali di scolo o le foglie marcite che facevano pensare a cadaveri gonfi.

Nessuno spazio per i mostri. Nessun posto per Lilith.

L'uniforme dei Dragoni consisteva in una giacca leggera, di colore blu chiaro e ornata di rivestimenti bianchi, in pantaloni rosso brillante da infilare dentro a stivali attillati. La indossò in fretta, con l'impressione di essere soltanto il piolo di un attaccapanni su cui gli abiti erano appoggiati in attesa di essere portati da qualcuno diverso da lui.

Per completare la farsa si calò sulla testa uno scintillante elmetto d'ottone che gli compresse le orecchie contro la scatola cranica.

Al castello di Wiener Neustadt, Oskar venne introdotto in un salone gremito di giovani soldati.

Di fianco a lui, un cadetto strozzò una risata nel naso. Aveva labbra carnose e rosse come quelle di una donna, il mento appuntito e capelli biondi che gli spuntavano da sotto l'elmetto. «Tu sei Kokoschka, l'artista pazzo, è così?». Si portò una mano davanti al naso e la agitò. «Per i santi, si sente la puzza della pittura fin da qui! Io sono Franz Koller, tieni bene a mente il mio nome. Von Rothschild, vieni un po' a vedere, è arrivato il nostro compagno di stanza».

Il giovane uomo che si voltò verso di loro era uguale a tutti gli altri: portamento elegante e petto gonfio sotto la giacca celeste. L'unica cosa che lo distingueva era il nome di una delle più importanti famiglie nobiliari dell'impero. Oskar vide l'aristocrazia emergere nella piega sprezzante del sorriso. Von Rothschild sollevò il mento per guardarlo dall'alto. «Certo che di questi tempi fanno entrare proprio tutti. Brutta bestia, la guerra, se anche gli imbrattatele possono vestire l'uniforme dei Dragoni».

«È peggio quando a vestirla sono dei vermi come te».

Von Rothschild irrigidì la mascella. «Sei fortunato di trovarti davanti a un gentiluomo, altrimenti a quest'ora ti terresti il naso e strilleresti come una ragazza».

Oskar, che un gentiluomo non lo era mai stato, lasciò partire un pugno alla mascella del cadetto, proprio dove il cinturino dell'elmo scintillante lasciava spazio alla pelle sbarbata.

Von Rothschild finì con il sedere per terra, in mezzo alla folla di soldati che si aprivano in cerchio. Probabilmente dimenticò di essere nato ricco e nobile, perché appena fu di nuovo in piedi gli si scagliò addosso come un facchino di strada.

Quando riuscirono a fermarli, sanguinavano entrambi.

Il generale von Bosch li trascinò lontano dal salone e li inchiodò al muro. «Una notte in cella schiarirà le idee di entrambi», ringhiò.

Quella notte, seduto sulla branda di legno nelle celle del castello, Oskar si trovò a pensare alle lenzuola pulite dell'Hotel Zentral e alla stanza ordinata in cui quell'imbecille di Koller stava dormendo da solo.

Studiò la sagoma di von Rothschild, seduto nel buio davanti a lui. L'idiota rabbrividiva per il freddo, stringendosi le braccia attorno al corpo. Nobile o no, era finito a condividere la gattabuia con lui.

Si sentì meglio, nell'ombra buia della prigione. Ottenne dalla guardia l'occorrente per scrivere una lettera. Si ficcò i polpastrelli nella carne martoriata dalle botte e premette le dita sui lividi. Le fitte di dolore lo aiutarono a trovare coraggio.

3 gennaio, scrisse. *Primo giorno d'esilio.* E poi: *Alma, ti prego, rispondimi.*

Nei giorni seguenti, Oskar si limitò a fare il minimo sindacale per sopravvivere.

Dopo la permanenza notturna in galera, von Rothschild non gli aveva più rivolto la parola, cosa di cui Oskar era grato alla provvidenza, ma l'episodio gli aveva tirato addosso gli occhi dei superiori e dei compagni di reggimento. Il generale von Bosch non lo perdeva di vista né durante l'addestramento, né nei momenti di riposo, come se si aspettasse di vederlo balzare addosso a uno dei suoi preziosi rampolli senza preavviso.

Se passava nelle sale dell'Accademia o saliva i gradini dell'Hotel Zentral per andare a dormire, gli altri si scansavano al suo passo. Quando li superava, sentiva risolini nervosi alle sue spalle e bisbigli in cui coglieva il suono del proprio nome.

Era come se di colpo fosse tornato agli anni in cui era un giovane allievo della scuola d'arte. Adesso Oskar Kokoschka era pulito e tirato a lucido, ma era ancora un diavolo che faceva paura. Disse a se stesso che non gli dispiaceva affatto.

Imparò a sparare con il revolver e con il fucile, apprese come si tenevano le armi, come smontarle, pulirle e rimetterle insieme. Gli insegnarono a usare la baionetta e a marciare all'interno dei ranghi. Perlopiù, l'addestramento consisteva in quello. E in parate senza fine a piedi o a cavallo nel cortile dell'Accademia.

I momenti migliori erano quelli in cui lavorava con Minden Lo.

«Non basta che tu sappia starle abbarbicato sopra come un contadino», sbraitava il generale. «Devi montare come un soldato». Minden Lo era intelligente e di indole docile. Lo assecondava, sembrava intuire quello che doveva fare prima ancora che lui glielo imponesse e non dava mai segni di fastidio. Non quanto lui, almeno, che era sempre nervoso.

Anche se le bestie erano tenute con ogni riguardo nelle scuderie della scuola e non avevano bisogno delle cure dei cadetti, Oskar passava ogni momento libero con Minden Lo. La strigliava di persona, cercava per lei la biada più profumata e rimaneva ore nella stalla soltanto per accarezzarla tra le orecchie. La cavalla lo premiava con sguardi dolcissimi, in cui Oskar ritrovava la pace delle notti stellate di Berlino o di Vienna, quelle che sembravano appartenere a un passato lontanissimo. Minden Lo gli dava colpetti con il muso che lo facevano sentire amato.

La prima lettera di Alma lo lasciò stordito.

Era arrivata con la posta per i cadetti, poco prima di pranzo, insieme a una lettera di Loos e a un pacco di biscotti preparati da sua madre.

Oskar andò a sedersi sui gradini del cortile, nonostante avesse ripreso a nevicare. Guardò il proprio alito condensarsi davanti a lui e si sfregò le braccia. Da dentro arrivavano il vociare allegro dei cadetti e il profumo della carne arrostita.

Lo stomaco di Oskar si contrasse in un crampo. Aveva sempre fame, perché rifiutava di sedersi a tavola con gli altri. Si riempì la bocca con tre biscotti e poi richiuse il pacchetto, ne avrebbe avuto bisogno nei giorni seguenti.

Annusò la lettera di Alma. Emanava il suo profumo, una pennellata di colore rosso che si allargava in una spirale e spezzava il biancore innevato del cortile. Strappò il bordo della missiva con le dita che gli tremavano. Il freddo gli aveva irrigidito i polpastrelli e quasi la fece cadere.

Oskar.

La lettera iniziava così, con il suo nome.

Alma metteva ancora una volta in chiaro che la loro storia era finita, che era stata splendida e terribile e che lei non sarebbe sopravvissuta un giorno di più accanto a lui. Eppure, voleva sapere come se la passava. Si interessava a quello che faceva e chiedeva di cosa succedesse alla Scuola di Cavalleria e durante l'addestramento.

Per Oskar, quella piccola brace era sufficiente.

Si scrollò di dosso la disperazione in cui era caduto solo per avere qualcosa da raccontarle.

All'inizio di marzo, le esercitazioni vennero trasferite a Bruck, poco lontano da Wiener Neustadt. Le marce si spostarono nella campagna innevata, orlata da alte montagne. I cavalli affondavano nella fanghiglia fino al nodello. Venivano spronati a galoppare nelle foreste, dove era necessario serpeggiare tra gli alberi, mentre la neve cadeva dai rami fin dentro ai colletti delle uniformi.

Si poteva fumare, di ritorno alle stalle, mentre si beveva un caffè bollente. Da tutti i cadetti si dispiegava il fumo delle sigarette, sembrava che fossero loro a riempire di nebbia il cielo.

Poi si riprendeva fino a sera. Il ritorno, su un campo sporcato di rosso dal tramonto, era un trotto forzato che sembrava non avere fine. Il peggio era quando gli addestramenti prevedevano di trascorre la notte fuori, centoventi uomini stipati in una capanna. Von Rothschild aveva paura dei pidocchi. E c'era da aspettarseli da un momento all'altro, visto com'erano ammassati.

«Sicuramente ce li attaccherà Kokoschka», diceva Koller. Nel buio, si sollevava solo qualche risata esausta.

Alma, non diventerò mai un soldato modello. Il motivo è molto semplice, non sono abbastanza idiota e ho ancora qualcosa oltre la bocca e il sedere. Continuo a sentirmi fuori posto, ma posso sopportare il vento e la neve se tu continui a scrivermi. Galoppare con Minden Lo è l'unica cosa che mi fa sentire ancora vivo e il generale von Bosch se n'è accorto. Ieri mattina ha parlato con i capitani, hanno deciso di promuovermi. Sono diventato caporale.

Tra meno di una settimana partiamo per Holíč. Ti ho copiato l'indirizzo sul retro della lettera. Ti prego, continua a scrivermi.

Holíč, 1915

Viaggiando verso oriente, Oskar cominciò a sentirsi più leggero. Non era una sensazione che somigliava al sollievo. Gli ricordava di più le larve delle falene, che prima di prendere il volo nell'età adulta erano costrette a lasciare la vecchia pelle. Sembravano corpi morti, a vederli, invece quei resti erano solo vecchi abiti dismessi.

I panorami della Slovacchia erano più selvaggi di quelli a cui era abituato, pregni di un verde più intenso e più freddo. Sotto un cielo pallido, i Piccoli Carpazi si stagliavano pieni di boschi e di scarpate, accompagnandoli nella marcia verso nord. L'aria era più umida.

Nel lasciare vagare lo sguardo alle falde dei monti, gli sembrò di vedere qualcosa. Un punto colorato di rosso che si spostava, molto lontano, e dava l'impressione di camminare insieme al reggimento.

«Koller, guarda. Che cos'è?».

Il soldato, impeccabile nell'uniforme dei Dragoni, stava accostando le belle labbra all'apertura della ghirba. Voltò la testa a seguire l'indicazione del suo dito fino alle radici montuose e si asciugò l'acqua dal mento.

«Dove?».

«Laggiù. C'è qualcosa che si muove. Una persona, forse».

«Può essere», annuì Koller. Ma non la vedeva. «A piedi o a cavallo?».

«A piedi».

Davanti a loro, von Rothschild rise. «Hai paura dei cosacchi, Kokoschka? È ancora presto. Sarà una contadina. Cerca di non fartela addosso».

Oskar decise che non valeva la pena di rispondergli. Strinse le redini di Minden Lo, per spingerla ad aumentare il ritmo, e tornò a scrutare le montagne. Adesso nemmeno lui vedeva più nulla, laggiù. Koller si strinse nelle spalle. «Sarà ancora presto, per i cosacchi, ma si respira già una pessima aria qui fuori».

Arrivarono a Holíč nei primi giorni di aprile.

Era primavera, ma sembrava novembre.

Il reggimento si stanziò nella cittadina e montò un punto di presidio sul confine da cui tenere d'occhio la landa a est.

Il giorno successivo arrivò la posta. Oskar si avventò sui pacchetti come una belva affamata e andò ad aprirli nelle stalle, da solo. Si rannicchiò nella paglia accanto a Minden Lo.

La prima busta era di sua madre. Nel secondo pacchetto, Loos aveva messo delle sigarette. Confidò che il foraggio e l'aria che penetrava nella stalla fossero troppo umidi per permettere al fuoco di attecchire per incidente, e ne accese subito una. Diede tre tiri nervosi in rapida successione, prima di guardare l'ultima lettera.

Era di Alma.

La girò da una parte e dall'altra, cercò di nuovo il profumo di lei sulla carta. Gli sembrò di sentirlo, sotto la valanga di altri odori alieni di cui la busta si era imbevuta durante il viaggio. La sua mente esplose in un caleidoscopio di colori che dipinsero per lui immagini vivissime. Alma che sorrideva al pianoforte. Il fiocco bianco nei capelli di Gucki. Le luci della ruota panoramica del Prater durante le vacanze di Natale.

La aprì.

Caro Oskar, non posso fare a meno di preoccuparmi per te, nonostante tutto.

Tu ti sposti verso oriente, io presto me ne andrò a Berlino.

Partirò insieme a Walter Gropius. Voglio sposarlo e capire se può guarirmi da quello che mi hai fatto.

Lo sai che c'è ancora qualcosa di pesante che mi preme addosso? Prima di dormire mi sembra di sentire il rumore di artigli che graffiano la sponda del letto. Mi hai messo dentro qualcosa di cui non riesco a liberarmi e che non meritavo.

Voglio essere libera, Oskar. Qualunque maleficio tu mi abbia fatto, lo spezzo con questa lettera.

Eppure, si preoccupava per lui. Voleva sapere se aveva freddo, se aveva abbastanza da mangiare, se poteva contare su degli amici. Allegava i saluti della piccola Gucki.

Quando Oskar ebbe finito di leggere, la sigaretta era diventata un cilindro di cenere, in bilico tra le sue dita. Anche la brace che si era accesa in lui a Wiener Neustadt si era spenta senza lasciargli dentro nient'altro che buio.

Sulla pianura soffiava un vento gelato che penetrava fin dentro le ossa. Il sole era appena morto, ma sporcava ancora il cielo con gli ultimi stralci di una luce funerea.

Oskar si agitò, a disagio, quando tornò a fissare la radura. La minuscola sagoma rossa che aveva visto spostarsi a fianco del reggimento era apparsa di nuovo alle falde delle colline. Sembrava che da quel punto lontano si stesse avvicinando a Holíč, passo dopo passo.

«Si può sapere che cos'hai?», von Rothschild si voltò a guardarlo, girando appena la testa nel colletto inamidato dell'uniforme. «Sembra che tu abbia il fuoco nelle scarpe».

Erano piantati da ore davanti al presidio sul confine orientale. Dietro di loro, Holíč stava sprofondando nella sera e a loro due soltanto era affidata la sicurezza di quel punto sulla pianura.

Almeno, fino al cambio del turno di guardia.

«Laggiù c'è qualcuno», disse Oskar. Indicò in direzione delle montagne.

Von Rothschild cercò con lo sguardo nel buio sempre più fitto. «Non vedo niente, pittore pazzo».

«Guarda meglio. Sembra che si stia avvicinando da ore, ma è sempre nello stesso punto».

L'aristocratico fissò la linea della pianura che incontrava la parete rocciosa, senza cambiare espressione. Oskar attese un riscontro, tornò a guardare la macchia rossa. Si confondeva nelle ombre, ormai.

Von Rothschild si frugò nella tasca dei pantaloni. «Devi avere gli occhi stanchi», sospirò ed estrasse un portasigari in pelle. «Oppure sei pazzo, come dicono tutti. In ogni caso, resisti ancora per un po', il turno è quasi finito».

«Come diavolo fai a non vederlo?».

Von Rothschild si accese un sigaro. Ne prese una boccata profumata e tenne gli occhi fissi sull'orizzonte.

Adesso anche Oskar non vedeva più la sagoma in rosso, le ombre della sera l'avevano ingoiata del tutto. Nervoso, cercò una sigaretta a sua volta. La brace rossastra si accese nel buio vicino a quella di von Rothschild.

In quel momento, Koller li raggiunse, accompagnato da von Eskeles, il nobilotto con la faccia da pesce. Era arrivato il cambio.

«Siamo venuti a salvarvi dall'umidità e dalla noia, amici», li salutò Koller. «Potete tornare in città».

«Giusto in tempo», commentò von Rothschild. «Questo fulminato qui con me non avrebbe sopportato un minuto di più, sembra attraversato dalla corrente elettrica. Vero, Kokoschka?».

«Detesto starmene con le mani in mano. Qui non succede niente».

«Per domattina è prevista una parata in città», fece notare quello con la faccia da pesce.

«Un'altra?», von Rothschild sospirò e spense il sigaro con deliberata lentezza.

Oskar sentì l'angoscia tornare in un'ondata di nausea. «Noi stiamo qui a sfilare in un buco dimenticato da Dio e al fronte c'è chi combatte!».

«Al fronte c'è chi muore», lo corresse Koller. «Meglio la noia di una pallottola nel petto. Siamo fortunati».

Von Rothschild ripose il sigaro appena consumato. «Come parlare al vento, amico mio. Questo pazzo non si rende conto della fortuna che ha».

«Protesterò con il generale», ringhiò lui. Il disagio che la sagoma rossa gli aveva messo addosso si era trasformato in collera. «Voglio andare al fronte».

Von Rothschild rise. «Sicuro, ti ci vedo a fare una bella chiacchierata amichevole con von Bosch. Non gli passa neanche per la testa di sprecare il XV Reggimento per dare addosso a qualche cosacco, stai pure tranquillo».

«Andrò da solo. Voi continuate a giocare, io chiederò di essere trasferito nell'armata comune questa sera stessa».

Von Rothschild lo sfidò con un sogghigno. «Potrebbe essere la volta buona che ci liberiamo di te. Anche se vuol dire che ti farai ammazzare».

«Non mi importa di vivere».

La sua voce cadde nella sera con la pesantezza di una pietra. Koller accese la lanterna che avrebbe assicurato un po' di luce durante il turno serale e, al bagliore della fiamma, Oskar si accorse che i tre compagni lo studiavano in silenzio.

«Non ce l'hai il coraggio di parlare al generale», disse von Faccia da Pesce. «È insubordinazione. Ti sbatterà in gattabuia di nuovo».

Oskar caricò il fucile sulla spalla e cominciò a muoversi verso il centro di Holíč.

«O magari ce l'hai», gli urlò dietro von Rothschild. «Vogliamo scommettere, Kokoschka? Se avrai il fegato di chiedere il tuo trasferimento, ti regalerò tutti i miei sigari. Almeno avrai qualcosa di buono da fumare, in mezzo alle paludi dell'Est!».

Quella sera, l'occasione di parlare a von Bosch si presentò almeno tre volte, durante la cena e dopo. Oskar era sul punto di farlo, ma all'ultimo momento la paura superava il desiderio della morte. E lui si tirava indietro.

Von Rothschild non gli tolse gli occhi di dosso fino all'ora di ritirarsi per dormire. Non gli disse una parola, ma continuò a rivolgergli lo stesso sorriso di scherno.

Nonostante Holíč non fosse che una cittadina minuscola, a Oskar sembrava di essere in sella da giorni. La parata percorreva le strade tenendo i cavalli al passo, Minden Lo piegava la testa ogni volta che le redini lo concedevano, annoiata quanto lui.

Il peggio cominciò quando von Bosch diede l'ordine di allineamento e i Dragoni iniziarono le manovre di disposizione lungo il perimetro della piazza, due alla volta.

Il sole diffondeva sulla città una luce febbricitante, che bastava a far luccicare le baionette e a confondere la vista. L'elmo era diventato un supplizio, in quelle ore, e le formalità della parata impedivano a Oskar di spostarlo per dare sollievo alle tempie.

Quando venne il suo turno, affiancò von Rothschild e proseguì al passo insieme a lui.

Il cadetto gli lanciò uno sguardo beffardo e piegò appena all'insù gli angoli delle labbra, per ricordargli che non aveva il coraggio di abbandonare quella tortura per andare a morire.

Si sistemarono l'uno accanto all'altro.

«Allora Kokoschka?», sussurrò von Rothschild. «Hai paura?».

Oskar strinse i denti.

Cercò di rimanere immobile, ma alla fine cedette e si asciugò con la spalla una goccia di sudore che gli colava lungo la guancia.

Se von Bosch avesse colto anche solo quel movimento non autorizzato, l'avrebbe punito. Forse non con la prigione, avrebbe trovato un modo. Ma il generale guidava l'operazione dal centro della piazza e non lo stava guardando. Koller e Faccia da Pesce terminarono la traversata e raggiunsero il loro fianco.

«Ho sentito che ci sono novità», bisbigliò Koller. «Non ho capito cosa, ma il generale discuteva con i luogotenenti mentre preparavamo i cavalli. Novità grosse».

«Hai origliato?». Nel ribattere, von Rothschild non mosse un muscolo della faccia. «Sarà un'altra parata, magari in senso inverso rispetto a quella di oggi. O magari organizzeremo una festa di paese, chissà».

Oskar sentì le gambe tremare nelle staffe.

Von Rothschild girò lo sguardo su di lui. «Hai sentito, Kokoschka? Se morirai, sarà solo per noia».

Von Bosch rimase fermo come una statua di pietra mentre il resto del reggimento sfilava davanti a lui e terminava di disporsi sul piazzale. A ogni coppia di Dragoni che trovava il suo posto, Oskar sentiva cedere i nervi.

Alla fine, con lentezza disumana, von Bosch alzò la baionetta nella luce scarna.

Von Rothschild si accertò che il generale non guardasse nella loro direzione, prima di girare la faccia verso di lui.

«Sei un vigliacco, Kokoschka», scandì.

Sull'altro lato, Oskar sentì un risolino provenire da Koller.

Ebbe l'effetto di una scarica elettrica dentro le ossa. Affondò con rabbia gli speroni nei fianchi di Minden Lo. La cavalla si impennò sul posto e mandò un nitrito allarmato, poi partì alla carica.

Oskar la incitò al galoppo. Tagliò la piazza in diagonale, non ebbe un momento di esitazione nemmeno quando il rumore secco del caricamento dei fucili risuonò fragoroso nello spazio aperto. Sollevò il busto e tirò le redini un attimo prima di travolgere von Bosch, la cavalla si alzò sulle zampe posteriori, inarcandosi verso il cielo.

Oskar si preparò a essere fucilato. Sarebbe stato disarcionato dai colpi dei suoi stessi compagni. Caduto a terra, avrebbe aspettato la morte guardando il cielo. Come nel quadro che aveva dipinto prima che Alma lo abbandonasse.

Invece, von Bosch si limitò ad alzare una mano per dare l'ordine di attesa e lo fissò severo.

«Che cosa hai da dire, caporale Kokoschka?».

Oskar aprì la bocca. Gli tremarono le labbra.

La piazza era sprofondata in un silenzio cimiteriale. Poteva sentire il respiro dei cavalli dalla fila di soldati immobili, il gracchiare degli uccelli sulla radura oltre le case.

«Ne ho abbastanza di giochi da bambini viziati», ringhiò. «Se c'è una guerra, io voglio andare a combattere».

«Finirai in cella, invece», gridò il luogotenente alla destra di von Bosch. «Ci marcirai, te lo garantisco!».

Ordinò ai primi Dragoni alle sue spalle di prenderlo in consegna e trascinarlo al presidio, ma von Bosch lo fermò una seconda volta, sempre con lo stesso gesto della mano e senza sprecare una parola.

«Quel fuoco che hai nella pancia ti ridurrà in cenere, caporale Kokoschka», disse alla fine. «Ma che io sia dannato se non so riconoscere il coraggio, quando mi scalpita davanti alla faccia».

Oskar si leccò le labbra. «Mi manda al fronte, allora?».

«No, caporale», disse von Bosch. «Ci andiamo tutti».

Le novità di von Bosch riguardavano tutto il reggimento e non avevano niente a che vedere con il gesto di Oskar nella piazza di Holíč. Questo non impedì ai Dragoni di considerarlo colpevole quando, dopo cena, ascoltarono l'annuncio dalle labbra del generale.

«I russi hanno preso Przemyśl. Il nostro esercito sta combattendo al fianco di quello tedesco, in questo preciso istante, per impedire alla linea del fronte di indietreggiare ulteriormente. Il Quindicesimo Reggimento si unirà alla battaglia».

Appena ai soldati venne concesso il permesso di lasciare la mensa, von Rothschild si ritirò dalla sala ad ampie falcate. Nel guadagnare la porta, colpì Oskar con una spallata e lo mandò a sbattere contro lo stipite.

Lasciarono Holíč in una giornata di pioggia e marciarono nel pantano. Le giacche azzurre delle uniformi diventarono presto di un blu scuro che ricordava la notte, si gonfiarono d'acqua e si fecero pesanti.

Oskar aveva la sensazione che Minden Lo venisse schiacciata nel terreno a ogni passo, come un chiodo, e che lui stesso fosse il martello. Le giornate che si susseguirono non furono diverse, se non per il fatto che il cielo rovesciò loro in testa ancora più acqua.

«Come immaginate la morte?», li interrogò Koller, una mattina. Il sole era appena sorto e loro erano tornati a marciare nella luce pallida. «Dicono che sia una bella donna».

«Chi lo dice?».

Koller rispose all'acidità di von Rothschild con un'alzata di spalle. «Tutti. Sai, nelle storie che si raccontano quando fa buio, nei vecchi romanzi...».

«Io ho sempre saputo che è uno scheletro con la falce e che agita la lama da una parte e dall'altra, senza badare a cosa taglia», commentò Eskeles. «La morte taglia e basta».

Von Rothschild sogghignò. «Un teschio già ben ripulito dalla carne, con le orbite vuote e i denti in mostra. Niente belle donne, Koller».

Oskar ascoltò senza intervenire, tenendo gli occhi puntati davanti a sé e la testa incassata nelle spalle. Avvicinarsi alla guerra faceva fare strani discorsi. Ognuno cercava di prepararsi come poteva.

«Invece vi dico che è una bella donna e che noi dovremo corteggiarla».

«Koller, sei diventato pazzo come il pittore?».

«Non è questo. È che la morte è donna, von Rothschild. E, come tutte le donne, è volubile: se tu la corteggi, lei troverà il modo di starti lontano».

«Dopo il pittore, abbiamo anche un filosofo. Magnifico».

Nei rari momenti in cui Oskar alzava lo sguardo all'orizzonte, sotto la linea dell'elmo, individuava sempre una piccola sagoma rossa in movimento.

Durante la prima settimana di marcia si era convinto di avere un problema agli occhi e non ne aveva parlato con nessuno, per paura che la voce arrivasse alle orecchie di von Bosch. Si era sfregato le palpebre sotto l'acqua scrosciante, aveva tenuto lo sguardo basso e aveva proseguito a marciare.

Più passava il tempo, però, più si convinceva che il problema non riguardava la vista. La sagoma si era staccata dal punto di fuga del paesaggio e si era avvicinata. Adesso riusciva a vederla in modo più netto, a distinguere i dettagli della figura sottile. Era una donna. Doveva avere camminato senza tregua e a una velocità innaturale per essere riuscita ad avvicinarsi tanto, per avere tenuto il passo di una colonna di uomini a cavallo.

Aveva un abito rosso che le fasciava i fianchi e le spalle strette. I capelli scuri le svolazzavano attorno alla faccia, in preda al vento. Camminava instancabile. Ogni volta che Oskar alzava lo sguardo, lei era più vicina. Cominciò a non alzarlo più, a tenere gli occhi puntati tra le orecchie di Minden Lo.

Przemyśl, 1915

La città di Przemyśl era un cardine prezioso, per la Galizia. Le rotte commerciali dell'Europa centrale la attraversavano, in quella conca di territorio che collegava montagne e pianure, e la rendevano un punto strategico fortificato. Non c'era da stupirsi che le forze russe avessero fatto di tutto per impadronirsene.

Nei primi mesi di guerra, la rocca era stata trasformata in fortezza, nel tentativo di permettere alla città di resistere all'avanzata orientale, ma non era stato sufficiente per reggere l'impatto dei nuovi cannoni dello zar.

Przemyśl era caduta dopo i primi scontri e l'esercito russo, in avanzata da Cracovia e sui passi montani dei Carpazi, si era impadronito del forte e si era riversato nella Galizia orientale.

Il generale von Bosch guidò la colonna di cavalieri attraverso le terre desolate fino a unire il reggimento al Gesamte Heer austriaco e diede disposizioni per integrare i Dragoni nel III Corpo della IV Armata Asburgica.

«Vieni avanti, caporale Kokoschka», lo chiamò. «La tua bravata ti ha messo in luce, vedremo presto se è stato un bene o un male».

Contro il parere dei luogotenenti, Oskar ottenne il comando di una truppa. Tra gli altri, Koller, von Rothschild e von Faccia da Pesce Eskeles furono affidati a lui.

«Che tu sia maledetto, Kokoschka», gli sibilò l'aristocratico.

Koller non trattenne un sorriso nervoso. «Mi sa tanto che da oggi, la morte, la corteggeremo davvero».

Oskar non aveva dubbi a riguardo. Ma avrebbe preferito farlo da solo.

Il Gesamte Heer era un'enorme macchina monolitica. Gli austriaci avevano preso posto nel territorio a est di Przemyśl, mentre il corpo delle forze tedesche si muoveva a ovest. Entrambi gli eserciti erano pesanti ed equipaggiati secondo un uso antiquato. Il nemico era invisibile, nel pantano della radura, ma rispondeva all'attacco.

«Hanno imparato dai giapponesi», sentì dire a un ufficiale austriaco. «I russi si sono camuffati come fanno in Oriente, con uniformi grigie come il fango. Sono difficili da individuare!».

La pioggia non cadeva più, ma aveva imbevuto il terreno. La cavalleria attaccava alla cieca.

Gli eserciti si chiusero sulla fortezza nera e diedero inizio a un assedio fatto di attacchi serrati. Minden Lo si trovò lanciata attraverso una breccia nella prima cinta dei forti, riportò ferite ai fianchi che Oskar curò nei rari momenti di tregua, usando l'acqua della sua ghirba e carezze sul muso liscio della cavalla.

In un mattino di luce fredda, alzò gli occhi ai tetti di Przemyśl e si paralizzò sulla sella. Gli sembrò di vedere, a una delle finestre più alte, sotto le tegole, la donna in rosso che stringeva le mani su un davanzale e rovesciava i capelli nel vuoto, per spingere il collo verso di lui.

Aveva un viso bianco e scarno, sotto le ciocche disordinate. Da quella distanza, gli occhi affondati nelle orbite le davano le sembianze di un teschio scarnificato.

Solo uno scarto rapido di Minden Lo dietro l'angolo di una barricata gli impedì di offrirsi a un colpo di fucile che gli fischiò all'orecchio. Quando tornò a cercarla con lo sguardo, la donna era scomparsa.

È la morte, si disse. *E chiamava me.*

Non la vide più.

Il monolite austro-ungarico era lento, ma quando si mosse, lo fece con la forza di un maglio sulle cinte più esposte. L'artiglieria tedesca sfondò anche l'ultima linea fortificata e permise l'entrata in città della fanteria e degli uomini a cavallo. Przemyśl tornò nelle mani austriache in una notte di nubi basse che coprivano le stelle.

«Questa battaglia è nostra!», tuonò il generale von Bosch, in mezzo ai vicoli conquistati. «Ma non ci fermeremo. La IV Armata Asburgica continuerà l'avanzata e schiaccerà le retrovie nemiche e i Dragoni apriranno la strada!».

Furono congedati perché potessero riposare fino all'alba, quando avrebbero ripreso il cammino verso il fronte orientale.

Oskar chiuse gli occhi e sognò la donna in rosso. Prima era solo un minuscolo punto lontano all'orizzonte, nient'altro che una macchia di colore. Si fece più vicina, e diventò una figura sottile, in cui si distinguevano l'abito color sangue e i capelli in preda al vento.

Poi fu più vicina ancora, a meno di cento passi da lui. Si avvicinò ancora. Sotto la ragnatela di capelli, Oskar riconobbe il viso dolcissimo di Alma. Lo guardava come quando era innamorata, quando ancora lui non aveva rotto il patto, quando erano felici.

«Oskar», lo chiamò.

Lui avrebbe voluto raggiungerla, ma era bloccato nel pantano. La guardò portarsi le mani bianche alle guance e piantarsi gli artigli nell'incarnato color pesca. Lei staccò la maschera dal volto e sotto le sembianze di Alma apparve il teschio scarnificato della morte.

Come aveva fatto a non riconoscerla?

«Lilith!», gridò. Si svegliò fradicio di sudore, con la voce che gli moriva sulle labbra, intrappolato nel panno che si era avvolto addosso.

Tremò e cercò conforto nel cielo. Il sole stava per sorgere.

Gródek, 1915

Aprirono il passo alla Quarta Armata e si inoltrarono nei territori a nordest di Przemyśl, consapevoli che i russi in ritirata dalla fortezza potevano essere nascosti ovunque nelle profondità delle foreste dei Carpazi.

Non trovarono nessuno.

«Hanno evacuato la regione», disse il generale. Ma i segni del passaggio nemico erano evidenti. Attraversarono cimiteri troppo freschi, sorti in fretta ai bordi delle strade, villaggi distrutti, case crivellate dai colpi d'arma da fuoco e annerite dal fumo.

Niente di quello che avevano visto a Holíč né l'assedio alla fortezza rivaleggiava con il senso di sconfitta che permeava Gródek.

«Cos'è successo qui?», mormorò Koller.

Il generale von Bosch passò loro di fianco, alzando il naso nell'odore acre di bruciato. «La guerra, è successa. Tenete gli occhi aperti».

Fecero tappa in città e furono costretti a bollire l'acqua, perché tra le abitazioni imperversava il colera. I pochi abitanti che si azzardarono a mettere il naso fuori di casa al loro arrivo erano schivi. Dalle finestre accostate arrivavano il suono di pianti esausti e quello lugubre di litanie funebri. L'aria era densa degli odori di malattia, di sudore raffermo, delle verdure rimaste a marcire nei campi fradici. In cambio di qualche moneta raccolta a colletta, convinsero un gruppo di donne a lavare le uniformi del reggimento.

Oskar rimase a petto nudo per mezza giornata, in disparte ai margini del bosco, seduto accanto agli zoccoli di Minden Lo. Mentre la cavalla brucava l'erba acquosa, lui pulì il fucile, lucidò la baionetta, smontò e rimontò il revolver.

Quando non gli rimase nient'altro da fare, cercò l'orologio di suo padre, che aveva appoggiato nell'erba.

Di solito lo teneva nella tasca dell'uniforme, all'altezza delle costole, come fosse un secondo cuore meccanico accanto a quello di carne. Ma lo guardava il meno possibile. Lo costringeva a ricordare cose a cui preferiva non pensare.

Lo prese tra le mani e si rese conto che non stava ticchettando. Fece scattare la leva e l'orologio gli si schiuse nel palmo della mano. La cupola della lente ingigantiva il quadrante e lo faceva somigliare a un piccolo universo sottovetro. Le lancette erano ferme.

Oskar non sapeva dire quando era stata l'ultima volta che aveva udito il ticchettio metallico, ma gli stava crescendo dentro l'idea che fosse fermo da quando Alma lo aveva lasciato. Alzò gli occhi al cielo, cercò il sole pallido oltre le fronde. Era mezzogiorno. Regolò le lancette di conseguenza.

Alle sue spalle, il bosco era immobile. Niente uccelli, nessuno stormire di foglie. Non sentiva più neanche le voci dei compagni al torrente con le lavandaie. Ruotò la corona di carica. Il perfetto meccanismo costruito da Gustav Kokoschka produsse un rumore lieve, fino a quando la rotazione non incontrò la resistenza della molla.

Clic.

Gli ingranaggi presero vita tutti insieme. Le lancette cominciarono a camminare, il ticchettio risuonò nel silenzio, un uccello mandò un garrito dalla cima di un cembro e una folata di vento squassò le chiome degli alberi sopra la sua testa.

Minden Lo alzò il muso dal pasto, drizzò le orecchie e guardò la foresta di Gródek. Pestò gli zoccoli sul terreno.

«Uniformi asciutte!», urlò il luogotenente da oltre le case. «Vestitevi! Si riparte!».

Oskar si alzò, tranquillizzò la cavalla con una pacca sul collo e la tirò per le redini. Non si guardò alle spalle, mentre guidava Minden Lo verso il centro abitato. Prima che il mondo si rimettesse in moto, aveva visto molto bene un piede pallido e nudo affondare nel fango, accanto al punto in cui era seduto.

Un piede sotto l'orlo di una veste rossa.

Anche Lilith si era mossa. E adesso era molto vicina.

Il primo segno dell'attività militare nemica li colse lungo la strada per Lemberg, la capitale del Regno di Galizia e Lodomiria. Un gruppo di prigionieri cosacchi era scortato dalla polizia militare tedesca e veniva loro incontro. Il capo del drappello fece un cenno di saluto al generale von Bosch, ma non diede segno di rallentare l'andatura.

«Fate attenzione», li avvertì. «Si nascondono tra gli alberi, si muovono senza far rumore. Sono peggio dei lupi».

Più avanti, la strada cominciò ad assottigliarsi, i margini venivano divorati dal bosco. Le fronde cariche di fogliame scuro ai lati della sterrata facevano credere che fosse piena notte.

Oskar colse il viso scarnificato di Lilith in mezzo ai rami. Lo fissava con la faccia livida e le labbra blu, due pennellate viola sotto gli occhi. Lei roteò il viso per seguire il cammino dei Dragoni e lui trasalì.

Non era Lilith. Era una donna impiccata a un ontano, con i capelli rovesciati sul petto e gli occhi gonfi. Roteava appesa alla corda che le aveva spezzato il collo.

Non era la sola. A pendere insieme a lei dagli alberi c'erano contadini del posto. Appesi alle loro spalle, dei cartelli in tedesco li indicavano come traditori e amici dei russi.

Dall'altra parte della strada dondolavano dei cosacchi in uniforme e i cartelli che avevano al collo erano scritti in cirillico. Con ogni probabilità, accusavano quegli impiccati della stessa colpa dei contadini, ma dal fronte opposto.

Il generale von Bosch gridò al reggimento di non fermarsi. I Dragoni sfilarono in mezzo ai morti fino a quando la foresta cominciò a diradarsi.

Lemberg, 1915

Dal momento in cui l'orologio era ripartito, Oskar sentiva Lilith sempre più vicina. Si trovò a rileggere spesso la lettera di Alma che aveva ricevuto a Holíč e si convinse del fatto che fosse stata lei a sistemare le cose.

Qualunque maleficio tu mi abbia fatto, lo spezzo con questa lettera.

Alma, l'ultima vera maga vivente, era riuscita a staccarsi Lilith di dosso e l'aveva lasciata libera di tornare da lui.

L'occasione di corteggiare la morte si presentò quando i Dragoni si unirono all'armata austriaca e a quella tedesca, nei pressi di Lemberg, a centosessanta chilometri di marcia dai Carpazi orientali.

Su ordine del generale von Bosch, Oskar guidò la sua truppa in avanscoperta nel territorio irregolare a est della città.

Oskar si voltò a guardare Koller e von Rothschild, che proseguivano dietro di lui in silenzio, tesi a scrutare tra gli alberi. Seguivano von Eskeles e i cinque della loro minuta retroguardia.

«Assicuriamoci che l'area sia libera, poi cominciamo a tornare indietro», disse Oskar. «Voglio rientrare prima del tramonto».

Presto i rumori del bosco vennero coperti dallo scrosciare del Poltva.

«Siamo già al fiume». Koller indicò il luccichio della luce sull'acqua, oltre le fronde. Sembrava che qualcuno avesse steso sulla palude una manciata di gioielli. La luce filtrava tra gli alberi in raggi argentei che trasformavano il bosco in uno scenario incantato.

Oskar aveva abbastanza esperienza nel non fidarsi troppo degli incanti.

«Von Rothschild!», sibilò. «Non uscire dagli alberi».

L'aristocratico si era staccato dalla formazione e si stava dirigendo verso l'acqua. «Dal fiume avremo una visuale migliore».

«Rimani in copertura!».

«Ne ho abbastanza di stare agli ordini di uno straccione pazzo».

Koller arricciò le labbra in un sorrisetto sfrontato. «Von Rothschild ha ragione, da qui non vedremo niente neanche se davanti a noi ci fosse un'intera armata di cosacchi. Diamo solo un'occhiata».

Si staccò dal sentiero e seguì l'amico.

Oskar sentì la collera divampargli su per la gola. «Rientrate nei ranghi!».

Von Rothschild rise, dall'intrico di alberi. «Rimani qui al sicuro, caporale Kokoschka, se hai tanta paura».

Von Eskeles e gli altri della retrovia non dissero una parola, si limitarono ad andargli dietro come se von Rothschild fosse a capo del drappello.

Oskar serrò le dita sulle redini tanto da farle sbiancare. Minden Lo avvertì il suo nervosismo e scalpitò in mezzo ai fiori di palude.

«Andiamo», mormorò lui, e la spinse a proseguire sul sentiero, mentre scrutava in direzione della riva.

Le uniformi azzurre dei suoi uomini risaltavano nella luce come schizzi di colore sulla tela, adesso che il bosco non li proteggeva più con le sue ombre. Gli zoccoli dei cavalli sciaguattavano nel pantano.

Oskar continuò la marcia al loro fianco. Udì von Eskeles ridere per una battuta, poi la voce di Koller alzarsi oltre il gorgoglio del Poltva.

«Idioti». Strinse le gambe ai fianchi di Minden Lo e la incitò al trotto. La cavalla risentiva ancora delle ferite riportate durante la battaglia alla fortezza e sbuffò dal naso più volte nello sforzo di soddisfarlo.

Superò il gruppo guidato da von Rothschild e galoppò fino a dove il sentiero si piegava in una curva, seguendo il sollevarsi del terreno e l'andamento del fiume.

La nebbia era più fitta, in quel punto. Si gonfiava dall'acqua e risaliva la terra umida, spostandosi in lunghi baffi lattiginosi che sembravano vivi. Al riparo della bruma, Oskar si mise in ascolto.

Ad eccezione dell'acqua e del chiacchiericcio dei suoi uomini, il bosco era silenzioso. Avrebbero potuto continuare a costeggiare il Poltva e seguire la strada che li avrebbe riportati verso Lemberg da nord. Se avevano fortuna, il territorio era davvero libero e la bravata di von Rothschild e degli altri non avrebbe avuto conseguenze.

Colse con la coda dell'occhio lo sventolare di un drappo scarlatto e si irrigidì sulla sella.

Cercò Lilith oltre il muro di bruma, in mezzo agli alberi, invece vide qualcos'altro.

Tra lui e la riva del Poltva stava passando un branco di bestie mostruose, bardate con paramenti leggeri. Gli parvero quindici, forse erano una ventina. Si spostavano nella selva senza fare rumore.

Oskar credette di vedere grossi lupi dalle zampe felpate che portavano sulla groppa uomini scolpiti nella corteccia. Sembrava che il bosco stesso fosse in movimento.

Sbatté le palpebre.

I mostri acquistarono le forme più credibili di cavalli scuri, condotti al passo in un'avanzata lenta. I loro zoccoli non producevano rumore perché i cosacchi che li conducevano sfruttavano il terreno soffice del sottobosco.

Non lo avevano scorto perché la nebbia proteggeva anche lui.

Ma avevano visto i suoi uomini. Agitarono il vessillo rosso che portavano con loro e scivolarono nella palude, tra gli alberi, puntando dritti alle macchie azzurre sulla riva.

Oskar inorridì.

Strattonò le redini di Minden Lo e fuggì indietro sul sentiero.

«Von Rothschild!», urlò. «Nemici! Ritiratevi subito!».

Sentì alle sue spalle il grido di guerra dei cosacchi scoperti.

Rifiutò di voltarsi indietro. Continuò a correre, cercò con lo sguardo tra i rami e la bruma, in direzione del fiume. «Von Rothschild!».

«Kokoschka?».

Ritrovò le macchie azzurre delle uniformi. Scomparivano e ricomparivano in mezzo agli alberi, al ritmo del galoppo di Minden Lo.

«Correte al sentiero! Rientrate!».

Un colpo d'arma da fuoco alle sue spalle, il proiettile gli fischiò vicino all'orecchio. Un altro si perse nel fogliame al di sopra della sua testa.

Sentì il rumore dei rami spezzati, il muoversi goffo dei suoi uomini in mezzo ai tronchi ritorti nel tentativo di guadagnare il sentiero.

Risuonarono altri spari, ma questa volta non erano diretti a lui. Rimbombarono nell'intrico arboreo, in mezzo alle urla di guerra cosacche.

Nel bosco si alzò un grido di dolore spaventoso, poi il nitrito spaventato di un cavallo.

«Più veloce, Minden Lo», balbettò. E poi, più forte: «Più veloci! Koller, uscite dagli alberi!».

Altre urla dal bosco. Non fu in grado di capire se fossero russe o austriache. La morte aveva lo stesso suono dappertutto.

Si girò a guardare da sopra la spalla e si pentì di averlo fatto. Ebbe la sensazione che il bosco gli stesse piombando addosso. Alberi, rami ritorti, rocce coperte di muschio. Tutto insieme.

Invece erano i cosacchi, che balzavano all'attacco in mezzo ai tronchi. Conoscevano il territorio meglio di loro, cavalcavano come se non ci fossero ostacoli, con uniformi del colore delle cortecce.

Li vide chiudersi su poche uniformi azzurre.

Incitò Minden Lo. La cavalla nitrì, prostrata dalle vecchie ferite in cui lui affondava gli speroni. «Mi dispiace. Corri. Mi dispiace!».

Davanti a lui, lungo lo snodarsi del sentiero, vide von Rothschild emergere dal bosco. Lo seguirono altri due cavalieri. Riconobbe Koller. Poi la brutta faccia da pesce di von Eskeles.

«Via!», ordinò. «Correte!».

Il grido di battaglia gli risuonò così vicino da farlo tremare. Si piegò sul collo di Minden Lo e le affondò gli speroni nella carne.

Lei si lanciò in un galoppo febbrile, ma il suo passo perdeva velocità. Era stanca e rallentata dal dolore.

Von Rothschild e Koller erano diventati due macchie celesti, sempre più lontane. Von Eskeles e il suo cavallo erano più lenti, ma lo stavano distanziando.

Un altro Dragone lo affiancò sul sentiero. «Kokoschka! Sono troppi, ci hanno presi. Gli altri…».

«Non pensare! Vai avanti!».

Lasciò che il compagno lo sorpassasse. Si girò all'indietro e sparò un colpo di revolver. Ricaricò. Ne sparò un altro. Un proiettile lungo e dritto saettò fuori dagli alberi, come se un ontano gli avesse lanciato un ramo apposta per colpirlo. Riconobbe una lancia cosacca solo quando il giavellotto fece impennare Minden Lo, passandole davanti al muso.

Si avvolse le redini attorno alle mani e la costrinse a proseguire. Il terrore gli si inerpicò lungo le gambe attraverso i muscoli di lei.

«Corri. Corri. Corri!».

Oskar si piegò sul collo di Minden Lo e serrò le palpebre. «Corri, ti prego».

Lei dovette sentire la morte soffiarle tra le orecchie, perché non si risparmiò. A Oskar sembrò di avere cominciato a volare.

Si aspettava che una lancia gli trapassasse il fegato da un momento all'altro, che un colpo di pistola gli arrivasse al cervello.

Invece, volava. Tenne gli occhi chiusi e fu certo di librarsi in mezzo ai rami, sopra il fiume, nella luce biancastra del cielo. Fuori dalla portata di mani adunche, protese verso di lui.

Tornò a guardare solo quando sentì Minden Lo scartare di lato e il suono del galoppo si fece più secco, sul terreno.

Erano usciti dalla palude, in favore della strada più ampia che tornava a sud di Lemberg. Il sudore gli colò dalla fronte alle ciglia e gli bruciò gli occhi. Se li asciugò con la manica dell'uniforme. Aveva le dita ancora strette sul revolver.

«Kokoschka!».

Koller lo aspettava poco distante. La faccia pallida e sudicia, al di sotto dell'elmo, poteva essere uno specchio della sua.

C'era più luce, gli alberi erano meno fitti. Da lontano, arrivavano i rumori del XV Reggimento, il vociare dei soldati, i nitriti dei cavalli a riposo.

Non era stato trafitto, nessuna lancia gli aveva bucato il fegato. Le grida di guerra risuonavano ancora, ma solo tra le sue tempie. Raggiunse Koller.

«Abbiamo perso Juls. E Franz». Gli tremavano le labbra. «Se tu avessi visto quello che hanno fatto a Jakob quando...».

«Non parlare».

«Non avremmo mai dovuto scoprirci, al fiume. Non dovevamo andare, ma credevamo...».

«Ci avrebbero visto comunque», lo interruppe. «Sono come spettri, si muovono in mezzo agli ontani come se fossero nati dalla corteccia. Ci stavano marciando contro».

Koller scosse la testa. «Hanno visto noi, non te. Non dovevamo uscire dal bosco, ma von Rothschild...».

«Basta». Oskar si leccò le labbra. Erano secche, salate e lui aveva bisogno di bere. Ma non osava allungare la mano alla borraccia. Non sapeva come spiegarsi che Minden Lo riuscisse ancora a stare in piedi. «Rientriamo. Non siamo ancora al sicuro».

Si mossero al trotto. Un refolo di vento che scosse le foglie li fece sentire bagnati e intirizziti.

Alle loro spalle, la foresta era silente. Il branco dei cosacchi era rimasto nascosto nelle sue profondità, ma era ancora in agguato. Come i lupi, non osavano avvicinarsi di più al campo dell'armata austriaca.

«Siamo vivi per miracolo», balbettava Koller. «Per volere di un angelo».

Von Bosch tracciò su una mappa il tragitto della pattuglia e prese nota delle perdite. Oskar fu il più esaustivo possibile nel descrivere la zona e l'impatto con il nemico. Dipinse i cosacchi con le parole, ma non lo ritenne sufficiente.

Si fece prestare l'inchiostro dal generale e ritrasse i figli dei Carpazi così come li aveva visti in un primo momento. Uomini di corteccia e fango a cavallo di lupi mostruosi.

Di nove uomini, era riuscito a riportarne indietro solo cinque, compreso se stesso. Il fatto stesso di essere vivo lo aveva riempito di sensi di colpa e di una gioia feroce che aveva reso il rimorso ancora peggiore. Bastò quello per impedirgli di raccontare al generale dell'insubordinazione di von Rothschild e degli altri.

Era già scesa la sera, quando lasciò von Bosch.

Von Rothschild lo aspettava alla luce di una lanterna. Gli si avvicinò. Senza elmo, con la casacca sbottonata, sembrava infinitamente giovane.

Oskar lo precedette. «Non ti ho accusato davanti al generale».

«Avresti dovuto».

Oskar lo guardò, senza dire niente.

Von Rothschild fece una smorfia. «È a causa mia se gli altri sono morti».

«È stato a causa dei cosacchi».

«Dovevo attenermi ai tuoi ordini».

«Questo è sicuro».

«E tu dovresti espormi davanti a von Bosch».

Oskar indicò il punto da cui proveniva con un cenno del mento. «Puoi sempre farlo tu stesso. Avanti. Von Bosch è ancora lì».

Von Rothschild seguì la direzione con lo sguardo, ma non si mosse. Abbassò gli occhi agli stivali slacciati. Non si era nemmeno tolto gli speroni.

Non ne ha il coraggio, intuì Oskar. Von Rothschild voleva essere denunciato per fare i conti con il rimorso, ma non aveva il coraggio di farlo da solo. Vigliacco.

Oskar sentì un sorriso amaro deformargli i lineamenti. Lo oltrepassò e si diresse verso il punto di ristoro dei cavalli. Voleva occuparsi bene di Minden Lo e poi buttarsi sotto una coperta.

«Caporale Kokoschka».

Oskar sospirò. «Cosa vuoi, von Rothschild?».

«È solo grazie a te, se sono vivo. Non è una cosa che dimenticherò».

Quelle parole ebbero l'effetto di accentuare la sensazione di essere una farfalla notturna appena uscita dal bozzolo, di essere diviso a metà tra un vecchio se stesso e uno nuovo. Si sentì stremato. Forse avrebbe dormito accanto a Minden Lo. «Ci si vede, von Rothschild».

Consumò il rancio in fretta, seduto accanto agli zoccoli della cavalla. Le portò biada fresca e la strigliò a lungo, applicando impacchi alle ferite che i suoi speroni le avevano riaperto sui fianchi. Le appoggiò la guancia contro il muso liscio e la ringraziò per essere stata veloce e coraggiosa.

Le parole gli si spezzarono sulla lingua, quando si rese conto di quello che stava dicendo. Rimase pietrificato con le mani affondate nella criniera della cavalla. Era così elettrizzato dal fatto di essere vivo che si era dimenticato che desiderava morire.

Volodymyr, 1915

Lasciarono a Lemberg la IV Armata Asburgica e l'XI Tedesca, in attesa dello scontro con le forze russe che sarebbero calate sul territorio da lì a poco. Il XV Reggimento si mise in marcia verso Volodymyr, nel tentativo di rallentare l'avanzata nemica da nord.

Oskar viaggiò in silenzio. Incapace di riemergere dal terrore che lo aveva catturato, rifuggì i tentativi di conversazione di Koller e von Eskeles. Ormai aveva la certezza che Lilith seguisse il reggimento, correndo a piedi scalzi nel fango. Se si metteva in ascolto, Oskar poteva sentire il frusciare della sua veste rossa in mezzo agli alberi. Talvolta credeva di sentirla cantare dagli acquitrini, dal fondo delle paludi. Quando scendeva la sera, la luna che osservava i soldati da dietro i rami aveva il pallore del suo viso.

Lilith lo derideva per non essere stato capace di morire. Nelle notti in cui rimaneva sveglio, Oskar cercava di capire che cosa ci fosse di storto, in lui, che gli impediva di raggiungerla una volta per sempre.

Usò la punta della baionetta per scarnificarsi la pelle all'interno del braccio, cercando di abituarsi all'idea che presto o tardi sarebbe stato capace di conficcarla più in profondità. Si guardava le vene, strade blu che camminavano sotto il velo dell'epidermide, facilissime da falciare. Si fermava sempre prima. Piangeva, resisteva al dolore del sangue che colava sulla carne, ma lo tamponava prima che potesse sgocciolare a terra.

Una notte, von Rothschild lo sorprese mentre si faceva scivolare in bocca la canna del revolver. Oskar ripose in fretta l'arma. Si leccò le labbra, assaporò sulla lingua il sapore lugubre del ferro e della polvere da sparo. Von Rothschild aveva gli occhi enormi di un bambino, nella penombra. Era venuto a cercarlo per parlare o forse, più facilmente, nemmeno lui riusciva a dormire.

Adesso era rimasto impalato a fissarlo. «Cosa stavi facendo?».

Sembrava suo fratello Bo, quando da piccolo veniva a cercare conforto chiedendo una storia che tenesse a bada il buio.

Oskar sentì le lacrime bruciargli gli occhi.

«Non ce la faccio», disse. «Non ho il coraggio di andare da lei».

Von Rothschild venne a sedersi al suo fianco e si circondò le ginocchia con le braccia. «La morte, dici?».

Oskar si pentì di avergli dato del codardo. Lui non era da meno.

«La vediamo tutti i giorni», continuò l'aristocratico. «Fino all'anno scorso, non immaginavo che l'avrei toccata così da vicino. Ma se proprio deve metterci le mani addosso, lasciamo che sia lei a farlo. Non togliamole il disturbo».

Oskar guardò nella direzione dei rami che si protendevano verso il bagliore della luna. Lilith e la morte erano due donne diverse, ma aveva comunque l'impressione che lui e von Rothschild stessero parlando della stessa.

«Domani tocca a noi andare in avanscoperta in direzione di Luc'k», sospirò. «Staremo via per diversi giorni. Ci conviene provare a dormire fino all'alba».

«Sì, caporale Kokoschka, credo che dovremmo farlo».

Invece, rimasero svegli ad aspettare il sole, seduti l'uno al fianco dell'altro.

Luc'k, 1915

Pattugliavano un territorio che non sembrava abitato né da esseri umani né da nient'altro, se si escludevano gli uccelli palustri e le libellule che ronzavano sopra il pelo dell'acqua.

Completarono il secondo giro di ronda attorno a Luc'k in un paio di giorni. Su insistenza di Koller, si accamparono sul margine della foresta, rimanendo a vista della città. Mangiarono biscotti secchi e fecero turni per sonnecchiare nelle ore più nere della notte.

«Domani ne facciamo un altro».

«Basta così, Kokoschka». Von Rothschild lo prese da parte e gli parlò all'orecchio, perché von Eskeles e Koller non li sentissero. «L'ho capito che hai deciso di morire, ma a me stare al mondo piace, con o senza guerra. E vale anche per gli altri. Abbiamo fatto quello che dovevamo, persino di più. L'area è libera, cosacchi non ce ne sono. Domani darai l'ordine di tornare indietro».

Oskar strattonò il braccio dalla presa del compagno e cercò oltre le sue spalle un qualsiasi movimento, nel buio: il comparire di un volto bianco, il lampo rosso di un abito femminile. Ma se lei era lì, non si mostrò.

Si asciugò gli angoli della bocca. «Vedremo. Dormiamo, ora».

Lui rimase sveglio a guardare l'intrico degli alberi sopra le loro teste. La luna era quasi piena, le mancava un'unghia per essere del tutto rotonda. Vista da così, poteva sembrare un viso di donna di tre quarti, un ritratto a spicchi dietro l'intreccio nero dei rami.

Continuò a guardarla, finché il cielo non cominciò a impallidire.

All'alba, fece un giro a piedi nelle vicinanze. Cercò orme di cosacco, o la loro presenza tra gli alberi, ma non trovò nulla. Tornò dai suoi uomini e montò in sella.

«Rientriamo».

Il terreno tratteneva le zampe di Minden Lo a ogni passo. Nella quiete, il rumore fradicio degli zoccoli dei cavalli era quasi assordante.

«Mi sento osservato», mormorò Koller.

Oskar scrutò il bosco. Con la coda dell'occhio, vide Lilith e non se ne stupì. Il suo viso lunare lo spiava da dietro gli alberi, l'abito che le fiammeggiava attorno era l'unica nota di colore nello scenario livido. La vide comparire più avanti, appoggiata alla biforcazione di un tronco coperto di muschio. Diede l'ordine di proseguire.

«Avete sentito?», von Eskeles arrancò dietro di lui, mentre gli alberi diventavano troppo fitti per concedere il passaggio di più di un cavallo per volta. «C'è qualcun altro, qui con noi».

«Cosacchi», sibilò von Rothschild.

Eppure il bosco era immobile. I rami si appiattivano sulle loro teste, toglievano il respiro. Anche Lilith si era fermata al margine del sentiero, l'abito rosso che frullava in un vento inesistente. Oskar si leccò le labbra, erano secche come due strisce di cuoio. Proseguirono lenti, lui in testa al gruppo.

«Non fatevi prendere dalla paura», disse. «Continuate a marciare, cerchiamo un punto facile per evitare un'altra imboscata, se possibile».

Ma intanto sentiva la pelle delle braccia formicolare, attorno alle croste vive. Si domandò se lei fosse venuta a prenderlo. E se lui sarebbe stato capace di non scappare.

Lilith attendeva che lui le arrivasse vicino, poi spariva in mezzo al bosco per riapparire più avanti. Di tanto in tanto, rompeva un ramo o faceva scricchiolare le foglie, come per rassicurarlo di essere lì.

«Ancora un rumore», li avvertì Koller. «Questa volta è più vicino».

Era sorprendente che anche i suoi uomini la sentissero camminare.

Lilith apparve ancora, con i piedi affondati nel fango fino alle caviglie. Si staccò dagli alberi con uno scatto animalesco e si piantò sul sentiero, con la bocca aperta che sembrava una voragine nera.

Oskar si irrigidì per la sorpresa. Il cuore prese a battergli in gola, gli schiacciò le tempie contro il cerchio dell'elmo. Anche Minden Lo si impennò, lanciò un nitrito che crepò il silenzio.

Dalla bocca di Lilith non uscì un suono. Invece fu von Rothschild a urlare: «Davanti a noi!».

«Ritiratevi!», ordinò Oskar. Lilith era lì per lui soltanto. Non importava che i suoi uomini potessero vederla o no, era sua. «Via!».

Sentì i cavalli indietreggiare nell'intrico di alberi, poi i fucili che venivano caricati. E la voce di Koller: «Cosacchi!».

Oskar sbatté le palpebre. Quando fu in grado di mettere a fuoco, scoprì che la dama rossa non era affatto sul sentiero davanti a lui. Invece c'era un gruppo di soldati con le uniformi color del pantano, gli stivali coperti di pelo che arrivavano loro al ginocchio e ghigni da lupo sulle facce. Imbracciavano armi da fuoco e baionette.

«Non è possibile, lei era qui!».

Il lembo del vestito di Lilith era invece la stoffa scarlatta della bandiera dei russi e la bocca nera di un fucile era piantata proprio davanti a lui.

Oskar staccò una mano dalle redini e afferrò il revolver alla cintura.

Non fece in tempo a sparare. Sentì il nitrito lancinante di Minden Lo, poi le incitazioni di von Rothschild che diventavano lamenti.

Qualcosa lo colpì alla testa, l'elmo mandò una scintilla al lato del suo zigomo e l'orecchio si riempì di un suono acuto che lo accecò di dolore. Un'altra ferita gli esplose nel fianco e lo lasciò senza fiato. Si piegò di lato.

Minden Lo barcollò da una parte e dall'altra, e quando lui franò di schiena a terra, la cavalla gli cadde addosso. Lo schiacciò nel pantano con tutto il peso del corpo.

Oskar cercò di respirare, l'aria lo ferì come una lama affondata nelle costole. Roteò gli occhi, vide il muso liscio di Minden Lo, accanto alla sua faccia. Il nitrito della povera bestia suonò come un pianto di donna. Gli scalciava addosso, stritolandogli le ossa, la lingua rosa penzolava nel fango.

Qualcuno chiamò il suo nome. Koller, forse.

O Lilith, che era venuta a portarlo via.

L'ultima cosa che Oskar vide prima di morire furono i cosacchi che si abbracciavano sul sentiero. Ridevano per la vittoria e si baciavano sulle guance come aveva visto fare solo alle ragazze, a Vienna.

Vienna, 1915

Il pennello della cipria le cadde di mano, rimbalzò sulla toeletta e roteò a terra. Alma non si mosse.

Le si erano drizzati i capelli sulla nuca, anche quelli tirati dalle mollette nell'acconciatura elaborata. Sentiva freddo, come se un soffio di vento l'avesse toccata da molto lontano.

Piantò gli occhi in quelli del proprio riflesso nello specchio e si assicurò che l'immagine non perdesse i suoi contorni.

Quella che la osservava dalla superficie riflettente della toeletta era una donna a cui aveva faticato ad abituarsi. Era una se stessa sfiorita, come un bocciolo rimasto in un vaso pieno d'acqua per troppo tempo. Gli ultimi anni le avevano lasciato una ragnatela di rughe sottili al bordo degli occhi e segni più intensi ai margini della bocca.

Era invecchiata, era ingrassata. Ed era esausta.

Ma era ancora lei.

Il riflesso nello specchio era quello di Alma Mahler, non del mostro che aveva perseguitato i sogni di Oskar e che aveva cercato di insinuarsi dentro di lei.

Si alzò, lisciò le pieghe dell'abito rosso davanti alla specchiera.

Dal pianoterra salivano i rumori delle stoviglie, le risate dei primi ospiti che erano già in salotto. Le parve di sentire la voce del Maestro Klimt. Sperò che fosse lui, che la sua salute fragile gli avesse permesso di venire, almeno quella sera. Aveva bisogno di riflettersi anche negli occhi di lui.

«È una buona serata, per una festa», disse risoluta, come se stesse pronunciando un nuovo comandamento. «La guerra non è una buona ragione per rinunciare a vivere».

La sua stessa voce le fece sentire un altro brivido tra le scapole.

Dal salotto, Lilly Lieser rise più forte.

Avrebbe dovuto ricordare agli ospiti di fare più piano, Gucki dormiva già nella sua stanza. Anche il sonno della sua bambina era diventato sempre più sofferente con il passare degli anni, come se le fosse rimasto attaccato qualcosa di oscuro. Eppure, anche lei chiedeva ancora di Oskar.

«Basta», mormorò. «È ora di scendere».

L'idea di immergersi tra gli invitati e tenere lontana la notte era piacevole. Erano venuti a festeggiare il suo matrimonio.

Lei e Walter Gropius si erano sposati due giorni prima, a Berlino, approfittando della licenza militare di lui. La cerimonia era stata veloce e al termine lei e Walter erano corsi in stazione, dove lui l'aveva baciata con un piede a terra e l'altro già sul treno per Hannover.

Alma aveva avuto fretta di mettersi il suo anello al dito.

Sposarsi con un uomo che non fosse Oskar Kokoschka l'aveva

salvata. Adesso poteva tornare a vivere libera, suo marito era lontano e la sua casa era piena di gente. Quel nuovo legame aveva spezzato del tutto quello che c'era stato con il genio oscuro di Vienna.

Il vestito era a posto.

Si toccò la pancia. La sentiva vuota, da quando aveva strappato via la creatura che Oskar e il suo demone vi avevano messo dentro.

«Quando torna, chiederò a Walter un bambino».

Allora sarebbe stata salva del tutto, lontana dagli incubi, di nuovo pulita.

«Alma!». La voce di Lilly, dalle scale. «Allora, scendi? Ti aspettiamo tutti!».

Si unirono a lei i richiami degli altri invitati.

Alma fece un giro su se stessa, l'abito da sera le si aprì attorno come sostenuto dal vento. Ebbe l'impressione che dallo specchio la guardasse qualcos'altro, ma fu solo per un istante. Scese a cercare il calore dei suoi ospiti e quando entrò nel salotto fu accolta da un applauso festoso.

Volodymyr, 1915

Aprì gli occhi.

La luce bianca lo accecò, costringendolo a richiuderli subito. Una fitta cocente gli pulsava sotto le costole e si irradiava per tutto il corpo. La testa era un unico grumo di dolore.

Inspirò l'odore del fango mescolato al puzzo del pelo dei cavalli. C'era una nota ferrosa di decomposizione. Lo fece pensare ai canali di scolo, alle foglie nere che galleggiavano nel tè.

Tentò ancora di schiudere le palpebre, questa volta si sforzò di resistere alla crudeltà della luce. Davanti a lui si delineò il fogliame di un bosco.

Solo in quel momento capì di non essere morto.

Giaceva di schiena sul terreno umido, gli occhi al cielo e alle fronde degli alberi. Sollevò la testa fino a toccarsi il petto con il mento. L'uniforme azzurra era intrisa di sangue fino all'ombelico.

Il suo corpo finiva lì.

Dall'inguine in giù era quello di un cavallo, il busto muscoloso rovesciato a terra, la coda abbandonata tra le zampe immobili. Si era trasformato in una chimera mostruosa.

Un urlo d'orrore gli si fece strada su per la gola, ma dalle labbra uscì solo un debole rantolo. Aveva la lingua ispessita e gonfia.

Gli tremarono i nervi.

Tornò a guardarsi il ventre. Non era diventato un mostro metà uomo metà cavallo. Dovette fare uno sforzo sovrumano per rendersi conto di essere mezzo sepolto sotto il corpo di Minden Lo.

La cavalla era morta schiacciandolo sotto di sé, l'enorme testa affondata nel fango accanto alla sua. La povera bestia doveva avere cercato il suo sguardo nell'ultimo istante di vita, perché il suo occhio aperto era fisso su di lui. La pupilla nocciola era ricoperta di un alone biancastro di morte. Una libellula le ronzava sulla narice da cui colava un rivolo di muco.

Oskar cercò di allungare un braccio per toccarle il muso, ma non ci riuscì. Anche quello era incastrato sotto il petto della cavalla.

Si accorse di avere ancora le dita strette sul revolver. L'arma scintillava appena, nascosta nella criniera bianca.

Abbandonò la nuca all'indietro. Nell'impatto, l'elmo fece esplodere il dolore che gli attanagliava le tempie, poi rotolò di lato. Oskar ebbe la sensazione che gli avessero scoperchiato il cranio.

Poco lontano c'era il cavallo di Koller, riverso sul sentiero e rigido come un giocattolo di legno. Vide una gamba fasciata dall'uniforme dei Dragoni sporgere da sotto gli zoccoli.

Allungò il collo alla ricerca di von Rothschild, ma tutto quello che riuscì a vedere furono la suola di uno stivale e una grossa radice di ontano che gli impediva di scorgere il resto.

Provò a chiamare i compagni. La sua voce non rispose al comando.

Era impossibile dire quanto tempo fosse passato dall'attacco. Rimase a guardare il cielo fino a quando il biancore non diventò meno luminoso e si scurì nella sera.

Quando venne la notte, la luna era un profilo d'argento dietro gli alberi. Oskar era esausto. Avrebbe voluto chiudere gli occhi, dormire fino alla morte, invece le palpebre non riuscivano ad abbassarsi. Gli ci volle poco a capire perché.

Seduta sopra al ventre di Minden Lo, c'era Lilith.

Era più vicina di quanto fosse mai stata da quando lo aveva lasciato. Se fosse stato in grado di allungare il braccio, avrebbe potuto afferrarle la caviglia. La curva della pancia di Minden Lo ricordava l'arco della luna e Lilith ci si era appollaiata come una civetta. Appoggiava le braccia scheletriche alle ginocchia, sopra la veste color sangue, e lo guardava. Aveva scelto il volto di Alma. Gli occhi blu raccoglievano tutta la luce della luna e lo osservavano con curiosità viva. La piega delle labbra era dolce, quasi un sorriso.

Sono pronto, pensò lui. *Portami via.*

Lilith non si mosse.

Portami via. Hai preso tutti, porta via anche me.

Questa volta Lilith sorrise davvero. Gli angoli delle labbra le allungarono sulle guance fino alle orecchie e il sorriso diventò quello di una belva. Ma non si mosse. Rimasero a guardarsi finché a Oskar non fu concesso di abbassare le palpebre. Sprofondò in un sonno nero.

Quando si risvegliò, Lilith era ancora lì. I lineamenti di Alma si erano sciolti, rivelando un teschio dalle orbite vuote. La *Nuda Veritas*.

Lilith si alzò e la veste rossa le turbinò attorno, catturata dal vento.

Oskar avrebbe pagato per sentire un alito d'aria refrigerante sulla pelle, ma lei sembrava l'unica a poterne godere. Le foglie e i fiori bianchi sul terreno rimasero immobili.

Lei si aggirò attorno al cavallo. I suoi piedi produssero un fruscio tra i fiori e uno scalpicciare nel fango, come se fossero diventati pesanti. Rumori stonati che sembravano non appartenere a lei.

Oskar riuscì a sbattere le palpebre sugli occhi secchi. Fu quasi sollevato quando si accorse che non era Lilith ad aggirarsi intorno a Minden Lo, ma un ragazzo.

Il giovane portava una casacca color fango, stivali bordati di pelliccia fino alle ginocchia e alla cintura un coltello. Teneva in mano un fucile a baionetta e si piegava a guardare i corpi sul sentiero.

Lo sentì armeggiare dietro le sue spalle. Intuì che frugava nella sacca di von Rothschild. Poco dopo, udì il rumore inconfondibile di una lama che affondava nella carne.

Il cosacco era stato mandato a controllare il punto dell'imboscata e a finire i feriti, nel caso non fossero ancora morti.

Oskar lo ascoltò frugare ancora, poco più lontano. Doveva essere arrivato alle cose di von Eskeles. Sentì di nuovo il rumore della baionetta che si piantava nella carne. Questa volta, all'affondo seguì un rantolo di dolore. Oskar si irrigidì. Uno dei suoi compagni era ancora vivo, lo era stato per tutto quel tempo. Vivo e immobile come lui, ad aspettare la morte. Von Eskeles, forse von Rothschild. Era troppo stremato per cercare di girare la testa. Vide il giovane russo ricomparire al suo fianco e avanzare verso il cavallo di Koller. Il giovane si piegò a controllare la sacca appesa alla sella, poi si raddrizzò. Affondò la baionetta nel corpo del soldato dietro la massa del destriero, la tenne conficcata per qualche istante, infine la ritirò.

Koller non emise un gemito. Se era stato ancora vivo, era scivolato tra le braccia della morte senza accorgersene.

Come farò io, pensò Oskar. *Adesso è il mio turno.*

Guardò il cielo, fisso davanti a sé, e non si mosse. I passi del russo si avvicinarono. Lo vide piegarsi di fianco a lui, lo ascoltò frugare tra le sue cose e poi eccolo rialzarsi per guardarlo dall'alto.

Oskar non mosse un muscolo, tenne gli occhi al cielo. Il viso del russo entrò nel suo campo visivo stagliandosi in controluce al di sopra di Minden Lo. Era molto giovane. Forse aveva l'età di Bo, forse anche meno. Sentì tra le dita la pressione metallica del revolver e si accorse che la canna puntava dritta al petto del ragazzo, da sotto la criniera di Minden Lo. Gli sarebbe bastato schiacciare il grilletto con il dito, per ucciderlo.

Ma io non voglio. Il russo gli puntò la baionetta al petto. Oskar sentì la pressione della punta sul cuore, sopra le costole ferite. Tenne lo sguardo nel cielo.

Avanti.

La baionetta gli bucò la giacca azzurra, produsse un lieve stridore metallico e inclinò la direzione verso il basso. La lama gli affondò nella pelle, nel grasso delle costole. Il dolore fu una scarica bianca dritta al cervello.

Sopporta ancora un altro po'.

Gli sembrò di sentire la punta entrare nei polmoni. Un fiotto di sangue gli uscì dal naso e lo derubò del poco respiro che gli era rimasto. Non riuscì a impedirsi di girare gli occhi in quelli del ragazzo.

Il russo sobbalzò, certo non si aspettava di vedersi guardare da un morto. Diede uno strattone alla baionetta. Incespicò sul corpo di Minden Lo, si appoggiò al fucile e gli slabbrò la ferita. Il corpo di Oskar si tese, i nervi delle braccia gli si contrassero in uno spasmo.

Il colpo di revolver rimbombò nel bosco e Oskar capì di essere stato lui a sparare solo dopo, quando il ragazzo si portò una mano al petto, dove il proiettile gli aveva aperto una voragine orrenda, e gli franò addosso.

Oskar si ritrovò con il soldato russo sdraiato sopra, i loro volti così vicini che avrebbero potuto baciarsi. Riuscì solo a guardarlo, mentre gli occhi del ragazzo si svuotavano di vita.

«Sono tutti morti?».

La domanda gli arrivò alle orecchie da molto lontano, costringendo Oskar a sollevare le palpebre.

Tutto quello che vide fu la faccia di Lilith a meno di un palmo dal suo viso, con gli occhi fissi nei suoi e un rivolo di bava all'angolo delle labbra.

«Tutti morti, generale. Von Eskeles, von Rothschild...», di nuovo le voci lontane. «Laggiù c'è Koller».

«Kokoschka? Vedete Kokoschka?».

«È qui, generale von Bosch!».

Lilith levitò nell'aria, sopra di lui, e si staccò dal suo petto. Oskar si rese conto che non era Lilith, era il corpo del soldato russo che era stato afferrato per le braccia e tirato su di peso. Venne gettato di lato.

«È qui sotto! È vivo, generale! È ancora vivo!».

Oskar cercò di dare forma e linee alle macchie azzurre delle uniformi dei Dragoni, ma rimasero chiazze di colore stagliate contro il cielo. Le palpebre gli si chiudevano ancora, il buio tornava a spegnere il dolore.

Gli sembrò di essere sollevato da molte mani e di viaggiare nell'aria. I richiami del generale e dei Dragoni erano sempre più lontani.

«Portate la barella! Caricatelo».

Poteva vederli dall'alto, piccoli omuncoli azzurri che si affannavano attorno al suo corpo abbandonato. Avrebbe voluto dire loro di non affaticarsi, che era solo il vecchio vestito di una farfalla. Intanto lui galoppava sopra le loro teste, con le gambe strette attorno ai fianchi di Minden Lo e le mani affondate nella sua criniera color della luna. Nel vento.

Riaprì gli occhi un'altra volta.

Non era più a cavallo, il suo corpo sdraiato affondava nel morbido. Si aspettava il pantano, sotto le dita, invece trovò delle lenzuola e le cuciture di un cuscino.

Sempre da molto lontano, qualcuno si lamentava. C'era chi piangeva.

Una donna vestita di bianco si muoveva vicino a lui vibrando sulle labbra le note di una canzone. Non era giovane, aveva i fianchi larghi e un grosso seno. Doveva essere Minden Lo. Aveva abbandonato il suo corpo di cavallo e aveva scelto le sembianze umane più adatte a lei.

Oskar sorrise, nel guardarla. Forme arrotondate, statura minuta: era così che l'aveva sempre immaginata. Matura e saggia, ma con braccia e gambe forti per correre nei boschi dei Carpazi. Avrebbe voluto disegnarla.

Anche Minden Lo gli sorrise. Si piegò su di lui e gli accarezzò i capelli. «Caporale Kokoschka, si è svegliato. Che bella notizia!».

«Dobbiamo andare», disse lui. Aveva il ricordo sbiadito di loro due che galoppavano nel cielo. Non avrebbero dovuto essere lì.

«E dove vuole andare?».

«Dove siamo?».

«All'ospedale da campo di Volodymyr», disse lei. Aveva le guance arrossate per il lavoro, gli occhi nocciola erano grandi e dolci. «Fuori c'è la guerra, lei deve stare qui e riposare».

Oskar alzò una mano per accarezzarle il muso, ma il petto gli venne trafitto da un dolore metallico.

Minden Lo gli rimise giù il braccio e gli diede sollievo. «Cosa fa, caporale? Non si toccano le infermiere! E poi così si rovina tutta la fasciatura che le ho fatto, stia fermo. È vivo per miracolo, non lo sa? Ci deve essere un angelo che veglia su di lei».

Oskar la guardò rincalzare il lenzuolo. Non avrebbero dovuto essere lì. Si succhiò la lingua.

«Ha sete? Ecco, beva». Minden Lo andò a prendere dell'acqua. Gli sollevò la testa e gli accostò il bicchiere alle labbra con una cura che lo commosse. «Piano, piano. Ecco, così. È già ora di rifarle la barba, guardi qui».

Oskar accolse l'acqua come una benedizione. Si leccò le labbra. «Dobbiamo andare, Minden Lo». La sensazione d'urgenza gli pulsava nella testa, gli premeva sotto la ferita al petto. Dovevano correre.

Lei annuì. «Certo. Adesso però si riposi. Dorma».

Minden Lo era instancabile, lanciata al galoppo in mezzo agli ontani. Aveva ripreso le vecchie forme di animale e lui la cavalcava a pelo, senza bisogno di redini o di sella. Le abbracciava il collo, chiudeva le gambe attorno ai suoi fianchi lunari, stringeva le dita nella sua bella criniera di nebbia.

Galoppavano sotto un cielo color sangue.

Gli alberi erano spogli, protendevano verso di loro i rami, nel tentativo di afferrarli. Gli fecero sanguinare il petto e graffiarono i fianchi di Minden Lo. A volte non sembravano rami, ma artigli di rapace. In mezzo ai rami si alzò una luna che era il volto di una donna.

Era Lilith, che abbassò lo sguardo su di loro. Il cielo color sangue era la sua veste, che fluttuava nel vento e occupava tutta la tela.

«Più veloce, Minden Lo!».

Il galoppo era sfrenato.

«Treno in partenza!».

L'annuncio risuonò tra gli alberi. Stavano cavalcando a lato di una rotaia lunghissima che si snodava in mezzo agli ontani. Il treno li raggiunse con un gran fragore.

«Corri, Minden Lo!». Non si lasciarono superare, anche se tutti e due erano stremati. L'arsura non era più una faccenda che riguardava solo la bocca, gli affondava in gola e nel petto. «Più veloce!».

A volte Oskar era sul treno.

Apriva gli occhi e sentiva il rollio del vagone, sotto di sé, lo sferragliare sulle rotaie, lo stridore delle ruote a ogni fermata. E poi le grida che annunciavano la partenza, le voci che scandivano nomi di stazioni slave, tedeschc, austriache.

A volte, era un cavaliere azzurro. Era l'uomo disarcionato di un dipinto, in armatura e con la schiena a terra, che guardava il cielo e aspettava la morte.

Più spesso, era a cavallo di Minden Lo, impegnato a correre in un bosco che non aveva fine, sotto una luna ammantata di rosso.

E per quanto fosse stanco, non si fermava.

Vienna, 1916

Il suo viaggio terminò a Vienna, in un ospedale della capitale.

I medici gli dissero che i suoi polmoni sarebbero guariti in fretta. Il proiettile era una questione più delicata, perché era riuscito a infilarsi nell'osso del cranio attraverso l'orecchio e gli aveva danneggiato il labirinto. Ci sentiva ancora, forse con qualche disturbo in sottofondo. Ma avrebbe dovuto abituarsi a un equilibrio precario.

«Inoltre, deve ringraziare il suo orologio». La suora che gli portava la cena estrasse da una busta il gioiello meccanico di suo padre e glielo mise tra le mani. «Se non lo avesse avuto addosso, la baionetta che le ha bucato i polmoni le sarebbe affondata dritta nel cuore».

Oskar se lo rigirò tra le dita. L'oggetto non dava nessun segno di vita, era di nuovo fermo. Valutò di aprirlo e ricaricarlo, ma non lo fece. Si limitò ad accarezzare la copertura cesellata, rovinata da un graffio che la scavava di traverso.

Non riusciva a credere di essere di nuovo a Vienna. E ancora meno, di non esserci arrivato a cavallo di Minden Lo.

Nei giorni di degenza forzata che trascorse al Palffy-Spital, le visioni che aveva avuto in punto di morte non diventarono meno vivide. Gli sembravano più reali delle facce dei medici, delle suore e delle giovani infermiere di cui era prigioniero. Quando rimaneva solo, piangeva per von Rothschild e Koller. Per von Faccia da Pesce Eskeles e per il ragazzo russo che gli era morto addosso. Soprattutto, piangeva per Minden Lo, che di notte tornava da lui e lo portava a cavalcare sotto la luna.

Ricevette le prime visite nel giro di qualche settimana.

Sua madre sembrava invecchiata di dieci anni. Le si erano diradati i capelli e le spalle erano più sottili, ricordavano le ali di un passero.

Appena lo vide nel letto, si lasciò cadere sulle ginocchia, gli prese la mano e appoggiò la fronte alle sue nocche.

«Romana, vieni su». Suo padre la sollevò da terra. «Ecco, mettiti sulla sedia».

«Lasciami stare qui da mio figlio!».

Berta gli aveva portato dei fiori che avevano un buon profumo. Li sistemò accanto al cuscino insieme alle ultime lettere di Bo, in modo che lui potesse leggerle con calma. Suo fratello stava scrivendo un romanzo, sotto le bombe. Ne allegava delle pagine.

Come tutti i viennesi, anche i suoi genitori e sua sorella erano precipitati nell'indigenza più nera.

«La guerra si combatte al fronte», disse suo padre. «Ma è alle città che succhia la vita».

Se già i Kokoschka navigavano in brutte acque prima, ormai stavano proprio affondando. Se rimanevano a galla, era grazie agli aiuti in denaro di Adolf Loos. Oskar scoprì da sua madre che Alma aveva portato via tutte le sue cose dalla villa nel Semmering. Aveva lasciato per lui solo il pigiama rosso.

«Volevo bruciarlo», gli confidò. «Ma è meglio se lo fai tu quando torni a casa, figlio mio. Per incenerire i malefici di quella donna!».

«È vero che si è sposata?».

«Con un architetto. Ma è come se non lo fosse. Lui è in guerra e dalla casa di quella sfrontata entrano ed escono uomini come in un bordello!».

Oskar chiuse gli occhi, per tenere stretto il ricordo di Alma che si preparava per un ricevimento: rideva, si passava la cipria sul naso, si schermava dietro a uno dei ventagli che lui le aveva dipinto. Il ricordo si deteriorò nell'immagine di Lilith che si nascondeva dietro alla luna.

«Devo andare», mormorò. «Non posso rimanere qui».

«E dove vuoi andare? Stai qui e guarisci, invece! Non posso morire di paura per due figli alla volta!».

Sua madre non ammise replica. Oskar si lasciò abbracciare da lei e da Berta. Le baciò sullc guance e si raccomandò che stessero bene.

Salutò suo padre con una stretta al braccio. «È stato il tuo orologio a salvarmi la vita, papà», gli disse. Lui stesso non capì se stava ringraziando il vecchio Kokoschka o se lo stava accusando.

Quando riuscì a stare in piedi, chiese di essere rimandato al fronte.

«È fuori discussione», sibilò Loos. Veniva a trovarlo in ospedale quasi tutte le mattine, ormai.

«Faccio ancora parte dell'esercito austriaco. E non sono ancora morto».

«Sei in forze per lasciare il letto, non significa che lo sei abbastanza per tornare in guerra».

«Ma io devo andare, Loos».

«Il tuo equilibrio lascia a desiderare. E i tuoi nervi non sono nelle condizioni migliori».

«Che cos'hanno, i miei nervi?».

Loos sembrava turbato. Ogni volta che affrontavano quel discorso, sedeva vicino alla finestra e si toglieva gli occhiali, per pulirsi le lenti. Era come se pensasse di non vederci abbastanza bene per riuscire a comprendere il suo pupillo. E aveva ragione.

«I medici mi hanno detto che il tuo sonno è sempre disturbato», cominciò Loos. «Non riesci a riposare e al mattino sei più stanco e debole di quando sei andato a dormire. Una suora è terrorizzata, ha chiesto di non essere più mandata nella tua stanza a controllarti di notte».

«È terrorizzata da me?».

«Ti ha visto irrigidirti nel letto e perdere fluidi dalla bocca. Spesso, quando sei incosciente, ti alzi e cammini nella stanza. Sono stati costretti a legarti più di una volta. La poveretta sostiene che sia colpa del diavolo, non vuole più vederti. E quando non fai niente di tutto questo, urli».

«E cosa urlo?».

«Urli il nome di una donna».

Oskar si leccò le labbra. Aveva sempre sete. «E lei c'è? Loos, lei viene, quando la chiamo?».

«Oskar, che cosa stai dicendo? Certo che non c'è. Sei in ospedale, le uniche donne che possono venire sono le tue infermiere».

Oskar tacque. Chiese a Loos un po' d'acqua. L'amico tornò a infilarsi le lenti sul naso e gliela porse. «Devi dimenticarla, Oskar».

«No, io devo andare».

Loos cercò l'aiuto dei dottori, per impedirgli di partire.

Il medico scosse la testa. «Non possiamo trattenerla, signor Kokoschka, lei è libero di andare dove desidera. Ma mi permetto di farle notare che la sua salute è fragile. Le consiglierei cure più adeguate di quelle che possiamo darle qui».

«Quali cure?», si informò Loos.

«Esistono luoghi in cui il signor Kokoschka potrebbe rimanere tranquillo. Un sanatorio farebbe al caso suo, fino a quando potrà gestire almeno le vertigini e gli attacchi di nausea. O nel caso in cui i disturbi del sonno non dovessero retrocedere. Esistono medici che si occupano di queste cose».

Oskar passò lo sguardo dall'uno all'altro. Il dolore delle ferite si era trasformato in frustrazione. Adesso divampava in rabbia. «Non sono pazzo, Loos!».

«Certo che non lo sei, Oskar, si tratta solo di farti riposare».

«Non sono pazzo. E adesso devo andare».

Doveva andare da lei.

Fronte meridionale, 1916

Contro il volere dei medici, dell'amico e della famiglia, ottenne di essere inviato all'ufficio militare di Klosterneuburg, nella Bassa Austria, a occuparsi dell'ufficio stampa bellico. Un lavoro deprimente da articolista che Oskar inframmezzò scrivendo per la sua donna lunare una serie di poesie illustrate. Riuscì a farle pubblicare da un periodico di Monaco.

In estate tornò al fronte, ma solo come funzionario di collegamento per la stampa. Anche l'Italia era entrata nel conflitto, ormai, e Oskar venne inviato sulla linea bellica meridionale come scorta per i giornalisti e gli artisti di guerra.

Il teatro di battaglia sul fiume Isonzo non era meno spettrale di quello che aveva già conosciuto a Oriente. L'acqua verde e azzurra gorgogliava tra le gole ripide e le grotte scavate nella montagna. Era lo scenario ideale per cercare Lilith, per tentare di scorgere un minuscolo punto rosso all'orizzonte.

Non la vide mai. Ma una granata lanciata dal Regno d'Italia gli esplose troppo vicina e lo scaraventò tra le braccia della morte una seconda volta.

6
Crisalidi

Dresda, 1917

Oskar lasciò l'Accademia delle Belle Arti a metà pomeriggio, dopo due ore di lezione ai suoi nuovi studenti tedeschi. Si abbottonò la giacca, per evitare che il vento freddo di gennaio riuscisse a farsi strada sotto la camicia.

Per tornare al sanatorio doveva costeggiare il sanatorio, attraversarlo e proseguire ancora lungo la riva opposta. Una passeggiata di un'oretta e mezzo, fino al distretto di Weißer Hirsch. Anche meno, se teneva un buon passo.

Ormai aveva il fiato corto anche solo salendo le scale per andare in classe, i polmoni gli si riempivano d'aria a fatica, e quelle passeggiate erano una sfida vera e propria. Si costringeva a farle.

Affondò le mani in tasca quando le sentì tremare. Chiuse e aprì i pugni un paio di volte, come gli aveva consigliato il dottor Teuscher, e continuò a camminare. La città accendeva i lampioni. Gli sembrò che centinaia di occhi si fossero aperti intorno a lui per accompagnarlo nell'impresa.

Dresda lo faceva sentire sereno. Circondata da colline dalle forme dolci, giaceva sulle rive del fiume con le sue guglie barocche protese verso il cielo. Poteva essere lo scenario di una bella fiaba o la scenografia di uno spettacolo teatrale. Era come se la guerra non fosse riuscita a toccarla.

L'Elba attraversava la città come un gigantesco serpente. Oskar gli camminava a fianco con la certezza che fosse vivo, che i bagliori di luce sulla superficie fossero le squame iridescenti di una creatura degli abissi. A volte vedeva il drago sollevare la testa d'acqua fino alle nubi, per poi tornare a scorrere ai suoi piedi, e lui veniva colto da una vertigine che lo costringeva a cercare un appiglio. In altre occasioni, scrutava le rive alla ricerca di qualche sirena di fiume. Di certo, anche sul fondo dell'Elba dovevano esserci un tesoro nascosto e qualche fanciulla d'acqua dolce pronta a difenderlo. Se c'erano, avevano tutte il viso di Alma.

Rientrò al Lahmann Sanatorium che era già sera. Attraversò il giardino fino all'edificio elegante, dalle pareti chiare.

Il dottor Teuscher era proprio sulla porta, con la giacca buttata sul camice che si godeva l'aria della sera. Lo salutò con la mano.

«Bentornato, professor Kokoschka. Come sono andate le lezioni, bene?».

«Molto bene». Si fermò accanto a lui per riprendere aria. «Oggi è un mese che mi hanno affidato il corso. I miei studenti cominciano ad abituarsi a me e io a loro».

«Ha il fiatone. Come si sente?».

«Ho camminato fino a qui dall'Accademia. Mi sono fermato solo una volta».

«Le vertigini?».

«Le ho avute stamattina, salendo per andare in classe. Ma non ho inciampato».

«Questo significa che facciamo progressi».

«In realtà non saprei dirlo, dottore. La testa mi fa male, se mi concentro su un dettaglio del paesaggio. E le mani…».

«Mi faccia vedere».

Oskar lasciò che Teuscher le esaminasse. Il medico gli massaggiò i palmi, gli fece incurvare le dita e gliele piegò, ma non riuscì a placare il tremore. «Fa sempre gli esercizi che le ho prescritto?».

Oskar aprì e chiuse le mani davanti a lui. «Più volte al giorno».

«Non possiamo fare di più, per il momento. I suoi nervi sono molto danneggiati. Ma confido che ci saranno dei miglioramenti».

Oskar annuì. «Pensavo di mettermi a dipingere nella veranda, prima di cena».

«Cerchi solo di non prendere freddo. Domattina l'aspetta la

ginnastica e un bel bagno d'aria, veda di non stancarsi troppo questa sera».

«Non si preoccupi».

Evitò di parlargli degli incubi delle ultime notti.

Andò in camera a prendere gli strumenti e si sedette sulla panca in veranda, dove ombre proiettate dagli alberi si arricciavano in code di pesce e corpi ritorti, dalle pareti fin sul pavimento. Cercò di dare forma alle immagini dei suoi sogni, ma era impossibile.

In quelle ultime notti sentiva il ticchettio degli artigli di lei sul muro, dietro la spalliera del letto, ascoltava il suo respiro raschiante dentro l'orecchio rotto.

Ma Lilith non c'era.

Anche se il suo Occhio era aperto, non la vedeva mai.

L'indomani mattina vennero a chiamarlo annunciando una visita. Oskar seguì l'infermiera al pianterreno e attraversò la sala della colazione. Il suo ospite lo attendeva nello studio di Teuscher che dava sul giardino.

Il medico era seduto alla scrivania. Oskar gli rivolse un cenno di saluto e rimase in silenzio. Oltre le finestre, l'aria del mattino era così tersa che rendeva il prato al di fuori vivido come se l'avesse dipinto lui stesso.

Davanti ai vetri, di spalle, c'era un uomo alto e magro che guardava all'esterno. Teneva le dita intrecciate dietro la schiena. Indossava degli stivali da viaggio e una giacca elegante, tagliata su misura per quel corpo lungo e sottile come un'ombra.

Quando lo sentì entrare, lo sconosciuto si voltò e la luce fece brillare i bottoni d'argento della giacca. «Il professor Kokoschka?».

«Sono io».

Il viso emaciato dell'ospite si illuminò. Lo sguardo baluginò per un istante come i suoi bottoni. «Ne ero sicuro». Si portò le mani ai lati della testa. «L'ho riconosciuta dalle orecchie».

Oskar guardò prima il medico e poi lo sconosciuto gentiluomo. «E lei chi è?».

«Questo è il dottor Fritz Neuberger», gli venne in aiuto Teuscher. «Ci teneva molto a incontrarla».

Fritz Neuberger si staccò dalla finestra e gli porse la mano. «Che sciocco, mi perdoni, avrei dovuto presentarmi subito. Ho sentito tanto parlare di lei e ho avuto modo di vedere molte delle sue opere: i dipinti e i suoi spettacoli a teatro, sa? Sono innamorato della sua arte. Vede, abbiamo un amico in comune, lei e io, che è molto preoccupato per la sua salute».

«Adolf Loos?», tentò Oskar. Loos era l'unica persona che poteva avergli messo alle calcagna un individuo così particolare.

Il dottor Neuberger sorrise, ma non rispose. Come prima, gli si illuminò l'espressione e Oskar si sentì in dovere di sorridergli di rimando.

«La sua situazione medica è molto interessante», proseguì Neuberger. «Ne sono molto incuriosito. Vorrei provare a fare qualcosa».

Oskar cercò di nuovo lo sguardo del dottor Teuscher, che annuì. «I metodi convenzionali hanno poco successo e procedono molto lentamente, professor Kokoschka. Penso che si potrebbe tentare».

Neuberger aveva un aspetto denutrito, come se qualcosa lo stesse consumando da sotto la pelle. La sua faccia era incorniciata da una barba scura, da cui spuntavano due zigomi appuntiti. Non avrebbe dovuto ispirargli fiducia. Invece, a contrasto con la sua figura, gli occhi chiari erano straordinariamente gentili. Oskar si stupì nel sentire un'ondata di sollievo a quella proposta.

Si spostarono nella veranda, mentre il dottor Teuscher usciva per incontrare gli altri pazienti nel giardino. Da dov'erano, potevano vedere gli ospiti del sanatorio cominciare gli esercizi sul prato, in lontananza, mentre loro gustavano un tè profumato e un piattino di biscotti al burro.

«Sono arrivato a Dresda un mese fa, dovevano essere i primi giorni di dicembre dell'anno scorso», disse Oskar. «Volevo ricominciare a vivere in un posto che non fosse Vienna».

Neuberger annuì, masticando un dolcetto. «È vero che ha cercato di morire?».

«Ho tentato». Oskar non aveva idea del perché fosse così facile confidarsi con lui. Si chiese quanto sapesse Loos e quanto gli avesse già raccontato. «Ho cercato di morire in molti modi, ma non ci sono riuscito. Ma ormai ho perso qualsiasi desiderio di risolvere i miei problemi personali con la morte. E non voglio saperne più niente nemmeno della guerra».

«Questo è proprio ciò che speravo di sentire!».

Oskar si guardò le mani che avevano ripreso a tremare. Dopo essere quasi saltato in aria sul fronte italiano, i medici lo avevano di nuovo curato a Vienna e gli avevano subito proposto un sanatorio. «Fisicamente potevo riprendermi, dicevano, ma i problemi più grossi pare che io ce li abbia nella testa. Non l'hanno mai detto apertamente, ma intendevano che sono pazzo. Mi hanno proposto subito il sanatorio, ma io ho rifiutato».

«Come mai?».

Oskar lo fissò. «Perché non è vero che sono pazzo». Prese un sorso di tè per inumidire la gola secca. Era dolce e bollente. «Di ritorno dalla guerra avevo la sensazione di essere tornato ad abitare un vecchio corpo che avevo abbandonato a Vienna, una crisalide vuota. Non sentivo più niente, solo un vuoto spaventoso. Così sono scappato a Berlino».

Aveva ripreso i contatti con Loos e a settembre era andato a trovare Herwarth Walden. L'amico faceva del suo meglio per mantenere la rivista «Der Sturm», nonostante le privazioni che la guerra aveva inflitto alla vita dei berlinesi e al clima sociale.

La capitale dell'Impero tedesco non era più la città dinamica e ottimista che Oskar aveva conosciuto. La gente era sofferente tanto quanto lo era a Vienna, il cibo era scarso. Una moltitudine di veterani feriti e mutilati mendicava a ogni angolo di strada.

«La guerra si è portata via molti miei compagni d'arte. Il poeta Georg Trakl è morto a Gródek, dove ho prestato servizio anch'io. Molti altri sono sconvolti o sono finiti in depressione. Ho fatto meno visite di quante avrei voluto, mentre ero a Berlino».

«Mi dispiace molto», commentò Neuberger.

C'era una compassione così sentita, nella sua voce, che Oskar si sentì sollevato.

«Anche lei si sente così, Kokoschka? Depresso e sconvolto?».

«Mi sento vuoto, dottor Neuberger».

A Berlino aveva scoperto che Walden aveva divorziato da Else

Lasker-Schüler. Gli uffici di «Der Sturm» erano stati arieggiati. Il disordine imperava in ogni angolo, come sempre, ma la nebbia color argento che aveva avvolto la redazione come fosse una terra di sogno era scomparsa insieme al principe di Baghdad. Quell'assenza lo aveva fatto sentire sbagliato, davanti a Walden.

Si sentiva sbagliato anche adesso. Strinse e chiuse i pugni sulle ginocchia.

«I teatri vogliono altri miei lavori. E i miei quadri valgono molto di più, rispetto a prima della guerra. Ho anche ricevuto diverse proposte di lavoro come professore da Berlino, da Dresda, ovviamente, e da altre città tedesche. All'inizio non volevo accettare».

Neuberger aveva approfittato del suo racconto per finire tutti i pasticcini. «Perché no?».

«Avevo paura che insegnare mi togliesse tempo e creatività per dipingere. Ma avevo bisogno di soldi, per la mia famiglia e per me».

Era rimasto a Berlino fino a novembre, poi era stato richiamato a Vienna. Era ancora un ufficiale della Cavalleria Austriaca e avrebbe dovuto rimanere nella capitale, a disposizione di chi avrebbe potuto richiamarlo al fronte.

«Ma non volevo. Così ho accettato la cattedra all'Accademia delle Belle Arti qui a Dresda. Il direttore del museo, Hans Posse, mi ha raccomandato il Lahmann Sanatorium. E il dottor Teuscher mi protegge, permettendomi di soggiornare qui. Non sta mentendo a nessuno, faccio ancora molta fatica a respirare per via della ferita ai polmoni e il mio equilibrio è un disastro». Sollevò le mani davanti a Neuberger. «Comunque starei bene, se non fosse per i nervi. Mi tremano le mani, tranne quando dipingo, e a volte anche le gambe. I dottori dicono che è stato lo shock da granata e che mi passerà con il tempo. Ma è questo vuoto, dentro, che non passa».

«Una crisalide».

«Come dice, mi perdoni?».

«Lei ha usato questa parola, poco fa. Si sente come una crisalide vuota, senza farfalla all'interno. Che metafora affascinante».

«Crede?».

«Diamoci del tu, Oskar. Io credo che invece tu sia una crisalide piena. Hai molta forza, si direbbe che tu sia nato dal fuoco».

Oskar trasalì. Ci mancò poco che non lasciò cadere la tazza bollente.

«Si capisce guardando le tue opere», continuò Neuberger. «E non hai solo questo. C'è qualcosa di molto potente che ti succhia l'energia vitale, ti sfinisce, ma ti preserva dalla morte perché vive attraverso di te».

Oskar appoggiò la tazza prima che la vertigine lo facesse vacillare. «Come fai a saperlo? Te l'ha detto Loos?».

Neuberger strappò un foglio dal taccuino e scrisse un indirizzo appoggiandosi sul ginocchio appuntito.

«Vorrei vederti a casa mia, domattina. Dopo la ginnastica con il dottor Teuscher, magari». Sorrise. Il viso smagrito aveva una tale luce da illuminare la veranda. «Pranzeremo insieme e ti libererò in tempo per le tue lezioni pomeridiane. Non credo affatto che tu sia pazzo».

Quella sera, di ritorno dall'Accademia delle Belle Arti, Oskar era sfinito. Salutò il dottor Teuscher, come al solito, e andò a chiudersi in camera. Non scese né a dipingere né per la cena.

Non faceva altro che ripetersi a mezza voce le parole di Fritz Neuberger, rivedeva la luce che quel viso emaciato sprigionava ogni volta che sorrideva e si diceva che anche lo strano dottore doveva avere un Occhio bene aperto quanto il suo.

Il sonno gli strisciò addosso nel momento in cui si sdraiò sulle lenzuola pulite. Dopo mesi, riuscì finalmente a scorgere Lilith.

Cominciò con il sentire il ticchettio dei suoi artigli, il suo respiro raschiante. Nel sogno, lui la cercava negli angoli bui della stanza, senza riuscire a trovarla. Alzava le coperte per vedere se era sotto il letto, guardava nell'armadio, sollevava la carta da parati lungo una parete, come fosse stato il velo di stoffa nera sotto il quale un tempo aveva nascosto i tributi per lei.

Solo quando passò davanti allo specchio, la vide. Nel riflesso, Lilith gli stava seduta sulle spalle. Incrociava le gambe sul suo petto, i polpacci nudi si trasformavano nelle zampe di un rapace e le unghie nere gli affondavano nei polmoni. Non lo facevano respirare bene.

Lei gli abbracciava la testa. Appoggiava la guancia pallida al suo orecchio e premeva la bocca nel punto in cui il proiettile gli aveva scheggiato il cranio, come gli stesse succhiando via il cervello da lì.

Dal riflesso dello specchio, lo guardava con occhi che erano come monete d'argento sprofondate nel viso dolce di Alma.

Ecco perché non riusciva a vederla. Era di nuovo troppo vicina.

La locanda di Felsenburg era un edificio stretto e alto di tre piani sotto un tetto a punta. Oskar fu subito intrigato dalle mura in pietra nuda sorrette dalle intelaiature in legno, dalle finestre con gli scuri aperti sulle strade trafficate, dai davanzali ricolmi di fiori.

La locanda era gestita da una donna rotondetta, con le guance rosse e il sorriso aperto. Si faceva chiamare "Mamma Nachtwey".

«Lei deve essere il bravo professore dell'Accademia, vero? Il caro Oskar Kokoschka. Fritz non fa che parlare di lei a tutti, qui, lo sa? La sta aspettando. Venga, venga dentro!».

La stanza d'ingresso era deserta, in quel momento, ma era confortevole e tradiva il disordine piacevole dei posti abitati. Il tavolo al centro della sala bene illuminata era apparecchiato per sette persone e il divano accanto alle finestre ospitava una pila di libri. Una coperta dai colori vivaci riposava su un bracciolo. C'erano libri anche sulle mensole e impilati a terra, vicino alla scala. Sulle pareti, bene incorniciati, facevano mostra i manifesti degli ultimi spettacoli dell'Albert-Theater.

Nell'aria c'era un profumo di zucchero e mele arrostite che era quasi intossicante.

Nel complesso, a Oskar sembrò di essere entrato nella casetta di un bosco delle fiabe, quelle piene di dolci in cui i giovani viandanti venivano attratti dopo un lungo errare nel bosco. Si trovò a sperare che Mamma Nachtwey fosse la fata buona che sembrava e non una strega affamata sotto mentite spoglie.

«Ecco qui, caro». La locandiera gli tolse dalle spalle la giacca e si allungò sulla punta dei piedi per appenderla a uno dei pomelli di legno sul muro. «Salga fino all'ultima scala, in soffitta troverà Fritz ad aspettarla».

Oskar cominciò a salire. Si augurò che la strega non fosse invece Neuberger.

«Benvenuto, Oskar. In perfetto orario».

Al centro della soffitta, Fritz Neuberger era seduto a un tavolo sovraccarico di carte, libri e stampe di qualunque genere. L'intera stanza era stata sconfitta dal suo occupante: una parete ospitava il letto, su cui erano abbandonati casacche, pantaloni e fusciacche di tutte le fogge. C'era perfino una scarpa solitaria. Libri e fogli erano ammucchiati sul davanzale della finestra e sotto la sedia nell'angolo, insieme a un paio di stivali. Un tappeto orientale sosteneva un enorme mappamondo di legno e le mensole erano colme degli oggetti più strani: una clessidra con la sabbia color avorio, una spada dalla forma ad arco nella sua custodia smaltata, un tamburo dipinto e quelli che a un primo sguardo avevano tutta l'aria di essere teschi di animali. Inchiodato nel punto più alto sotto il tetto spiovente, c'era un grosso lucertolone imbalsamato, la cui coda si arricciava fino al pavimento. E accanto alla finestra riposava l'enorme statua di un uomo seduto a gambe incrociate, ma con la testa di elefante.

«Buongiorno, dottor Neuberger», balbettò Oskar.

«Fritz», lo corresse il dottore. Scrollò una sedia e un grosso gatto nero fu costretto a lasciarla libera, con un miagolio irritato. Andò ad acciambellarsi sul letto in mezzo alle fusciacche. «Ecco, siediti. Le scale ti hanno affaticato molto?».

Oskar obbedì. «Erano ripide».

«Al ritorno sarà tutto più facile. Le salite si trasformano in discese».

Per nulla rassicurato, Oskar tornò a guardare con sospetto i teschi sulla mensola..

«Non sono umani, puoi stare tranquillo. Non tutti almeno». Neuberger seguì il suo sguardo. «Quello più grande apparteneva a una tigre. Una vera e propria mangiatrice d'uomini, come dicono alla foce del Gange. È stata uccisa più di un secolo fa, il suo cranio era conservato in un tempio a Calcutta in quanto abitazione di uno spirito maligno. L'ho vinto a dadi contro un sacerdote. Quello più piccolo invece era di una lince con cui ho combattuto a mani nude in Siberia durante un viaggio iniziatico nella foresta delle betulle».

«E quello in mezzo?».

«Ha una storia troppo lunga. Meglio lasciar perdere».

«Lei non è un medico, vero?».

«Ti ho già detto di darmi del tu, Oskar. E naturalmente lo sono. Non sono solo quello, però, così come tu non sei solo un soldato della Cavalleria Austriaca».

Oskar fissò la lucertola sul muro e pensò che era ancora in tempo a darsela a gambe. Invece appoggiò la schiena alla sedia, tiepida per la presenza del gatto, e ascoltò Fritz Neuberger parlare delle sue imprese.

Era incredibile che un uomo così magro e malaticcio avesse viaggiato tanto. Oskar rimase incantato dai suoi racconti sull'India. Neuberger dipinse davanti ai suoi occhi scenari di città brulicanti di genti così strane da fare impallidire i cosacchi della Galizia orientale. Raccontò di fiumi enormi abitati da coccodrilli e fenicotteri, di giungle selvagge in cui si nascondevano antiche città rivendicate dalle scimmie, di templi magnifici costruiti in pietra e oro dove uomini e donne danzavano in onore di divinità sconosciute.

Forse si è ammalato in India, pensò Oskar. *Forse ha preso qualche malattia dalle scimmie e adesso ne è consumato.*

Neuberger raccontava con entusiasmo, ma aveva gli occhi arrossati e sembrava perfino più denutrito del giorno precedente.

«Ci sono molti modi per viaggiare», disse Neuberger. «Farlo sulle proprie gambe è il metodo che prediligo, il mondo è vasto e merita di essere visto. Ma ci sono altri mondi oltre a questo».

«Altri mondi?».

«Regni diversi, Oskar. In cui si può viaggiare con questa». Si batté un dito sulla tempia. «Nei luoghi che ho visitato, nei continenti oltre l'Europa, in molti viaggiano attraverso i mondi e parlano con spiriti, demoni e dèi».

Oskar si leccò le labbra. Erano di nuovo secche, come in guerra. «Non capisco».

Neuberger sorrise. Un sorriso dolce e luminoso. «Io credo che tu capisca molto bene, Oskar. C'è chi viaggia attraverso il suono di un tamburo, c'è chi lo fa mangiando o fumando erbe. E chi lo fa senza volerlo, spesso in sogno, perché ha già l'Occhio della mente fin troppo aperto. Questi ultimi viaggiatori corrono più pericoli, perché non hanno la più pallida idea di quello che stanno facendo».

«Che pericoli corrono?». Nascose le mani tremanti sotto il tavolo. Aprì e chiuse i pugni.

«Rischiano di rimanere intrappolati. L'Occhio si sporca facilmente di tutte le meraviglie e gli orrori che vede, poi rimane incrostato e si infetta. Lavarsi le mani è faccenda da niente, ma lavarsi l'Occhio è tutt'altra storia».

«Lo so», gli sfuggì. Si morse la lingua.

Neuberger lo guardò compassionevole. «Cosa ti divora?».

Una vertigine lo colse di sprovvista, i nervi delle gambe e delle braccia si irrigidirono, gli sembrò di rovesciarsi sul pavimento. Invece si tenne stretto ai braccioli mentre le lacrime gli bruciavano gli occhi.

«Puoi parlarmene liberamente, Oskar. Ne ho anch'io, di demoni».

Oskar singhiozzò, non voleva rivelare niente. Ma Fritz Neuberger era davanti a lui e sembrava sapere già tutto. Non si limitava a sopportare la sua stranezza, come avevano fatto Loos e Alma. Lui accettava e capiva, invece. «Anche la mia è una storia troppo lunga, dottore».

«Abbiamo tempo».

Le parole trovarono la strada in mezzo alle lacrime. Sfregandosi gli occhi, Oskar snocciolò la favola oscura della sua vita insieme a un demone che aveva lo stesso nome della ragazza di cui si era innamorato sui banchi di scuola e che gli si era avvinghiato addosso. Gli teneva aperto l'Occhio, ma in cambio pretendeva tutto il resto.

Neuberger lo lasciò parlare senza interrompere. Si limitò a guardarlo con quell'espressione gentile e priva di giudizio. Di tanto in tanto annuiva e sospirava, come se le cose di cui Oskar parlava le avesse vissute anche lui.

«È un demone ebraico», disse Oskar. «Quando ero a Berlino ho studiato molto. Ho letto tutti i libri che ho trovato sulla sposa del vento».

Neuberger annuì ancora. «Conosco i *mazzakin*, figure demoniache di cui parlano i testi ebraici. Possono mangiare e riprodursi, possono perfino morire. Tra questi ci sono le creature della notte come Lilith. In India i sacerdoti parlano dei *rākṣasa*, che sono in grado di cambiare aspetto. Possono prendere qualsiasi forma. Le sembianze di una persona o quelle di un grande uccello. Mangiano carne umana. Bevono sangue, sperma e sudore».

Oskar intrecciò le mani per impedire che il tremito gli salisse fino alle spalle. Pensò al bambino che stava per avere da Alma e che lei non aveva voluto. Pensò a piumate gambe da rapace. Si piantò le unghie nei polsi. «È per questo che non mi lasciava morire, in guerra? Perché si nutre di me?».

Neuberger gonfiò il petto magro con un sospiro. «È possibile».

«Non posso morire. Ma non posso neanche più vivere così».

«Lo credo bene. I nostri demoni ci consumano, se non facciamo qualcosa».

Oskar guardò i segni rossi che si era lasciato nella carne. Ci tirò sopra i polsini della camicia, non poteva mostrarsi all'Accademia delle Belle Arti in quelle condizioni.

Alzò gli occhi su Neuberger. Si rese conto che non era una malattia esotica, quella che lo stava divorando. Anche lui aveva un demone sulle spalle intento a succhiargli il cervello. Era Lilith anche per lui? O forse il demone era diverso per ognuno.

«Che cosa devo fare?».

«Non esiste una medicina, Oskar. Dobbiamo procedere per tentativi. Questa forma di energia non è pericolosa solo per te, se non è controllata rimane addosso anche a chi ti è vicino».

Oskar ripensò alla lettera di Alma che aveva ricevuto a Holíč. Anche lei sentiva il rumore degli artigli di Lilith, prima di dormire. E sapeva di averla avuta dentro. «Com'è possibile?».

«I demoni si alimentano con le nostre speranze e con le nostre paure. Contagiano le fantasie delle persone con cui le condividiamo. La suggestione, Oskar, è una delle forme più alte di magia».

Oskar scosse la testa. «Suggestione?». Sentì la propria voce farsi più stridula. «Tutto questo discorso per dirmi che si tratta di suggestione?».

Neuberger continuò a guardarlo con dolcezza. «Uno stregone sulle rive del fiume Gange mi ha detto che i demoni abitano la nostra mente, non vivono mai al di fuori. Ma questo non li rende certo meno reali».

«Sono pazzo o no?», ruggì Oskar.

«Non ho mai pensato che tu lo fossi. Credo che la tua mente abbia in sé molti mondi, invece».

Oskar si accasciò esausto. «Ho sete, dottor Neuberger. Ho bisogno di bere».

«Spero che tu abbia anche fame. È ora di pranzo, ormai, e Mamma Nachtwey ci aspetta a tavola».

Nella sala al pianterreno della guest house c'era chiasso e fermento. Il tavolo apparecchiato era già stato preso d'assalto e Mamma Nachtwey si affrettava a nutrire gli ospiti con l'impegno di una rondine tornata al nido.

«C'è un posto qui vicino a me, Fritz!», urlò un uomo dalle folte sopracciglia scure. Al giro di presentazioni, Oskar apprese che si chiamava Ernst Deutsch e che era un attore.

Lui trovò posto di fronte a Neuberger e accanto all'unica donna della tavolata. Era alta, con la pelle ambrata, i capelli corti e scuri tagliati in modo irregolare. Aveva quasi l'aspetto di un ragazzino, sprofondata nel maglione largo. Oskar ebbe l'impressione di averla già incontrata, da qualche parte.

«Miei cari amici!», Fritz Neuberger fece tintinnare la forchetta sul bicchiere, per attirare l'attenzione. «Vorrei presentarvi il professor Kokoschka. Insegna all'Accademia delle Belle Arti di Dresda ed è un grande artista».

«Kokoschka?», Ernst Deutsch batté un pugno sulla tavola, facendo sobbalzare le stoviglie. «Che il diavolo mi porti! Oskar Kokoschka, il maledetto genio di Vienna è seduto a tavola con noi?».

Neuberger era al colmo della felicità. «Vi ho fatto una bella sorpresa, non è così?».

Gli altri commensali erano il drammaturgo Walter Hasenclever e i due poeti Iwar von Lücken e Paul Kornfeld.

Era un circolo di spiriti gentili che il dottore aveva raccolto sotto la sua ala protettrice. Si stavano ancora leccando le ferite che quei tre anni di guerra avevano lasciato loro addosso e bruciavano dal desiderio di vedere i conflitti armati sparire dall'Europa e dal resto del mondo.

«La guerra non porta a niente di buono», disse Paul Kornfeld. «Uccide tutto quello che incontra, che sia la vita umana o la creatività dell'arte. Una civiltà evoluta non dovrebbe nemmeno prenderla in considerazione».

Oskar si disse d'accordo. Raccontò della sua esperienza sul fronte orientale, dei suoi compagni uccisi nell'imboscata a cui era sopravvissuto. Parlò di Minden Lo e del lungo viaggio a cavallo che gli era sembrato di fare con lo spirito, mentre il suo corpo veniva trasportato a Vienna in treno.

«Sembra uno dei viaggi del dottor Fritz», commentò la ragazza. Si chiamava Kate Richter. Anche lei era un'attrice e lavorava all'Albert-Theater, il teatro più d'avanguardia di Dresda. Oskar capì perché gli era sembrato di averla già vista. Il suo viso efebico era spesso sui giornali e compariva in tutti i manifesti appesi nella locanda.

Pranzarono con zuppa di cipolle e pane caldo, il tutto condito da un acceso dibattito sull'arte dadaista, nata all'inizio del secolo e morta nella confusione della guerra. Oskar perse il senso del tempo e si accorse che doveva correre se voleva arrivare all'Accademia.

Quando si alzò da tavola, era già innamorato di quegli artisti sperduti che avevano condiviso il pane con lui.

Kate Richter gli prese la mano. «Tornerà a trovarci, professor Kokoschka?».

Tornò il giorno dopo. Kate era adagiata sul divano della sala a piedi nudi e ripeteva la parte del suo prossimo spettacolo insieme a Ernst Deutsch, seduto sulla sedia davanti a lei.

Lei si spostò per fargli spazio. «Fritz è fuori per lavoro, sei venuto per lui?».

«Sono venuto per tutti voi, in verità. Avevo voglia di rivedervi».

«Si è divertito troppo ieri», sogghignò Deutsch. «Ormai il genio di Vienna è uno di noi».

Oskar aveva avuto proprio la stessa impressione. Sedette accanto a Kate Richter come se la locanda di Felsenburg fosse casa sua.

Anche Hasenclever era al lavoro in teatro, quella mattina, e Paul Kornfeld se ne era andato a bighellonare davanti al panorama della Brühlsche Terrasse. Solo Iwar von Lücken era chiuso in camera sua, al lavoro su una poesia, e non ci fu verso di farlo scendere dal secondo piano.

«Di cosa si occupa il dottor Neuberger?».

«Fritz?», Deutsch lanciò il copione sul divano. «È uno scrittore e un filosofo».

«E un uomo d'affari», aggiunse Kate.

Oskar aggrottò le sopracciglia. «Non è un medico, allora».

«Credo che sia stato un ricco industriale, una volta», continuò Deutsch. «Ha amici dall'Europa alla Russia, passando per Istanbul. Credo che sia stato anche un politico, forse lo è ancora».

«Non è possibile essere tutte queste cose insieme. Dovrebbe aver vissuto mille vite».

Deutsch si strinse nelle spalle. «È possibile, se sei Fritz Neuberger».

«Io so che è un grande amante del teatro e dell'arte», disse Kate. «Quando l'ho conosciuto, è venuto nel mio camerino dopo avere assistito all'*Antigone*. Sapeva tutte le battute a memoria».

«È venuto a cercarti lui?».

Kate annuì. «Incontrarlo è stata una delle cose migliori che mi siano mai capitate. Stavo male e lui ha trovato il modo per farmi tornare a vivere».

Anche per Ernst Deutsch valeva la stessa cosa. E per Iwar von Lücken. E per tutti gli altri artisti della locanda. Il dottor Fritz Neuberger li aveva salvati dalla depressione personale e dalle disgrazie economiche che la guerra aveva portato in Europa. Li aveva radunati lì, al sicuro.

«È anche un occultista», concluse l'attore. «Ha studiato chissà cosa in India, e in Italia ha imparato qualche tipo di stregoneria. Qui in città, qualcuno sostiene che sia il diavolo».

«Ma è una falsità, Ernst», Kate gli restituì il copione. «Nessuno potrebbe pensare qualcosa del genere di Fritz».

«Eppure, Katja...».

«Eppure niente», tagliò corto lei. «È un uomo buono che desidera la pace. Non solo dalla guerra, ma anche per le persone attorno a lui».

D'accordo, si disse Oskar. *Ma perché?*

Ebbe modo di chiederglielo un paio di giorni dopo, quando tornò a pranzo alla locanda.

«Perché mi stai aiutando, Fritz? Tutto questo parlare di tenere a bada i demoni deve avere un senso. Che cosa vuoi in cambio?».

Il dottor Neuberger sollevò dal piatto i suoi occhi gentili. «Desidero solo che tu dipinga, Oskar. Se c'è qualcosa che può salvarci tutti, questa è l'Arte».

Finì per trasferirsi a Felsenburg, sotto le cure e l'ala protettrice di Fritz. Mamma Nachtwey gli affidò una camera al secondo piano, accanto alla stanza di Iwar von Lücken, che quando non scriveva declamava versi in corridoio. Se non aveva lezione, accompagnava Kate Richter all'Albert-Theater e rimaneva ad assistere alle prove in platea. Affascinato da lei e dai racconti di Deutsch, ricominciò a scrivere per il teatro. Non vedeva mai Lilith quando scriveva, ma sentiva il suo peso sulle spalle. La lasciava lì, senza cercare di sfuggirle, e quando le mani cominciavano a tremare più del solito o i polmoni gli restituivano il respiro in fitte di dolore, sapeva che il demone era intento a sbirciare il foglio al di sopra della sua testa.

In una mattina di febbraio salì fino alla soffitta per sottoporre la drammaturgia a Fritz.

Trovò la stanza vuota. Gli oggetti del dottor Neuberger riempivano gli angoli come sempre, ma i libri erano in ordine, il letto insolitamente libero dagli abiti smessi e il tavolo sgombro. Solo il gatto nero di Fritz, allungato sul davanzale, gli riservò un debole saluto sbadigliando nella luce della finestra.

Scese al pianterreno e trovò Kate sul divano. Leggeva una commedia di Aristofane che aveva iniziato la sera prima e, con le gambe accavallate come una prostituta d'alto bordo, fumava una sigaretta da un lungo bocchino d'argento.

«Hai visto Fritz?», la salutò.

Lei non alzò lo sguardo, attenta a una battuta sul fondo della pagina. «Non è su?».

«Non c'è. E la sua camera è in ordine, l'unica presenza in soffitta è la prode Raminagrobis stesa al sole».

«Deve essere andato via, allora».

«Andato dove? Ha detto quando torna?».

«No, non l'ho visto. Ma non è detto che torni oggi, in effetti».

«Che significa?».

Lei chiuse il libro tenendo un dito tra le pagine. «A volte Fritz scompare per giorni, anche per mesi interi. Non dice mai a nessuno quando e dove va, semplicemente sparisce. Forse è andato in India, o magari si trova dal pasticcere in fondo alla strada. In ogni caso, tornerà con qualcosa di incredibile quando meno ce l'aspettiamo. L'ultima volta è tornato con te».

Oskar guardò i fogli tra le proprie mani. Tremavano.

«Ho scritto qualcosa, in queste settimane», disse. «Non è ancora finito, ma volevo mostrarglielo».

Kate assottigliò gli occhi pieni di malizia e lo afferrò per un lembo della camicia. «Fallo vedere a me, Okappa».

«Okappa?».

«Oskar Kokoschka. O.K.».

Le franò addosso, tra i cuscini del divano. Sentì contro di sé il fianco acerbo dell'attrice, così diverso dalle forme morbide di Alma.

«Okappa», ripeté, in un brivido di piacere. «Suona bene».

Impiegò qualche settimana a concludere e a rivedere l'opera, al termine delle quali sia Ernst Deutsch che Walter Hasenclever si dimostrarono entusiasti.

«Queste visioni sceniche sono puro spirito dada», esclamò Hasenclever. «Sei il precursore di qualcosa che deve ancora nascere, io ne sono certo!».

L'unica cosa di cui Oskar si sentiva un precursore era il nuovo scandalo che avrebbe suscitato di lì a poco. Aveva venduto l'opera alla Dada Gallery e non riusciva a immaginare che gli svizzeri potessero avere reazioni diverse dai viennesi della Kunstschau. «Andrà benissimo», Kate lo rassicurò.

«L'ultima volta è andata così bene che ho preso un pugno in faccia».

Lei inorridì. «Non ti preoccupare, Okappa, ti difendo io».

«Vedremo. Ad aprile».

I festeggiamenti per l'imminente spettacolo a Zurigo degenerarono nel caos quando Oskar ottenne che Kate e Deutsch fossero scritturati per le parti dei protagonisti: Anima e Giobbe.

E non finì lì. Alla locanda nessuno aveva mai visto girare tanti soldi come quelli che ci entrarono con la vendita dell'opera all'Albert-Theater.

«Lo mettiamo in scena quest'estate!», Ernst Deutsch era euforico. «Vi rendete conto? Qui a Dresda!».

Il lavoro catalizzò gli attori dall'alba al tramonto, Oskar divise le sue giornate tra le lezioni all'Accademia e la progettazione delle scenografie che avrebbero girato le città di un'Europa straziata dal conflitto.

Dipinse anche di notte, con la sola compagnia della prode Raminagrobis, che talvolta intingeva le zampe nella pittura. Curò fondali e oggetti di scena come quadri. Su consiglio di Deutsch, costruì maschere che fossero illuminate elettricamente dall'interno. Dalla scena, gli attori avrebbero inchiodato il pubblico con occhi incandescenti.

Di tanto in tanto, nel buio del pianterreno di Felsenburg, le maschere accese prendevano vita. Oskar si appiattiva sulle scenografie, con i polmoni fradici e in preda alle vertigini, fino a quando quei nuovi portatori di sogni e le loro orbite lucenti non tornavano a essere innocui oggetti di scena.

Accanto a lui, la gatta gonfiava la coda. Sembrava avere il potere di tenere i demoni negli angoli con la sua sola presenza felina.

«Dici che si tratta proprio di una relazione tormentata tra l'uomo e la donna, Oskar?». Poco dopo l'alba, Kate scendeva per la colazione con il copione in mano. «Non lo è?».

«Ho avuto un'idea, stanotte. Credo che Anima non sia la rappresentazione di uno spirito di donna, ma che sia lo stesso io di Giobbe. Una parte profonda di lui stesso».

A Oskar sembrò assurdo, dal momento che Anima era un personaggio femminile e che l'io di Giobbe avrebbe dovuto essere un maschio tanto quanto lui. Poi però guardò Kate, che era scesa dalla scala a gambe nude, vestita di un maglione che la copriva solo fino alle anche. La osservò sorseggiare il caffè, mentre leggeva le battute e si inanellava al dito una ciocca di capelli corti. Non ebbe il coraggio di contraddirla. «Potrebbe essere anche così».

«Ne sono sicura e la interpreterò in questo modo. Fritz dice sempre che i nostri demoni sono solo parti di noi stessi».

La première conquistò la scena alla Dada Gallery di Zurigo, in una serata d'aprile.

Oskar si aspettava uno scandalo, invece il successo di *Hiob* fu una detonazione clamorosa che rimbalzò dalle testate svizzere a quelle tedesche sollevando un enorme interesse per il Selvaggio di Vienna tornato dalla guerra.

Sul palco, Kate Richter ed Ernst Deutsch vennero osannati come degli eroi. I demoni dagli occhi elettrici ricevettero fiori e biglietti appassionati.

Oskar rilesse le pagine della sua opera al fianco del vecchio *Assassino, speranza delle donne* che lo aveva fatto cacciare da Vienna. Non trovava niente di diverso nel linguaggio sardonico e nelle immagini fiabesche.

«Non sei cambiato tu», gli fece notare Hasenclever. «È il pubblico che è diverso».

La guerra aveva rivoltato gli animi e faceva da cassa di risonanza ai diavoli e agli uomini torturati che Oskar aveva portato in scena. I giornali gonfiavano con parole roboanti quella verità semplice, scrivevano che l'arte del Maestro Kokoschka parlava della disgregazione dell'umano, che era una reazione organica e viscerale ai soldati che in trincea dipingevano con il sangue.

Sul «Kuntsblatt», si paragonava la guerra dei popoli al conflitto interiore: "Kokoschka ha dipinto il potere del peccato, dell'eterno conflitto tra uomo e donna che può essere superato dal loro incondizionato desiderio di redenzione l'uno per l'altra". La Dada Gallery cavalcò l'onda e allestì un'esposizione delle opere delle "Tre K", invitando Kokoschka, Klee e Kandinskij. Tra le lettere degli ammiratori che inondarono la cassetta postale di Felsenburg, Oskar lesse per prima quella di Adolf Loos. *L'amore del pubblico ti ha consacrato. Non sei più l'enfant terrible di Klimt. Da oggi il Maestro sei tu.*

Il denaro cominciò a non essere più un problema. Oskar portò gli amici di Felsenburg a cena nel ristorante dietro lo Zwinger molte volte, pagando di tasca propria. C'erano pavimenti di marmo e lampadari di cristallo e condusse al tavolo i compagni come Adolf Loos aveva guidato lui al Café Central di Vienna quasi dieci anni prima. Entrò per primo con Kate al braccio, che salutava gli ospiti altolocati uno a uno, fingendo di essere una regina. Deutsch si affrettò in avanti per prepararle la sedia. Lui e l'attore finsero di litigare per lei, roteando i pugni davanti alla faccia, prima di lasciarsi cadere accanto ad Hasenclever e ai poeti, ridendo per il loro scherzo.

Giocarono a farsi indicare dal cameriere in livrea il vino più costoso. Il dottor Hans Posse, direttore della Gemäldegalerie, dal tavolo al centro della sala suggerì quello che stava bevendo e loro lo invitarono a unirsi alla compagnia.

«Con immenso piacere, Maestro Kokoschka!».

Quel nuovo appellativo lo riempiva di ebbrezza e di soggezione per se stesso.

A giugno pagò a sua madre il viaggio per venire ad assistere alla prima messa in scena al teatro di Dresda.

La portò a passeggiare sotto le luci del teatro e lungo le acque dell'Elba, le fece un ritratto, mentre lei gli raccontava che Bo era stato trasferito alla sezione navale di Vienna, che era vicino a casa e aveva finito il suo primo romanzo. Oskar ne fu felice e le mise in tasca abbastanza denaro per permettere alla famiglia di tirare avanti con dignità.

«Non dirlo a papà. Lasciagli credere che gli unici soldi che vi mando siano i soliti del mese. Non voglio che ci rimanga male».

«Non è mica stupido, tuo padre! Anche se non è nato dal fuoco come noi, il cervello gli funziona. Ma non ti devi preoccupare, sai? È contento che tu abbia fatto fortuna».

«Non è questo. Non voglio che si senta umiliato».

«Ci vuole ben altro per sminuire Gustav Kokoschka! A proposito, dice che quando torni a Vienna ti rimette a posto l'orologio. È tanto rovinato?».

Oskar non aveva più guardato l'orologio di suo padre. Lo conservava come uno dei più preziosi tra i suoi beni, ma lo teneva chiuso in un cassetto. Si era scaricato, il ticchettio si era zittito da tempo, ma lui pensava che fosse meglio così.

Aveva l'impressione che fosse stregato, nel bene e nel male. Forse anche Gustav Kokoschka era un mago, a modo suo, e aveva trasmesso qualche incanto agli ingranaggi. O forse qualcosa di strano era rimasto appiccicato alla lente, quando lui l'aveva inserita nella lanterna magica per Gucki.

Di fatto, l'orologio aveva fatto camminare Lilith al ritmo delle lancette e gli aveva impedito di morire nella palude. Era una cosa a cui preferiva non pensare. Di certo non voleva parlarne con la madre.

«Non tornerò a Vienna», le disse, comunque. «Ho troppe cose da fare qui».

La verità era che Vienna era ancora il regno di Alma. E per lui non era mai stata nemmeno una casa.

Lo spettacolo all'Albert-Theater fu un trionfo. Giobbe e Anima conquistarono Dresda e i demoni sul palco spaventarono Romana anche quando Oskar le mostrò le luci artificiali dentro le maschere. Pochi giorni dopo, sua madre riprese il treno per l'Austria con le braccia piene di regali e il petto gonfio d'orgoglio. «Sei sicuro che rimangano dei soldi per te?».

«Mamma, hai visto che applausi in platea? Fai finta che i battiti delle mani siano corone scroscianti. E poi, dopo gli ultimi titoli dei giornali, a Vienna hanno chiesto delle mie opere per rappresentare l'arte contemporanea austriaca. Ci penserà Loos a consegnarle, ma i soldi arriveranno a me».

Il treno fischiò, annunciando la partenza. Sua madre si sporse dal finestrino per salutarlo ancora, mentre le ruote cominciavano a sferragliare. Oskar ripensò al galoppo di un cavallo in mezzo a una foresta e alla luna che si affacciava tra i rami. Per fortuna, cadde svenuto sulla banchina quando ormai i vagoni erano lontani e sua madre non poté vederlo.

Trascorse qualche giorno di assoluto riposo in camera sua, accudito in tutto da Mamma Nachtwey. La donna avrebbe continuato a tenerlo recluso, se l'occasione per uscire non si fosse presentata dalla sala comune al pianterreno.

«È arrivata oggi! Non vedo l'ora di vedere le sue meraviglie!».

Era la voce di Kate, che strillava dopo avere sbattuto la porta. Cercava di convincere Iwar che a Dresda stava succedendo qualcosa di eccezionale, ma il poeta ribatteva ridendo. «Robe da bimbette!».

Oskar li raggiunse tenendo in braccio la prode Raminagrobis. La gatta aveva passato la notte sui tetti e adesso era così assonnata che sembrava morta.

«Okappa, c'è un'esposizione d'arte e artigianato alla Richter Gallery!».

Kate non desiderava altro che andarci e lo implorò di accompagnarla.

«Come mai ti interessa una mostra d'artigianato, adesso?».

Una volta fuori, Kate gli prese il braccio. «Mi piacciono le bambole. Le ho sempre amate, fin da quando ero bambina. Mio padre me ne portava a casa una nuova ogni volta che gli affari andavano bene. Ne avevo così tante! Ho anche cercato di cucirne di mie, ma ci ho rinunciato quando ho cominciato a pungermi le dita con l'ago».

«Quindi mi stai portando a vedere delle bambole?».

«C'è un po' di tutto. Ma devi sapere che è venuta Hermine Moos, da Monaco. È una delle artigiane più brave d'Europa. Scommetto che rimarrai incantato anche tu».

Oskar ne dubitava.

«Non so che dirti, delle bambole. Ma tu sei tutta da dipingere, Katja».

Contenta del complimento, lei arricciò le labbra all'insù. Gli si strinse al braccio e lui sentì i fianchi spigolosi di lei contro le proprie anche, simili a quelli della piccola Lilith Lang sotto la gonna rossa. Indugiò in quel gioco di specchi, ma gli procurò meno piacere di quanto si fosse aspettato. Non riusciva a non pensare al corpo morbido di Alma contro al proprio.

L'esposizione delle bambole si dimostrò essere davvero il punto di forza della mostra. Kate Richter non era più l'attrice di fama che riceveva applausi e fiori sul palco. Davanti alla fauna artificiale di pupattole, era tornata bambina. Saltava da una parte all'altra e batteva le mani, con occhi spalancati e pieni di incanto. Oskar fu rapito dal suo entusiasmo.

Con i pugni affondati nelle tasche si piegò a esaminare le creature imbastite dall'artigiana. C'erano bambole di ogni altezza e dimensione, minuscole signore in abiti eleganti con tanto di cappellini e ombrelli da passeggio, un giovane gentiluomo con bottoncini minuti come la capocchia di uno spillo sulla giacca aperta, una dama del secolo passato con una gonna a balze. Altre erano bambine con i piedini infilati dentro a scarpette ricamate. In una culla ornata di pizzi, c'era un neonato a grandezza naturale.

Oskar rimase impressionato dalle mani, che fossero di ceramica o di stoffa. Le esaminò con le dita, infilando il polpastrello nei minuscoli palmi. Fu preso dal panico di non essere affatto immerso tra oggetti artigianali, ma circondato da un popolo di omuncoli pensanti.

Una delle bambole si mosse e lo fece trasalire. In preda all'orrore, la vide alzarsi. Era immensa in mezzo a quella selva di creaturine ricciolute, e guardò nella loro direzione.

Non era una bambola. Oskar si diede dello stupido nell'incontrare lo sguardo dell'artigiana.

Hermine Moos era una creatura di età indefinibile, poteva avere vent'anni o averne già compiuti quaranta. Aveva lineamenti sottili sotto la cuffietta, e guanti leggeri che le lasciavano scoperte le dita. Si muoveva in modo affettato nell'abito ampio, sorrideva vezzosa e poteva essere scambiata per una delle sue stesse creazioni, solo molto più grande. Aveva una bottega a Monaco e una a Stoccarda, viaggiava spesso tra le due città. Era onorata di mostrare il "piccolo popolo" alla gente di Dresda.

Diede prova della sua abilità cucendo sotto gli occhi dei visitatori. Ornò con della passamaneria le maniche di una bambola dai boccoli biondi, pescando le perle in punta d'ago da una ciotola di legno.

La pupattola rimase seduta sul palmo della sua mano per tutta la durata dell'operazione e Oskar quasi si stupì nel non vederla mai agitarsi o balzare sul pavimento come un folletto.

La acquistò per Kate e la nascose in tasca fino a quando non raggiunsero l'Elba. Gliela donò al cospetto del fiume, appoggiato alla ringhiera della Brühlsche Terrasse.

Kate raccolse la bambina bionda nell'incavo delle mani, la baciò sui capelli e la coccolò al petto. Poi si alzò sulla punta dei piedi per ricompensare lui con un bacio.

Oskar le strinse i fianchi sottili e premette le labbra sulle sue. I fianchi di Kate Richter erano troppo esili. Le sue labbra erano calde, ma qualcosa non funzionava. Non erano quelle giuste.

Fece un brusco passo indietro, si aggrappò alla ringhiera di ferro battuto. «Ti chiedo scusa».

L'espressione ferita di lei gli tagliò il respiro. Le unghie di Lilith gli affondarono nei polmoni con gioia cattiva e a lui sembrò di vederla. Il demone era seduto sulle sue spalle e si rifletteva nelle acque dell'Elba. Sorrideva, con la bocca di Alma, soddisfatta per il fatto che si fosse allontanato da Kate.

Tornarono a Felsenburg tutti e tre.

Dresda, 1918

La locanda era calda e illuminata fin dal pomeriggio. L'inverno gelava le strade della città e le copriva di brina appena calava il sole.

Oskar attese che le fitte si placassero per leggere la lettera che gli era arrivata quel mattino. Strinse e allentò i pugni un paio di volte, poi strappò il bordo della busta. Erano poche righe scritte da Loos. E non erano belle notizie. Si accorse di stare piangendo quando già le lacrime gli scendevano dagli angoli degli occhi fin sugli zigomi.

Se ne accorse anche Kate, che tirò su la testa dal libro. «Cosa succede? Brutte cose?».

Oskar si portò una mano al petto. La pressione esterna lo aiutò a prendere fiato.

«Il Maestro Klimt…».

«Gustav Klimt? Il pittore di Vienna?».

«Il mio Maestro».

«Cosa gli è successo?».

Kate lo scrutava da dietro il tavolo. Rimase sulla difensiva, rigida sulla sedia, poi sembrò decidere che non ne valeva la pena. Si alzò e lo raggiunse sul divano, gli prese la lettera dalle mani.

«Un'emorragia cerebrale», mormorò Oskar. «È morto di febbre ieri. Ma prima di morire è rimasto per giorni paralizzato a metà. Riesci a immaginarlo? Dalla testa ai piedi, una metà del suo corpo non funzionava più... Katja, era spezzato a metà».

Loos aveva cercato di raccontarglielo nel modo più delicato, ma non c'era niente che potesse addolcire i fatti. Oskar si sentiva rotto in due nello spirito da sempre, una metà era sua e una era di Lilith. Immaginare quella sensazione riversata sul corpo era peggio di un incubo.

Lei gli restituì la lettera senza dire una parola. Aveva di certo letto anche l'altra notizia di cui Loos lo aveva messo al corrente nella stessa pagina: Alma aveva avuto una bambina da Gropius, ma si era già innamorata di un altro, lo scrittore e drammaturgo Franz Werfel. Era impossibile tenerla ferma in una vita regolare, la vedova di Vienna sembrava in fuga da qualcosa.

O da qualcuno, pensò Oskar. In qualche modo che non sapeva definire, gli sembrò che le due notizie fossero legate.

Trascorsero le settimane, arrivò di nuovo la primavera. Ma Dresda sembrò a Oskar più buia che mai.

Mamma Nachtwey aveva servito la cena da poco quando la porta di Felsenburg si spalancò in una folata di vento. Il gelo si riversò nella stanza e fece agitare il fuoco nel camino, mettendo a dura prova il lavoro della stufa.

Fritz Neuberger richiuse l'uscio dietro di sé e ci si appoggiò con la schiena. Sembrava un fantasma, la pelle livida contrastava in modo spaventoso con la barba scura, increspata di nevischio. Era avvolto in una cappa pesante, ma si vedeva che era ancora più magro di quando era partito.

«Buonasera, amici miei», disse.

Poi si lasciò scivolare a terra lasciando una striscia di sangue contro il legno della porta.

«Fritz! Che il diavolo ti porti!».

Deutsch fu il primo a gettarsi su di lui. Oskar vinse la vertigine e lo affiancò con un balzo. Lo trasportarono insieme sul divano.

«Toglietegli i vestiti di dosso, sono fradici», strillò Mamma Nachtwey.

«Fate piano, è moribondo!».

Era stato accoltellato al fianco. Per fortuna la ferita era superficiale, ma la lama che era penetrata nella carne pallida doveva essere stata larga e tozza.

«Un coltello da guerra», disse Oskar. «Ne ho visti, al confine orientale, fare ferite di questo genere».

Fritz li lasciava fare senza opporre resistenza. Quando fu lavato, curato e vestito, accettò una ciotola di zuppa e li guardò con occhi miti. Diede solo una breve spiegazione. Poche parole che ebbero il potere di lasciare tutti ammutoliti.

«Cosa significa», ripeté Deutsch alla fine, «che hai riportato Lenin in Russia?».

Fritz leccò il cucchiaio e fece loro cenno di avvicinarsi. A fatica, raccontò dell'agitatore politico Lenin, che era stato esiliato dalla Russia dopo la fallita rivoluzione. Se prima era finito in un paesino sperduto dell'Impero asburgico, con lo scoppio della guerra aveva lasciato l'Austria-Ungheria e si era trasferito a Zurigo, in Svizzera.

«Questo inverno è stato durissimo», disse. «Lo è stato per noi, ma state pur certi che i russi al fronte non se la sono passata meglio. I morti sono stati troppi e non c'è più tanta gente che voglia ancora combattere per lo zar».

Oskar rivide il viso del ragazzo russo che gli era morto addosso e si sfregò le palpebre. «Lo credo bene».

Lo zar aveva sciolto il parlamento per formare un governo provvisorio al quale si contrapponevano i consigli dei contadini, degli operai e degli stessi soldati, spiegò Neuberger. «Perfino la base navale di Kronštadt si è ribellata al governo provvisorio. Hanno trucidato gli ufficiali!».

Il tutto aveva costretto lo zar ad abdicare. Era stato arrestato dai suoi stessi uomini. Kate sedette sui talloni accanto al divano. «E quindi?».

«Quindi Lenin doveva subito tornare in patria e prendere la guida del popolo allo sbaraglio».

Zurigo era separata dalla Russia dall'Austria e dalla Germania, che con la Russia erano in guerra. Una possibilità era tentare via mare, passando per la Francia e navigando accanto alla costa scandinava, ma era pericoloso: i sottomarini tedeschi avrebbero potuto intercettarlo. «Austria e Germania non dovrebbero più combattere su due fronti, se la Russia uscisse dai giochi», commentò Deutsch.

«Il piano è proprio quello, amico mio: muovere le pedine sulla scacchiera in modo da costringere i giocatori a chiudere la partita». Neuberger annuì. «L'unica strada possibile per riportare Lenin a casa, quindi, era attraversare la Germania in guerra e poi raggiungere la costa. A quel punto, avrebbe potuto imbarcarsi verso la Svezia, terra neutrale, e poi proseguire per il Granducato di Finlandia, che è già territorio russo».

Oskar cercò di immaginare il ruolo del dottor Neuberger in quella faccenda. Un uomo malaticcio e allampanato come Fritz gli sembrava fuori posto in un intrigo politico di quelle dimensioni quanto un pesce sulla riva di uno stagno. Ma sembrava l'unico a essere sbalordito. Gli artisti di Felsenburg non battevano ciglio, davanti a quel racconto rocambolesco.

«È uno scrittore. Un occultista. Una spia. Forse è il diavolo», gli avevano detto.

Oskar si leccò le labbra.

«Come hai fatto?».

«Lenin e i suoi uomini hanno viaggiato su un vagone con status di extraterritorialità. Gli abbiamo proposto una carrozza di lusso, ma lui l'ha rifiutata. Ha preferito un vagone con sedili di legno». Neuberger scosse la testa, un sorriso d'ammirazione sulle labbra. «È stato un lungo viaggio, fino a Berlino. Mi sono trovato nella condizione di dover proteggere personalmente il vagone dalle spie francesi, e nel complesso non mi è andata male. Poteva finire ben peggio! E dopo venti ore di attesa nella capitale, Lenin è ripartito per raggiungere la costa a Sassnitz, dove si imbarcherà per la Svezia...». Tirò fuori dal taschino l'orologio e strizzò gli occhi affaticati per guardarlo. «...tra pochi minuti. Miei cari amici, incrociate le dita: la guerra che sta dilaniando l'Europa potrebbe essere vicina alla fine».

La settimana successiva, Fritz Neuberger la trascorse a recuperare le forze in soffitta, salmodiando sillabe sconosciute davanti alla statua dalla testa d'elefante. Aveva chiesto agli ospiti di Felsenburg di non disturbarlo, con l'unica eccezione di Mamma Nachtwey che gli portava pasti caldi da consumare sotto il tetto spiovente.

Una sera, dopo cena, scese nella sala per incontrarli tutti. Sedette a capotavola vicino alla stufa, con la prode Raminagrobis sulle ginocchia. La gatta aveva gli occhi gialli ridotti a due fessure e produceva un delizioso rumore di fusa.

Oskar colse l'occasione per prendere una tela e dipingere il gruppo al completo. Cominciò a stendere il colore e Felsenburg si animò di discussioni sull'arte, sulla bellezza degli spettacoli all'Albert-Theater, della poesia che avrebbe governato il mondo quando la guerra fosse finita.

«È un bravo gatto», sorrise Fritz, passando le unghie tra le orecchie di Raminagrobis. «Quando non sarò più qui, vorrei che te ne occupassi tu, Katja».

«Cosa significa quando non sarai più qui?», lo interruppe Iwar.

«Potrei avere altre cose da sbrigare. Dopo la Russia, ci sarà da lavorare in Germania, sapete? Un colpo qui e un colpo lì. Voglio che teniate a mente, cari amici, che l'arte è la risposta che la vita dà alla guerra. Dove la guerra distrugge, l'arte crea. Voi siete la rinascita dopo la morte. Tu ti sei ripreso dal tuo male, Oskar?».

A lui tremò la mano sul pennello.

Mandò giù a vuoto e alzò gli occhi oltre la tela, allo sguardo dolce di Fritz.

«Non c'è cura per il mio male».

«Sono sicuro che c'è», disse Neuberger. «Devi ancora trovarla».

Oskar abbassò gli occhi e tornò a nascondersi dietro la tela.

Ma Fritz Neuberger lo tirò allo scoperto. «I danni fisici sono collaterali a qualcos'altro. Il corpo si adatta allo spirito. Lo spirito del nostro Kokoschka è spezzato e quindi il suo corpo si rompe. Povero Oskar, non riesce a rimanere intatto».

Prima di andare a dormire, il dottor Neuberger lo chiamò dalle scale della soffitta. Aveva acceso la luce fioca della lampada nella camera, e la sua sagoma appollaiata sulla soglia, in cima ai gradini, aveva qualcosa di sinistro.

Oskar lo raggiunse. «Cosa c'è, Fritz?».

«Dobbiamo sempre lottare per le cose importanti, amico mio». Fritz gli sorrise, sempre con quella dolcezza inesprimibile nello sguardo. «Ma le battaglie vanno scelte con cura».

«Cosa vuol dire?».

Oskar si accorse che Neuberger non si era preparato per andare a dormire. Nella penombra, scorse la giacca elegante con i bottoni d'argento e vide che indossava gli stivali. Era vestito da viaggio.

«Combattere contro i nostri demoni non significa cercare di allontanarli», bisbigliò il mago. «Non sempre è possibile. Si possono scacciare, ma rimangono lontani sempre per poco tempo e quando tornano sono più arrabbiati».

Oskar si asciugò il sudore freddo dalla fronte. Sentì l'approssimarsi di una vertigine e appoggiò la spalla al muro. «Lo so».

«Ma se scegliamo di tenerli vicini, dobbiamo fare molta attenzione, perché sono pesanti, ci schiacciano a terra e ci succhiano sempre più vita».

«Come lo sai? Questo non l'ho mai detto neanche a Loos. Hai un demone addosso anche tu, è così?».

Fritz annuì. «Ne abbiamo tutti. Chi più piccoli e leggeri, chi più grandi e mostruosi».

Forse era per la luce da camera alle sue spalle che gli dipingeva attorno un'aura giallastra, ma per un attimo a Oskar sembrò di vederlo, il diavolo di Neuberger. Gli camminava sulla pelle come un nugolo di insetti dorati e gli succhiava il sangue dai pori. Rabbrividì. «Come fai a tenerli a bada?».

«Hai mai chiesto al tuo demone che cosa vuole da te?».

Oskar si appoggiò alla parete, sorpreso. Scosse la testa, aprì la bocca per dire che non ne aveva idea, ma la richiuse. Lo sapeva benissimo. «Vuole dei sacrifici».

Neuberger si sporse verso di lui, i bottoni d'argento mandarono lampi di luce. «Ne chiedono sempre di più, finché non troviamo l'equilibrio tra noi e loro. Bisogna farseli amici, Oskar. Dobbiamo dare loro una casa».

Allungò una mano e gli toccò il petto all'altezza del cuore. Il demone composto da insetti d'oro scomparve; Oskar credette di vederlo risucchiato dentro i bottoni della giacca.

Scacciò l'illusione sbattendo le palpebre. «Una casa», ripeté.

Neuberger sorrise. «Vanno accettati, questi demoni, vanno stretti tra le braccia. Dobbiamo avere pietà di noi stessi e di loro. Hai capito?».

«No, Fritz».

Lo stregone gli strinse la spalla in un gesto paterno e lo salutò. Non aggiunse nient'altro. Oskar scese le scale a testa bassa. Quando raggiunse il piano di sotto si voltò, ma Fritz Neuberger si era già ritirato in soffitta e aveva chiuso la porta. Ebbe la sensazione che il dottore gli avesse appena detto addio.

Il mattino dopo, Neuberger era sparito di nuovo.

La sensazione che questa volta Fritz se ne fosse andato per sempre era quasi palpabile nella locanda. Era una pennellata di colore malaticcio che si annidava negli angoli delle camere e sotto i gradini delle scale.

Al ritorno dalle lezioni, Oskar aveva preso l'abitudine di attardarsi davanti alla porta, prima di rientrare in casa, per riempirsi d'aria i polmoni doloranti e non soccombere all'atmosfera pesante in cui era precipitata Felsenburg.

Una sera, trovò Kate seduta sul divano, da sola, stretta in uno scialle.

«Dove sono tutti?».

«Mamma Nachtwey è da sua sorella. È stata male stamattina, rimarrà da lei un paio di giorni».

«E gli altri?».

Lei si strinse nelle spalle. Qualcuno era a teatro, qualcuno in una bettola, gli altri in giro per Dresda.

Oskar appoggiò i libri sul tavolo e andò a sedersi vicino a lei. Kate era a piedi nudi, le scarpette di vernice giacevano in disordine vicino al camino. Si abbracciava le ginocchia contro il petto. I capelli corti la facevano sembrare una bambina abbandonata.

«Che cosa c'è?», le chiese.

«Pensavo».

«Sì? E a cosa?».

«Ti ricordi quella volta che siamo stati alla galleria Richter e tu hai comprato una bambola per me? Dopo siamo andati a guardare l'Elba dal terrazzo».

«Me lo ricordo».

«E ti ricordi quel bacio? Hai fatto un salto indietro, Okappa». Appoggiò la fronte alla punta delle ginocchia e lo guardò da sotto le braccia. «Non ti piaccio?».

Oskar si afflosciò sul divano. «Tu mi piaci moltissimo».

«Davvero?».

«Sei una delle persone che mi piacciono di più tra tutte quelle che conosco. Non ho mai incontrato qualcuno impavido come te. Neanche nel reggimento dei Dragoni».

Lei sbuffò dal naso. «Mi prendi in giro?».

«In tutti questi mesi ho ringraziato Dio per te. Ogni mattina mi dicevo: "Per fortuna che Katja è qui, altrimenti potrei abbandonarmi al mio male e farla finita"».

«Se esageri sempre, Okappa, poi la gente smette di crederti».

«Sei sempre stata un sostegno per me. Mi hai protetto dalla paura, quando ho scritto per il teatro, e mi avresti difeso dalle opinioni della gente. Delle volte ti penso come al mio piccolo cavaliere in armatura azzurra. Un baluardo tra me e il resto del mondo».

Lei sollevò la testa. «Se ti piaccio così tanto, perché ti sei tirato indietro?».

Oskar si inumidì le labbra. Dovette fare uno sforzo sovrumano per non voltare la testa verso la finestra, dove avrebbe visto Lilith nel riflesso del vetro, attorcigliata al suo collo con il corpo di uccello. Rifiutò di farlo, ma sapeva che era lì.

«Vorrei davvero innamorami di te».

«Però non ci riesci».

Oskar scosse la testa. «Ti chiedo scusa».

Kate raddrizzò la schiena. Gli piantò in faccia occhi che somigliavano a quelli della prode Raminagrobis. «Non ci riesci perché sei innamorato di un'altra? È la donna di cui si parlava nella lettera del tuo amico, quella che cambia marito?».

Un lampo di dolore rosso trafisse le tempie di Oskar. Solo in quel momento si ricordò che Alma gli aveva detto che non si sarebbe più risposata, dopo la morte di Mahler.

Le streghe promettono!, esclamò il Maestro Klimt, spezzato in due dentro la sua testa. *Ma mentono sempre.*

Oskar strinse i denti, si massaggiò la fronte. «È più complicato di così».

«Lei salta da un uomo all'altro, non si ricorda nemmeno di te. E tu non puoi più innamorarti?».

Il peso sulle spalle era diventato insostenibile. Cercò di prendere aria. «Davvero, Katja, non è così semplice. C'è qualcosa di rotto in me, Fritz ha ragione».

Lei rimase a guardarlo a lungo, zitta. Poi la sua espressione si addolcì. «Se è così, allora io non posso fare niente».

Tirò fuori da sotto lo scialle la bambolina bionda di Hermine Moos. C'era ancora attaccata la targhetta con il nome e l'indirizzo dell'artigiana, la firma di autenticità del manufatto perfetto.

Kate gliela restituì. Gli mise la bambola sulle ginocchia e salì le scale fino in camera. Lasciò le scarpe lì dov'erano.

Quella notte, Oskar non poté dormire. Restò seduto alla scrivania girandosi la bambola tra le mani.

Gli sembrava che la creaturina artificiale gli sorridesse. La sensazione di tenere stretto qualcosa di vivo gli causò un brivido di ribrezzo e di gioia infantile. Le sfiorò le piccole calzature perfette, le guance rotonde.

Hermine Moos doveva essere un'autentica strega per riuscire a produrre un incantesimo come quello: era una maga più potente di Alma, il demiurgo di un universo in miniatura.

«Può versare la vita dentro le sue creazioni», si disse. Tra i racconti che aveva letto a Berlino, c'era la storia di un rabbino che era stato capace di dare vita a un enorme simulacro di terra, incidendogli sulla fronte poche sillabe dal significato esoterico, e ne aveva fatto il protettore della città di Praga.

Il pensiero del golem gli mandò un brivido caldo lungo le braccia. Lasciò cadere la bambola di Hermine Moos sul tavolo. Credette di vederla alzarsi e camminare in mezzo ai fogli e all'inchiostro. Sbatté le palpebre. Il manufatto era fermo dov'era caduto, sdraiato sulla schiena e con gli occhi puntati al soffitto. Si pulì i polpastrelli sui pantaloni. Aveva l'impressione che la magia di Hermine Moos gli fosse rimasta appiccicata alle dita.

Un refolo di vento gli camminò sul collo, come se qualcuno gli avesse sussurrato all'orecchio qualcosa. Delle sillabe esoteriche, forse. Gli nacque in testa un'idea mostruosa.

«No», mormorò. «No, è troppo».

Ma perché no? Riprese la bambola, la girò sulla pancia e le sollevò i capelli. Osservò l'indirizzo di Monaco sulla targhetta artigianale. I nervi delle braccia si tesero, agitati dal tremore. Tirò a sé un foglio e afferrò la penna, scrisse l'intestazione tenendosi fermo il polso con l'altra mano.

Cara signorina Moos.

Cosa stava facendo? Un'idea del genere era il pensiero di un pazzo, non di un uomo sano. Appoggiò la penna. Poi la riprese. Non voleva finire rotto a metà come il Maestro Klimt, doveva fare qualcosa prima che fosse troppo tardi. Si chinò sul foglio.

Cara signorina Moos, le scrivo per proporle un lavoro che va oltre le capacità umane, ma credo che lei sia in grado di farcela. Se accetterà, le sarò grato per tutta la vita e oltre.

L'estate era piena di luce. Al mattino Oskar lasciava Felsenburg molto presto e girava tutti i negozi di stoffe. Dopo un lungo studio, scelse della seta, del velluto e del lino finissimo.

«Non li voglio vedere», disse alla venditrice dietro il banco della bottega. «Per favore, mi permetta di toccarli».

Si bendò gli occhi, consapevole delle espressioni sbalordite dei clienti in fila dietro di lui.

Accarezzò le stoffe senza fretta, fino a quando il ricordo sensoriale della pelle di Alma non riaffiorò sotto le sue mani.

«Questo. E anche questo scampolo, per favore».

«Hai visto? Quello è il Maestro Kokoschka», sentì bisbigliare alle sue spalle. «Forse prepara un altro spettacolo teatrale. O gli serve stoffa diversa per la tela di un quadro».

Quando si tolse la benda, una ragazza gli rivolse un sorriso di saluto e un uomo si tolse il cappello. «Non vediamo l'ora di vedere i suoi prossimi lavori, Maestro».

Oskar rispose con un cenno nervoso. Pagò per gli scampoli e si dileguò per le vie di Dresda.

Anche lui non vedeva l'ora. Non vedeva l'ora di sapere dall'artigiana come avrebbe conciato la pelle della sua amata.

Dopo lunghissime settimane d'attesa, Hermine Moos gli aveva scritto da Monaco per comunicargli che aveva accettato il compito. Poteva lavorarci, diceva, ma il risultato non era prevedibile. Quello che il Maestro Kokoschka le chiedeva non era mai stato fatto prima. Era come spingersi nell'ignoto. Lui le assicurò che le avrebbe mandato disegni curati da prendere come modello, insieme alle stoffe più pregiate. Avrebbe guidato la sua mano in tutto.

Di ritorno dalle lezioni, Oskar evitava di fermarsi a cena con gli altri nella sala comune di Felsenburg. Il caldo gli toglieva la fame. Il piacere strisciante per il suo nuovo progetto gli levava il sonno.

«Vado in camera, devo lavorare».

Chiudeva la porta a chiave.

Si era portato a casa dall'Accademia dei fogli molto ampi.

Una volta solo, sgomberò la stanza e stese la carta sul pavimento, premendo le mani sugli angoli per tenerli in posizione. E provò paura.

«Lo sto facendo davvero?».

Si allungò a prendere l'inchiostro. Certo che lo stava facendo davvero. Creava un simulacro di Alma, una casa in cui Lilith avrebbe potuto abitare, un sostituto artificiale dell'involucro di carne che la sposa del vento aveva scelto per se stessa.

Gli scuri sbatterono contro il muro con violenza, il rumore gli mandò una scarica attraverso i nervi e Oskar urlò. Il sudore gli lambì la nuca, e lui si voltò a guardare il riquadro nero della finestra aperta sulla notte di Dresda.

Gli occhi gialli che lo fissavano dal davanzale non erano quelli di Lilith. Era solo la prode Raminagrobis, che tornava dai tetti. La gatta balzò dentro la stanza, camminò sui fogli stesi e, prima di accoccolarsi sul letto, passò a strusciarsi contro le sue braccia tremanti.

Oskar chiuse gli occhi, calmò il respiro. «Non sono pazzo», bisbigliò alla prode Raminagrobis. «Sono l'eroe di una leggenda nera, come il rabbino di Praga. Guarda cosa faccio per intrappolare il vento, gatto!». Piegato sopra il foglio, segnò il punto in cui arrivavano i suoi piedi a un margine e quello della testa all'altro. Sulla propria altezza, ricostruì quella di Alma.

L'aveva stretta tra le braccia così tante volte che non aveva dubbi sulle proporzioni.

Si rannicchiò sul pavimento e cominciò a disegnare il corpo a grandezza naturale. Frontale su un foglio e di profilo su un altro. Curò con particolare attenzione la linea che dal collo proseguiva sulla schiena e la curva dolce del ventre. Sopra un terzo foglio riportò le proporzioni del primo per disegnare Alma di schiena, come la ricordava quando, al mattino, lei gli dava le spalle per acconciarsi i capelli, nuda, accanto al letto del suo studio di Vienna.

Si morse la lingua nella concentrazione di riprodurre le dimensioni della testa, la gabbia toracica, la giusta lunghezza degli arti.

Succhiò il proprio sangue dai tagli in bocca.

Doveva essere perfetta.

Quella notte, come in quelle a seguire, si appisolò tra i pennelli a poche ore dall'alba.

Si svegliava con il sole che lo inondava dalla finestra. Scendeva a fare colazione molto presto, quando a tavola c'era solo Iwar von Lücken. Mangiava in silenzio, ascoltando l'amico parlare di poesia.

«Buongiorno, Okappa». Deutsch scese dalla scala coprendosi uno sbadiglio con il dorso della mano e si lasciò cadere su una sedia, davanti a una tazza di caffè. «Cos'è quel rotolo di fogli?».

«Un progetto che devo andare a spedire. Poi passo allo Zwinger, ho appuntamento con un chimico di Lipsia che oggi è in città».

Iwar alzò gli occhi dalla colazione. «Un chimico? E a che ti serve?».

«Voglio sapere da lui se la seta può essere trattata chimicamente in modo che aderisca all'ovatta senza che la consistenza si alteri».

«Ma pensa. Stai lavorando a qualcosa?».

Oskar sentì aprirsi la porta di Kate Richter, al piano di sopra. Buttò giù il caffè rimasto nella tazza. «Un'opera molto particolare. La vedrete quando sarà pronta».

Salutò e uscì, prima che lei scendesse le scale.

Berlino, 1918

Nei sogni di Oskar, Lilith era una sagoma rannicchiata su se stessa. Si abbracciava le gambe e nascondeva il viso nell'incavo delle ginocchia appuntite. Si librava a mezz'aria, tra il pavimento e il soffitto.

Oskar faceva fatica a vederla, perché lei era circondata da vortici di vento che offuscavano la pelle nuda. Sembrava racchiusa dentro un bozzolo.

Oskar era in piedi davanti a lei, in quei viaggi onirici. Aspettava che il demone sollevasse la testa o gli mostrasse il viso. Allungava le mani senza riuscire a toccarlo.

Talvolta, si svegliava nel fondo della notte che era davvero in piedi, davanti al letto. Si era trascinato dietro le lenzuola sfatte e tendeva le braccia nel buio, verso il niente. Continuò a fare lo stesso sogno per mesi.

A novembre partì per Berlino. Paul Cassirer, il collezionista cattolico ricco come un sultano che si era interessato a lui durante il suo primo soggiorno nella capitale tedesca, gli aveva organizzato un'esibizione personale e lo voleva lì a tutti i costi. Oskar non era pronto per quello che trovò al suo arrivo, Berlino lo lasciò senza fiato ancora una volta. La metropoli era in uno stato d'anarchia.

«Gli eventi stanno precipitando con un'inevitabilità wagneriana, oserei dire», lo informò Cassirer. «Dal suo nido di Dresda non se ne è accorto, Maestro? L'impero affonda e la rivoluzione potrebbe non essere lontana».

Attraversarono una Alexanderplatz gremita di scioperanti che gridavano e battevano i piedi a terra. «Pace, pane e libertà! Pace, pane e libertà!».

Oskar si affrettò a seguire il mercante d'arte. Scoprì di essere circondato dagli operai delle fabbriche di munizioni di Berlino.

«I giornali dicono che sono più di quattrocentomila operai, in questi giorni. Maestro, non legge i titoli?».

«Ultimamente sono stato preso da altro», confessò Oskar. «Che cosa vogliono?».

«Pace, pane e libertà!», tuonò la piazza.

«Chiedono le dimissioni del governo», spiegò Cassirer. «E che l'imperatore abdichi. Sono stanchi della guerra e della fame».

«Lo sono anch'io, Cassirer».

«Lo siamo tutti».

Si incamminarono lungo lo Sprea, solcato dalle poche navi commerciali dirette al porto cittadino di Osthafen. La città era sottosopra, sembrava che il Café des Westens si fosse riversato in pieno giorno per le strade. Sulla banchina, marinai sniffavano cocaina appoggiati alle casse, una coppia di lesbiche si teneva per mano e due mozzi si scambiavano effusioni in mezzo al cordame portuale.

Per la strada, una folla inferocita inveiva contro un ufficiale, che si strappò via i gradi dall'uniforme davanti a loro per paura che qualcun altro lo facesse al posto suo.

«Incredibile, vero? I cittadini per bene se ne stanno fuori dalla vista, l'ordine delle cose ha cessato di esistere», commentava Cassirer. Non sembrava preoccupato in nessun modo e continuò a guidarlo in mezzo alle rivolte come se niente fosse. Di tanto in tanto salutava qualcuno a bordo della strada, talvolta prendeva Oskar per il braccio per evitare che finisse in mezzo a una rissa. «Da questa parte, Maestro Kokoschka».

Oskar diede disposizione per le opere che Cassirer aveva fatto arrivare da Vienna e da Zurigo, consegnò le tele che aveva prodotto nell'ultimo anno a Felsenburg e rimase a organizzare i dettagli dell'esposizione. Berlino sembrò felice del suo lavoro quanto di continuare a invocare per le strade pace, pane e libertà. Si trovava ancora lì quando la Germania fu costretta a firmare l'armistizio che portò il mondo intero a deporre le armi.

La guerra era finita. Gli imperi dell'Europa cadevano. E la gente che per le strade aveva chiesto un totale cambiamento delle cose salutò l'alba di una nuova era.

Anche per Oskar fu così.

Dresda, 1918

Poco dopo il suo ritorno, arrivò alla locanda una busta particolarmente corposa. Veniva da Monaco.

Le mani di Oskar cominciarono a tremare nel momento in cui lesse il nome di Hermine Moos al mittente. Non riuscì ad aspettare di arrivare in camera.

Felsenburg era deserta, anche Mamma Nachtwey era appena uscita per fare la spesa. Strappò la busta e ne sparse il contenuto sul tavolo della sala comune. Gli si riversarono davanti delle fotografie.

«Mio Dio…». Gli girò la testa e sentì freddo alla base della nuca.

Lilith aveva lasciato il rifugio sicuro della sua mente e in qualche modo era riuscita ad affiorare nelle immagini che aveva davanti.

Cercò di ammucchiare le fotografie, qualcuna sfuggì dalle dita irrigidite e rimase sul tavolo. Avvicinò alla faccia quelle che era riuscito a prendere e le guardò più da vicino.

Lilith lo fissava dall'obiettivo, non era una visione. Era lì, spettrale e vivida, corporea quanto la lampada a margine dell'inquadratura o il tappeto su cui la signorina Moos l'aveva deposta. Passò alla fotografia successiva. Singhiozzò.

La copia artificiale di Alma non era ancora finita. Modellata nell'ovatta sopra uno scheletro flessibile, era calva. Degli spilli erano appuntati sulla sua fronte e sui seni rotondi, sul fianco c'era una spilla da balia che reggeva dei lembi di pelle non ancora rifiniti. Lembi di velluto, a giudicare da quello che riusciva a vedere.

Lilith era allungata su un divanetto in stile francese. Nella fotografia successiva, era seduta su una sedia a gambe incrociate. Somigliava alla contorsionista di un circo orientale. Nel chiaroscuro dell'immagine, era splendida e mostruosa.

Le mani gli tremarono più forte, le immagini di Lilith si rovesciarono sul pavimento. Con un gemito, Oskar si gettò in ginocchio e continuò a studiarle da lì. A guardare da vicino, i dettagli rivelavano la finzione. Le mani e i piedi avrebbero dovuto essere articolati meglio. Si promise di suggerire alla signorina Moos di prendere la propria mano come modello. Le dita di Alma erano delicate e forti. Le avrebbe portato gli esempi della mano di una principessa russa. O di una cavallerizza.

Adesso, sfogliava le fotografie con rabbia.

La strega di Monaco avrebbe dovuto arricchire di dettagli anche il busto. Era vero che doveva ancora finire, ma gli sembrava tutto ancora troppo scarno, soprattutto lungo le costole e sullo stomaco. Troppo poco generoso.

I capezzoli non erano dritti, avrebbero dovuto essere perfino irregolari, appena appena, a causa del rigonfiamento dei seni.

Sussultò sul pavimento, quando l'uscio si spalancò. Il rumore improvviso gli fece quasi sbattere la testa contro il tavolo.

«Oskar?».

«Sì, sono qui, Katja».

«Cosa fai lì per terra?».

«Niente».

Raggruppò le immagini e si alzò in fretta, ma comunque troppo tardi. Kate si era già allungata sul tavolo e aveva in mano una delle fotografie rimaste lì.

«Ah, lascia stare. Sono cose che mi servono per…».

«Lasciami guardare».

Nell'immagine che Kate aveva tra le dita, Lilith sedeva in poltrona nell'atelier della signorina Moos, con le gambe accavallate. L'artigiana le aveva messo in testa una parrucca provvisoria che aiutava ad accrescere l'incanto. Il simulacro sembrava guardare ai propri piedi, dove Hermine Moos posava insieme a lei, accoccolata sul pavimento in un abitino scuro. Le stava sistemando uno spillo sul braccio, forse, ma sembrava che la stesse accarezzando con adorazione. Erano una dea e la sua ancella.

«Sarebbe questa la donna di cui sei innamorato, Okappa?». L'espressione di Kate era divertita, inquinata da una punta di disgusto.

«Dammi la fotografia».

«Sul serio, che storia è questa?».

«Niente che ti riguardi, Katja. Dammela».

Kate ritirò il braccio, allontanando l'immagine. «Questa cosa non è sana, te ne rendi conto, vero? Stai andando a infilarti in qualcosa di molto brutto».

«Sto solo facendo quello che mi ha detto di fare il dottor Neuberger. Creo una casa per i miei demoni».

«Davvero?», Kate sogghignò. «È questo che Fritz ti ha detto di fare? Una casa con le tette e i fianchi larghi? Le hai fatto fare anche un buco in mezzo alle gambe?». Gli tirò la fotografia in faccia e corse su per le scale, senza nemmeno voltarsi a guardarlo.

Oskar si asciugò dalla fronte un sudore gelato. Si sentì scomodo nella propria pelle, desiderò che Hermine Moos cucisse una nuova epidermide anche per lui. Si ritirò in camera in punta di piedi. Più tardi chiese a Mamma Nachtwey di portargli su la cena e impiegò la serata per scrivere alla signorina Moos.

Il tremore alle mani lo costrinse a scrivere a scatti, spargendo sul foglio brutte macchie d'inchiostro. Raccomandò all'artigiana di concentrarsi sui capelli. Avrebbe potuto usare dei crini di cavallo, forse. O qualunque cosa potesse riprodurre lunghi capelli da sirena. Il ventre, il sedere, il monte di Venere e l'esterno della coscia forse avrebbero dovuto essere dipinti di un leggero color pesca, per essere più realistici. O forse con una tonalità più simile al vino rosso annacquato.

Mentre riempiva le pagine, il disprezzo di Kate continuava a pungerlo ai margini della mente. Si chiese se Hermine Moos avesse davvero aggiunto al simulacro un buco tra le gambe, ma non riuscì a scriverlo.

Non devono esserci cuciture in nessun punto dove potrei ricordarmi che il feticcio non è altro che un miserabile mucchio di strac-

ci, aggiunse allora, con le orecchie che gli andavano a fuoco. *Cara signorina Moos, per favore, non lasci che la realtà – cotone, stoffa, qualsiasi altra cosa – mostri la sua presenza volgare. Quello che voglio è una creatura equivoca, morta e insieme viva.*

Sul finire dell'anno, un uomo baffuto con una cappa ruvida che lo copriva dalla testa ai piedi bussò alla porta di Felsenburg. Aveva nei lineamenti del viso qualcosa di straniero, che Oskar non seppe definire, e portò la notizia della morte di Fritz Neuberger.

«Morto!», gridò Mamma Nachtwey. «Non può essere morto!».

Lo straniero disse che il dottor Neuberger era morto nel tentativo di portare a termine il conflitto mondiale e che la sua scomparsa risaliva a pochi giorni dopo l'armistizio. Non aggiunse nient'altro e se ne andò com'era venuto, lasciando Felsenburg in lutto.

Oskar non aveva mai visto piangere Deutsch, prima di allora. La sagoma del grosso attore riverso su una sedia lo spaventò. Kate non versò una lacrima, invece. Consolò Mamma Nachtwey, le passò le dita tra i capelli delicati da anziana. «Non è morto. Vedrete che non è morto. Tornerà, quando meno ce lo aspettiamo, portando qualcosa di incredibile con sé».

Senza il sostegno economico di Neuberger, Kornfeld e Hasenclever furono costretti a cercare alloggio da un'altra parte. Deutsch prese a fare avanti e indietro da Berlino, dove aveva trovato un altro ingaggio per una pellicola di cinema muto.

Nel giro di un mese, la locanda era diventata così triste che quando il direttore della galleria d'arte gli offrì una sistemazione più consona a un professore di Dresda, Oskar accettò.

Il dottor Hans Posse abitava in una palazzina barocca situata nel Großer Garten, l'immenso parco che circondava lo Zwinger. Il giardino era un gioiello verde ai margini di Dresda, ricolmo di alberi profumati e con viali illuminati che collegavano le ville al suo interno. Al centro del parco sorgeva il Palazzo del Grande Giardino, un'architettura di linee seicentesche dal sapore francese. Con i timpani triangolari, le colonne e i pilastri, si rifletteva a specchio sull'acqua di un laghetto abitato da cigni e uccelli acquatici di ogni specie.

«Casa nostra è una delle cinque antiche ville dei cavalieri», lo informò il dottor Posse, mentre percorrevano i viali in carrozza. «Più piccola del Palazzo, ma deliziosa».

Il direttore viveva con il vecchio padre, in compagnia di un austero maggiordomo, che in passato aveva preso servizio in castelli principeschi e aveva ancora l'abitudine di servire a tavola in guanti bianchi, di una governante e di una ragazza sassone di nome Hulda.

«Le piace farsi chiamare Reserl, dice che è più adatto a lei. Sarà la tua cameriera, Kokoschka. È una grande lavoratrice e una ragazza spiritosa, ti piacerà».

Aveva ragione. Reserl aveva i capelli rossi, una marea di lentiggini sul naso e il gergo di una scaricatrice di porto.

«Dottor Posse, bentornato!». Li salutò agitando il braccio davanti al portone, infagottata in un vestitino da pochi soldi che le arrivava a malapena a coprirle le ginocchia. «Che mi venga un colpo, quello è il professore dell'Accademia? Che bell'uomo! Buongiorno, capitano Kokoschka!».

Gli prese la valigia e, nonostante i tentativi di Oskar di opporsi, la trascinò dentro. «Lasci fare a me, capitano, mi hanno detto che è malato fradicio. Non sembra, ma sono forte come un toro!».

Il dottor Posse le lasciò prendere anche la sua borsa. Era un uomo piuttosto esile, dalla fronte ampia e gli occhi infossati dietro gli occhiali rotondi. Si sistemò il panciotto e seguì la cameriera all'interno. «Vieni, Kokoschka. Ti faccio vedere dove alloggerai».

La villa era grande, troppo per una persona sola e un anziano genitore che non si alzava più dal letto. L'idea del direttore era dividerla a metà. «Io, mio padre e la governante nell'ala ovest. Tu e la cameriera nell'altra». Il maggiordomo avrebbe potuto occuparsi di entrambe.

Oskar salì la scalinata che dall'atrio spazioso si apriva a ringhiera verso i lati e ammutolì davanti a tanto spazio vuoto.

«Che ne pensi, Maestro Kokoschka?».

Lui ammirò le decorazioni in stucco, il mobilio pregiato, le grandi finestre che lasciavano entrare aria e luce. Prese un doloroso respiro profondo. «Penso che sia perfetta, dottor Posse».

Dresda, 1919

Scrisse a Hermine Moos per comunicarle il cambio di indirizzo. Le prossime lettere e la bambola del desiderio avrebbero dovuto arrivare a quella nuova residenza nel Großer Garten, quindi era necessario che lei lo annotasse bene.

Dedicò le giornate a sistemare la sua ala della villa, facendosi aiutare da Iwar von Lücken a portare via da Felsenburg quello che non era riuscito a fare entrare in valigia. Anche Kate si unì a loro, ma rimase in silenzio per la maggior parte del tempo. A metà del lavoro si trovarono tutti e due con le braccia appoggiate alla balaustra dello scalone, a guardare l'atrio sotto di loro e il riflesso di luce rettangolare che entrava dal portone spalancato.

«Vivere a Felsenburg non è più la stessa cosa, ormai, senza Fritz. Senza Kornfeld e Hasenclever, e con Ernst che fa avanti e indietro dalla capitale. Senza di te», mormorò Kate. E gli lanciò un'occhiata di sottecchi, sotto le lunghe ciglia scure. «Mamma Nachtwey si annoia, ha solo me e Iwar di cui occuparsi. A volte parla con la gatta».

Oskar si rattristò a sentirglielo dire. «Possiamo tornare al ristorante dietro lo Zwinger, la prossima settimana. Tutti quanti. Portiamo anche Mamma Nachtwey».

«E la prode Raminagrobis?».

«Per la gatta la vedo più dura». Oskar si sforzò di ridere. «Ma possiamo portarle qualche avanzo della tavola».

«Andata!», disse Iwar, passando dietro di loro. E si precipitò giù per i gradini ad aiutare Reserl, che era entrata barcollando sotto il peso di un'enorme tela pulita. Oskar e Kate lo guardarono vacillare quando la cameriera gli addossò il carico per tornare fuori a prendere il resto.

«A che punto sei con quell'affare che ti stai facendo costruire, Okappa?».

Oskar si irrigidì. La cercò con la coda dell'occhio, ma Kate non guardava lui. Di sotto, Iwar aveva appoggiato la tela e chiamava il dottor Posse, agitando un braccio verso il giardino.

«La vedrai presto», rispose. La voce gli uscì roca.

Kate fece una smorfia. Poi sollevò la mano a salutare il direttore, quando entrò seguendo il poeta. «Figurati. Non sto proprio nella pelle».

Cenarono insieme, nel salotto da pranzo di Oskar. Fu una bella serata e Hans Posse fu felice della compagnia, anche se si ritirò presto per tornare al capezzale del padre. Senza più troppe cose da dirsi, anche Iwar e Kate se ne andarono poco dopo.

Come se l'attrice l'avesse evocata, Hermine Moos si manifestò nella villa barocca sotto forma di una lettera. Annunciava che il simulacro era pronto.

Aveva applicato cipria e polvere d'oro per dare vita alla carne di Alma. E per i capelli aveva usato crini di cavallo bianco che aveva tinto di persona.

La missiva portava la data di febbraio. Hermine Moos, la sua demiurga personale, aveva impiegato quasi nove mesi per crearla. Quanto la gestazione di una creatura umana.

Oskar fu colto da una vertigine così forte che lo lasciò stremato sui gradini della villa. Chiuse e aprì i pugni innumerevoli volte, ebbe il timore di avere avuto un arresto cardiaco.

Per l'intero pomeriggio, durante le ore di lezione all'Accademia, si baloccò con l'idea di saltare sul primo treno per andare a Monaco a prendersi la bambola. Poi ci ripensò. Scoprì di avere paura di vederla. Preferì aspettare l'appuntamento con il destino.

Me la spedisca, signorina Moos. La prego, me la spedisca il prima possibile. Quando potrò averla tra le braccia?

Nei giorni che seguirono contattò una sarta. Le confidò le misure di Alma perché confezionasse dei vestiti ampi, ricchi e a balze. Scelse stoffe dai colori vivaci. Commissionò un abito rosso per Lilith. E una splendida veste blu come le onde, perché adesso il demone aveva il viso e il corpo di Alma. Oltre al vento, era anche mare, fiumi e mostri d'acqua.

Da un magazzino di Vienna si fece inviare capi raffinati di biancheria intima.

«Per chi sono tutte queste cose, capitano?». Reserl stava riordinando gli acquisti in un'unica stanza, dove Oskar aveva fatto portare un letto e un armadio intagliato.

«Sono per la mia signora».

«La tua signora?», Reserl si voltò a guardarlo e fischiò come un monello di strada. «Maestro Kokoschka, non avevo idea che fossi sposato!».

Oskar sentì una brutta fitta allo stomaco e il cuore battere più forte. Si portò una mano al petto.

«Capitano, stai bene?».

«Sono a posto, cara. Devo solo prendere un po' d'aria».

«Ti apro la finestra. Guarda che fuori c'è un bel vento, vedi di non prenderti un malanno. Poi il dottor Posse se la prende con me».

Una folata di vento lo investì dai vetri aperti e Oskar boccheggiò. Gli sembrò che la mano di Lilith lo accarezzasse.

Alma non ti ha mai sposato, amore mio, fischiò il vento, in mezzo agli alberi del Großer Garten. *Ma non ne abbiamo bisogno. Siamo già una cosa sola.*

«Pensa un po'!». Reserl si era seduta sul davanzale e dondolava le gambe. Aveva vent'anni, ma la spensieratezza di una ragazzina. «E fino adesso dove l'hai tenuta nascosta, questa signora?».

«A Monaco», gracchiò Oskar. «Ma arriverà presto. Vedrai che arriverà presto».

Reserl si strinse nelle spalle. «Sono proprio curiosa di conoscerla». Balzò giù dal davanzale e tornò a occuparsi dei vestiti. Si appoggiò l'abito blu sul petto e volteggiò nella stanza, facendo roteare la gonna. «Chiunque sia, è proprio fortunata. Io di vestiti così non ne ho mai visti neanche da lontano».

Oskar sorrise. L'aria invernale gli aveva fatto bene al petto. Ma la freschezza di Reserl gli faceva bene all'umore. Il giorno dopo acquistò per lei una crestina bianca, un grembiulino di batista e calze nere di seta, per sostituire il suo vestito da poco.

Il feticcio arrivò in una mattina di aprile, dentro a una cassa pesante.

Lo portarono dentro il maggiordomo e il giardiniere, unendo le forze. Il garzone che si occupava delle aiuole aveva abbandonato la pala sul vialetto ed era accorso in aiuto dell'anziano domestico, che da solo non ce la faceva a trasportare il grosso pacco avvolto in carta ruvida. Neanche Oskar ce l'avrebbe fatta.

Appena l'aveva visto, avevano cominciato a tremargli le mani. Anche le gambe gli cedevano a ogni passo, fu costretto ad afferrare la ringhiera.

«Portatelo su per le scale!», ordinò. «Nel mio salotto! Subito!».

Li precedette, annaspando verso il piano rialzato. Più di una volta inciampò nei gradini. Fece loro appoggiare il pacco al centro della tavola. Alla luce primaverile che entrava dalle finestre, l'enorme cassa aveva un'aria cupa. Sembrava il monolite di un'antica religione.

Appoggiò le mani tremebonde sul pacco, i polpastrelli sbatacchiarono sulla superficie con un rumore graffiante. Soverchiato dall'emozione, per un momento fu certo che fossero le dita di Lilith, che cercavano di farsi strada dall'interno.

Piantò le unghie per aprirlo. Si accorse che i due uomini lo fissavano da sopra la cassa con aria famelica. Anche loro erano attratti dal fluido del demone, due bestie affamate di curiosità. Oskar si lanciò sul pacco e lo strinse da una parte all'altra con entrambe le braccia.

«Fuori!», abbaiò. «Tutti e due, lasciatemi solo!».

Il giardiniere si calcò il cappello in testa e indietreggiò spaventato. Il maggiordomo si irrigidì, l'espressione oltraggiata.

«Fuori», ripeté Oskar. Questa volta la sua voce uscì con il ringhio del lupo. I due domestici si ritirarono intirizziti oltre la soglia.

«Aspetta che esco anch'io, capitano!». Reserl era nello studio a spolverare, gli passò di fianco correndo per raggiungere la porta.

«Tu puoi restare, se vuoi». Non avrebbe mai permesso a un altro uomo di posare gli occhi su Lilith, la ragazza era un altro discorso. «Dov'è il dottor Posse?».

«Al museo, per quello che ne so io».

«Va bene. Chiudi la porta del salotto a chiave».

«Ma che c'è lì dentro? Altri vestiti?».

«Lo vedrai».

Messo il salotto in sicurezza, Oskar strappò la carta che rivestiva la scatola. Mandò Reserl a prendere un tagliacarte nello studio e lo usò per fare leva sul coperchio di legno. Cedette con un rumore secco.

«Piano, capitano», mormorò la ragazza, mentre lui affondava le mani nel crogiolo. Toccò qualcosa di morbido e l'emozione gli chiuse la gola.

Tirò fuori Lilith. Un viso bianco reclinato sul petto, una criniera di capelli e un petto fiorente.

«Capitano Kokoschka! È questa la tua signora?».

Oskar sentì il cuore sfrigolare e le braccia percorse da qualcosa di simile a una corrente elettrica. La signora del vento uscì dalla scatola in tutto il suo lunare splendore. Sollevò la testa e aveva il viso di Alma. Si inarcò nella luce e Oskar disse: «Sì!».

Fu l'illusione di un momento. Il demone gli si afflosciò tra le braccia e la delusione gli schiantò il cuore.

Aveva braccia e gambe troppo pesanti rispetto allo scheletro che la sosteneva. Il corpo era troppo leggero, e per riprodurre la morbidezza della pelle femminile, Hermine Moos aveva coperto le gambe di Lilith di piume candide che aveva forse ricavato da un cuscino.

Non era un simulacro divino. Era un mostro orrendo.

Gli sembrò che la faccia della bambola gli si fosse incastrata nell'incavo del collo. Oskar se la strappò di dosso. La testa roteò all'indietro, i capelli si riversarono nell'aria, liberando il volto.

La faccia era pallida, assottigliata ai lati come una luna a cui mancassero pochi spicchi, per diventare piena. Gli occhi fissavano il soffitto, blu e lucenti come il vetro, un sottofondo scuro donava loro intensità. E la bocca dipinta era atteggiata in un sorriso leggero. Quando le si sganciò la mascella, scoprendo una cavità dipinta di rosso e rosa, Oskar le vide i denti. E una lingua cucita nella seta. Il ribrezzo lasciò il posto al terrore. Sembrava che la bambola stesse ridendo in preda a una follia silenziosa. O che fosse sul punto di fare scattare il collo in avanti e azzannargli la gola. La gettò sul pavimento.

Lilith sbatté la testa, i capelli si sparsero intorno a lei, il corpo si raggomitolò come un serpente pallido.

«Che orrore», disse Oskar. E lo ripeté, urlando. «Che orrore!».

Si rifugiò nello studio. Sbarrò la porta e si lanciò alla scrivania. Si ficcò le mani tra i capelli, li spinse indietro. Si asciugò le lacrime dagli zigomi. Si accorse che stava emettendo rantoli che sembravano quelli di un cane.

«Dov'è la penna? La carta! Dov'è?».

Trovò da scrivere. Tornò ad asciugarsi gli occhi e si piegò sul foglio, scrisse l'intestazione per la signorina Moos. Un'intestazione educata.

Dalla prima riga successiva, non riuscì più a trattenersi. Riempì la missiva di insulti per quello che lei gli aveva fatto. Due pagine di cattiverie e alla fine lasciò cadere la penna. Sbatté la fronte sulla superficie di legno e poi rimase lì a piangere. Quando esaurì anche le lacrime, era distrutto.

L'incanto era rotto per sempre. E non rimaneva da fare altro che uscire e liberarsi di quel disgustoso ammasso di stracci. Avrebbe chiesto a Reserl di farlo per lui, l'avrebbe implorata, se necessario. Solo, che gli fosse permesso di non posare più gli occhi sull'abominio uscito dalle mani di Hermine Moos. Esausto, si alzò dalla scrivania. Appoggiò la mano sulla maniglia con cautela e socchiuse la porta dello studio.

Sul pavimento, il feticcio non c'era più. Anche la scatola era sparita, il tavolo era pulito. Nessuna traccia di legno o carta stracciata. Aprì la porta un po' di più. La porzione di salotto che riusciva a vedere era deserta. Forse Reserl era scappata? Non avrebbe saputo darle torto. Poi la sentì ridere.

«È bellissima, mia signora». La voce arrivava dall'angolo della stanza, dietro la porta. A meno di un metro da lui. Gli si accapponò la pelle. «Ecco, mi permetta di aiutarla».

«Reserl?».

«Capitano, vieni a vedere! La signora ti sta aspettando!».

La temperatura nella stanza sembrava essere precipitata. Oskar aveva la pelle d'oca sulle braccia. Aprì la porta. Un passo dopo l'altro, uscì dallo studio.

Lilith era seduta sulla poltrona nell'angolo. Era vestita con l'abito rosso che aveva fatto cucire per lei, i capelli scuri le piovevano sui seni in lunghe ciocche ondulate e l'ampia gonna era aperta sul cuscino. Le lasciava scoperte le gambe dalle ginocchia in giù.

Oskar fu colto da una vertigine. Le gambe del feticcio, coperte di piume per essere più morbide al tatto, erano le zampe di una donna uccello. Lo sguardo vitreo del suo viso, adombrato dalle ciglia perfette, era puntato su di lui e lo trafiggeva da parte a parte. La mascella era tornata a posto. Quella mostruosa crisalide era piena di qualcosa e gli sorrideva.

Le gambe lo tradirono e Oskar cadde sulle ginocchia davanti alla sposa del vento.

«Ha visto, mia signora? Suo marito è proprio pazzo di lei!». Al suo fianco, Reserl ridacchiò. «Capitano, vuoi vedere mentre le acconcio i capelli?».

Oskar entrò nella camera che aveva allestito per Lilith. Accostò la porta e si preparò per la notte. Si spogliò in silenzio, indossò il pigiama rosso che era appartenuto ad Alma. In qualche modo, aveva ancora il profumo di lei. Le note floreali erano lontane, appena percettibili, ma gli procurarono una fitta di dolore al petto e un'erezione tra le gambe. Si voltò. Lilith era nel letto, lo aspettava.

Reserl l'aveva spogliata mentre lui era ancora nel suo studio e l'aveva sistemata sotto le lenzuola. Vedeva i capelli, sparsi sul cuscino, un'onda di ombre nella semioscurità della stanza. Sollevò le coperte e le scivolò accanto.

Si girò sul fianco, spostò il braccio sotto il lenzuolo e circondò il simulacro con il braccio. Lo strinse al petto. Lilith era morbida, si adattò alla sua presa. Il volto artificiale trovò l'incastro perfetto sotto il suo mento. Sentì i lineamenti scolpiti premergli contro la giugulare.

La villa era silenziosa, dai corridoi dell'ala orientale non arrivava nemmeno uno scricchiolio lontano. La cameriera doveva essere già a letto; il dottor Posse e suo padre, dall'altra parte dell'edificio, dovevano già essere nel mondo del sogno. Era tardi. E Oskar era solo, con il suo demone tra le braccia.

Aspettò di udire lo stridere delle unghie sulla spalliera del letto. Non sentì niente. Attese la paralisi del corpo che annunciava i portatori di sogni e l'arrivo di Lilith nella stanza, ma non accadde nulla.

Oskar le accarezzò il fianco, scorse con la mano sulla curva familiare della natica. Incontrò la gamba piumata. Non c'era bisogno che lei si manifestasse in altro modo, Lilith era già lì, nel letto, concreta e solida. Il terrore gli gelò la pancia.

Si ricordò di come gli era sembrata feroce e innaturale la sua bocca aperta, quando l'aveva sollevata dalla cassa, di come il simulacro aveva gettato la testa indietro come un lupo prima dell'attacco.

E lui se l'era portata sotto le lenzuola. Si teneva la sua bocca contro la gola, piena di lingua e denti artificiali. I nervi gli mandarono una scossa dalle gambe fino alla base della nuca, sentì l'impulso di allontanarla.

Ringhiò e la afferrò per le spalle esili. Ma non voleva separarsene. La spinse sul materasso e le rotolò sopra. Il feticcio lo fissò nella penombra, le pupille finte sembrarono vividi occhi elettrici nel buio. Oskar la sollevò dal materasso e la sbatté giù, di nuovo, con violenza. Il letto scricchiolò, il simulacro si piegò sotto di lui. Le afferrò i capelli, costringendola ad alzare il viso. Emise un verso gutturale e arrancò con i piedi tra le coperte, fino a quando non si trovò ad aprirle le gambe con le sue. Nella lotta, scoprì che la bambola non aveva nessun buco tra le gambe.

Si sollevò su di lei, sudato e con la testa che gli girava, e la guardò dall'alto. Lilith lo fissava muta, le braccia giacevano sul letto sottomesse, in attesa del destino che lui aveva in serbo per loro. Si pentì di averla percossa.

«Perdonami!», gemette. Le accarezzò i capelli, le liberò il viso dalle ciocche che le erano rimaste incastrate tra le ciglia e il naso. Crini setosi come quelli di Minden Lo. Si accasciò su di lei, in lacrime. «Ti chiedo scusa! Dimmi cosa posso fare».

Lei non gli rispose, lo lasciò piangere. Oskar si raccolse sul suo ventre, sbavò sopra i suoi seni, sconfitto. Lilith lo aveva vinto pur rimanendo immota.

«Ti prego, guariscimi», la implorò. «Guariscimi e lasciami l'Occhio per dipingere. Ti scongiuro, Lilith, non posso più...».

La stanza vorticava, come in mezzo a un uragano. Oskar sentiva bruciare la bocca e la fronte, aveva i brividi. Forse aveva la febbre. La strinse tra le braccia, strusciò l'inguine contro di lei, feroce, ma non riuscì a venire. E neanche a addormentarsi.

La luce mattutina rischiarava la camera, quando Reserl bussò alla porta. Non aspettò risposta, aprì l'uscio ed entrò nel suo grembiulino di batista. Andò alle finestre, le aprì per cambiare aria alla stanza. «Capitano, sveglia! La colazione è pronta!».

Oskar la seguì con gli occhi, nascosto sotto le coperte e con Lilith stretta addosso.

Reserl si girò verso di loro e si piantò i pugni sui fianchi. Sorrideva, divertita. Un ricciolo rosso le era sfuggito da sotto la crestina e le cadeva sugli occhi. Lei lo spostò, soffiando da sotto in su. «La signora che vestito vuole mettere?».

Oskar batté in ritirata sotto il lenzuolo. Reserl non era mai entrata nella sua stanza, prima di quel momento. C'era da dire che quella non era la sua camera, era quella di Lilith. Ma che la ragazza fosse così tranquilla nel trovarlo a letto con il simulacro lo terrorizzava e lo esaltava. Una sensazione simile all'essere ubriachi in compagnia di gente appena conosciuta.

«Quello blu».

Era stato lui a rispondere per Lilith. Reserl marciò verso l'armadio senza battere ciglio ed estrasse l'abito che ricordava un'onda marina.

«Capitano, avanti, aiutami. Fai sedere la signora».

Sconvolto dalla piega che la giornata stava prendendo, Oskar obbedì. Uscì dalle coperte, si infilò i pantaloni assicurandosi che Reserl non lo guardasse, poi corse dall'altra parte del letto per sollevare il simulacro.

Reserl lo raggiunse. Oltre all'abito, sistemò sulle coperte mutande, calze e reggicalze, un busto ricamato di gusto viennese. A bocca aperta, Oskar la guardò inginocchiarsi davanti al demone e sollevarle prima una gamba piumata e poi l'altra, per farle infilare la biancheria. Forse credeva di giocare con le bambole. Forse non ne aveva mai avute.

«Che fai, capitano Kokoschka? Non mi aiuti?».

«Certo. Subito».

La vestirono insieme e le infilarono l'abito blu. Reserl si arrampicò sul letto per mettersi dietro a Lilith e raccoglierle i capelli sulla nuca.

«La signora è pronta».

Reserl sgambettò al fianco del simulacro e passò un braccio attorno alla vita di Lilith. La sollevò senza sforzo e volteggiarono insieme in corridoio. La gonna blu produsse una mareggiata di seta e scomparve dietro di loro. Oskar le seguì. Scoprì che il tavolo della colazione era stato apparecchiato per due e che Lilith sembrava più viva che mai, mentre Reserl le versava il tè.

Lo scheletro leggero permetteva al simulacro di essere messo in posa e consentì a Oskar di trovare un'ottima posizione sulla poltrona del salottino, che trasferì nello studio. Le fece appoggiare la guancia al palmo della mano. Tremante, le slacciò il vestito perché i seni svettassero davanti a lui, fuori dal corpetto. Le si inginocchiò davanti. Era un devoto davanti all'altare di una divinità impassibile.

Si appoggiò il foglio sulle gambe e catturò la sua immagine in una selva di linee, uno studio per una tela che avrebbe intitolato *La signora in blu*.

Reserl tornò a bussare a metà mattina. «Hans Posse sta salendo le scale, è venuto a salutarti. Cosa devo dirgli, capitano?».

Oskar si girò verso di lei, cercò di coprire il disegno, poi si rese conto che era inutile. «Non posso essere disturbato, adesso. Inventati qualcosa. Ah, Reserl! Questa faccenda deve restare un segreto, per adesso».

Lei strizzò l'occhio e tornò a sparire.

«Mi dispiace, dottor Posse, il capitano adesso non può proprio riceverla», la sentì dire, in lontananza, dietro a un paio di porte chiuse. «Sta riposando in camera sua. Vedesse che occhiacci rossi che ha! Deve avere la febbre, è ridotto a uno straccio!».

Si rese conto che Reserl aveva ragione. Si sentiva andare a fuoco e aveva le palpebre gonfie. Se le strizzò con le mani e tornò a immergersi nel lavoro.

Ricevette Hans a pranzo qualche settimana dopo, di domenica, come d'abitudine.

Il dottor Posse era felice di saperlo di nuovo in salute e voleva sapere se aveva in mente qualche nuovo dipinto da realizzare.

Oskar si fece portare da Reserl i disegni preparatori che in quei giorni aveva schizzato per *La signora in blu*. Erano una trentina.

Posse li ammirò con aria trasognata. «Che magnifico lavoro, Maestro. Questa sensualità inquietante è degna di te».

«È lo studio per un quadro a cui sto lavorando, lo vedrai quando l'avrò finito».

«Quando l'avrai finito troverò una parete per esporlo, altro che vederlo soltanto. Ma chi è la modella?».

Oskar sentì il cuore mancargli di un battito. Cercò lo sguardo di Reserl e lei gli sorrise incoraggiante. Oskar prese un respiro che gli gonfiò malamente i polmoni. «Va bene. Falla venire».

Posse strabuzzò gli occhi. «È qui in questo momento? Qui in casa?».

Saltò sulla sedia quando Lilith apparve nel riquadro della porta. Leggera come un refolo d'aria, la bambola attraversò il salotto.

Il maggiordomo, dietro di lui, alzò il vassoio d'argento come fosse uno scudo. «Che stregoneria è, dottor Posse?».

Solo quando Lilith raggiunse la tavola, Reserl si sporse da dietro il simulacro e ruppe l'incanto. «Questa è la sposa del capitano. E vi porge i suoi saluti».

Oskar preparò la sedia, in modo che Lilith potesse guardare Hans Posse davanti a sé. Reserl le sistemò le mani sul bordo della tavola.

Il direttore era ammutolito. Guardò la crisalide dalle forme umane, balbettò qualcosa di indefinibile, si umettò le labbra. «Incredibile!».

Oskar attese. Era la prima volta che mostrava Lilith a qualcuno che non fosse la sua complice dai capelli rossi e sentiva addosso il terrore del maggiordomo.

«Nel nome di Dio, quest'opera è impressionante», gemette Posse. «Quei lineamenti! Non sono quelli della vedova di Mahler?».

«Si chiama Lilith», rispose, pronta, Reserl. «Lilith Kokoschka».

«Lilith», ripeté il direttore. Oskar rabbrividì di piacere nel sentire quel nome pronunciato da qualcun altro. La faceva sembrare ancora più vera.

Il rumore metallico del vassoio lo fece sobbalzare. Il maggiordomo lo aveva sbattuto con forza sulla tavola. «È troppo! Da quanto tempo è qui, quella cosa? Dottor Posse, io non posso servire sotto lo stesso tetto dove viene tenuto quel mostro. È diabolico!».

«Calma, manteniamo la calma». Posse alzò le mani, a metà tra una preghiera razionale e un segno di resa. «Questa bambola...».

«È la sposa del capitano! Loro due sono una cosa sola».

«Certo, cara, certo. Questa... questa dama è davvero particolare». Posse era livido. Si rivolse al maggiordomo, che fissava Lilith con la ripugnanza che avrebbe riservato a un grosso insetto. «Amico mio, perché non vai a vedere come sta mio padre?».

L'anziano servitore non se lo fece ripetere. Fuggì, davanti al diavolo, e sbatté la porta. Oskar non l'aveva mai sentito fare un solo rumore, nel muoversi per casa.

Posse, al contrario, non aveva staccato gli occhi dal simulacro. «Non ho mai visto niente del genere. Sembra viva, te ne rendi conto?».

«Ci tenevo che tu la vedessi, Hans». Oskar si massaggiò il petto. Era come trafitto da centinaia di aghi. «Lilith è la mia opera più immensa, quella a cui tengo di più. Vorrei che ti rivolgessi a lei come a una donna in carne e ossa. E che, per ora, rimanesse un segreto di questa casa».

Hans Posse non si tirò indietro davanti al potere dell'arte. Si adeguò alle istruzioni da subito. Spalmò della marmellata su una fetta di pane, conversò con Lilith come avrebbe fatto con chiunque altro e mantenne il segreto per mesi. Fino a quando Oskar non ritenne che i tempi fossero maturi.

Dresda, 1920

Cominciò a uscire con lei nel tardo inverno, quando ancora il sole calava presto e il buio li proteggeva dagli sguardi. Oskar e il diavolo correvano in carrozza, lungo le strade di Dresda. Passavano davanti ai teatri, sotto le luci dei lampioni che rischiaravano il buio, affiancavano il corso dell'Elba.

Nell'oscurità dell'abitacolo, Oskar prendeva la mano di Lilith e se la portava alle labbra. Qualche volta la baciava, infilando le dita nella criniera acconciata. La portava fuori città, dove non correvano il rischio di incontrare nessuno. Allora la faceva scendere sulle rive fangose e passeggiavano sotto le stelle.

Oskar la stringeva contro il fianco, le soffiava il proprio respiro nella bocca. Ma anche se erano così vicini, anche se la teneva tra le braccia come aveva tenuto solo Alma, c'era ancora qualcosa di rotto tra di loro. Era come se avesse in mano tutti i pezzi di se stesso, che combaciavano. Ma non sapeva come farli rimanere attaccati.

Con quella sensazione amara, rimontava in carrozza. Lui e Lilith continuavano a correre nella notte, come se fossero inseguiti da qualcosa.

Non tardò molto che corressero anche le voci. Già in primavera, all'Accademia delle Belle Arti si bisbigliava che il professor Kokoschka frequentasse una donna misteriosa, di cui nessuno conosceva l'identità. Qualcuno era riuscito a vederne il profilo, dal finestrino della carrozza. Si diceva che fosse bellissima e che lei e il Maestro non si separassero mai. Si diceva che lui la tenesse rinchiusa in casa, geloso degli sguardi dei curiosi.

Qualcun altro giurava di averli visti ballare nel Großer Garten. Un suo vicino di casa, un uomo che abitava in una delle ville dei cavalieri di fronte alla residenza di Hans Posse, raccontò di avere sentito Kokoschka cantare, dando il ritmo al ballo, e la voce di una giovane donna che rideva.

Ma erano solo chiacchiere che rimbalzavano per Dresda. Quando il Maestro si presentava a lezione era sempre solo. E non parlava mai di una moglie o di un'amante che lo aspettasse a casa.

Vienna, 1920

«Ho sentito dire che Kokoschka ha una nuova fiamma», commentò Lilly Lieser. Era sul divanetto con un bicchiere di vino in mano.

Alma le diede un colpetto sul ginocchio. «Sei ubriaca. Datti un contegno».

«Non sono ubriaca». Lilly imbronciò le labbra. «Ne parlano tutti».

«Non mi interessa».

Alma sorrise a Gucki, seduta al pianoforte. La figlia eseguiva Wagner con un'abilità che stava conquistando gli ospiti raccolti intorno a lei, ma la cosa non sembrava procurarle nessuna gioia. La bambina era diventata una ragazza, ormai: quella sera erano tutti lì per festeggiare il suo sedicesimo compleanno. Eppure, Gucki si stringeva nelle spalle come un uccellino ferito. Gli incubi che Oskar le aveva trasmesso come un'infezione la tormentavano quasi tutte le notti. Alma si svegliava sentendo la figlia gridare il nome della sorellina morta tanti anni prima: «Putzi! Smettila!».

Rimaneva sveglia anche lei, con il sangue gelato.

La musica cessò e Gucki fu premiata da uno scroscio di applausi. Anche Alma applaudì e le rivolse un sorriso orgoglioso. Gucki accolse l'entusiasmo degli invitati con un breve inchino, scappò via dal pianoforte e venne a cercare rifugio vicino a lei.

«Sei stata magnifica, tesoro».

«Grazie, mamma».

Una risposta piatta. Gucki era brava al piano, ma la musica non le interessava granché.

Voleva andare a studiare Arte a Berlino il prima possibile. Un'altra eredità di Oskar Kokoschka.

«Sei stanca? Si è fatto tardi, ormai. Se vuoi andare a dormire, ti faccio accompagnare a casa dal nonno Carl. La tua sorellina è già a letto da un pezzo».

Era un'osservazione di poco valore, per mandare a letto Gucki. La piccola Manon aveva solo quattro anni ed era di salute fragile. I ricevimenti serali le erano preclusi.

Gucki si irrigidì e scosse la testa. Per un attimo, Alma vide i suoi occhi riempirsi di un tale terrore che si sentì spezzare il cuore.

«Non voglio dormire».

«Va bene, tesoro», si rassegnò. «Rimani qui con me».

Le circondò le spalle con il braccio e la cullò. Il ricevimento era ancora nel pieno della serata, per abbandonarsi agli incubi ci sarebbe stato tempo. Suo marito Franz, dall'altra parte del salotto, stava intrattenendo un gruppo di poeti con una discussione sulla sua ultima opera letteraria, di lì a poco ne avrebbe letto uno stralcio agli invitati.

«È una donna misteriosa, nessuno sa niente di lei», Lilly tornò all'attacco. «Non sei curiosa nemmeno un po' di sapere con chi se la fa Kokoschka?».

«Kokoschka?», Gucki si protese fuori dal suo abbraccio. «Stavate parlando di Oskar?».

«Proprio di lui». Lilly vuotò il bicchiere. Alma la sentì ricadere pesante contro il proprio fianco, assonnata e piena di vino. Lilly le baciò la spalla nuda, poi sollevò la testa e guardò Gucki. «A te interessa, vero?».

«Oskar mi manca molto. Vorrei vederlo».

Alma si erse come un baluardo tra la figlia e l'amica. «No che non le interessa. Lilly, dovresti davvero darti un contegno. Sono molto felice che Kokoschka si sia rifatto una vita, ma non ho nessuna intenzione di parlare di lui. E tu, tesoro, non dovresti ascoltarla, quando è in questo stato».

«Ma Oskar mi manca».

Alma la prese per mano. «Lasciamo riposare la zia Lilly e andiamo a sentire cosa sta per leggere Franz, vieni».

Gucki alzò gli occhi al soffitto e sbuffò, ma si lasciò trascinare via dal divano. Alma la sospinse attraverso il salotto in fretta. Si era sposata due volte, pur di tenere quell'uomo lontano dalla sua vita, e aveva avuto un'altra figlia per purificarsi il ventre. Eppure, non sembrava abbastanza. Lo sentiva ancora addosso.

Maledisse Oskar Kokoschka tra i denti.

Dresda, 1920

«Lilith, non so che cosa fare».

In ginocchio davanti a lei, Oskar chinò la testa.

I bisbigli che sentiva nei corridoi dell'Accademia lo turbavano, perché presto non avrebbe più saputo come proteggerla. «Tu sei abbagliante, mia signora. Il tuo potere ha conquistato Reserl e Hans come ha incantato me. Ma hai visto il maggiordomo?».

Quando aveva capito che il simulacro sarebbe rimasto alla villa, l'anziano servitore di Posse aveva rassegnato le dimissioni. Oskar lo aveva guardato dalla finestra, mentre lasciava la villa con una valigia in mano e un cappello calato in testa. Non era più tornato.

«In molti avranno paura. Ti riconosceranno come il diavolo. Oppure diranno che sono pazzo e questa volta avranno ragione».

Il mostro sacro era seduto sul letto, davanti a lui, e lo sovrastava nel buio.

Gli sembrava di sentirne il fiato raschiante, nella camera. Vedeva il petto di stoffa carnosa gonfiarsi e sgonfiarsi, le spalle abbassarsi ogni volta che rilasciava il respiro. Il corpo nudo di Lilith ascoltava.

«Cosa vuoi che faccia, mia sposa?».

Questa volta, lei non rimase in silenzio. Oskar sentì le parole formarsi sul fondo dell'orecchio, nel punto in cui era stato aperto dal proiettile russo.

Non deve importarti di quello che pensano gli altri, amore mio. Solo di noi. E noi non siamo ancora abbastanza vicini.

Allora Oskar la spinse tra i cuscini e le baciò il collo di seta, i seni gonfi di ovatta. Si strusciò tra le sue cosce morbide di piume, sfregando l'inguine in carezze sempre più ansiose. Più vicini. Più vicini di così, non potevano. La modellò sotto le mani, cercando nella mente le forme di Alma. Per quanti sforzi facesse, il corpo artificiale del demone lo stuzzicava fino al dolore fisico, ma non gli dava soddisfazione.

I nervi tirati allo spasimo lo fecero singhiozzare. Tremava come un cane in calore, provava disgusto per se stesso. Emise un rantolo, quando vide la figura bianca in piedi sulla porta. Gli tremarono le braccia, la sua mente in disordine pensò a un fantasma.

«Non piangere, capitano». Era Reserl, in camicia da notte. «Io ti posso aiutare».

Lui non vedeva come. Poi capì.

Reserl si avvicinò al letto in punta di piedi, sollevò le lenzuola e si accoccolò vicino a Lilith.

«Reserl?».

«Zitto».

Lei scivolò sotto il simulacro e aprì le gambe. Da lì, allungò le braccia lungo quelle del demone e lo guidò sopra di loro. Questa volta, le preghiere di Oskar vennero ascoltate. Quando fu il momento, Reserl ruotò il bacino e lasciò che Lilith la usasse come un ponte di carne. Erano finalmente uniti.

Il Semperoper era un gioiello che illuminava la piazza. In quella notte d'estate, il Teatro dell'Opera di Dresda aveva acceso tutte le sue luci.

Oskar ordinò che la carrozza si fermasse proprio davanti al portone, sulla Theaterplatz. L'entrata era gremita dal pubblico in attesa, uomini e donne che presto girarono la testa nella sua direzione.

Scese per primo e si rassettò la giacca. In alto, sulla cima dell'edificio, la scultura in bronzo di Dioniso e Arianna vegliava sul teatro. Le due divinità patrone dell'arte scenica erano fiere e senza una briciola di paura, in piedi su una quadriga trainata da quattro pantere selvagge. Pregò che gli infondessero lo stesso coraggio.

Era la prima volta che portava Lilith in pubblico. Già sentiva i mormorii, davanti all'entrata, vedeva i colli che si allungavano nel tentativo di sbirciare nella carrozza alle sue spalle. Avevano capito che aveva portato lì la sua dama. L'avevano fiutata. Oskar diede loro le spalle per aiutarla a scendere.

Prese la mano di Lilith e la tirò a sé fino a quando non fu in grado di passarle il braccio attorno alla vita. Un lembo del vestito blu esondò dalla carrozza prima di lei e il pubblico dell'Opera sospirò.

«Eccola!», bisbigliavano. «Che abito magnifico!».

«Chi è, la riconosci?».

«Ancora no».

Oskar la guidò fuori dall'abitacolo. In un frusciare di onde blu, Lilith si raddrizzò al suo fianco. La sorpresa aveva inchiodato gli spettatori sulle scale, nessuno osava emettere un suono che fosse di derisione o di spavento. Le porte del Semperoper si aprirono sull'atrio luccicante, il pubblico poteva cominciare a prendere posto. Ma nessuno si mosse.

Entriamo, amore mio, ordinò Lilith, in fondo al suo orecchio. Davanti a loro, il pubblico in attesa si aprì in due ali e li lasciò passare. Nell'avanzare, Oskar salutò un professore dell'Accademia. C'era anche il vicino di casa, l'uomo ricurvo e sottile che abitava nella villa di fronte a quella del dottor Posse. Oskar sorrise a Hasenclever, grato di vedere un volto amico in mezzo alla folla. Nessuno riuscì a proferire nemmeno un «Buonasera, Maestro Kokoschka».

Il profumo del teatro era inebriante. Oskar si strinse a Lilith, le sorrise, aspirò l'odore di polvere, pece e costumi di scena. Salì le scale fino al palco privato e si chiuse all'interno con lei. Sedette, tenendole la mano. Sotto di loro, la platea era in fermento. Dagli altri palchi, c'era chi si sporgeva per guardarli meglio, qualcuno si era portato agli occhi i binocoli da opera. Oskar vedeva le lenti scintillare in mezzo agli stucchi e agli ori delle balconate.

Le luci si spensero, il sipario si aprì. Le prime note del *Flauto magico* di Mozart riempirono l'ambiente. Ma gli occhi del pubblico, nella penombra, non guardavano il palco. Erano puntati su di lui e sulla sua sposa.

Dopo il battesimo all'Opera, Oskar uscì con Lilith molto più spesso.

Si era procurato dei gioielli da donna, pochi ma splendidi. Un girocollo d'argento, un bracciale smaltato, due orecchini pendenti. Lui si vestiva per la serata e Reserl si occupava della dama silenziosa. La faceva sedere davanti allo specchio e provava abiti e acconciature fino a quando non trovava quelli più adatti. La adornava con le gioie, le spruzzava una nuvola del profumo di Alma. Poi la portava giù per lo scalone, dove lui le aspettava.

Mentre attendevano la carrozza, Oskar prendeva Lilith tra le braccia e la faceva ballare nel giardino, davanti al vecchio tronco rovesciato accanto alle aiuole fiorite. Cantava per lei l'aria *Sul bel Danubio blu* di Strauss.

Reserl batteva le mani e rideva. Anche il dottor Posse rideva, dalla finestra della camera di suo padre. «Oskar Kokoschka, sei davvero un uomo di spettacolo!».

Oskar e Lilith si facevano portare al parco dello Zwinger, vicino al Semperoper. Volteggiavano in mezzo alle sculture davanti al padiglione occidentale fino a quando le vertigini non lo costringevano a barcollare e a cercare il sostegno di una panchina. A volte, facevano scappare i passanti sul sentiero. Più spesso, si prendevano perfino qualche applauso.

Quando i polmoni feriti non riuscivano più a stare dietro al respiro, Oskar la faceva sedere sulle proprie ginocchia, sul bordo del Bagno delle Ninfe. La fontana li avvolgeva in una nebbia fresca. Lui ignorava i nervi doloranti e cercava tepore affondando il naso nei capelli di Lilith, aspirava il suo profumo di donna e le baciava il collo. Di tanto in tanto, nelle serate che trascorrevano a casa, ricevevano ospiti. Potevano essere professori dell'Accademia, oppure gli invitati del dottor Posse.

«Avete già conosciuto la moglie del Maestro?», Hans presentava Lilith agli amici con l'orgoglio con cui inseriva nel museo un'opera d'arte acquistata dopo molte trattative. «Non la trovate stupenda?».

«L'abbiamo conosciuta all'Opera», rispondevano.

L'imbarazzo di vedere Lilith seduta alla loro tavola con davanti il bicchiere pieno e un piatto caldo lasciava posto all'allegria, quando credevano di essere gli spettatori di un evento teatrale a loro uso e consumo. Le mogli dei professori facevano a gara per sedersi vicino a Lilith e si adeguavano a trattarla come se fosse in carne e ossa.

Quando Oskar si alzava per andare a prendere dallo studio qualche nuova tela da mostrare, sentiva i commenti alle sue spalle.

«Certo che il Maestro di Dresda è davvero eccentrico».

«Come è giusto che sia un artista», assicurava Posse. «Ama dare spettacolo e a noi piace così».

Lilith aspettava il suo ritorno immobile, circondata dagli ospiti. Prima di tornare, Oskar riprendeva fiato dietro l'anta del salotto. Placava il respiro sofferente e si massaggiava le braccia rigide. Intanto sbirciava nella fessura tra lo stipite e la porta per osservare quello che succedeva in sua assenza. Seduta, Lilith sorrideva, terrificante come una dea. Con la sua sola presenza zittiva gli invitati, che continuavano a mangiare in silenzio.

Riprendevano a sorridere solo quando lui rientrava nella stanza.

«Hai mai pensato di ucciderla?», chiese Reserl.

Gli dava le spalle, mentre pettinava i capelli del simulacro davanti allo specchio. Le aveva fatto indossare una camicia da notte e le aveva sciolto le ciocche intrecciate. Durante la lunga operazione, aveva implorato Oskar di raccontarle della donna che somigliava alla bambola e lui l'aveva accontentata.

Adesso, lui la guardava inorridito. «No, mai». Rabbrividì. «Non ho mai pensato di uccidere Alma. Come ti viene in mente una cosa del genere?».

Reserl lo aveva guardato attraverso lo specchio e si era stretta nelle spalle. «Nelle storie che leggo succede sempre così».

«Così come?».

Reserl impazziva per i vecchi romanzi ottocenteschi, pieni di amori oscuri, di passioni sanguigne e di uccisioni. «In questi romanzi le donne si uccidono se vengono abbandonate. O, ancora più spesso, finiscono ammazzate per gelosia dai loro uomini se si innamorano di qualcun altro. Sono storie romantiche. Si uccide sempre quello che si ama, no?».

«Mio Dio, no! È disgustoso, Reserl. Cose come queste vanno bene nelle storie, servono a fare rabbrividire i lettori dei romanzi nelle notti di pioggia, oppure gli spettatori a teatro. Ma la vita è una cosa diversa».

«Scusa, capitano».

«Non ti devi scusare». Oskar la guardò nello specchio. «Ma mi devi promettere che non ti fiderai mai di uomini come quelli delle tue storie. Cerca un ragazzo che ti tratti bene».

La risata di Reserl ebbe il potere di alleggerire il peso che sentiva sul petto.

«Ho conosciuto un giovanotto che fa il garzone di bottega sulla Terrassenufer».

«Esci con lui?».

«Sì, al pomeriggio. Lo vedo anche quando vado a fare le commissioni per te o per il dottor Posse. Lui non mi farebbe mai del male, non è un tipo romantico. Anzi, è molto pratico».

Oskar sorrise. «Meglio così».

Gli era venuto freddo e sentiva nei nervi delle braccia una sensazione untuosa, come di febbre in arrivo. Guardò ancora nello specchio e, dove avrebbe dovuto esserci il riflesso del simulacro, vide il volto in carne e ossa di Alma. Lei lo guardava di rimando, le labbra piegate in un sorriso insinuante.

Ne fu turbato e si massaggiò le braccia.

Nelle sue fantasie, il cavaliere azzurro e la dama rossa erano condannati a uccidersi l'un l'altra, se volevano sopravvivere. L'aveva scritto nell'opera teatrale che aveva scandalizzato Vienna. Era così, lo aveva sempre pensato. Ma mai, mai in un solo momento della sua vita aveva potuto immaginare di uccidere Alma. L'idea lo atterriva.

«Morirei io prima di fare del male ad Alma», ringhiò. «E io non voglio morire. Questo mette un punto alla discussione. Ne ho abbastanza, di morte».

«Sicuro». Reserl appoggiò la spazzola, poi prese Lilith tra le braccia. La distese sul letto e si piegò a baciarle la fronte. «Buonanotte, mia signora. Be', allora io vado a letto».

«Buonanotte, Reserl».

Oskar si distese al fianco di Lilith. Il demone pulsava, nella crisalide costruita per lei, si agitava in attesa di venire soddisfatta. Era questo il patto che avevano fatto perché lei non uccidesse lui.

La abbracciò.

Reserl tornò alla solita ora. Rientrò in punta di piedi, si spogliò e si infilò sotto il feticcio. Lo aiutò a consumare la sua comunione con Lilith, poi se ne andò com'era venuta.

Vienna, 1920

Adolf Loos si presentò alla sua porta alle prime ore del mattino.

Alma lo ricevette nel salotto al pianterreno, davanti alla finestra aperta sulla Hohe Warte. Sapeva di cosa era venuto a parlarle ancora prima che lui aprisse bocca.

«Hai sentito le ultime notizie su Oskar?».

«Ne sono a conoscenza».

«Cosa ne pensi?».

«Cosa vuoi che ne pensi, Adolf?». Lisciò la gonna, per sedersi, e cercò di contenere la rabbia in quel gesto. «Quel pazzo del tuo pupillo si aggira per Dresda con una bambola che ha la mia faccia! La gente mi ride davanti, quando non lo fa alle mie spalle. Dovrei andare a prenderlo a schiaffi!».

Loos abbassò la testa davanti a lei. Non lo aveva mai visto così desolato. Con la schiena incurvata e gli occhi piccoli, dietro le lenti, aveva l'aria di un cane bastonato. Non bastò a placare la collera che le mandava a fuoco le viscere. «Non lo perdonerò mai per quello che mi ha fatto. E di sicuro non perdonerò te».

«Alma, mi dispiace molto».

«Io lo sapevo che era pazzo. L'ho sempre saputo, anche quando stavo con lui. So che non hai mai visto con simpatia la nostra relazione, però non puoi negare che sia lui quello pericoloso. Ma ti rendi conto? Si è fatto costruire una bambola a mia immagine da sfoggiare in giro! E non voglio immaginare cosa ci faccia tra le lenzuola».

Loos arrossì. «Forse sono solo voci», tentò. «Sai bene com'è la gente, ingigantisce tutto».

«Davvero, Adolf? Sei venuto qui di prima mattina per dirmi che la gente si è inventata un manichino uguale alla vedova di Mahler che se ne va in giro per Dresda? Non dire sciocchezze. Come se non sapessi che è anche colpa tua!».

«Mamma?».

Alma si voltò di scatto. Gucki era sulla soglia, il visetto stanco e la pelle troppo bianca. «Tesoro, cosa fai qui?».

«Buongiorno, signor Loos», disse lei.

L'architetto la salutò con un cenno della testa e un sorriso mesto. «Buongiorno, signorina Anna Justine».

«Parlate di Oskar? Se parlate di Oskar, voglio sentire».

Alma si alzò. «Non hai le tue lezioni, adesso?». Le andò incontro e le prese le mani. «Vieni via».

«Mamma, voglio sapere di Oskar. Che cosa sta facendo?».

Alma rimase turbata dalle occhiaie bluastre sotto le palpebre della figlia. «Non c'è niente che devi sentire su quell'uomo. Vai di là, adesso. Per favore, tesoro, vai via subito».

La spinse fuori, tra le braccia della governante che stava arrivando dalla cameretta di Manon. Da lontano, la bimba piangeva.

Alma sospirò. «Dammi ancora qualche minuto e poi verrò da voi». Baciò Gucki e chiuse la porta.

Si voltò a fronteggiare l'architetto. «Oskar Kokoschka si porta addosso troppe ombre, Adolf. E nessuna di queste deve più toccare le mie figlie. Non voglio più sentire il suo nome in questa casa. Ha stregato Anna Justine».

Loos la osservò mite. «Non sei solo arrabbiata. Tu hai paura».

Alma tornò a sedersi. Strinse la gonna tra le mani. Avrebbe dovuto raccontargli del demone che Oskar venerava oppure Loos lo sapeva già?

«Lui non sta bene», gli disse alla fine. «Pensa di essere posseduto dal demone del vento, te ne ha mai parlato? A me sì, molte volte. E ci crede con tanta forza che ci ho creduto perfino io».

«È un visionario. Alma, è un artista. Tutto qui».

Lei si portò una mano alla pancia, senza pensare. Se ne accorse solo quando sentì le unghie affondare nel vestito. Aveva avuto la piccola Manon da Walter Gropius e la bambina era uscita piccola e delicata, con la salute fin troppo cagionevole. Ma non era finita lì. Anche Franz aveva voluto un bambino e lei aveva partorito un maschietto fragile. Martin era vissuto pochi mesi e si era spento l'anno precedente. Il suo ventre non sembrava più capace di dare la vita in modo sano. Si vergognava a dirlo, ma aveva dato la colpa del suo dolore al demone di Oskar.

«È un uomo malato, Adolf. È convinto di vedere cose che non ci sono, ma è così bravo a raccontare storie più credibili della realtà che ti trascina nei suoi incubi insieme a lui. Sta male. E quel mostro che ha costruito con la mia faccia ne è la prova. Se solo tu non lo avessi portato da quel Neuberger!».

«Io cosa?».

«Il dottor Fritz Neuberger! Dicono tutti che questa idea malsana gliel'abbia data lui. Esorcizzare la sua ossessione per me con quella bambola di stracci, che assurdità!».

Loos sbatté gli occhi dietro le lenti. «E io cosa c'entro?».

«Gliel'hai presentato tu. Lo sanno tutti».

«Io non ho idea di chi sia questo Fritz Neuberger. È la prima volta che lo sento nominare».

Alma si massaggiò le tempie. «Non importa. Chiunque sia, è un pazzo che ha alimentato le idee di un altro pazzo».

Adolf Loos si abbandonò contro lo schienale. «Hai ragione, Oskar sta male. Sono venuto qui proprio perché sono molto preoccupato per lui».

«Allora lo ammetti!».

«Ho intenzione di andare a Dresda di persona, per vedere quello che sta succedendo. Sono venuto a chiederti di venire con me». L'architetto abbassò lo sguardo sulle proprie mani. «Forse, incontrandoti, si metterebbe il cuore in pace».

Alma sentì un fiotto di terrore raggelarle le viscere. «È fuori discussione!», ruggì. «Non puoi chiedermi una cosa del genere. Sarebbe terribile, per me e per lui».

«Come puoi esserne sicura?».

«Perché lo conosco».

«Sai qualcosa che io non so?».

Alma batté i tacchi a terra per scacciare il freddo. Il magnetismo che lei e il Maestro di Dresda avevano esercitato l'uno sull'altra avrebbe finito per ucciderli, se lei non avesse trovato il coraggio di fuggire a gambe levate.

«Oskar ha dentro di sé qualcosa di oscuro, Adolf, lo vuoi capire? Demone o malattia della testa, è qualcosa che fa paura e che al tempo stesso fa innamorare perdutamente. Ti prego, non interrompermi», alzò una mano, quando lui tentò di dire qualcosa. E abbassò la voce, nel timore che Gucki fosse dietro la porta ad ascoltare. «Te lo proietta addosso e tu non puoi sottrarti. Per lui ho accettato di essere una sirena, una ninfa, una delle bisce d'acqua disegnate da Klimt. Ma io non lo ero. E non hai idea di quanto sia difficile liberarsi da lui e dal suo modo di vedere il mondo».

«Posso immaginarlo».

«È lui la sirena, Loos. Il mostro d'acqua è lui. Tutte le immagini che Oskar ha cercato in me come musa in realtà appartengono alla sua essenza. È attratto dalla magia delle donne non per la ricerca dell'opposto, ma perché è lui stesso che appartiene a quel mondo. E finché non lo capirà, sarà sempre spezzato in due».

Loos restò in silenzio. Era abbastanza intelligente da sapere che lei gli stava dicendo la verità.

«Per questo io non verrò con te», continuò Alma. «Non voglio che Oskar mi faccia di nuovo prigioniera. Ma se puoi, tu devi andare ad aiutarlo».

«Ci andrò».

«Quando?».

«Partirò nel fine settimana». Adolf Loos si sistemò gli occhiali sul naso e si alzò. «Devo solo finire un lavoro qui a Vienna, poi correrò in stazione. Andrò appena possibile».

«Devi farmi sapere».

«Lo farò».

Alma lo accompagnò alla porta. Rimase a guardarlo andare via, oltre il cancello del giardino. La rabbia era scomparsa, ma le era rimasta nella pancia una tristezza acida.

«Adolf!», gridò. «Grazie per essere venuto. Salvalo, ti prego. Se puoi, salvalo!».

L'architetto sollevò una mano e la salutò da lontano.

Dresda, 1920

In una serata tiepida, Oskar portò Lilith a cena al ristorante dietro lo Zwinger, dove per mesi era andato insieme agli artisti di Felsenburg.

«Il solito tavolo, per favore. Per me e per la mia sposa».

Il cameriere fece un sorriso desolato. «Temo che sia già occupato, Maestro Kokoschka. Ma posso prepararne subito un altro».

«Occupato? E da chi?».

Al tavolo al centro della sala c'era Posse, che era fuori fin dal pomeriggio. Li salutò entrambi con un cenno della mano. Ma quello accanto alla finestra, dove Oskar aveva sempre cenato, era occupato da quattro uomini e da una donna, intenti a parlare tra di loro. Si voltarono, quando lui e Lilith arrivarono loro vicino.

«Buonasera, Okappa», sospirò Deutsch. «È da un po' che non ci vediamo».

A Oskar si chiuse la gola davanti al sorriso imbarazzato di Hasenclever. Kate si girò sulla sedia per fissare Lilith con disgusto, prima di guardare lui. «Allora, pensi di rimanere in piedi per tutta la sera?». Indicò il posto vuoto vicino a Paul Kornfeld. «Se ti fai portare un'altra sedia, c'è posto anche per quell'affare che ti trascini dietro».

Avrebbe dovuto sentirsi offeso per Lilith, invece soffocò una risata. Fece come gli aveva suggerito Kate. Il cameriere aggiunse una sedia e lui si sistemò con il simulacro tra Kornfeld e Hasenclever.

«Curioso trovarci tutti proprio qui, vero Okappa?», lo stuzzicò von Lücken. «Avevi detto che ci avresti invitato tutti a cena, anche Mamma Nachtwey, invece sei sparito».

Hasenclever annuì. «E meno male che ti ho visto di sfuggita all'Opera, almeno, altrimenti chissà quanto altro tempo sarebbe passato».

Si tenevano tutti rigidi sulle sedie, gli parlavano fingendo un distacco del tutto naturale, ma Oskar vedeva che non riuscivano a togliere gli occhi da Lilith.

«Vi chiedo scusa, amici. Non so come farmi perdonare».

«Non ti perdoneremo mai», mise in chiaro Deutsch. «Ma possiamo berci su. Altro vino!».

Vennero servite loro ottime bottiglie di un rosso dolcissimo. Oskar ordinò per sé e per Lilith dell'anatra e delle patate arrostite.

Scoprì che Kornfeld e Hasenclever abitavano insieme in una soffitta fuori dal centro e che Deutsch era appena tornato da Berlino. «Il teatro è fantastico, Okappa, ma il cinematografo è il futuro. Ricordati bene le mie parole, nessuno riuscirà più a fare a meno delle pellicole, una volta che ne avrà vista una».

Iwar e Kate abitavano ancora a Felsenburg. Entrambi si occupavano di Mamma Nachtwey più di quanto lei facesse per loro. La povera donna non aveva ancora superato la scomparsa di Fritz Neuberger e lo svuotamento della locanda che ne era seguito. Oskar cercò di prendere un respiro profondo. Non ci riuscì.

Dall'altra parte del tavolo, Kate sembrava oppressa quanto lui. Piluccava un boccone minuscolo dopo l'altro e spiava il simulacro da sotto le ciglia. Oskar cercò il suo sguardo. «Come sta la prode Raminagrobis?».

«Non ne ho idea».

«Come sarebbe a dire?».

Kate alzò gli occhi lucidi. «È sparita, qualche mese dopo il tuo trasferimento. Una notte è andata sui tetti, come al solito, ma non è più tornata. Ha fatto come te».

La notizia lo rattristò più di quanto avrebbe creduto e la tavolata piombò nel silenzio. Felsenburg era andata in pezzi e, con il passare del tempo, quello che ne era rimasto non poteva fare altro che sgretolarsi. Se ne stavano accorgendo insieme, a quel tavolo a cui erano stati felici. Era insopportabile. Deutsch tentò il tutto e per tutto nel tentativo di salvare la situazione: puntò il dito su Lilith. «La bambola è strepitosa, Okappa. Se la guardi da vicino si vede che è un fantoccio, ma anche solo a distanza di qualche metro…».

«È impressionante», annuì Iwar von Lücken. «Sembra che ti stia fissando, Katja, ce l'ha proprio con te».

La donna alzò gli occhi in quelli di Lilith. «Faccia quello che crede. È solo un manichino agghindato a festa».

Oskar trattenne il fiato, saettò lo sguardo su Lilith. Gli sembrò che sorridesse con aria di superiorità. Gli parve una schermaglia tra due donne gelose.

Deutsch fece un fischio d'ammirazione. «Hai intenzione di usarla in teatro? Anche in un film muto non sfigurerebbe, sai?».

«Di sicuro non parla», commentò Hasenclever e gli altri risero.

Oskar guardò al vino come alla salvezza. Ordinò altre bottiglie e bevve con i compagni di Felsenburg fino a quando non sentì lo stomaco ribellarsi e il sonno accerchiargli la testa. Strinse Lilith contro il fianco.

«Pensi davvero di amare quel fantoccio?». Anche Kate aveva bevuto fino a stordirsi. Si allungò sul tavolo, verso di lui. «Ma non può essere amore, perché sei rotto, mi hai detto così. Sai, Okappa? Mi è venuta un'idea».

Oskar sentì la testa leggera e il corpo pesante. «Quale?».

«Forse il pezzo che ti manca non è la donna che ami, ma il tuo io. Come Anima per Giobbe. Ci hai pensato?».

Oskar strinse Lilith di più, il simulacro piegò la testa nell'incavo del suo collo. Non ci aveva pensato. Oltre i fumi del vino, l'idea gli fece paura, perché rimescolava le carte.

«Ma io sono un uomo, Katja. E lei è una donna».

L'attrice gli lanciò uno sguardo appannato, Deutsch e Kornfeld già dormivano sulle sedie, neanche fossero stati in una taverna di bassa lega. «E quindi?».

Senza avere una risposta, Oskar pensò che abbandonarsi al sonno fosse la strada migliore per evitare quel confronto spaventoso. L'ultima cosa di cui ebbe coscienza prima di cedere, furono le braccia di Hans Posse che lo sollevavano dal tavolo.

«Maestro, penso proprio che per stasera sia sufficiente. Saluta i tuoi amici, porto a casa te e la signora».

Oskar si sentì in dovere di rassicurare Kate. «Ci penserò», disse, la voce impastata. Poi sentì il richiamo ai cavalli del cocchiere, la carrozza in cui era sprofondato che si muoveva e il rumore degli zoccoli sulla strada.

«Più veloce, Minden Lo!».

Oskar serrò le gambe attorno ai fianchi provati della cavalla e si piegò sul suo collo. Il vento frustava la palude, gli schiaffeggiava il viso, sollevava i crini bianchi della bestia e glieli spingeva negli occhi.

«Più veloce!».

Strinse le mani sulle redini. Gli alberi erano nere mani scheletriche, si stagliavano sul fondale di un palcoscenico dipinto di rosso e si chiudevano sul sentiero disegnato a proscenio. La luna era una lampada di carta accesa dall'interno, come una lanterna cinese. Scendeva dal graticcio del palco, legata a un filo quasi invisibile, e li inseguiva. Si mostrava e subito dopo tornava a nascondersi tra i rami. Li aveva quasi presi.

«Più veloce, ci è quasi addosso!».

Ma il terreno era sempre più molle e Minden Lo affondava a ogni passo. Per quanti sforzi facesse, la loro corsa era sempre più lenta. Oskar guardò in basso. In mezzo ai fiori lunari della palude, dall'acquitrino affioravano dei volti di fanciulle. Con gli occhi chiusi e la pelle bianca come la cera, emergevano per il tempo di un lamento, poi guizzavano via rivelando corpi che finivano in code di serpente. Salivano e si inabissavano.

«Minden Lo!».

Si rese conto di essere rimasto solo. Non era la cavalla ad affondare nel pantano, era lui. A ogni passo il fango lo divorava fino al ginocchio. L'acquitrino diventò un fiume che poteva essere il Danubio oppure l'Elba.

Sarebbe annegato, se le fanciulle serpente non avessero sostenuto le suole dei suoi stivali con le mani pallide. Gli permisero di raggiungere la riva dall'altra parte. Si accartocciò su se stesso, quando un boato scosse il fondale dipinto. Le luci di scena traballarono, le lampade esplosero in scintille. Il fiume era l'Isonzo, sul fronte meridionale della guerra, e le luci crudeli che gli esplodevano davanti agli occhi erano granate lanciate dalle trincee. Una detonò sotto i suoi piedi e lui franò nel fango.

«Siamo tutti perseguitati da qualcosa».

Alzò la testa, alla ricerca di quella voce. C'era un principe d'Oriente, sulla riva del fiume. Portava una casacca di seta, trattenuta in vita da una fusciacca, e sotto un turbante d'oro, i capelli incorniciavano un volto che lui aveva già conosciuto.

Era Else. Oskar la chiamò. Gli era sembrata lontanissima, quindi si stupì quando lei lo confortò mettendogli una mano sul petto.

«Guardati, Koko, come sei rotto in due». Il principe di Baghdad piangeva per lui, come se l'esplosione l'avesse ucciso. Oskar si guardò il petto, dove lei lo aveva toccato, e si rese conto che c'era una crepa che partiva dall'ombelico. Scendeva a spezzarlo, dividendo una gamba dall'altra, e poi saliva, tagliandogli a metà il torace e la testa. Un occhio da una parte e uno dall'altra, un'orecchio di qua e uno di là. Urlò di terrore.

Else si asciugò le lacrime. «Io ho imparato che bisogna unire dentro di sé gli opposti, per essere completi. Non provi mai tenerezza per questa umanità così ferita?».

Oskar rotolò nel pantano, si trovò in piedi. Davanti a lui non c'era più il principe di Baghdad. C'era Alma. Cercò di raggiungerla, ma poteva muovere solo una gamba e un braccio. Metà del suo corpo era paralizzata, come era successo al Maestro Klimt. Provò a urlare, ma riuscì a contorcere solo metà della bocca.

«Se esci di strada nessuno ti perdona, Oskar!», Alma si era tirata su la gonna del vestito blu fino alle ginocchia e correva scalza nella palude. Sembrava leggerissima, mentre lui era così pesante. «Diventi un mostro per tutti e io sono diventata un mostro per te e per tutta Vienna! Ma io non sono un mostro, Oskar, non sono una sirena, non sono una ninfa! È un'idea tua ed era un'idea di Klimt, questa che le donne e gli uomini siano popoli diversi. Ecco perché è morto spaccato in due!».

Corse via, perché a differenza di lui, era libera. Oskar le andò dietro, arrancando con una gamba e con un braccio. Metà del suo corpo era quello di un cavaliere in armatura azzurra e l'altra, quella impietrita, era avvolta in un abito rosso che fluttuava nel vento.

«Alma!», rantolò.

Ma lei era già scomparsa in mezzo alla foresta. Lo scenario non era più rischiarato dalle bombe, adesso la luce era un bagliore tenue che brillava dal fondo del bosco. Oskar strisciò per raggiungerla, piegandosi nelle folate sempre più feroci. Si aggrappò alla corteccia nera, cadde sulle radici che affioravano dal terreno. Si sostenne ai rami. Non era solo, tra gli alberi e il vento.

I portatori di sogni danzavano davanti a lui, descrivendo un cerchio con i loro corpi oblunghi. Le facce giallastre sormontavano uniformi che avevano il colore delle cortecce. A ogni passo, piantavano nel terreno gli stivali coperti di pelliccia e sollevavano al cielo le mani che diventavano rami. Al centro del cerchio c'era Lilith, appollaiata su un tronco abbattuto.

Era la donna alata e dalle gambe piumate che aveva visto sui libri occulti del rabbino berlinese, era il diavolo che era scappato oltre il Mar Rosso. Gli enormi artigli da rapace affondavano nel legno ammuffito e lei sbatteva le ali, cercando di librarsi in volo, ma la corteccia la teneva in trappola. Era il frullare furibondo delle penne che generava quel vento tremendo.

Oskar desiderò scappare, ma era bloccato quanto lei. Si rese conto di essere arrivato al centro del palcoscenico. Le luci gli calavano addosso dall'alto, prendevano i colori delle gelatine appoggiate sulle lampade di scena. Dietro agli alberi, poteva scorgere le poltrone della platea e le ombre degli spettatori che erano venuti a guardarlo. Trattenevano il respiro insieme a lui.

«Sei sicuro che sia la rappresentazione di uno spirito di donna?», sussurrò qualcuno.

Oskar girò la testa da una parte e dall'altra. Vide la quinta del teatro, nascosta dietro a un grosso tronco. Dall'oscurità di quel nascondiglio, Kate sporgeva la testa.

Oskar indicò il demonio. «Sono sicuro. Quella è Lilith!».

«Ho avuto un'idea, stanotte», suggerì Kate e agitò tra le mani i fogli della drammaturgia che lui stesso aveva scritto. «Credo che sia il tuo io. Una parte profonda di te stesso. Come Anima per Giobbe!».

Oskar tornò a guardare il diavolo. La femmina alata era traslucida e dietro il velo della sua pelle si agitava qualcosa. Oskar strinse l'occhio della metà che poteva controllare, ma non riuscì a mettere a fuoco le forme all'interno della crisalide. L'altro occhio, invece, quello della metà paralizzata, rimase bene aperto. Era l'Occhio che vedeva attraverso i mondi.

Dentro alla crisalide Lilith c'era una farfalla impazzita. O una sirena. Poteva essere anche una biscia di fiume, per quanto si riusciva a capire. La creatura si agitava in preda al terrore di morire, si dibatteva contro le pareti del demone. Stava soffocando. Solo a vederla, Oskar sentì che stava soffocando anche lui. Doveva liberarla.

Ma Lilith riempiva il palcoscenico e il bosco. Se si fosse avvicinato, l'avrebbe ucciso. Avrebbe preteso lui come sacrificio. L'unica cosa che poteva sperare era che lei non l'avesse visto. Per salvarsi la vita avrebbe potuto rannicchiarsi come meglio poteva, con quel mezzo corpo inabile, e cercare nascondiglio tra le radici. Il vento delle sue ali lo spingeva indietro e gli toglieva il respiro.

Qualcuno lo prese sottobraccio e lo aiutò ad avvicinarsi.

«Mamma?».

Romana Kokoschka era minuta e ricurva, nel vestito da pochi soldi. Lo sosteneva con tutta la forza che aveva, lo incitava ad avvicinarsi al mostro. «Ma come, bambino mio, non avrai paura proprio adesso? Siamo speciali, noi due. Non siamo nati dal fuoco?».

Con orrore, Oskar si accorse di essere fatto di fiamma, di essere arrivato a un passo da Lilith e che il vento lo stava per estinguere.

«Sono io il tuo tributo, Lilith». Si aggrappò al demone. «Portami via! Hai preso tutti, porta via anche me!».

Il diavolo mandò uno stridio acuto, quando le sue mani di fuoco le affondarono dentro come tizzoni e arsero la pelle artificiale. Oskar si era preparato a morire per lei. Invece, strinse le dita di brace e le strappò il ventre.

Il simulacro arse, fino ad andare in cenere. Dalle viscere della crisalide si liberò una Lilith nuova. Aveva un corpo esile, i seni appena accennati e la curva della schiena che le spingeva in avanti il ventre elastico. Vestiva solo una gonna rossa che le si agitava ai fianchi, come la piccola Lilith Lang che aveva amato a Vienna. Era la vera sposa del vento che lui aveva respinto, adorato e poi chiuso in un barattolo.

Quando lei alzò gli occhi, vide che aveva il viso di Alma. Le gambe nude finivano in piumate gambe di rapace. E dalla schiena partivano ali da falena, nuove e mai spiegate in volo, che la avvolgevano come una pellicola. Oskar le guardò le mani e vide che erano come le sue, ma più piccole. Gli spigoli delle sue anche assomigliavano ai suoi. La osservò e ci vide il suo riflesso, solo che lui era un uomo e la nuova Lilith era una donna.

«Sono io?».

Gli sembrava che la creatura avesse freddo, tutta tremante. Allungò il braccio sano e raccolse quella nuova forma di se stesso contro il petto.

«Siete la stessa cosa», miagolò la prode Raminagrobis. La gatta era allungata sul ramo di un albero, così scura che quasi scompariva nel buio del fondale. «Tienila tra le braccia, dalle una casa! Bisogna avere pietà per noi stessi e per loro!».

«Non avevo capito quello che dovevo fare!», gridò Oskar. Strinse la piccola sposa del vento. «Ma adesso sì! Dillo a Neuberger!». Lilith cominciò a sciogliersi nella luce. Terrorizzato, Oskar cercò di trattenerla, ma si accorse che lei scivolava nella crepa aperta nel suo petto.

Gli entrava dentro e andava a riempire le cavità atrofizzate, pompava linfa nelle vene. La ferita si chiudeva, e il suo corpo tornava a essere suo, senza crepe né paralisi. Intero.

Finalmente, gli sembrò di poter respirare. Il vento di Lilith gli era entrato nel petto e lo stava alimentando. Oskar si riempì i polmoni e quando li svuotò emise un grido che era come un vagito. Dalla platea, il pubblico proruppe in un applauso scrosciante. Si accesero le luci, la gente si alzò in piedi, continuando a battere le mani.

«Maestro Kokoschka! Maestro Kokoschka!».

«Maestro Kokoschka!».

Svegliarsi fu come riemergere dalla palude. Aprì gli occhi ed era in un letto. La luce del sole gli cadeva addosso dalla finestra, così diversa dai riflettori del teatro. Una brezza gentile gli accarezzava la faccia. Sopra di lui c'era Reserl, che gli scuoteva le spalle.

«Maestro, volevi farmi prendere un infarto, accidenti a te?».

La giovane cameriera tirò su con il naso. Singhiozzò e si asciugò una lacrima che le brillava sulle lentiggini. Oskar ruotò lo sguardo alla parete. Si trovava nella sua stanza, nella villa barocca dentro il Großer Garten. Il cambio di scena lo sbalordì.

Si puntellò sui gomiti. Aveva sognato, allora. Aveva più la sensazione di essere passato da una realtà a un'altra.

«Non ti svegliavi», disse Reserl. «Il dottor Posse ti ha portato a casa ieri notte che già dormivi come uno stoccafisso. Eri ubriaco fradicio, neanche al porto si sente qualcuno puzzare di vino così, Maestro! Così stamattina ti ho lasciato dormire. Poi però hai continuato a russare, non ti svegliavi più. Ho creduto che saresti morto!».

Reserl si rannicchiò su di lui e ricominciò a piangere. Oskar non trovò di meglio da fare che circondarla con un braccio e batterle piano una mano sulla schiena, nel tentativo di confortarla.

«Sto bene». Più si guardava intorno e definiva il mondo fisico, più quello che si era lasciato alle spalle si allontanava dalla stanza. «Ma ho fatto un sogno faticosissimo».

«Cos'hai sognato?».

«Ero a teatro. C'era una crisalide, pensa, e...».

Balzò a sedere, sollevando Reserl contro il petto. «Dov'è Lilith?».

«In salotto. Anche lei ti sta aspettando. Stamattina l'ho preparata come sempre, mentre tu dormivi».

Oskar prese un respiro profondo. Recuperò dal sogno l'immagine della falena che aveva fatto uscire dal bozzolo, quel suo io femmina che gli era entrato dentro e aveva messo in ordine i pezzi. Gli sembrava ancora di sentirla pulsare nel petto, nel punto in cui Reserl appoggiava la guancia.

«Ho fame».

«È un po' tardi per la colazione, capitano. Ma forse vuoi pranzare? Vado a preparare la tavola e avverto la governante!».

Si precipitò fuori dalla camera.

Oskar si alzò e andò al davanzale. Si sentiva sveglio e riposato. E dopo la sbronza colossale che si era preso con gli amici di Felsenburg, era un vero miracolo. «Non ho neanche mal di testa».

Gli alberi del giardino ondeggiavano nella brezza come un oceano verde, il cielo era pulito e dal lago si sentivano il gracidare delle rane, lo schiamazzare dei cigni che entravano in acqua. Si riempì i polmoni con l'aria d'estate. Meravigliato, si rese conto che era in grado di respirare. Non c'era niente a trafiggergli i polmoni quando tirava dentro aria, niente a graffiarli quando la buttava fuori.

«Com'è possibile?». I pezzi erano andati a posto per davvero. E restavano attaccati.

Lilith era già seduta nella sala da pranzo. Oskar si bloccò appena oltre la soglia, quando la vide. Sembrava quella di sempre, nell'ampio vestito rosso, i capelli raccolti a scoprire il collo, e gli occhi puntati su di lui. Ma invece dell'amore, Oskar avvertì di nuovo il senso di repulsione che aveva sentito quando l'aveva tolta dalla cassa.

«Siediti, capitano!», Reserl entrò dietro di lui con una zuppiera tra le braccia. «Ti servo subito».

Oskar prese posto davanti a Lilith. Sbriciolò del pane nella zuppa fredda e la fame gli fece dimenticare il resto. Mangiò con un appetito che sorprese anche Reserl.

«Accidenti, capitano, hai fame davvero», rise. Poi sedette accanto a Lilith, come tutti i giorni, per muoverle le mani fino al bicchiere, o per metterle una posata tra le dita.

Quel gioco era grottesco, per la prima volta gli diede un'emozione che lo spaventò. Sembrava che Reserl muovesse un malato, un paralitico di guerra. Oskar deglutì a fatica. Abbassò lo sguardo. A margine del campo visivo, la scena era ancora più spettrale. Era come se Reserl stesse animando un cadavere.

«Basta così!», sibilò.

La ragazza sollevò la testa. «Cosa?». Adesso Reserl e Lilith lo fissavano tutte e due, in silenzio. Oskar si rese conto di quanto quell'ordine dovesse suonare strano e cercò una scusa. «Basta così, non ho più fame».

«Ma se hai ancora tutto nel piatto! La governante darà di matto, poi chi la sente?».

«Porta via tutto, Reserl, per favore».

«Che spreco».

Lei si alzò e cominciò a sparecchiare. Oskar fu sollevato, perché l'impegno le impediva di muovere il feticcio e l'effetto macabro era meno evidente.

Quando lo lasciò per andare in cucina, rimase da solo con Lilith. Immobile, il feticcio lo scrutava fisso. Il volto artificiale gli sembrò mostruoso, nel suo imitare la forma umana. Forse era la luce, ma gli occhi costruiti ad arte avevano un bagliore arcigno. Lilith lo stava guardando in cerca di qualcosa. Era arrabbiata. Era furibonda con lui.

Forse abbiamo fatto lo stesso sogno. Il pensiero lo terrorizzò, il cuore prese a battergli frenetico contro la cassa toracica.

Si alzò di scatto, la sedia stridette sul pavimento di marmo. Rimanere sotto lo stesso tetto con lei era impensabile. Si buttò la giacca sulle spalle e corse fuori.

Rientrò al Großer Garten dopo una giornata di vagabondaggio.

Le luci della villa erano spente, la pesantezza delle ombre gli gravò sulle spalle. Gli sembrò di soffocare, appena messo un piede all'interno. Come ogni creatura appena nata, Oskar si sentiva anche del tutto indifeso.

Se io sono tornato intero, pensava, *allora chi mi sta aspettando in casa?*

Attraversò l'atrio in punta di piedi. Era sul punto di chiamare Reserl, ma all'ultimo momento ingoiò la voce. Non voleva che il feticcio lo sentisse. Alzò lo sguardo allo scalone. Il simulacro di Lilith vegliava in una delle stanze al piano di sopra, lo aspettava con gli occhi aperti nel buio. Sentì addosso il suo sguardo artificiale anche attraverso le pareti. Doveva averlo già fiutato.

Salì le scale con la paura che gli si gonfiava nel petto.

Strinse la mano alla ringhiera. Aveva paura di voltarsi e trovare il feticcio dietro di lui, con la mascella mobile aperta sui denti. In cima alle scale si fermò in ascolto. Tese l'orecchio, nella speranza di cogliere la voce di Hans Posse, nell'altra ala, oppure il nitrito dei cavalli nella stalla posteriore.

Ma la villa era sprofondata nel silenzio. Strinse le gambe e serrò i denti, per non lasciare allentare la vescica.

«È ridicolo», sussurrò. La sua voce suonò troppo forte, nella casa ammutolita.

Prese un respiro profondo e spalancò la porta del salotto.

Lo attraversò quasi di corsa per raggiungere la sua camera. Si fermò. La porta della stanza di Lilith lo attrasse come un magnete. Prima ancora di deciderlo, si stava già muovendo in quella direzione.

Non voglio vedere il feticcio, pensò. Lo ricordò come l'aveva visto quel giorno, a pranzo, fisso e sinistro come l'idolo di una religione aliena. Non voleva trovarselo davanti di nuovo. Invece, girò la maniglia.

La bambola era seduta in poltrona, nell'ombra raccolta vicino al letto. Quando aprì la porta, un gioco di riflessi dal salotto le fece baluginare gli occhi.

Era vestita con cura, Reserl l'aveva cambiata di abito, mentre lui era fuori. Non aveva niente di diverso rispetto ai giorni passati, eppure era spaventosa, nella sua immobilità.

L'ho portata davvero all'Opera e al ristorante?, tremò. *Ho mangiato insieme a questo cadavere artificiale per quasi un anno. Davvero ci sono andato a letto?*

Di colpo, gli sembrò di nuovo viva e in agguato. Gli sembrò che sorridesse. Oskar fece un passo indietro e una mano gli si chiuse sulla spalla. Sentì il sangue diventare ghiaccio.

«Capitano, cosa fai qua al buio?».

Era Reserl, dietro di lui. Indossava solo la sottoveste e aveva la testa avvolta in un asciugamano.

«Sei impazzita? Se vuoi uccidermi, allora cerca una pistola!».

«Sono io che dovrei dirlo! Ero nella mia stanza a lavarmi i capelli nella tinozza e sento dei passi salire la scala. Metto il naso fuori ed è tutto buio, non c'è nessuno. Poi sento la maniglia che cigola, vengo a vedere e ti trovo qui impalato senza neanche la lampada accesa! Sono io quella strana?».

Oskar la spinse fuori e chiuse la porta. Cercò di togliersi di dosso la paura irrazionale che lo aveva colto. «Perché è tutto spento?».

Reserl si stava strofinando l'asciugamano sui capelli. «Che bisogno c'è di tenere acceso, se in casa non c'è nessuno? Non hai avvertito che uscivi, non sapevo neanche quando saresti tornato».

«Anche Hans non c'è?».

«Il dottor Posse è ancora al museo, ma sarà qui tra poco. Volevo lavarmi i capelli prima del suo ritorno. Oggi pomeriggio è uscito dicendo che aveva un progetto da discutere con te dopo cena».

«Va bene, lo riceverò. Accendiamo qualche luce, adesso. Ho bisogno di parlarti».

Le lampade rischiararono il salotto. Oskar si lasciò cadere su una poltrona mentre Reserl si arrampicava sul davanzale per asciugare i capelli all'aria.

«Reserl, devi essere sincera».

«Ti ho mai detto bugie, capitano?».

«Non lo so. Non penso. In ogni caso, adesso non farlo. Pensi che io sia pazzo?».

Reserl sollevò le sopracciglia. «Maestro Kokoschka, del tutto sano non sei».

«Perché?».

Lei si strinse nelle spalle. «Il dottor Posse dice che non sei matto, ma che sei un genio. E a volte i geni fanno cose che sembrano da matti a chi genio non è».

«Ad esempio?».

«Anche salire di soppiatto in casa propria al buio, per dirne una. O la faccenda della bambola che sembra una donna vera».

«Anche quello è da matti? E quindi hai assecondato un matto, nell'ultimo anno?».

Reserl imbronciò le labbra. Cominciò a farsi una treccia. «Non ti volevo offendere, capitano».

«Non sono offeso. Dimmi della bambola».

«Non si è mai sentito di un uomo fatto che gioca con le bambole. Ma non ti giudico, anche a me piace, e una bambola grande così non l'avevo mai vista. Quando mi hai raccontato la storia della tua innamorata ho capito che per te non è solo un'opera d'arte, come dice il dottor Posse, ma qualcosa di più». Gli lanciò da sotto le ciglia uno sguardo malizioso. «Mi piace aiutarti a farci l'amore, dal momento che da solo non puoi».

Oskar sentì le orecchie bruciare. Ascoltare del suo rapporto con il simulacro da qualcun altro era peggio che sinistro. Era ridicolo.

«Quindi tu non pensi che sia una cosa viva. O che dentro di lei ci sia qualcosa di strano».

Reserl non rispose, si limitò ad alzare un sopracciglio.

«Oggi a pranzo», insisté lui. «Oggi non ti è sembrata diversa dal solito?».

«Diversa come?».

«Furiosa».

Reserl aprì la bocca, ma non fece in tempo a dire niente. Lungo il vialetto sotto la finestra, una carrozza si stava avvicinando con uno scampanellio, un cavallo nitrì e la voce baritonale di Posse salì fino al davanzale. «Che buio, in questa casa! Non sarà mica scoppiata un'altra guerra!».

Oskar sospirò. «Va bene, Reserl, ho capito. Vai a vestirti, adesso. Non parliamone davanti a Hans».

La ragazza sparì per rendersi presentabile e anche Oskar si cambiò per la cena. Scelse una cravatta elegante, per ricevere il dottor Posse. Mentre frugava nel cassetto tastò la forma rotonda dell'orologio di suo padre, nascosto sotto la stoffa. Il contatto inaspettato lo fece rabbrividire. Si allacciò la cravatta tenendolo d'occhio, come fosse un insetto dorato e pericoloso.

Quando fu sul punto di lasciare la stanza, lo afferrò e se lo mise in tasca. Se doveva cenare davanti al feticcio, preferiva avere con sé quell'oggetto che gli aveva salvato la vita già una volta.

Dopo cena scese in giardino, dove Hans Posse lo stava aspettando. Sedettero al tavolo da esterno, accanto al vecchio tronco rovesciato tra i fiori.

Il direttore si accese la pipa e gli spinse davanti una cartella di fogli della Gemäldegalerie.

«Ho intenzione di fare un po' di posto al museo e dedicarti una sala. Sei il Maestro di Dresda, è ora che questa città ti dia più spazio. Dai un'occhiata alla pianta».

Mentre il dottor Posse declamava l'importanza dell'inaugurazione, Oskar si abbandonò contro lo schienale. Sopra il Großer Garten, la sera era piena di stelle.

Era tutto perfetto, se non per la sagoma che lo spiava da dietro i vetri del secondo piano. Reserl aveva lasciato accese le lampade del salotto e aveva sistemato il feticcio sulla poltrona. La bambola era una forma nera in controluce, appoggiata alla finestra.

Oskar tirò fuori l'orologio di suo padre. Se lo rigirò nel palmo come un amuleto protettivo.

«Mi stai ascoltando? Vorrei esporre *La signora in blu*, naturalmente, con le ultime opere che hai dipinto a Felsenburg. E i nuovi quadri che ti ho chiesto. Non ti sei dimenticato, vero?».

«Certo che no, Hans, sono già al lavoro», mentì.

Erano settimane che il dottor Posse gli chiedeva nuove tele, ma tutta l'attenzione di Oskar era stata assorbita da Lilith.

Ignaro, Hans Posse osservò il filo di fumo della pipa che saliva al cielo. «È proprio una bella serata, non è vero?».

Anche Reserl era di buonumore. Strizzata nell'uniforme nera e bianca da cameriera, aveva portato loro due calici di vino, senza che lui l'avesse ordinato. Se non ci fosse stato Posse, Oskar le avrebbe chiesto di rimanere a bere con lui. Avrebbero riso insieme, si sarebbero attardati a guardare i disegni frammentati delle stelle sopra Dresda e lui avrebbe dimenticato il feticcio. Anche solo per un momento.

Ma Reserl tornò all'interno della villa. Oskar osservò l'orologio che aveva in mano. La parte superiore della cupola portava ancora il segno del proiettile che ci era scivolato sopra. L'impronta della morte che aveva allungato un dito, ma che non era riuscita a toccarlo.

Fece scattare l'apertura. Il quadrante era intatto, ma la lente convessa che lo copriva era crepata ai bordi e restituiva un'immagine frastagliata delle lancette immobili.

Senza pensarci, Oskar iniziò a girare la corona.

Mentre Hans Posse prendeva un sorso di vino, una farfalla notturna si avvicinò alla fiaccola al centro del tavolo. Era l'unica luce accesa nel giardino e la falena sembrava incapace di restare lontana da quel bagliore prezioso. Si ritirava dal calore, poi tornava a danzare insieme alla fiamma e accarezzava il fulgore con il corpicino nervoso. Non poteva fare a meno di cercare la luce, anche se sapeva di essere destinata a bruciare.

A ogni nuovo attacco d'amore, dalle sue ali crepitavano sbuffi di fumo che riempivano Oskar di pietà. La guardò precipitare nel piattino sotto la fiaccola, stecchita, con le ali bruciate e il corpo fumante.

Sono io, pensò e alzò ancora gli occhi alla finestra. *È quello che succederà a me.*

Il dottor Posse aveva arrotolato il progetto della Gemäldegalerie di cui era venuto a discutere e lo aveva usato per gettare la bestiola oltre il bordo del tavolo.

Mentre Hans compiva quel gesto noncurante, la molla dell'orologio arrivò alla fine della corsa con un *clic* metallico. Le lancette ripartirono, sotto le crepe della cupola, il tempo riprese a scorrere. Oskar capì in quell'istante che anche se era guarito, era ancora prigioniero. E se non avesse agito in fretta, lo sarebbe rimasto per sempre.

Il rabbino della leggenda di Praga aveva plasmato il golem con il fango del fiume Moldava, attraverso un rito che combinava i quattro elementi: fuoco, acqua, aria e terra. Per risvegliare la creatura aveva inciso sulla sua fronte la parola ebraica *emet*, 'verità'. Per distruggerlo, non avrebbe dovuto fare altro che cancellare una lettera di quella lingua magica: la parola sarebbe diventata *met*, 'morto'. E il golem sarebbe tornato a essere fango.

Oskar non aveva niente da scrivere o da cancellare sulla fronte del feticcio; l'incanto aveva funzionato da solo attraverso le mani di Hermine Moos.

Gli serviva dell'altro. Chiuse il libro.

«Hai trovato qualcosa, caro?».

Mamma Nachtwey era in piedi dietro di lui, il naso puntato alla libreria da occultista di Fritz Neuberger. Non era felice che qualcuno frugasse in soffitta, in mezzo agli oggetti preziosi lasciati dal dottore, ma si era offerta di aiutarlo.

«Spolvero sempre, anche se lui non c'è più», disse. «Cerca pure, troverai tutto pulito. Ma per l'amore di Dio, non rovinare niente. Non sai quanto ci tengo!».

«Non ti preoccupare, Mamma Nachtwey. Starò molto attento».

Era arrivato a Felsenburg nelle prime ore del mattino. Kate era già andata a teatro e Iwar von Lücken dormiva ancora. Dalla soffitta, lui e Mamma Nachtwey potevano sentirlo russare.

Per non scendere nei particolari con la proprietaria della locanda, Oskar si era inventato che Fritz aveva lasciato qualcosa di indirizzato a lui, ma non aveva fatto in tempo a darglielo. E adesso era arrivato il momento in cui ne aveva bisogno.

Un'idea stupida. Oskar scosse la testa. «Forse hai ragione. Stiamo perdendo tempo».

Guardò un'ultima volta il volume che aveva tra le mani e di malavoglia lo ripose sullo scaffale più alto. Nel farlo urtò qualcosa e fece cadere una busta per terra.

La missiva di carta marrone volteggiò atterrando ai piedi di Mamma Nachtwey, che si affrettò a tirarla su. «Ah, ma guarda!», disse lei. «Non avevo mai controllato in mezzo ai libri!».

Oskar spalancò gli occhi, perché nello spazio per il destinatario, Fritz Neuberger aveva scritto solo due lettere, nella sua grafia elegante: «O.K.».

Mamma Nachtwey gli mise la busta tra le mani. «Ecco qui, avevi proprio ragione. Mi dispiace solo non averla trovata prima».

Oskar si avvicinò alla finestra e strappò la busta. Già dalle prime righe, il contenuto della lettera gli fece tremare le ginocchia.

«Come faceva a saperlo?», sibilò e alzò gli occhi su Mamma Nachtwey. «È morto prima che io avessi l'idea della bambola. Non poteva saperlo».

«Come dici, caro?».

«Devo andare a casa».

Carissimo Oskar, sto scrivendo un contributo per un saggio di magia occulta popolare che girerà nel circolo degli ambienti più consoni, quando l'avrò corretto. Ambiente che tu conosci, da quello che mi hai raccontato riguardo i tuoi studi a Berlino. Non so spiegarmi quale sia il motivo, ma sento di doverti fare arrivare qualche pagina dei miei appunti. Credo che potrebbero interessarti.

La lettera era datata alla fine del 1917. La guerra era ancora in corso, quando Fritz aveva scritto quell'intestazione. E niente era più lontano dalla mente di Oskar della realizzazione del feticcio. Nonostante questo, gli appunti di Neuberger arrivavano puntuali in modo angosciante.

«Ascolta questa parte». Oskar sfogliò le pagine in cerca del punto esatto. «"Con il termine 'feticcio' si indica un oggetto materiale di venerazione religiosa al quale si attribuiscono poteri magici o spirituali come ad esempio un fantoccio o un'immagine che rappresenta un'entità divina, il simulacro di una forza invisibile o sovrumana"».

Reserl ascoltò, accigliata. «Una bambola, allora. Come la signora?».

«Abbassa la voce». Oskar guardò d'istinto la porta chiusa della sua camera. «Come la signora, esatto».

Lilith, o quello che rimaneva di lei, era agghindata di tutto punto e sedeva in salotto. Niente di quello che c'era nelle pagine di Neuberger doveva arrivare alle sue orecchie artificiali.

«Allora è stregata davvero, capitano?», bisbigliò Reserl. «Avevi ragione».

Oskar la studiò. Era facile che la ragazza lo stesse prendendo in giro o che continuasse ad assecondarlo per affetto. Non aveva importanza, purché non lo lasciasse solo.

«L'idolo ha lo scopo di fare da tramite tra la divinità che rappresenta e il fedele». Oskar batté il polpastrello sugli appunti e lesse le parole di Neuberger. «Nei miei viaggi ho scoperto che ci sono popoli primitivi, come noi lo eravamo agli albori della nostra storia, che se ne servono per richiamare fortuna e abbondanza, oppure per ottenere scopi più pratici, come l'amore di una donna o di un uomo, la guarigione di un figlio o perfino la morte di un nemico. Una volta che il feticcio ha esaurito il suo scopo, quello che ne rimane non è solo un involucro vuoto».

Reserl si era fatta attenta. Scese dal davanzale e si avvicinò di più a lui, che teneva i fogli dispiegati sul copriletto. «E che cosa rimane?».

«Qualcosa di pericoloso, Reserl». Girò pagina e lesse a fior di labbra. «Il feticcio si riempie delle ombre del fedele che lo ha caricato di potere. Paura, rabbia, malattia e morte prendono il posto della speranza che lo animava. Del magnifico demone che lo riempiva, rimangono solo gli aspetti oscuri. A questo punto, il feticcio deve essere distrutto».

«Dovresti distruggere la tua sposa?».

Oskar si inumidì le labbra. Annuì. «Non posso più vivere con quella cosa in casa, Reserl. Sento che sono guarito da un male che mi porto dietro da quando ero ragazzo, ma se la terrò vicino mi ammalerò di nuovo. Mi distruggerà, se non la distruggo prima io».

Lei si imbronciò. «Che spreco, capitano. È una così bella bambola. Ma se ti fa stare male, è inutile continuare a vestirla e a pettinarla».

«Devi continuare, invece».

«A trattarla come se fosse tua moglie?».

«Dobbiamo continuare come se niente fosse. A vestirla, a pettinarla, a mangiare con lei. Fino a quando non verrà distrutta, non deve accorgersi che le cose sono cambiate».

«E quando sarà?».

Oskar prese un respiro, fino al fondo dei polmoni. «Domani notte. Mi aiuterai? Io non riuscirò a farlo da solo».

Reserl rise. Sottovoce, lo rassicurò del fatto che lei gli voleva bene comunque, che fosse un genio o uno svitato. «A te, non alla bambola. Certo che ti aiuterò. Cosa dobbiamo fare, allora? Dobbiamo gettarla via?».

«Non si può metterla nella spazzatura e basta. Mia madre mi ha sempre detto che in casi come questi serve un esorcismo».

Reserl spalancò gli occhi e lui le raccontò quello che avrebbero fatto. Serviva un'accetta, quella che il giardiniere usava per potare i rami del viale nel Großer Garten. Servivano delle fiaccole, del vino rosso e una pala per scavare.

«Miseria ladra, vuoi proprio ammazzarla!», esclamò Reserl, in preda all'eccitazione. «Maestro Kokoschka, è come essere dentro a un romanzo!».

Quella stessa sera, Oskar cominciò a preparare la sua fuga.

Adornata come una regina, la bambola lo aspettava nel salotto, tra le braccia di Reserl, ed era pronta a uscire insieme a lui nel tramonto di Dresda. Oskar sentì una vampata di disgusto afferrargli lo stomaco e la paura gli serpeggiò in mezzo alle scapole. Le andò incontro. Pregò che un sorriso fosse sufficiente a mascherare la sua repulsione.

«Sei abbagliante, mia signora». Si piegò al suo orecchio. «Vogliamo andare?».

Le circondò la vita e la strinse contro il fianco. Era leggera come se fosse sostenuta dal vento.

Salirono in carrozza e, alla fine del viale, la città si spalancò davanti a loro.

Oskar si sporse dal finestrino, diede ordine al cocchiere di raggiungere l'Elba e costeggiare il fiume, anche se avrebbe significato prolungare il tragitto. Era una delle ultime notti che avrebbero vissuto insieme, non voleva buttarla via.

La portò a passeggiare vicino al Teatro dell'Opera. La tenne tra le braccia sotto le finestre illuminate del palazzo delle feste reali.

Scesa la sera, cenarono insieme nel ristorante dietro lo Zwinger. L'alta società di Dresda cominciò a bisbigliare appena li vide entrare. Uomini e donne si schermavano la bocca con la mano, per nascondere i commenti. Saettavano lo sguardo da lui a lei, ma alzarono anche i calici quando Oskar incrociò i loro occhi. Il dottor Posse venne loro incontro dal tavolo al centro della sala. «Il Maestro Kokoschka si è degnato di raggiungerci! Oskar, bentrovato». Si girò verso Lilith e le prese la mano, portandosela alle labbra. «E insieme alla tua splendida dama».

Oskar si abbandonò contro lo schienale.

«Ho un annuncio da fare, Hans», disse.

Il direttore della galleria d'arte di Dresda raddrizzò la schiena. «Un annuncio? Hai terminato i quadri che ti avevo chiesto?».

Oskar scosse la testa. «Ancora no, amico mio, ma presto. Devi avere ancora un po' di pazienza con me».

«Come se avessi altra scelta», sospirò Posse. «Allora, di che genere di annuncio si tratta?».

Oskar esitò. «Se tu fossi una falena, Hans...».

«Una falena?».

«E se tutto quello che potessi immaginare fosse gettarti in una fiamma, cosa penseresti di fare per salvarti la vita?».

Il dottor Posse sbatté le palpebre. Dai tavoli vicini qualcuno aveva allungato il collo per ascoltare la conversazione. Tutta la sala tratteneva il fiato.

«Non saprei davvero...», balbettò Posse. «Se fossi una falena, non potrei fare altro che volare verso il fuoco, è inevitabile. Stai lavorando a un dipinto sulle falene? Non credo proprio che...».

«L'unica soluzione è spegnere la fiamma, Kokoschka».

Oskar seguì lo sguardo sbalordito di Hans Posse e si girò verso la finestra. Al solito tavolo, da sola, era seduta Kate Richter. L'attrice teneva le gambe accavallate e fumava una sigaretta da un lungo bocchino d'argento. I capelli corti, tagliati in modo irregolare seguendo la linea elegante della testa, non la facevano sembrare meno attraente.

Oskar distolse lo sguardo e annuì. «Questa è la soluzione a cui ho pensato anch'io».

«Cosa significa?», indagò Posse.

Oskar batté la forchetta sul bicchiere per chiedere l'attenzione. «Permettete a me e alla mia sposa di cenare, ma non lasciate il ristorante. Dopo mangiato, Lilith e io faremo il nostro annuncio».

Oskar si abbandonò al cibo e al vino, conversò con il feticcio e le tenne la mano inerme, accarezzandole le dita sulla tovaglia di raso.

La sala era sprofondata in un silenzio avido e gli occhi di tutti erano puntati su di loro. Oskar vuotò il bicchiere per l'ultima volta e si alzò. Impostò la voce ed estese ai presenti l'invito per una festa a casa sua, nei prati del Großer Garten.

«Domani sera, a luna piena. Venite prima che tramonti il sole e preparatevi per lo spettacolo più impressionante che vi abbia mai offerto. Voglio vedervi tutti quanti».

C'era stato un secondo *clic*, e il complesso meccanismo da orologio si era messo in moto. A lui e Lilith restavano poco più di ventiquattro ore, da quel momento.

Un esorcismo ha bisogno di un rituale, caro Oskar. Deve esserci un cerchio magico per trattenere il potere all'interno ed evitare influenze negative dall'esterno. Serve la luna, meglio se piena, serve anche del vino che simboleggi il potere del sangue. Devi chiamare a te gli elementi. Acqua, fuoco, aria e terra, ma questo lo sai già. L'alchimia funziona così. E ricorda: deve essere spettacolare. Anche in questo sei fortunato, è qualcosa che sai fare bene. Fin dai tempi antichi, il teatro è la forma più potente di magia. Ti auguro buona fortuna. Fritz.

Il ricevimento nel giardino si stava dimostrando un successo. Gli ospiti di Oskar cenavano a tavoli ornati di fiori, il dottor Posse faceva aprire più bottiglie di vino di quante ne avrebbero potute bere, la luna piena dipingeva d'argento il laghetto e il bosco intorno alla villa.

Lo scenario perfetto per una festa di mezza estate.

Kate Richter rideva alle battute degli uomini che la attorniavano, rideva delle stralunate teorie di drammaturgia che il buon Paul Kornfeld cercava di spiegarle, rideva alla luna. Ebbra di cibo e di vino, aveva coinvolto in una danza sensuale Ernst Deutsch, attirando fischi ammirati e applausi come se fossero stati entrambi sul palcoscenico.

La sera aveva portato il bagliore intermittente delle lucciole tra i rami e le fiaccole accese, piantate nel terreno, disegnavano un cerchio da stregoneria attorno alla festa.

Iwar von Lücken colse l'atmosfera e declamò il più audace dei suoi poemi con un piede appoggiato sul tronco abbattuto in mezzo al cortile. Alle sue spalle, le luci accese delle palazzine dei cavalieri facevano sembrare il poeta circonfuso di un alone magico. Von Lücken e gli altri invitati non avevano prestato attenzione all'ascia conficcata nel tronco. Il giardiniere l'aveva usata nelle prime ore del mattino per tagliare la legna da seccare e non l'aveva riposta perché Oskar gli aveva detto di non preoccuparsene. Anche la pala era stata abbandonata a terra, poco distante.

Era tutto come doveva essere.

Oskar lasciò che gli applausi per von Lücken si spegnessero e accompagnò il poeta ad abbeverarsi da una bottiglia di vino rosso. Poi si voltò verso i suoi ospiti e allargò le braccia, per accoglierli a sé.

«Grazie per essere venuti questa notte». Scorse lo sguardo sugli invitati, pieni di aspettativa. Gli occhi di Kate vibravano di un entusiasmo elettrico che lo contagiò. «Vi ho promesso uno spettacolo e non ho intenzione di deludervi. Statemi vicini, amici miei, vi chiedo solo questo».

Tra gli artisti si alzò un brusio che a Oskar ricordò il ronzare di una falena. Gli girava la testa. «Reserl», chiamò.

«Sono qui, Maestro Kokoschka».

«Puoi farla venire fuori, adesso». Guardò la cameriera negli occhi, in cerca di aiuto. Il sudore gli inumidiva i palmi delle mani, la nausea gli aveva afferrato lo stomaco. «Fai presto o non ne avrò più la forza».

Reserl annuì con vigore, si afferrò i lembi del grembiule e corse verso casa. «Signora!», gridò. «Signora, il Maestro la desidera in giardino!».

Lilith apparve sulla soglia accanto a Reserl in un abito rosso che accecò Oskar.

Era la fiamma più vivida in quella notte, nonostante le torce accese e le candele sui tavoli.

Kate fu la prima a vederla e la indicò agli altri. Il dottor Posse applaudì con calore. «Ecco la nostra dama, finalmente!».

Reserl sospinse il feticcio all'interno del cerchio di fiaccole.

La crisalide rimase in piedi sullo scheletro leggero delle gambe. Gli occhi fissi nell'immobilità artificiale luccicarono ai bagliori delle fiamme. Il vento le fece frullare la gonna attorno ai polpacci piumati e gli diede un capogiro.

Oskar fu costretto ad aggrapparsi al tavolo.

Reserl spinse il manichino tra le braccia di Posse e nel farlo strappò l'orlo della gonna.

Gli ospiti gemettero di sorpresa, poi scoppiarono a ridere. «Nuda!», gridò qualcuno.

«Nuda!», rise la piccola Reserl, e le lacerò il pizzo sulla schiena.

Hans Posse cercò di proteggere l'opera d'arte tra le braccia, sconvolto. «Ma cosa fate! Signori, che dite!». Cercò lo sguardo di Oskar. «Kokoschka, non vedi cosa sta succedendo? Fai qualcosa!».

Oskar si costrinse a rimanere saldo sui piedi. Il simulacro creato dall'artigiana di Monaco non sarebbe stato tra le opere che gli avrebbe dato per il museo. Sollevò il calice ai suoi ospiti e si unì alle grida. «Nuda!».

Allora il dottor Posse sembrò capire che la scena faceva parte dello spettacolo e alzò gli occhi al cielo. «Sei proprio terribile, Maestro!», esclamò. Ma non si tirò indietro e gettò Lilith tra gli ospiti.

Kate Richter si avventò su di lei, afferrò l'odiata bambola per i capelli e la trascinò a terra con una furia selvaggia. A Oskar sembrò di vedere una tigre gettarsi su un cerbiatto.

Era fatta, non si tornava indietro. Il pubblico era diventato attore e si stringeva attorno alla vittima sudando vino e lanciando grida eccitate.

Al feticcio vennero strappate le perle dalla treccia, i capelli si sciolsero e si sporcarono di terriccio. Uomini in giacca elegante graffiarono le stoffe pregiate della sua pelle e fecero affiorare l'ovatta trattata. La bambola fu rovesciata sull'erba e rimase a fissare il cielo con gli occhi spenti.

Oskar spinse un piede sul tronco abbattuto e staccò l'ascia con un singulto. Si fece strada tra i tavoli fino al centro del cerchio di fuoco, fino alla bambola rotta. La guardò un'ultima volta. Bellissima e disgustosa, la fiamma Lilith stava per spegnersi.

Oskar calò l'accetta sul collo fragile. Una volta, due e un'altra ancora, fino a quando la testa del feticcio non fu spiccata.

Oskar indietreggiò. Urtò un tavolo e le fece cadere addosso fiori, bicchieri e bottiglie che andarono in frantumi. La pelle di Lilith e l'erba sotto di lei si colorarono del rosso del vino.

Nel panico che lo colse, Oskar si rese conto di urlare. Da solo, in mezzo agli ospiti ammutoliti ed esausti, mandò un grido feroce alla luna e cadde sulle ginocchia vicino al pupazzo mutilato. Svuotato, non provò più niente.

Sono libero?, pensò. E si mise a piangere.

«Che spettacolo», mormorò Iwar von Lücken, da qualche parte.

«Che festa incredibile», convenne qualcun altro. «Non la dimenticherò mai!».

Deutsch era fuori di sé per l'entusiasmo. «Non c'è dubbio che tu sappia fare spettacolo, Okappa! Questo avrebbe dovuto essere ripreso per il cinematografo!».

In mezzo alle lacrime, Oskar sentì una risata gioiosa salirgli alle labbra.

Che festa incredibile. Ed era finita.

Nella felicità del pubblico, lui diventava leggero come l'aria.

Reserl si avvicinò in silenzio. Diede un calcio alla testa di Lilith. «Bisogna seppellirla, Maestro», sussurrò. «Prima che venga giorno».

Epilogo
La rinascita

Dresda, 1920

Dei quattro elementi che compongono il cosmo, il fuoco è quello che più si avvicina al divino. A differenza degli altri, che esistono, il fuoco deve essere creato. I libri di alchimia dicevano così. La notte in cui era nato Oskar, il fuoco venne creato da una scintilla caduta per errore. Si propagò lungo la strada e si mangiò mezzo quartiere di Pöchlarn. Il fuoco era lui.

L'acqua era Alma, che aveva risvegliato in lui le ninfe, le sirene e i mostri degli abissi. E aveva dato al feticcio l'aspetto che aveva.

L'aria era Lilith, la signora dell'aria e la sposa del vento, il demone che gli aveva restituito il respiro.

Mancava la terra. Oskar afferrò la pala e cominciò a scavare.

«Ti aiuto, capitano?».

«No, Reserl. Devo farlo da solo».

Anche quello faceva parte del patto alchemico.

Il pubblico era ormai scemato dal Großer Garten, con lo spirito alleggerito dalla violenza salvifica del teatro. Kate aveva lasciato il giardino quasi per ultima. Prima di andarsene lo aveva baciato tra gli alberi e subito dopo era corsa via insieme a Deutsch. Il dottor Posse aveva dichiarato con orgoglio che di quello spettacolo avrebbero parlato i giornali e poi, stanco, si era ritirato nella villa. Di certo dormiva già.

Oskar scavò una fossa in mezzo al cerchio delle fiaccole ormai spente, un colpo di pala dopo l'altro. Quando alzò gli occhi al cielo, la luna aveva cambiato posizione. Aveva descritto il suo arco e si era nascosta tra le fronde.

Andò a raccogliere il corpo decapitato del feticcio e lo posizionò nella tomba. La testa rotolò dentro grazie a un colpo di tacco e si piantò tra le braccia scomposte della bambola.

Oskar fu sollevato dal non essere costretto a vederne gli occhi, mentre la copriva con la terra.

Reserl rimase con lui fino alla fine, seduta sul tronco abbattuto e stretta nello scialle. Alla fine, sbadigliò. «Andiamo a dormire, capitano?».

Era quasi l'alba. Tutto era finito con il sorgere del sole, come nelle fiabe più belle. Oskar era intero, maschio e femmina insieme, ed era libero.

«Andiamo», si asciugò la fronte con il braccio e sorrise. «Sono esausto».

Si trascinarono in casa e crollarono sul letto, stretti l'uno all'altra come due bambini addormentati in una foresta incantata.

Si svegliò quando sentì il rumore dei colpi. Qualcuno picchiava contro il legno, un battere veloce e arrabbiato.

Oskar si sollevò a sedere nel letto. Vicino a lui, Reserl si rannicchiò nel cuscino, il silenzio che seguì sembrò assordante. La casa era tranquilla, la luce del mattino riempiva la camera e dalla finestra arrivava il canto degli uccelli tra gli alberi. Forse aveva sognato.

Il battere furibondo si ripeté e svegliò anche Reserl. «Che altro succede?», si lamentò. «Bussano alla porta!».

È lei. Oskar rabbrividì. *Lilith è tornata dalla tomba.*

Immaginò il cadavere artificiale sporco di terra, con la testa stretta sotto un braccio, che picchiava all'ingresso per rientrare. «Non andare, Reserl».

Ma lei era già in piedi che cercava lo scialle per coprire la camicia da notte.

Da sotto, picchiarono ancora. «Kokoschka! Apra immediatamente!».

L'ordine perentorio aveva una voce maschile.

L'idea che potesse essere Lilith si sciolse come un incubo nella luce del giorno, Oskar si sporse dalla finestra. «Arrivo subito».

Quando lui e Reserl aprirono il portone della villa, si trovarono davanti due gendarmi dallo sguardo severo. Impettiti nell'uniforme della polizia tedesca, erano così vicini da colmare il rettangolo della porta.

«Lei è Oskar Kokoschka, il Maestro di Dresda?».

«Sono io. Lei è la mia cameriera».

«Maestro Kokoschka, lei è accusato di omicidio».

«Che cosa?».

«Un suo vicino di casa sostiene che ieri notte qui si è consumata una festa che è finita in tragedia». Il più anziano dei due indicò con un cenno la palazzina dei cavalieri davanti a quella del dottor Posse. «Lei è stato visto decapitare una donna con un'accetta».

Reserl soffocò una risata. «È vero!». Non riuscì più a trattenersi e scoppiò a ridere, appoggiata allo stipite. «E poi l'ha seppellita in giardino!».

Oskar vide i due gendarmi scambiarsi un rapido sguardo e alzò le mani. «Era una bambola, signori. Ieri sera c'è stata una messa in scena, qui davanti alla villa. Faceva tutto parte dello spettacolo».

«Questo è quello che racconta lei, Maestro Kokoschka, e nessuno più della polizia di Dresda sarebbe felice di crederle, ma dobbiamo verificare». Il poliziotto più anziano si staccò dalla porta e gli fece cenno di seguirlo in cortile. «Immagino che abbia dei testimoni. Qui fuori c'è una pala usata di fresco, il suo vicino ci ha detto di averla vista scavare al chiaro di luna». Il poliziotto afferrò lo strumento da terra e glielo spinse in mano. «Ci fa vedere dove, Maestro?».

Oskar lanciò uno sguardo oltre i tavoli ancora apparecchiati, in direzione del cerchio di fiaccole spente. La sensazione che il feticcio stesse facendo di tutto per tornare a chiudergli gli artigli alla gola gli fece irrigidire i muscoli. «Reserl, vai a chiamare il dottor Posse, per favore. Signori, da questa parte». Affondò il primo colpo di pala e cominciò a scavare. La terra smossa cedeva con fin troppa facilità e i gendarmi gli proiettavano addosso le loro ombre.

Per ogni badilata che toglieva dalla fossa, sentiva le spalle chiudersi.

Hans Posse scese di corsa e li raggiunse in mezzo ai resti del ricevimento. Accolse i poliziotti a metà tra lo sdegno e l'ilarità. «Il

Maestro Kokoschka è un genio e voi venite qui a trattarlo come un criminale? Quella di stanotte è stata una grande opera d'arte e non mi stupisco che, come tale, sia del tutto estranea a due energumeni come voi. Avete mai sentito parlare della catarsi greca? No, vero? Aprite un libro!».

Dalla terra affiorarono i primi lembi di stoffa.

I poliziotti diedero le spalle a Hans e alla cameriera. Si chinarono sul corpo del delitto, famelici, fino a quando le forme della crisalide non furono riportate alla luce. Oskar piantò la pala a terra e non riuscì a fare a meno di ridere. Nella buca, non c'era Lilith. C'era solo un mucchio di stracci che ricordavano una forma umana, un pupazzo di scena che aveva finito di fare il suo lavoro.

«Ecco, signori», disse. «È tutto qui».

Li lasciò esaminare i poveri resti e rise ancora, insieme a Reserl. Il mattino era tornato limpido e l'aria era fresca. Non ricordava di essersi mai sentito così felice. La sorpresa maggiore fu vedere una carrozza pubblica arrivare in tutta fretta dal viale del Großer Garten e fermarsi davanti alla villa. Adolf Loos barcollò fuori allungando il bastone da passeggio, con la giacca stropicciata e la faccia stanca.

«Oskar!». L'architetto lanciò uno sguardo smarrito ai gendarmi e alla buca aperta davanti a loro. «Ragazzo mio, cosa succede?».

Oskar gli andò incontro per abbracciarlo. Strinse il corpo del vecchio amico sentendo la propria forza in quella stretta. «Loos! Che piacere vederti».

«Sono partito ieri da Vienna per venire qui, ho viaggiato tutta la notte e non sempre con mezzi adatti a un uomo della mia età. Ero preoccupato per te, Oskar, lo era anche tua madre. Perfino Alma lo era, per la storia della bambola. Stai bene?».

Oskar lo abbracciò di nuovo. «Non ti devi preoccupare. È tutto finito».

I poliziotti si avvicinarono, dopo un ultimo sguardo alla tomba scoperchiata e all'accetta macchiata solo di vino. «È evidente che la cosa è finita per il meglio», disse uno di loro. «Ci scusiamo per il disturbo, Maestro Kokoschka».

«È sempre meglio controllare una volta in più che in meno», lo rassicurò lui. «Quello che di notte può sembrare spaventoso, una volta guardato sotto il sole è innocuo».

«In ogni caso, non è che si può agitare un'accetta come se niente fosse e spaventare i cittadini impunemente», precisò l'altro. Si fece avanti con la mano tesa. «C'è da pagare una multa per il procurato allarme».

Loos si affrettò a mettere mano al portafoglio. «Ci penso io, Oskar, ci penso io, tranquillo. Non è la prima volta che tolgo questo ragazzo dai guai».

I gendarmi lasciarono il Großer Garten con grande soddisfazione di Hans. «E anche oggi hanno trovato qualcosa con cui rimpinguare le casse della città. Signor Loos, è un piacere averla qui con noi, anche se avrei preferito circostanze meno triviali».

«Dottor Posse, l'onore è tutto mio. Mi permetta di congratularmi dell'ottimo lavoro alla galleria di Dresda».

Oskar lasciò che gli amici si scambiassero i convenevoli, poi batté la mano sulla schiena di Loos. «Ti fermi per qualche giorno? Dopo il viaggio che hai affrontato, vorrei che fossi mio ospite».

«Solo se non disturbo».

Reserl ridacchiò nel sole. «Abbiamo appena liberato una camera! Vado a prepararla, capitano!».

La ragazza corse via e loro si accomodarono in giardino per godersi la bella giornata.

«Voglio portarti nel migliore ristorante di Dresda, Loos, proprio dietro lo Zwinger. Sono in debito di una cena con un gruppo di amici che devi conoscere al più presto. Li adorerai».

«Ne sarò lieto, ragazzo mio».

Hans accese la pipa e Oskar seguì con gli occhi il filo di fumo bianco che saliva alle nuvole.

Se un tempo il cielo era caduto sull'Europa e sul mondo intero, adesso aveva trovato il modo di tornare al suo posto. Sconfinato e senza crepe, si stendeva sopra di lui, sostenuto dal vento.

Berlino, 1922

Gucki scese la scala dell'Accademia delle Belle Arti e attraversò il piazzale. Faceva freddo, ma il cielo era limpido e Pariser Platz era piena di gente.

Il viavai continuo di sconosciuti le dava conforto, perché aveva bisogno di concentrarsi, ma l'idea di restare sola non le piaceva per niente. Era così stanca.

Andò a sedersi su una delle panchine accanto alla fontana, da cui si poteva ammirare l'inizio del viale Unter den Linden. Il profumo dei tigli in fiore arrivava fino a lì.

Si aprì sulle ginocchia il libro di Tecnica della scultura e cercò il capitolo che doveva studiare. Carpire i segreti della lavorazione della pietra non era facile, quando si faceva fatica a dormire. E comunque, le sarebbe piaciuto scolpire sua sorella.

Tirò fuori dalla borsa una mela e l'addentò. Il sapore fresco e zuccherino l'avrebbe aiutata. Teneva lontani i pensieri amari. Venne interrotta nella lettura da un'ombra nera che balzò sulla panca accanto a lei.

«Che bel micio!». Il gatto allungò il muso per annusare la mela, poi si ritrasse contrariato. Gucki sorrise e l'accarezzò tra le orecchie.

«È una femmina, in realtà. È la prode Raminagrobis».

Gucki trasalì. Non si era accorta dell'uomo alto con gli stivali e la giacca da viaggio che si era avvicinato alla panchina. Era terribilmente magro, come se non mangiasse da giorni, aveva gli zigomi sporgenti e i capelli lunghi. I bottoni d'argento sul petto brillavano al ritmo della luce che rimbalzava sulla fontana.

«Che nome strano».

«Significa 'grosso gatto' in francese. O qualcosa del genere. Mi posso sedere?».

Gucki era stata educata a non dare corda agli sconosciuti, men che meno agli individui strani come quello, soprattutto quando era da sola. Ma l'uomo aveva degli occhi gentili che ispiravano fiducia. Chiuse il libro e gli fece posto. «Si accomodi».

«Diamoci del tu. Sei Anna Justine, vero?». La gatta aspettò che lui fosse seduto, poi gli si acciambellò sulle ginocchia. «Vedi, abbiamo un amico in comune, noi due, che è molto preoccupato per la tua salute».

Gucki irrigidì i muscoli. C'era solo una persona che poteva capire quello che stava passando, perché l'aveva già provato. E solo lui avrebbe potuto mandarle qualcuno di così particolare. «Oskar Kokoschka?».

L'uomo non rispose, ma sorrise. Gli si illuminò il viso, come se una luce gli si fosse accesa sotto la pelle, e Gucki si sentì in dovere di sorridergli di rimando.

«So che cosa ti tormenta, Anna Justine. Vuoi parlarmi di tua sorella?».

Gucki provò un calore dolce nel petto a quella domanda che nessuno le faceva mai. Non avrebbe voluto discuterne con un estraneo, ma il sorriso dello sconosciuto era così gentile e la sua voce così dolce che lei annuì. «Putzi è morta di difterite quando aveva cinque anni. Si chiamava Maria Anna, in verità, ma io l'ho scoperto solo quando sono cresciuta. Mia madre l'ha sempre chiamata Putzi».

«Un vezzeggiativo per dire "piccolina". Un soprannome grazioso. Te la ricordi bene, la tua Putzi?».

Lei si asciugò gli occhi. «Ero molto piccola quando è morta, avevo solo due anni. Ma mi sembra di ricordarla, non è strano? Forse perché mia madre mi ha parlato tanto di lei che mi è sempre sembrato di averla vicina».

«Anche adesso?».

Gucki ebbe paura. Vedeva Putzi tutte le notti, quando andava a dormire. Seduta ai piedi della scrivania oppure mentre strisciava sulle coperte per venire a sdraiarsi vicino a lei, con le guance rotonde da bambina e gli occhi pieni d'ombra. Anche in quel momento era seduta sulla panchina accanto al libro chiuso, nel punto in cui la gatta puntava gli occhi gialli. «Lei come fa a saperlo?».

«Diamoci del tu, dico davvero. Conosco questi fenomeni e capita spesso che le nostre ossessioni, quelle crudeli ma anche quelle più dolci, ci vengano messe addosso dalle persone che abbiamo intorno. Vedi, Anna Justine, si alimentano con le fantasie umane, vengono riempite con la sofferenza e le passioni. Contagiano le persone con cui le condividiamo».

La gatta si raddrizzò e guardò dietro di lei. Gucki non ebbe il coraggio di voltarsi. «Tu puoi cacciarla? Puoi fare in modo che io non la veda più?».

L'uomo placò la prode Raminagrobis con una carezza lungo la schiena. «Posso fare molto di meglio. Posso aiutarti a gestirla».

«Davvero ti ha mandato Oskar? Si può sapere chi sei?».

Lo sconosciuto sorrise di nuovo in quel modo dolce che illuminava l'aria intorno a lui. «Che sciocco, perdonami, non mi sono ancora presentato. Sono il dottor Neuberger. Ma puoi chiamarmi Fritz».

Ringraziamenti

Mia madre, Valeria Lenzi, mi ha fatto un regalo potentissimo fin da quando ero bambina: innamorata dell'arte, mi ha insegnato a leggere i colori e le forme sulle tele, mi ha svelato le storie umane e sovrumane che sono state dipinte e quelle che si nascondono dentro le vite degli artisti. Lo fa ancora oggi. Il mio primo grazie è per lei.

Il secondo è per Gaia Cremascoli, che con me condivide luci e ombre, molteplici vite e accompagna ogni mio passo.

Il terzo è per Oriana Ramunno, la mia audace compagna d'avventure.

Un grazie immenso alla meravigliosa Alice Di Stefano, che ha creduto in me con un entusiasmo e una dolcezza che mi hanno fatto commuovere. Alle straordinarie Giulia Aiello e Clara Caiola, che hanno lavorato al mio fianco fino all'ultimo respiro per questo libro.

Grazie ad Arianna Miazzo, che è una che non si arrende mai, e a Piergiorgio Nicolazzini, senza di loro questa storia non sarebbe qui.

A Franco Forte, amico e mentore che non smette mai di indicare la strada.

Grazie ad Antonio Lanzetta e William Bavone a cui ho visto brillare gli occhi quando ho raccontato loro degli incubi feroci di un pittore; a Michele Scoppetta che non ha mai smesso di tifare per me, a Elisa Bertini, Davide De Boni, Andrea Franco, Liudmila Gospodinoff, Luca di Gialleonardo, Beppe Roncari e Flavia Imperi che mi hanno aspettata con pazienza.

Grazie a tutto il dojo Tana delle Tigri e al mio Maestro che spiega l'armonia del mondo con il filo di una spada.

Grazie ai Magnifici Sette per essere sempre il mio numero magico.

Ma soprattutto a te, che sei arrivato fino a qui e stai leggendo anche queste righe. A te, il mio grazie più luminoso insieme alla speranza di raccontarti presto un'altra storia. Ce l'ho già in mente. Dovrai solo ascoltarla.

Collana «Le strade»

402. Rebecca West, *Rosamund*, traduzione di Francesca Frigerio.

403. Daisy Johnson, *Nel profondo*, traduzione di Stefano Tummolini.

404. Elizabeth von Arnim, *Vera*, traduzione di Sabina Terziani.

405. Thomas Hardy, *Estremi rimedi*, traduzione di Chiara Vatteroni.

406. Margaret Storm Jameson, *Company Parade*, traduzione di Velia Februari.

407. Margaret Wilkerson Sexton, *La libertà possibile*, traduzione di Arianna Pelagalli.

408. Elizabeth Jane Howard, *Le mezze verità*, traduzione di Manuela Francescon.

409. Emma Orczy, *Voto di sangue*, traduzione di Daniela Paladini.

410. Willa Cather, *Il canto dell'allodola*, traduzione di Giuseppina Oneto.

411. Valentino Ronchi, *Buongiorno ragazzi.*

412. Dario Levantino, *Cuorebomba.*

413. Fëdor Sologub, *Peredonov, il demone meschino*, traduzione di Silvia Carli.

414. Angela Carter, *Nell'antro dell'alchimista - vol. I*, traduzione di Susanna Basso e Rossella Bernascone.

415. George Eliot, *Le disavventure di Amos Barton*, traduzione di Francesca Frigerio.

416. Dmitrj Miropol'skij, *L'ultimo inverno di Rasputin*, traduzione di Carmelo Cascone.

417. Sheng Keyi, *Fuga di morte*, traduzione di Eugenia Tizzano.

418. John Williams, *Stoner*, nuova edizione, postfazione all'edizione italiana di Peter Cameron. Traduzione di Stefano Tummolini.

419. Jing-Jing Lee, *Storia della nostra scomparsa*, traduzione di Stefano Tummolini.

420. Lionel Duroy, *Eugenia*, traduzione di Silvia Turato.

421. Claudio Lagomarsini, *Ai sopravvissuti spareremo ancora.*

422. Fay Weldon, *Le peggiori paure*, nuova edizione, traduzione di Maurizio Bertocci.

423. Heinrich von Kleist, *Michael Kohlhaas*, traduzione di Federico Ferraguto.

424. Paul Beatty, *Tuff e la sua banda*, traduzione di Stefania Bertola.

425. Desy Icardi, *La ragazza con la macchina da scrivere.*

426. Ramiro Pinilla, *L'albero della vergogna*, traduzione di Raul Schenardi.

427. Carmen Korn, *Aria di novità*, traduzione di Manuela Francescon.

428. George Gissing, *New Grub Street*, traduzione di Chiara Vatteroni.

429. Sandro Frizziero, *Sommersione.*

430. Massimiliano Felli, *Vite apocrife di Francesco d'Assisi.*

431. Ivy Compton-Burnett, *Il capofamiglia*, traduzione di Manuela Francescon.

432. Vigdis Hjorth, *Eredità*, traduzione di Margherita Podestà Heir.

433. Jennifer Johnston, *Quanto manca per Babilonia?*, traduzione di Maurizio Bartocci.

434. Mazo de la Roche, *Il gioco della vita*, traduzione di Sabina Terziani.

435. Rabindranath Tagore, *La casa e il mondo*, traduzione di Sabina Terziani.

436. Guy Gunaratne, *La nostra folle, furiosa città*, traduzione di Giacomo Cuva.

437. Margaret Storm Jameson, *Amore a prima vista*, traduzione di Velia Februari.

438. John Williams, *Butcher's Crossing*, nuova edizione, traduzione di Stefano Tummolini.

439. Dörte Hansen, *Tornare a casa*, traduzione di Teresa Ciuffoletti.

440. Franco Faggiani, *Non esistono posti lontani.*

441. Machado de Assis, *Memorie Postume di Brás Cubas*, traduzione di Daniele Petruccioli.

442. Katharine Kilalea, *Va tutto bene, signor Field*, traduzione di Silvia Castoldi.

443. Anna Giurickovic Dato, *Il grande me*.

444. Paul Scott, *Il gioiello della corona*, traduzione di Stefano Bortolussi.

445. Kevin Barry, *L'ultima nave per Tangeri*, traduzione di Giacomo Cuva.

446. Elizabeth Jane Howard, *Perdersi*, traduzione di Sabina Terziani e Manuela Francescon.

447. Elizabeth Jane Howard, *Gli anni della leggerezza*, nuova edizione, traduzione di Manuela Francescon.

448. Jakob Wassermann, *Etzel Andergast*, traduzione di Stefano Jorio.

449. Hilary Mantel, *Lo specchio e la luce*, traduzione di Giuseppina Oneto e Stefano Tummolini.

450. Rebecca West, *Quel prodigio di Harriet Hume*, traduzione di Francesca Frigerio.

451. Saverio Simonelli, *Cercando Beethoven*.

452. Angela Carter, *Nell'antro dell'alchimista - vol. II*, traduzione di Angela Tranfo, Cristina Iuli, Barbara Lanati e Rossella Bernascone.

453. Elido Fazi, *Potenza e Bellezza. Cronache da Roma e da Parigi (1796-1819)*.

454. Juli Zeh, *Cuori vuoti*, traduzione di Madeira Giacci.

455. Henriette Roosenburg, *Ora che eravamo libere*, traduzione di Arianna Pelagalli.

456. Mazo de La Roche, *La fortuna di Finch*, traduzione di Sabina Terziani.

457. James McBride, *The Good Lord Bird. La storia di John Brown*, traduzione di Silvia Castoldi.

458. Elizabeth Jane Howard, *Il tempo dell'attesa*, nuova edizione, traduzione di Manuela Francescon.

459. Julio Cortázar, *A passeggio con John Keats*, traduzione di Elisabetta Vaccaro e Barbara Turitto.

460. Luciana Boccardi, *La signorina Crovato*.

461. Pitchaya Sudbanthad, *Sotto la pioggia*, traduzione di Silvia Castoldi.

462. Margaret Storm Jameson, *Mai guardarsi indietro*, traduzione di Velia Februari.

463. Brigitte Riebe, *Una vita da ricostruire*, traduzione di Teresa Ciuffoletti e Nicola Vincenzoni.

464. Giorgia Tribuiani, *Blu*.

465. Thomas Hardy, *Due sulla torre*, introduzione di Giorgio Montefoschi. Traduzione di Chiara Vatteroni.

466. Susy Galluzzo, *Quello che non sai*.

467. Elizabeth Jane Howard, *Confusione*, nuova edizione, traduzione di Manuela Francescon.

468. Lily King, *Scrittori e amanti*, traduzione di Mariagrazia Gini.

469. Pierre Ducrozet, *L'invenzione dei corpi*, traduzione di Antonella Conti.

470. Valentino Ronchi, *Riviera*.

471. Hilary Mantel, *Un esperimento d'amore*, traduzione di Giuseppina Oneto.

472. Carmen Korn, *Quando il mondo era giovane*, traduzione di Manuela Francescon.

473. John Williams, *Augustus*, nuova edizione, traduzione di Stefano Tummolini.

474. Elizabeth Jane Howard, *Allontanarsi*, nuova edizione, traduzione di Manuela Francescon.

475. Namwali Serpell, *Capelli, lacrime e zanzare*, traduzione di Enrica Budetta.

476. Ana María Matute, *Ricordo di un'isola*, traduzione di Maria Nicola.

477. Daisy Johnson, *Sorelle*, traduzione di Stefano Tummolini.

478. Paul Scott, *Il giorno dello scorpione*, traduzione di Stefano Bortolussi.

479. Ivy Compton-Burnett, *Servo e serva*, traduzione di Manuela Francescon.

480. Dario Levantino, *La violenza del mio amore.*

481. Hilary Mantel, *I fantasmi di una vita*, traduzione di Susanna Basso.

482. Brigitte Riebe, *Giorni felici*, traduzione di Teresa Ciuffoletti e Nicola Vincenzoni.

483. Vigdis Hjorth, *Lontananza*, traduzione di Margherita Podestà Heir.

484. John Williams, *Nulla, solo la notte*, nuova edizione, traduzione di Stefano Tummolini.

485. Kate O'Brien, *Terra di spezie*, traduzione di Roberta Gefter Wondrich

486. Jodi Picoult, *Il libro delle Due Vie*, traduzione di Lucia Corradini Caspani.

487. Franco Faggiani, *Tutto il cielo che serve.*

488. Rebecca West, *Un matrimonio non premeditato*, traduzione di Stefano Tummolini.

489. Michelle Magorian, *Buonanotte, signor Tom*, traduzione di Arianna Pelagalli.

490. Elizabeth Jane Howard, *La ragazza giusta*, traduzione di Manuela Francescon.

491. Elizabeth Jane Howard, *Tutto cambia*, traduzione di Manuela Francescon.

492. Luciana Boccardi, *Dentro la vita.*

493. Desy Icardi, *La biblioteca dei sussurri.*

494. Fabrizia Ramondino, *Guerra di infanzia e di Spagna.*

495. Dorothy Edwards, *Sonata d'inverno*, traduzione di Francesca Frigerio.

496. Claudio Damiani, *Prima di nascere.*

497. Paolo Pintacuda, *Jacu.*

498. Cara Wall, *Amatissimi*, traduzione di Silvia Castoldi.

499. Giorgia Tribuiani, *Padri.*

500. Mazo de la Roche, *Il padrone di Jalna*, traduzione di Sabina Terziani.

501. Sheng Keyi, *Crescita selvaggia*, traduzione di Federico Picerni.

502. Tove Ditlevsen, *Infanzia*, traduzione di Alessandro Storti.

503. Brigitte Riebe, *Il tempo della speranza*, traduzione di Teresa Ciuffoletti e Viola Savaglio.

504. Ian Manook, *L'uccello blu di Erzerum*, traduzione di Maurizio Ferrara.

505. Barbara Cagni, *Per sempre, altrove*.

506. Arthur Phillips, *Il re ai confini del mondo*, traduzione di Silvia Castoldi.

507. Patricia Engel, *Paese infinito*, traduzione di Enrica Budetta.

508. Magaret Kennedy, *La ninfa costante*, traduzione di Sabina Terziani.

509. Marie-Hélène Lafon, *Storia del figlio*, traduzione di Antonella Conti.

510. Henrik Pontoppidan, *Pietro il fortunato*, traduzione di Alessandro Storti.

511. Sue Miller, *Monogamia*, traduzione di Martina Testa.

512. Helga Flatland, *Una famiglia moderna*, traduzione di Alessandro Storti.

513. Ivy Compton-Burnett, *Mariti e mogli*, traduzione di Manuela Francescon.

514. Paul Scott, *Le torri del silenzio*, traduzione di Stefano Bortolussi.

515. Sonia Aggio, *Magnificat*.

516. Flaminia Marinaro, *L'ultima diva*.

517. R.C. Sherriff, *Due settimane in settembre*, traduzione di Silvia Castoldi.

518. Elodie Harper, *Le lupe di Pompei*, traduzione di Isabella Zani.

519. Pascal Mercier, *Il peso delle parole*, traduzione di Elena Broseghini.

520. Tove Ditlevsen, *Gioventù*, traduzione di Alessandro Storti.

521. Lily King, *Cinque martedì d'inverno*, traduzione di Mariagrazia Gini.

522. Rebecca West, *Il ritorno del soldato*, traduzione e postfazione di Benedetta Bini.

523. Jodi Picoult, *Vorrei che fossi qui*, traduzione di Stefano Tummolini.

524. Daniel Albizzati, *Il naufragio*.

525. Sana Krasikov, *I patrioti*, traduzione di Velia Februari.

526. Desy Icardi, *La fotografa degli spiriti*.

527. Elizabeth Jane Howard, *Quel tipo di ragazza*, traduzione di Manuela Francescon.

528. Gore Vidal, *Burr*, traduzione di Pier Francesco Paolini.

529. James McBride, *Il diacono King Kong*, traduzione di Silvia Castoldi.

530. Anna Luisa Pignatelli, *Il campo di Gosto*.

531. Luis Landero, *Pioggia sottile*, traduzione di Giulia Zavagna.

532. Francesco Zani, *Parlami*.

533. Susan Taubes, *Divorzi*, traduzione di Giuseppina Oneto.

534. Mazo de la Roche, *I frutti di Jalna*, traduzione di Sabina Terziani.

535. Franco Faggiani, *L'inventario delle nuvole*.

536. Fabrizia Ramondino, *Althénopis*.

537. Tove Ditlevsen, *Dipendenza*, traduzione di Alessandro Storti.

538. Patrick Hamilton, *Schiavi della solitudine*, traduzione di Isabella Zani.

539. Helga Schubert, *Alzarsi*, traduzione di Marina Pugliano.

540. Ana María Matute, *I soldati piangono di notte*, traduzione di Gina Maneri.

541. Elodie Harper, *La casa dalla porta dorata*, traduzione di Giulia Gresti e Monica Pareschi.

542. Angela Carter, *La bottega dei giocattoli*, traduzione di Maria Baiocchi.

543. Shehan Karunatilaka, *Le sette lune di Maali Almeida*, traduzione di Silvia Castoldi.

544. Melissa Harrison, *L'aria innocente dell'estate,* traduzione di Stefano Bortolussi.

568. Olivia Manning, *La grande fortuna*, traduzione di Velia Februari.

569. Ninni Holmqvist, *L'Unità*, traduzione di Margherita Podestà Heir.

570. Leif Enger, *Virgil Wander*, traduzione di Stefano Tummolini.

FSC
MISTO
Carta
FSC® C129194

Finito di stampare
nel mese di aprile 2024
presso Print on Web s.r.l.
Via Napoli, 85 – Isola del Liri (FR)
per conto di
Fazi Editore